The Thistle and the Rose

IL CARDO E LA ROSA

2nd Italian Edition

May McGoldrick

with
Jan Coffey

Book Duo Creative

ENJOY!
Nikoo & Jim

May / Jane C

Per Rosemary e George

Prologo

LA NEBBIA E LA PIOGGIA, mescolate al fumo dei cannoni inglesi, avvolgevano i campi bassi di Flodden in una coltre grigia che rendeva impossibile vedere alcunché. Eppure, re James sapeva che il suo momento di destino era vicino.

Radunò le sue truppe scozzesi con il grido di guerra dei suoi antenati, gli Stewart, e, spronando il suo stallone bianco, strappò la lancia lunga quattro metri e mezzo dalle mani del paggio e si lanciò giù per la collina, diretto contro le file della fanteria inglese.

Per quattro ore, il sangue scorse sui pendii scivolosi delle colline, ma la lunga lancia scozzese non era adatta al combattimento ravvicinato contro l'alabarda inglese di due metri e mezzo, un grottesco incrocio tra lancia e ascia.

Prima che l'oscurità del giorno lasciasse il posto a quella più cupa della notte, diecimila dei migliori uomini scozzesi giacevano morti nel fango, privati delle loro armature e dei loro sogni di una nuova Scozia. Anche i seguaci del campo dei nordisti, donne, ragazzi, chierici e servitori, erano stati uccisi e depredati, sgozzati dalle truppe di frontiera inglesi sotto il comando dello spietato Lord Danvers.

Il figlio di re James, Alessandro, l'arcivescovo di Sant'Andrea, due vescovi, due abati e ventisei tra i più grandi conti e signori di Scozia caddero quel giorno di sangue, colpiti a morte: la nobiltà scozzese fu annientata in un solo colpo.

E James giaceva nudo insieme agli altri, con la barba rossa che si arricciava intorno all'asta spezzata della freccia che aveva versato la linfa vitale di un re.

Non sarebbe rimasto nessuno a proteggere i propri cari a nord, i guerrieri erano praticamente scomparsi. E gli inglesi lo sapevano.

Ai vincitori spettava il bottino.

Capitolo Uno

Le pianure centrali della Scozia
Febbraio 1514

IL DIAVOLO di Danvers aveva portato l'inferno alla sua porta.

Celia sapeva per esperienza che l'incendio che stava divampando nelle parti posteriori del maniero di quercia e intonaco avrebbe presto inghiottito l'intera struttura. Era chiaro che i predoni inglesi stavano cercando di costringere gli abitanti della nuova sala del defunto Lord di Caithness a uscire dalle grandi porte di quercia che erano state sbarrate per difendersi. Quella incursione notturna sarebbe stata sanguinosa.

Invece di sprecare la loro polvere per far saltare l'ingresso o di perdere tempo a preparare un ariete, i demoni avevano ammucchiato la paglia dei campi vicini contro il retro dell'edificio e vi avevano appiccato le loro torce. Era una strategia che Danvers aveva già usato in tutta la Scozia: incendiare le grandi case e massacrare gli innocenti.

Celia sbirciò attraverso una fessura della persiana del piano superiore e vide un gruppo di cavalieri che aspettava che gli abitanti del maniero iniziassero a riversarsi fuori. Alcuni di loro erano scesi da cavallo e, fiaccole in mano, correvano verso l'uomo che chiaramente guidava l'assalto. Anche da quella distanza, Celia poteva constatare

3

che era un gigante e quasi vedere i suoi occhi di maiale scintillare di piacere per lo spettacolo che aveva architettato.

Celia rabbrividì. Conosceva quell'uomo. Lord Danvers, il flagello della Scozia.

Ma non c'era tempo per indugiare in quei pensieri. Celia sapeva che avrebbe massacrato tutta la sua famiglia. Dalla distruzione del re a Flodden Field, il nome di quell'uomo aveva terrorizzato le madri di tutta la Scozia.

Era un assassino di bambini.

Ma non avrebbe mai avuto il suo piccolo Kit, giurò Celia, non finché ci fosse stata vita nel suo corpo. Si voltò a guardare la balia, Ellen, che stava in un angolo con il bambino in braccio.

In quel momento, il sacerdote magro e malconcio irruppe nella camera da letto con una spada in mano. Il suo volto era sporco di fuliggine.

«Hai ragione», gridò. «Ce ne sono solo una mezza dozzina dietro la casa. Il Satana dai piedi di paglia che gestisce questi demoni sa che nessuno sarebbe così sciocco da provare a passare attraverso il fuoco».

«Allora, per Dio, Padre William, noi lo faremo», urlò Celia. «Dov'è Edmund?»

Il rombo del fuoco era ormai assordante, ma il prete riuscì a sentirla.

«Alla base della tromba delle scale», le gridò all'orecchio mentre lei gli passava accanto.

Celia prese Kit dalle braccia di Ellen e la guardò in faccia. Nei suoi occhi c'era terrore, ma Celia sapeva che avrebbe retto.

«Ellen, prendi solo la borsa grande e resta davanti a Padre William. William Dunbar non è solo un poeta, è anche un combattente». Fece un mezzo sorriso ed Ellen annuì. Avrebbe fatto come le era stato detto.

Celia guardò con tenerezza tra le pieghe della morbida trapunta in cui era avvolto Kit. Sentiva un dolore al cuore al pensiero che qualcuno potesse fargli del male, che non potesse crescere e vedere le meraviglie che la vita aveva da offrire. Celia lo strinse a sé e sentì il suo buon profumo di bambino.

Guardandolo ancora una volta il suo viso, Celia pensò che gli occhi grigi di Kit erano uguali a quelli di suo padre. La guardava con fiducia. Sapeva che il suo piccolo soldato non avrebbe nemmeno pianto. Il bambino mosse la bocca come se volesse piagnucolare, ma Celia non riuscì a sentirlo. Padre William le tirò la manica. Dovevano andare ora.

Il piccolo gruppo corse giù per le scale. Il fumo era denso e il pandemonio dei servitori terrorizzati era al culmine. Alcuni lottavano per aprire le grandi porte di quercia, mentre altri cercavano di tenerle chiuse.

Celia guardò intorno a sé il caos della scena. All'inizio della giornata, Caithness Hall era stata un modello di ordine e gusto. Non lo sarebbe mai più stata.

Che spreco, pensò. Che crimine.

Il Lord di Caithness Hall era morto con il suo re, come tanti altri. Sapeva che queste persone non l'avrebbero ascoltata. Dopo tutto, era per metà inglese. Queste persone non avevano nessuno che le comandasse. Questo maniero non difeso era come tanti altri in Scozia; Celia sapeva che la gente di Caithness Hall era condannata.

Celia vide subito suo zio Edmund, nonostante il caos. Il grande guerriero, con la spada lunga in mano, spinse il suo corpo forte e di mezza età attraverso la folla e Celia indicò il retro della casa. Gli occhi di Edmund si spalancarono per la sorpresa, ma senza esitare si voltò e spianò la strada alla nipote e ai suoi compagni verso la Sala Grande.

La parete sul retro della sala era una massa di fiamme. Celia poté constatare, dall'estensione delle fiamme in alto, che il soffitto sul retro poteva crollare da un momento all'altro. Quando Edmund lanciò un'occhiata a Celia, lei indicò la porta dello studio.

Edmund li guidò lungo il muro fino alla porta dello studio, la sfondò ed entrò. Gli altri li seguirono attraverso le braci che cadevano. Quando Padre William attraversò la porta dopo gli altri, si sentì un enorme schianto provenire dalla Sala Grande. Anche quella stanza era in fiamme. Il maniero stava crollando intorno a loro.

Celia consegnò il bambino a Ellen e tirò giù una spada dalla parete accanto al camino.

Si voltò, tossendo, e gridò a suo zio: «Sbarra la serranda, Edmund. Usciamo di qui».

Edmund non poté fare a meno di sorridere con affetto a quella bella ragazza che comandava come un generale. I suoi occhi neri lampeggiavano in attesa della battaglia che si sarebbe svolta fuori da quella finestra. Poteva vedere il cipiglio di concentrazione che le solcava la fronte: era pronta a tutto ciò che l'aspettava. Era una combattente con cervello. Negli anni in cui era stato con lei, dalla morte di sua sorella, Edmund l'aveva vista crescere in compagnia degli uomini di suo padre, uomini duri, marinai e guerrieri. Edmund le aveva insegnato tutto ciò che sapeva sul combattimento e aveva visto molti uomini pagare pagarla cara per aver giudicato male la forza contenuta in quel corpo esile e femminile. E la sua abilità nel combattimento era un segreto che nessun uomo avrebbe mai immaginato in una donna.

Quando il vecchio guerriero tirò la sbarra dalla finestra, la persiana di quercia oscillò verso l'interno con grande forza ed Edmund sentì l'aria notturna entrare nella stanza. I soldati dovevano aver aperto la persiana esterna prima. Edmund si chiese perché non l'avessero sfondata con le loro alabarde. L'ordine era di dare fuoco al posto, molto probabilmente.

Con l'impeto dell'aria, i manoscritti nello studio si infiammarono in un'ondata di calore. Edmund balzò dalla finestra, con Celia alle calcagna.

Mentre Padre William ed Edmund aiutavano Ellen e il bambino ad attraversare la finestra infuocata, Celia vide che le stalle oltre il giardino formale erano ancora al buio. Gli incursori non avevano ancora rivolto la loro attenzione al bestiame di Caithness.

Con la coda dell'occhio, Celia li vide. Cinque soldati stavano correndo verso di loro. Sentiva il loro odore prima ancora di sapere quanti fossero. Si tolse il pesante mantello che aveva sulle spalle. L'armatura leggera che le copriva la parte superiore del corpo lampeggiava alla luce dell'edificio in fiamme.

Quando arrivarono, vide il bagliore selvaggio della sete di sangue negli occhi del primo. Impugnava una spada nella mano sinistra. I suoi occhi si posarono per un attimo sul premio che aveva davanti, ma poi il suo sguardo passò davanti a lei, dove Edmund stava aiutando Ellen.

Fu un errore fatale. Dal suo fianco sinistro, Celia sferrò un colpo di spada contro la testa elmata e colpì il soldato sotto l'orecchio. Mentre il soldato cadeva a terra accanto a lei, Celia si girò e colpì di nuovo con la spada uno dei due razziatori che li stavano raggiungendo.

Quello a sinistra deviò il colpo con l'alabarda, ma Celia era ormai nel raggio d'azione letale dell'arma. Ruotando di nuovo, tagliò la gamba destra del predone all'altezza del ginocchio, spingendolo contro l'altro soldato mentre Edmund li travolgeva con la spada alzata. Con due rapidi colpi, il cavaliere terminò i guerrieri caduti mentre Celia si voltò per affrontare il prossimo avversario.

In un attimo Edmund le fu accanto, con il mantello in una mano. Quando gli ultimi due si avvicinarono abbastanza, il cavaliere si lanciò con la rapidità di un uomo con la metà dei suoi anni, avvolgendo con il suo folto mantello la lancia e l'ascia dell'alabarda. Afferrando l'asta con l'altra mano, Edmund sollevò il soldato che vi si aggrappava e lo sbatté contro il muro in fiamme della casa.

L'ultimo soldato si fermò con momentaneo stupore quando l'anziano guerriero, brandendo l'arma ormai liberata come una clava, gli sferrò un colpo alla testa, facendolo cadere a terra nella Terra Promessa.

Celia si voltò e fece cenno a Ellen e a Padre William. Insieme, corsero tutti verso le stalle. Edmund si fermò al cancello e, mentre Celia e gli altri entravano nel recinto murato, due soldati balzarono davanti al gruppo. I due sorrisero come degli idioti.

«Guardate», disse uno. «Donne e un prete».

«E se non mi sbaglio», rispose l'altro, «c'è un bambino in braccio a quella».

«Se è un maschio», disse il primo, «questo significherà una ricompensa extra per la carcassa del piccolo. Lord Danvers promette un extra per i ragazzi, lo sai».

Il secondo tese una mano a Ellen. «Consegnamelo, lurida puttana scozzese. È destinato a incontrare il suo Creatore».

La mano del soldato cadde inutile nel fango, ma non avrebbe avuto molto tempo per sentirne la mancanza in questa vita.

Padre William fece seguire al breve colpo di spada un colpo sotto il mento, sollevando il soldato sulle punte dei piedi prima di lasciarlo affondare a terra senza vita.

«Non rivolgerti al Creatore con termini così disinvolti, brutto bastardo», sbottò contro la figura accasciata. Si voltò per vedere Celia che estraeva la sua lama dal corpo morente dell'altro soldato.

Qualche istante dopo, quattro cavalli uscirono al galoppo dal recinto. Celia si fermò solo per un attimo al cancello, mentre

Edmund salì facilmente in sella. Il suono delle urla si sentiva provenire dal maniero. Celia si voltò solo una volta a guardare le fiamme che si alzavano sopra Caithness Hall.

Mentre cavalcava nell'oscurità, Celia si chiedeva dove avrebbero trovato sicurezza. In quale luogo della Scozia un bambino poteva essere al sicuro?

Capitolo Due

Il re ha ordinato questa azione, quindi è mio dovere obbedire. Ma osservo Lord Danvers e penso che sia pazzo. È seduto sulla sua carrozza nera e guarda gli uomini che appiccano il fuoco al maniero. È come ha ordinato lui e osserva con piacere. Ma mentre la gente esce dalla facciata di questo posto, questa Caithness Hall, lui sta chiaramente cercando qualcuno. Sappiamo tutti che pagherà una taglia per ogni bambino, vivo o morto, che gli porteremo, e alcuni degli altri stanno massacrando bambini scozzesi innocenti ogni volta che li trovano. Con calma, sorride mentre gli ufficiali pagano. Ma qui non sta cercando un bambino e le urla di coloro che interroga...

Non voglio pensare a questo. Devo obbedire... devo obbedire... al comando del re.

Isole occidentali della Scozia
Marzo 1514

Alla luce della luna piena, il castello di Kildalton brillava come un diamante sulla baia di Lorn. Il vento stava sferzando il mare occidentale in un'ondata demoniaca e le onde si infrangevano con una rabbia diabolica contro le scogliere scoscese su cui era arroccata la fortezza dei Campbell.

Nessuno si sarebbe aspettato il piccolo veliero che stava sfrecciando sulla superficie della baia. Ma, senza dubbio, era guidata da un capitano.

Al timone della piccola imbarcazione, un uomo enorme che indossava un'armatura leggera e un mantello gridava ordini al marinaio che, accovacciato accanto all'unico albero, era impegnato ad accorciare le vele. Il terzo viaggiatore, un guerriero grande quasi quanto il timoniere, era seduto a prua della barca e si teneva la testa tra le mani. Gli spruzzi di mare sulla sua armatura scintillavano alla luce della luna, ma non era un marinaio, questo era evidente. Dalle sue belle labbra carnose uscivano bassi gemiti e continuava a passarsi le lunghe dita tra i capelli rosso oro.

Lo sguardo del gigante passò dal suo amico con il mal di mare al castello splendente che si trovava proprio sopra di loro e spinse la barra del timone con una facilità che tre uomini non avrebbero potuto raggiungere. I lunghi capelli neri del guerriero marittimo fluttuavano nel vento dietro alle sue spalle massicce, e l'aspetto consumato del suo viso non poteva smentire la forza e l'agilità del suo corpo muscoloso.

Per più di un mese, Colin Campbell aveva atteso con ansia questo momento. Per la prima volta dopo settimane, il suo cipiglio feroce si rilassò e i suoi occhi grigi brillarono di una luce che rifletteva il bagliore della luna del castello.

«Alec», gridò Colin al suo amico dai capelli d'oro. «Se riesci a trovare la forza di girare la tua graziosa testa, troverai uno spettacolo gradito».

Alec si voltò e guardò nella direzione in cui la barca stava viaggiando.

«Finalmente. Kildalton».

«Proprio così, Alec. La casa dei Campbell».

Alec passò con cautela davanti al marinaio per raggiungere il suo amico a poppa. Gli venne in mente che stava vedendo un'espressione rara sul volto di Colin. Colin stava quasi sorridendo.

Colin Campbell non aveva certo sorriso alla riunione dei capi delle Highlands organizzata da Torquil Macleod al castello di Dunvegan. Colin era andato a cercare suo padre, perché presto avrebbe seguito il vecchio nel suo ruolo di capo dei Campbell. E Colin non era stato contento di ciò che aveva sentito.

Nessuno dei capi delle Highlands o delle isole occidentali era stato contento della mano pesante del re degli Stewart, James IV. Ma i litigi e le faide omicide che Colin aveva visto nascere immediatamente tra i clan lo avevano convinto, senza ombra di dubbio, che gli scozzesi sarebbero stati nuovamente governati dagli inglesi. Senza un forte re Stewart che li unisse contro gli inglesi, avrebbero continuato a combattere tra loro fino a cadere tutti sotto la tirannia dei macellai del sud.

Alec guardò intensamente quel volto. Quello di Colin era un volto di guerra, abbronzato e segnato, con occhi grigi e d'acciaio che facevano gelare il sangue nelle vene degli uomini. Quello di Colin era un volto feroce in un giorno normale, ma quando il grande combattente era arrabbiato, era un volto che incuteva terrore nel cuore di un nemico. E quando aveva parlato a nome dei Campbell a sostegno del successore degli Stewart come male minore, le risposte degli altri capi avevano portato su quel volto una ferocia davvero agghiacciante.

Infatti, solo pochi avevano capito il suo ragionamento. Il clan di Alec, i Macpherson, erano d'accordo con Colin. Ma non erano sufficienti a superare la spacconeria e l'arroganza degli altri, che per il momento si erano uniti per soffocare la voce del capo dei Campbell. Nessuno di loro avrebbe affrontato questo guerriero da solo in un confronto, la rapidità di Colin nell'arrabbiarsi e l'immediatezza del suo temperamento bellicoso erano leggendarie, ma insieme potevano correre il rischio di opporsi a lui.

Insieme, e con grande abilità, Colin e Alec avevano lasciato l'incontro con l'intenzione di stringere un'alleanza interessante per alcuni dei capi che si opponevano e anche per i Lord delle Lowland. Colin sperava solo che gli Stewart facessero presto qualcosa per aiutarsi. Le voci di corte sulle lotte di potere erano certamente inquietanti.

Ma questi pensieri potevano essere messi da parte per un po'. Colin era quasi a casa e questo fece sorridere il guerriero.

Improvvisamente, Alec si accorse che Colin non si stava dirigendo verso il piccolo villaggio portuale che giaceva buio e addormentato accanto alla fortezza. Colin andava direttamente verso le scogliere battute dal mare sotto le mura del castello. Ma non c'era nessun molo, nessuna spiaggia. Le scogliere erano frastagliati affioramenti di pietra. Alec poteva vedere le onde infrangersi sulle rocce che spuntavano dall'onda impetuosa come le teste e i dorsi di tanti serpenti marini. Colin era impazzito, decise Alec. Ecco perché stava sorridendo in modo così strano.

La barca stava volando sull'acqua. Erano ora circondati da scogli e rulli che minacciavano di demolire la piccola imbarcazione prima ancora di toccare la parete di roccia. La distanza tra l'imbarcazione e le scogliere si stava riducendo a un ritmo davvero incalzante. Alec si aggrappò alla spessa fiancata di legno e mormorò una preghiera. Colin era diventato matto. Troppi colpi alla testa.

All'improvviso, la barca cadde nella depressione di un'onda e sembrò quasi scivolare verso destra. In quel momento, il marinaio tirò giù la vela e sollevò il corto albero dalla sua sede, facendolo cadere rapidamente nella pancia della barca.

Alec osservò l'attività a bocca aperta, rivolgendo uno sguardo al sorridente Colin ancora in piedi al timone, e poi lanciò un'occhiata alla parete rocciosa che stava per schiacciarli.

Ma la parete non li avrebbe schiacciati: c'era un'apertura bassa e stretta in quella scogliera assassina. Non fece in tempo a vedere la piccola apertura della grotta che già la attraversarono, sfrecciando nell'oscurità attraverso l'acqua piatta e poi sbattendo su una leggera pendenza che rallentò e alla fine portò la barca a fermarsi.

Colin e Alec aspettarono mentre il marinaio accendeva una pietra focaia sulla torcia che Colin teneva in mano. La luce divampò, illuminando la caverna dal soffitto basso che si estendeva sotto la scogliera e il castello.

Alec lanciò un'occhiata a Colin. «Avresti potuto dirmi che avrei rischiato di morire. Mi sarei preparato».

Colin rise. «Oh, vuoi dire che non sapevi della grotta?» disse, sapendo benissimo che l'erede dei Macpherson non ne era a conoscenza, nemmeno dopo le sue numerose visite.

Alec sorrise suo malgrado. «È stata una bella entrata».

Colin passò la torcia ad Alec e prese alcuni degli attrezzi che il marinaio stava scaricando dalla barca.

«Sì, credo di aver fatto naufragare solo una o due barche che arrivavano a quella velocità».

«Tre, signore», mormorò scherzosamente il marinaio sottovoce ad Alec. «Ho ancora le schegge nelle natiche dell'ultima che si è rotta».

«Quelle schegge sono dovute al fatto che ti sei attardato troppo a lungo sulla panca della cucina, pigro topo d'acqua». Colin rise bonariamente. «Ora vai su in cucina. Domattina chiedi a uno dei tuoi ragazzi di aiutarti con il resto dell'attrezzatura». Era bello essere a casa.

Il bel viso di Alec sembrava pensieroso. «Ora che so di questo ingresso, non dovrebbe essere un problema per me entrare qui una notte con cinquanta o sessanta dei miei uomini migliori e...»

«Certo, Alec. E assicurati di arrivare con l'alta marea».

«Alta marea? Perché?» chiese Alec.

«Perché poi ripescheremo le tue ossa... o meglio, il tuo equipaggiamento da guerra dall'acqua», disse Colin in modo ironico. «Non c'è traccia di questa grotta con l'alta marea».

«Allora noi cinquanta ci intrufoleremo durante la bassa marea, con questi bei pugnali affilati delle Highlands», continuò Alec, indicando il pugnale alla cintura, «e taglieremo tutti i vostri...»

«Non c'è da temere», lo interruppe Colin con un sorriso. «Anche se riuscissi a superare l'ingresso, vagheresti per le grotte che fanno da tetto a questa collina finché la barba non diventerà grigia e i denti non ti cadranno».

«Va bene». Alec sbadigliò. «Questa volta hai vinto tu. Quello che mi serve è un posto dove dormire dopo essermi tolto questa roba bagnata».

«Dormirai qui nella stanza degli ospiti», disse Colin sorridendo, indicando la grotta con un gesto della mano. «Tutta l'acqua del bagno di cui avrai bisogno».

«Sono contento che tu mi consideri un amico», rispose Alec. «Mi dispiacerebbe dover dormire nei sotterranei».

«Se devi essere così lamentoso, allora dovremo organizzarci», disse Colin con una risata burbera. «Seguimi».

Accendendo una candela spessa con la torcia che aveva lasciato al marinaio, Colin guidò il suo amico nelle profondità della grotta, attraverso un labirinto di passaggi, per poi svoltare in un corridoio di pietra ad arco. Alec lo seguì finché non raggiunsero una scala di pietra. Ma Colin non salì le scale. Invece, il guerriero si fermò davanti alle scale e, con uno sguardo minaccioso, voltò le spalle al Macpherson, impedendo ad Alec di vedere cosa stesse facendo. Poi si girò, fece un occhiolino ad Alec e spinse una sezione di una parete laterale in pietra, che si aprì silenziosamente. I due uomini si tuffarono attraverso l'apertura e iniziarono la lunga e tortuosa scalata verso il castello. Attraversarono diversi livelli di corridoi simili a labirinti. Dopo aver percorso un lungo passaggio e superato diverse scale di legno, Colin condusse Alec attraverso un'altra sezione di muro chiusa, poi salì una breve serie di gradini con l'amico alle calcagna.

In cima, Alec vide un breve corridoio e seguì Colin verso un pannello di legno. Il muro si inclinò da lì, stringendo il corridoio da entrambi i lati appena oltre il pannello. Alec si rese conto che erano arrivati tra le pareti di pietra di due stanze. La sezione ristretta del passaggio era semplicemente lo spazio extra necessario per il camino di ogni stanza. Dovevano trovarsi tra due delle stanze migliori.

«Il prossimo pannello è una normale cella sotterranea», scherzò Colin. «Se ricordi, la mia cella è nella stanza accanto. Mettiti comodo mentre vado a prendere la mia roba. Sono sicuro che mio padre vorrà salutarti di persona. Sarà felice di sapere della decisione di tuo padre di appoggiare gli Stewart».

Alec mise una mano sul braccio di Colin e lo fermò con uno sguardo minaccioso.

«Tutte le volte che sono stato in questa stanza, non mi hai mai detto che c'era un passaggio segreto. Stanotte dormirò con il mio pugnale a portata di mano».

«Non avrei mai pensato che non l'avresti fatto», disse Colin, ridendo. «Manderò un uomo con della legna per accendere il fuoco».

«Manda una donna ad accendere il fuoco», scherzò Alec.

«Puoi procurarti le tue donne, Alec Macpherson. Io non me le procurerò», sbuffò Colin mentre si fermavano davanti all'ingresso della stanza di Alec. «Ma in ogni caso, non ne troverai di adatte a te in questo castello».

«Non se hanno la faccia di un Campbell», rispose Alec con un brivido esagerato. «Oh, gli incubi che ne seguirebbero».

«Basta, ladro di cavalli di Highland. Tornerò tra poco... attraverso la porta del corridoio».

Colin fece scorrere un chiavistello di legno e aprì il pannello. Riuscì a vedere la luce della luna che filtrava sul pavimento di pietra e, dando ad Alec uno spintone amichevole per entrare nella stanza, chiuse il pannello.

Si voltò e proseguì lungo il corridoio.

Celia non sapeva cosa l'avesse svegliata. Quando aprì gli occhi, non c'erano altri rumori se non quello lontano del vento e delle onde che provenivano dall'esterno della piccola finestra vetrata. Era ancora notte, anche se il fuoco nel focolare si era spento da tempo. Sbirciò fuori dalla pesante tenda di stoffa che pendeva intorno al letto. La luce della luna illuminava abbastanza bene la stanza e non c'era nulla di insolito o diverso.

Aveva sbarrato la porta del corridoio dall'interno. L'unica altra porta era quella piccola della stanza di Ellen e del bambino. Anche la porta del corridoio che conduceva alla loro stanza era sbarrata e Celia poté vedere che la porta tra le stanze era chiusa. Forse avrebbe dovuto lasciare la porta socchiusa, pensò.

No, era una preoccupazione inutile. Tra tutti i castelli della Scozia, Kildalton doveva essere uno dei più sicuri. La sua mente le stava solo giocando brutti scherzi.

Gli occhi di Celia iniziarono a chiudersi di nuovo, ma un attimo dopo si alzò in piedi quando sentì scorrere un chiavistello di legno. Senza far rumore, estrasse la sua spada corta dal suo posto accanto alla testiera ornata del letto. Sbirciando di nuovo fuori, trasalì alla vista di un alto guerriero in piedi davanti a uno dei pannelli decorativi in legno accanto al grande camino. Da dove era venuto? Dal pannello di legno?

Immobile come una statua, lo guardò per un attimo guardare il letto, poi iniziò ad attraversare la stanza verso la porta del bambino. Mentre lo faceva, Celia lo guardò estrarre la sua lunga spada dal fodero.

Quando i suoi occhi si adattarono all'oscurità, Alec lasciò cadere a terra la sua bisaccia di cuoio e guardò il grande letto che lo attendeva nell'ombra della stanza illuminata dalla luna. Quel letto sarebbe stato molto comodo e confortevole dopo il duro e umido viaggio dalle Highlands e dal vecchio castello di Dunvegan, pieno di spifferi. Un buon letto, una stanza con camino e finestre a vetri: questi Campbell non badavano a spese per fare la bella vita. Era praticamente un peccato.

Ah, beh, posso essere un peccatore come loro, pensò, iniziando ad attraversare la stanza verso le mollette a muro. Mi toglierò questa cotta, appenderò i vestiti bagnati alle mollette e mi preparerò per la breve visita di benvenuto del padre di Colin. Ti prego, Signore, fa' che sia breve.

Estraendo la spada dal fodero, Alec lanciò un'occhiata alla bacheca accanto alla porticina. Poi l'urlo lo fermò.

Celia sapeva che, a causa della sua altezza, avrebbe dovuto tagliarlo o buttarlo a terra per arrivare alla gola. La cotta di maglia lo avrebbe protetto da un colpo di fendente al lato del petto.

Quando l'intruso si avviò verso la porticina, Celia si alzò dal letto con un urlo che avrebbe fatto raggelare il sangue di un uomo coraggioso. Era un grido che le aveva insegnato un guerriero gallese al servizio di suo padre. Suo zio Edmund aveva riso quando aveva sentito la lezione, ma le aveva detto che i gallesi avevano fatto saltare i nervi a molti avversari incalliti con quelle grida di guerra. Era la violenza improvvisa che arrivava fino alle ossa.

Celia volò sul pavimento di legno con la velocità di un serpente che colpisce. Scagliò la spada corta contro il ginocchio più vicino a lei. Lo avrebbe colpito con la spalla, sia che avesse tagliato la gamba o meno.

Il fantasma ammantato di bianco urlò sul pavimento con una velocità che non credeva possibile. Fu solo l'istinto a fargli brandire la spada per deviare il metallo lampeggiante che si dirigeva verso il suo ginocchio. Poi il «fantasma» lo colpì con una spallata che non si poteva certo definire vaporosa. Quando il respiro gli fu tolto, il gigante guerriero si sentì scivolare all'indietro.

Con uno schianto, Alec atterrò su una sedia di legno a tre gambe che si frantumò in legna da ardere. Prima che potesse muovere un muscolo, la figura eterea si sedette sul suo petto e il guerriero caduto sentì la punta di una spada che premeva sensibilmente sulla carne sotto il mento.

Ma furono i suoi occhi di zaffiro nero a trafiggere la sua volontà di resistere.

Colin si infilò con il suo grande petto nel passaggio stretto tra le pareti del camino e aprì il pannello della sua stanza. Prima che avesse la possibilità di chiudere il passaggio, però, quell'urlo da incubo lo gelò. Per un attimo pensò che qualche demone ultraterreno gli stesse venendo incontro dal passaggio, scosse la spessa candela dalla mano e sfoderò la spada.

Lo schianto di metallo e schegge di legno che seguì l'urlo proveniva dall'altro lato del passaggio.

Tornando indietro e infilandosi nello spazio nero come la pece, Colin trovò facilmente il chiavistello di legno: era cresciuto giocando in questi passaggi. Spalancando il pannello, il gigante balzò nella camera da letto, con la spada in pugno, pronto ad affrontare tutto ciò che avrebbe potuto trovare lì.

La vista che lo accolse lo bloccò.

Era una visione. Lì, al chiaro di luna, era inginocchiata una creatura ultraterrena, un angelo vestito di bianco che brillava nella stanza buia.

Con un lancio di riccioli di capelli ramati lunghi fino alle spalle, gli occhi neri gli balenarono addosso per un brevissimo istante, scagliando in Colin dei fulmini che gli incisero i recessi più profondi dell'anima con un bruciore che non aveva mai provato prima. Il desiderio, la paura, la meraviglia si fusero e si scatenarono nel suo corpo, creando scompiglio e lasciandolo senza fiato.

Colin era pronto a combattere, ma ora la sua spada pendeva allentata al suo fianco. L'aura di bellezza che circondava quella creatura lo abbagliò. Un solo sguardo lo aveva sconfitto.

Il volto di quell'angelo era come nessun altro volto umano che Colin avesse mai visto. La perfezione dei lineamenti: gli occhi che lo facevano ardere, gli zigomi alti che lo facevano tremare, le labbra che suscitavano nei suoi lombi un sentimento più di lussuria che di devozione religiosa.

Colin era infatti preso da un fervore che lo mise quasi in ginocchio. Gli occhi del guerriero passarono dal viso di lei ai suoi piedi nudi, e il viaggio fu lento e accurato. Il sottile abito bianco, per quanto modesto, poteva fare ben poco per nascondere il corpo nella sua trama luminescente. La perfetta incarnazione fisica che stava vedendo era, senza dubbio, un prodotto del cielo, ma ciò che sentiva era molto di questa terra.

E sotto di lei giaceva il futuro capo del clan Macpherson, con una spada corta alla gola. Anche Alec rimase stupito da questo oggetto di bellezza che stava per infilzarlo. La resistenza sembrava essere l'ultimo dei suoi pensieri, pensò Colin.

Era grande e pesante solo la metà di Alec, eppure i due uomini non riuscivano, o non volevano, muoversi.

Qualcosa fece esitare Celia. Forse per la prima volta in vita sua, non sapeva bene cosa fare. Il gigante che pochi secondi prima aveva sfondato il pannello di legno se ne stava semplicemente in piedi con uno sguardo stranissimo, con la spada al fianco. Quello alla sua mercé non tentò nemmeno di lottare; anche lui si limitò a guardarla.

Per quanto feroce fosse l'aspetto di quello in piedi, si trattava della coppia di combattenti meno combattiva che Celia avesse mai visto.

Quando aveva reagito all'intrusione, Celia si era mossa per proteggere il bambino. Nessuno avrebbe fatto del male a Kit. Ma ora, guardando il suo prigioniero e il guerriero vicino al muro, non sapeva più cosa fare. Di certo non sembravano minacciarla. E non c'era alcuna indicazione che nessuno dei due avesse il desiderio di varcare la porta del bambino. Anzi, si limitavano a guardarla come due scolaretti dell'abbazia di dimensioni eccessive.

Il gigante vicino al pannello sembrava quasi divertito da ciò che stava guardando. Il suo divertimento gli costerà la vita se non sta attento, pensò Celia con fastidio.

Oh, quanto odiava quando non veniva presa sul serio. Avrebbe dovuto tagliargli la gola e farsi rispettare.

Poi Celia vide cambiare lo sguardo nei suoi occhi. La stava guardando, la stava guardando davvero. Improvvisamente si rese conto di quanto fosse sottile l'abito che indossava. Gli occhi del guerriero sembravano guardarla attraverso, mentre esaminava ogni centimetro del suo corpo. Si soffermarono con intensità lussuriosa sui fianchi, sui seni e sulla bocca di lei, mentre lo sguardo tornava sul suo viso.

Quell'uomo era spregevole.

Ma non l'avrebbe passata liscia.

Celia aspettò che i suoi occhi si incontrassero con i suoi e poi lo osservò lentamente da cima a fondo con uno sguardo di puro disgusto. La sua conclusione sorridente avrebbe dovuto trasmettere un atteggiamento di assoluto disprezzo. Che inutile pezzo di carne vecchia, voleva che il suo sguardo distratto dicesse.

E così fu.

Colin si rese conto che quella donna lo stava valutando. Lui, il futuro capo del clan Campbell. Uno dei guerrieri più potenti delle Isole Occidentali... di tutta la Scozia!

E lei lo trovava chiaramente insoddisfacente.

La rabbia cominciò a ribollire nelle sue vene. Nessuna donna lo aveva mai guardato con tanto disprezzo. E nel suo stesso castello. Questo era troppo. Come aveva potuto abbassare la guardia in questo modo?

E quel che era peggio, vedeva che lei sapeva di averlo innervosito.

Ma la cosa peggiore era che Alec Macpherson stava osservando la scena. L'espressione divertita sul suo volto! Porca miseria!

Beh, almeno non *gli* aveva puntato una spada alla gola, pensò Colin. Ma tutto questo doveva finire. Dio avrebbe dovuto aiutarli se fosse accaduto qualcosa ad Alec mentre era in visita al castello di Kildalton. Ci sarebbe stato un vero inferno da pagare con gli scozzesi. Colin doveva parlarle.

A quel punto, Colin iniziò inconsciamente a sollevare la spada e a dirigersi verso i due sul pavimento davanti a lui. Mentre lo faceva, la donna alzò il gomito, pronta a conficcare la sua arma nell'ospite prono di Colin. Avrebbe ucciso Alec e sarebbe stata in piedi per affrontare Colin prima che lui riuscisse a raggiungerla. Il guerriero si fermò.

«Aspetta», ordinò, anche se la parola sembrò ammorbidirsi mentre la pronunciava.

Celia lanciò un'occhiata a Colin. Le sue parole suonavano di conciliazione, ma il suo volto mostrava un forte fastidio al suono della sua stessa voce. Lei lo aveva in pugno e il fatto che lo avesse fatto lo aveva chiaramente irritato.

Il suo volto mostrava il dominio che provava. L'immagine di lei, inginocchiata sul petto del nemico sconfitto, fu sorprendente per Colin.

All'improvviso, un colpo alla porta del corridoio fu accompagnato dal suono della voce di Lord Hugh Campbell.

«Lady Celia, state bene? Lady Celia!» chiamò. La voce del vecchio era tremolante per la preoccupazione.

«Sì, Lord Hugh. Ma ho due intrusi», gridò Celia, mantenendo il gigante nella sua visione periferica e senza distogliere lo sguardo dal guerriero sotto di lei. Provava un misto di sollievo e orgoglio per la vittoria del momento.

Ma perché quello vicino al pannello non stava scappando?

«Oh, mio Dio!» sentì il vecchio ruggire e poi gridare lungo il corridoio. «Runt, sveglia Jean, Emmet e anche Edmund dal corridoio. Sbrigati, ragazzo!»

«Padre», chiamò Colin, mettendo a tacere il baccano nel corridoio. «Padre, sono Colin». La sua voce aveva il sapore della furia.

«Colin?» riprese il vecchio.

«Sì, Colin. E c'è anche Alec Macpherson. Se non viene ucciso dove giace». Colin guardò quella diavolessa con disprezzo negli occhi. Chiunque o qualunque cosa fosse questa donna, aveva oltrepassato i limiti di una difesa decente.

Celia allontanò la punta della spada dalla gola del suo prigioniero e, con un'occhiata di sgomento a Colin, attraversò la stanza per prendere il suo mantello, arruffandosi per un attimo per la piega che avevano preso gli eventi. Sentì un improvviso desiderio di essere coperta.

Colin osservò con sorpresa questa improvvisa dimostrazione di timidezza da parte della donna.

Sempre osservando la donna che ora sembrava rannicchiata dall'altra parte della stanza, Colin diede una mano ad Alec, poi si avvicinò alla porta e la sprangò.

La porta si aprì e Lord Hugh entrò senza tante cerimonie, vestito solo con la sua camicia da notte e con una lunga spada in mano. Era solo leggermente più basso di Colin, ma altrettanto largo di spalle, e il volto segnato e consumato del vecchio raccontava di una vita di violenze, cure e fatiche.

Dietro di lui, il suo scudiero Runt portava una torcia fumosa e una spada corta. Lord Hugh appoggiò la spada a Runt e abbracciò di cuore il figlio.

«Colin», disse. «Non ti aspettavamo prima di quindici giorni, almeno. La solita testardaggine delle Highlands, suppongo».

«Sì, padre. Dovevo andarmene, o avrei ucciso qualcuno». Il suo ultimo commento lo diresse verso il lato opposto della stanza, affermando tardivamente la sua autorità.

Colin si avvicinò ad Alec e strinse il suo grande braccio attorno alle larghe spalle del Macpherson. «Ma Alec Macpherson è venuto a stare con noi per un po'».

«Alec, ragazzo mio, è così bello rivederti qui. È come ai vecchi tempi, voi due ragazzi, ah, uomini forti e adulti ora, di nuovo insieme. Forse ti insegneremo a nuotare e a navigare». L'anziano guerriero sorrise e salutò il giovane Macpherson con un forte abbraccio.

«Grazie, Lord Hugh», disse Alec, ricambiando il saluto. «Mio padre vi manda i suoi saluti. So che gli manca vedervi alle riunioni delle Highlands».

«Ringrazialo da parte mia, ragazzo. Abbiamo passato molti bei momenti insieme, lui e io. E ci siamo anche cacciati in qualche guaio, te lo garantisco».

Il vecchio si rivolse a Colin. «Voi ragazzi dovete essere stanchi morti dopo il viaggio. Bene, allora a letto; ne parleremo domattina. Quindi lo metti in questa stanza, è una buona cosa. Aspetta! Per la Vergine, non va bene! Lady Celia! Dove siete?»

«Qui, mio signore». La sua voce era poco più di un sussurro.

Dove Celia si trovava vicino alle grucce per i vestiti sul lato opposto della stanza, era stata parzialmente bloccata dal gruppo di uomini dal letto pesantemente coperto da una tenda. Con l'arrivo di suo figlio e dell'erede Macpherson, Lord Hugh l'aveva momentaneamente dimenticata, anche se i due giovani non l'avevano fatto.

«Lady Celia», esordì Lord Hugh, avvicinandosi rapidamente a lei e prendendole la mano. «Lassie, questi grandi babbuini devono avervi fatto prendere un terribile spavento. State bene, cara?»

Colin non poteva credere a ciò che stava vedendo. La ferocia di Hugh Campbell era leggendaria in Scozia. In Inghilterra, il nome di Hugh Campbell era rivaleggiato solo con il Black Douglas come il più temibile degli scozzesi. Le madri lungo le coste irlandesi e inglesi invocavano il suo nome nel buio della notte per controllare i loro marmocchi indisciplinati. La ricchezza e la fama dei Campbell erano state conquistate con il sangue di tante battaglie, di tante incursioni. Quell'uomo era l'incarnazione della guerra. Negli ultimi quarant'anni era stato un uomo da temere.

Eppure, ecco quello stesso uomo, che si avvicinava con la dolcezza di un cagnolino. La sua voce, il suo sguardo, il modo in cui si rivolgeva a quella donna, tutto faceva pensare alle maniere di un impiegato dell'abbazia.

E quella donna. Quella donna che poco prima aveva brandito una spada come un soldato esperto. Che aveva sconfitto Alec Macpherson, un combattente estremamente abile. Quella diavolessa che aveva tenuto a bada persino lui, Colin Campbell... e poi lo aveva guardato con tanto disprezzo.

Ed eccola lì, a mettere una mano zoppicante e tremante nella grande zampa del Lord. Era qui, che guardava negli occhi di suo padre come una cerbiatta appena nata, fragile e vulnerabile.

Si era trasformata di proposito da leone ad agnello in un batter d'occhio. Quella donna era una strega.

Stava esercitando il suo fascino su suo padre, ma non avrebbe funzionato con Colin Campbell. Non di nuovo.

Guardando oltre la spalla del padre, Colin intravide improvvisamente uno sguardo genuino che non si aspettava di vedere. Era preoccupazione? Era paura? L'opinione di Colin sulle donne era che fossero naturalmente timorose. Dio sapeva che, in una terra così dilaniata da clan in lotta tra loro e da inglesi predoni, le donne avevano buone ragioni per avere paura. Avevano bisogno di uomini forti che le proteggessero.

Ma quell'improvviso lampo di paura in quella donna sembrava straordinario per qualche motivo. Paura di cosa, si chiese.

Ma soprattutto, chi era e cosa cercava questa donna? Perché era venuta a Kildalton?

«Sto bene, mio signore», esordì con fare peccaminoso, sentendo improvvisamente un'incontrollabile voglia di spiegare, di scusarsi. «Pensavo che fossero... Non sapevo chi... So che, forse, io... Se le loro signorie riterranno opportuno...»

Celia era sconvolta. Per qualche ragione inspiegabile, sentiva il viso bruciare per l'imbarazzo. Era un bene che la stanza fosse buia. L'unica torcia che lo scudiero teneva in mano non avrebbe fatto abbastanza luce da tradire il suo viso arrossato.

Poi, come un fulmine a ciel sereno, le venne in mente che forse quel guerriero avrebbe convinto il padre a cacciarla. Dove sarebbe andata poi? Riusciva a vedere lo sguardo di rabbia nei suoi occhi. Poi, per un attimo, le sembrò di percepire un cambiamento in quegli occhi grigi. Preoccupazione, forse. O compassione. Qualunque cosa fosse, lo sguardo passò rapidamente, sostituito dal cipiglio feroce che, secondo lei, poteva nascondere qualsiasi sentimento tenero che il guerriero covava.

«Calmatevi, mia cara», brontolò dolcemente Lord Hugh. «Ma non vi sono stati presentati questi due furfanti, vero? Beh, non stasera. Domani arriverà abbastanza presto per fare conoscenza».

«Se vuole ospitare qui l'altro ospite, signore, mi prenderò solo un momento per spostare le mie cose nella stanza accanto».

«Non preoccupatevi, Lady Celia», disse dolcemente il vecchio, iniziando a muoversi verso la porta. «Troveremo un altro posto dove il giovane Macpherson possa stare comodo. Voi e il bambino non sarete più disturbati qui».

«Vi ringrazio, Lord Hugh. Non volevo davvero causare disagi alla vostra famiglia», disse lei, seguendo i tre uomini.

Il volto sgualcito del vecchio guerriero si scaldò con uno sguardo di affetto paterno quando si voltò e le prese di nuovo la mano.

«Non preoccupatevi delle nostre difficoltà. Tutta la Scozia ha delle difficoltà ora, e voi ne avete avute abbastanza delle vostre. Buona notte, Lady Celia». Il capo dei Campbell girò i tacchi e fece uscire gli altri dalla stanza.

Colin lanciò un ultimo sguardo irritato a quella donna misteriosa mentre usciva dalla stanza. Suo padre era completamente preso da lei.

«Chi è questa donna, padre?» Colin esplose nel corridoio.

Una delle sopracciglia ispide di Lord Hugh si inarcò per la sorpresa dell'esclamazione del figlio. Non aveva mai chiesto nulla su una donna di qualità in tutta la sua vita.

«Bella ragazza, vero?» osservò Lord Hugh con disinvoltura. «Se avessi la tua età... beh, forse un po' più giovane, io...»

«Non importa il suo aspetto, padre. Chi è? Cosa ci fa qui?»

Colin era sicuramente agitato per lei, pensò Lord Hugh tra sé e sé. La situazione era promettente. Il ragazzo avrebbe dovuto sposarsi dieci anni prima. A quest'ora avrebbero potuto avere un'intera mandria di piccoli Campbell che scorrazzavano in quel castello.

Era strano che fosse stata proprio lei ad attirare la sua attenzione. Se ora è interessato, pensò Hugh, aspetta che scopra chi è. No, non glielo dirò. Osserveremo e forse lasceremo che le cose seguano il loro corso naturale. Per un po', comunque.

«Lady Celia è arrivata con suo zio e il suo bambino una settimana fa. Dopo che quel diavolo di Danvers ha bruciato Edimburgo, ha iniziato a bruciare tutti i castelli, i manieri e le fattorie delle Lowlands e da allora sono in fuga. La povera ragazza si è preoccupata molto per il piccolo. È da più di un mese che sono in viaggio in questo misero inverno umido. Il bambino ha una tosse terribile, dice Runt».

«È vero, Lord Colin», disse lo scudiero dal retro. «La signora si preoccupa del bambino notte e giorno. È una donna meravigliosa e premurosa».

«Certo che lo è», sbottò Colin. «Quale madre non lo sarebbe?» Aveva conosciuto sua madre solo per i primi anni della sua vita, ma i suoi vaghi ricordi erano di tenerezza e calore.

«Questa donna stessa era malata quando sono arrivati», aggiunse Lord Hugh. «Ma non ha mai pensato a lei. Il bambino, la balia, persino lo zio venivano prima di tutto per lei. È una persona rara, Colin».

«Beh, di certo si è ripresa in fretta», rispose Colin in modo burbero. «Puoi chiederlo ad Alec».

Lord Hugh lanciò un'occhiata interrogativa ad Alec, ma il Macpherson finse di ignorarlo. Non aveva intenzione di ammettere che quella donna esile e malaticcia lo aveva fatto cadere a terra.

«Sì, Lord Hugh, si muove con una certa velocità per essere una donna malata. Non volevo farle del male, ovviamente, ma...» La voce di Alec si interruppe mentre cercava una nuova direzione per la discussione. «Chi è questa Lady Celia, mio signore? Non l'avete detto».

«Non l'ho fatto?» esclamò il capo dei Campbell. «Di certo quando vi ho presentato tutti... non l'ho fatto nemmeno bene, vero?»

«È vero, Lord Hugh», cinguettò il giovane Runt. «Non avete mai fatto una presentazione adeguata. Avete fatto la figura dell'imbecille per tutta la riunione».

«Calmati, esca per pesci, o ti darò una sculacciata così forte che ti sveglierai in Irlanda», disse il vecchio Lord al suo scudiero con una finta dimostrazione di rabbia.

In realtà, i Campbell non erano mai stati il tipo di padroni che picchiavano chi era al loro servizio e, per questo motivo, gli scambi verbali a volte rasentavano l'insubordinazione. Ma Lord Hugh sapeva di poter contare sulla fedeltà e sull'affetto di tutti i suoi servitori. Era considerato un padre per tutti loro.

«Dov'ero rimasto?» continuò il capo famiglia. «Oh, sì. Lei è Celia... ehm... Lady Celia... Caithness. È fuggita quando il vile maiale inglese Danvers ha cercato di farli fuori. Suo zio Edmund e io ci conosciamo da più di trent'anni. L'ultima volta che abbiamo trascorso un po' di tempo insieme è stato dopo quella piccola rissa che abbiamo scatenato al castello di Norham, nel '98, credo. Più che combattere gli inglesi, a quel tempo, li stavamo attirando all'amo. È un buon combattente. Forse è anche il miglior addestratore di soldati della Scozia».

«Allora dov'è il marito che si prenderà cura di lei?» chiese Colin irritato. «I Caithness non sono in grado di proteggere le loro mogli?» Non sapeva perché questa notizia lo avesse turbato così tanto, ma all'improvviso si sentì come stremato, come se qualcuno lo avesse strizzato come uno straccio bagnato.

«Lord Caithness non può», rispose Alec, interrompendo la discussione. «È morto con il re a Flodden».

I due Campbell si fermarono e affrontarono il Macpherson.

«La conosci?» Colin si rivolse al suo amico.

«Solo di nome, e probabilmente ne ho sentito parlare da alter persone», rispose Alec. «Conoscevo Lord Caithness solo di vista, perché era più vicino alla vostra età, vero, Lord Hugh?»

«Non l'ho mai conosciuto, ragazzo, ma credo che avesse solo una decina d'anni meno di me. Se la memoria non mi inganna, credo che si sia schierato con...»

«Cosa sai di lei, Alec?» Colin lo interruppe, fermando il padre a metà frase, cosa che fece divertire Lord Hugh più che offenderlo.

«Niente di più che semplici pettegolezzi, Colin, amico mio», lo prese in giro Alec con la più seria delle espressioni sul volto, intuendo la risposta del padre dal suo sorriso sorpreso. «E so che non ti interessa ascoltare le storie».

«No, infatti, ragazzo», tagliò corto Lord Hugh con tono ironico prima che il figlio potesse rispondere. «I Campbell non sono un gruppo di vecchie pescivendole che se ne stanno in giro a spargere calunnie. No, infatti. Ma parlami piuttosto della faccenda della prova delle Highlands. Ci sono discorsi seri per uomini seri».

Colin non poté insistere ulteriormente con Alec, ma la questione era tutt'altro che chiusa. Mentre Colin pensava agli affari della riunione, Alec prese la parola.

«Colin ha parlato in modo chiaro e diretto con gli altri capi delle Highlands, mio signore», disse Alec con serietà. «Ma le sue proposte sono state respinte da Torquil Macleod e da troppi altri. Sono come un branco di lupi avidi, pronti a fare a pezzi ciò che resta della Scozia, pensando di poterne ottenere un pezzetto. Moriranno tutti come gli sciocchi che sono, con i loro litigi meschini e la loro arroganza. Ma i Macpherson sono con voi».

«Bene, ragazzo. Tuo padre ha sempre dimostrato saggezza nei suoi affari. Dobbiamo fare fronte comune contro gli inglesi. I re Stewart non sono mai stati grandi amici per noi nelle Highlands e nelle Isole Occidentali, ma sono sempre stati un punto di raccolta contro gli stranieri. E ora avremo bisogno di loro».

«Mio padre pensava che, con la primavera alle porte, io e Colin avremmo potuto fare molto per raccogliere consensi tra i capi che non sono andati a Dunvegan e forse anche tra i Lord delle Lowland che sono sopravvissuti a questo maledetto inverno».

«Sì, ragazzo. Forse riusciremo a convincere Edmund a viaggiare con voi due. È molto conosciuto e rispettato tra gli abitanti delle Lowlands. È un uomo d'onore e, a quanto ne so, ha addestrato un numero sufficiente di combattenti».

«Sarà una vera risorsa», commentò Colin in tono burbero. «Può iniziare dando ad Alec una o due lezioni».

«Sembra che ci sia una storia che mi piacerebbe ascoltare», disse Lord Hugh, sbadigliando. «Ma credo che domani sarà abbastanza presto per ascoltarla. Perché non fai sistemare Alec nella stanza dell'arcivescovo? Non arriverà prima di Pasqua. Buona notte, ragazzi. È bello riavervi a casa sani e salvi».

Dopo che Lord Hugh ebbe chiuso la propria porta, Runt si accoccolò sulle coperte nell'alcova di fronte alla sua porta e i due grandi guerrieri proseguirono verso la stanza che Alec avrebbe occupato durante il suo soggiorno.

«Beh, Colin, se non pensi che mi capiterà qualche avventura cercando di entrare nel letto dell'arcivescovo», disse Alec, sguainando la spada in finta difesa.

«Non così in fretta», disse Colin. «Voglio sapere tutto quello che sai su Lady Caithness».

La testa di Colin gli diceva che quella donna era un problema; doveva saperne di più su di lei.

Ma per quanto strana fosse quella donna, c'era qualcosa di ancora più strano in quell'ondata di sollievo che aveva provato, sentendo che quella donna così perplessa era una vedova.

Era davvero bellissima. Ma Colin aveva conosciuto molte belle donne nella sua vita e nessuna gli era mai entrata nel cuore come questa. E così immediatamente!

Ora era ancora più confuso. Qualcosa in quella donna lo stava influenzando. E questo lo irritava ancora di più.

Ma non aveva intenzione di cedere a questi sentimenti. Aveva più disciplina di così. E avrebbe scoperto cosa ci faceva qui quella donna. Forse qualsiasi cosa Alec sapesse, o avesse sentito, avrebbe dato a Colin un indizio.

Quella donna nasconde qualcosa, pensò il gigante guerriero, e io scoprirò cosa.

Capitolo Tre

QUANDO TORNARONO a casa zoppicando dopo Flodden, meritavamo di prendere qualcosa da loro. Questo è il modo di fare la guerra. E il re scozzese ci cercò per combattere. Dicono che fosse in cerca di dote. Che re Henry non pagava il mantenimento di sua sorella. Che prezzo sanguinoso stanno pagando gli scozzesi per la meschinità dei re.

Doveva scoprirlo.

Celia rimise a posto la pesante sbarra di legno della porta, poi si girò e vi appoggiò la schiena. Emise un sospiro così forte da far trasalire sé stessa. Sarebbe stato così difficile.

Sebbene l'intero incidente si fosse svolto in pochi istanti, Celia si sentiva come se avesse vissuto un calvario lungo una notte. Il confuso turbinio di azioni che si erano svolte assunse improvvisamente una qualità onirica nella sua mente. In piedi, da sola, nella sua stanza buia, si chiese se tutto ciò fosse realmente accaduto. Sì, poteva vedere i pezzi della sedia rotta che giacevano sul pavimento dove era atterrato Alec Macpherson.

Tra tutti gli abitanti della Scozia, pensò, doveva essere un Macpherson.

Uno sguardo ansioso le attraversò il viso mentre ispezionava la camera da letto. Se quello che aveva provato era reale, allora non aveva assicurato l'unico ingresso nella stanza. I suoi occhi si illuminarono sul pannello accanto al camino e si diresse rapidamente verso di esso.

La luce della luna entrava ancora dalla finestra, illuminando in qualche modo la stanza, ma non era abbastanza chiara da permetterle di vedere bene. Scorrendo le dita lungo le scanalature del legno, non trovò nessun chiavistello o fessura che le permettesse di aprire il pannello. Quel passaggio segreto era stato realizzato con grande abilità. Avrebbe dovuto esaminarlo alla luce del giorno. Ma per quella notte, Celia aveva bisogno di un modo per bloccare l'ingresso. Celia sapeva che i due giganti erano entrati dall'esterno del castello. Era possibile che altri entrassero nello stesso modo.

Mentre scrutava gli anfratti più bui della stanza, Celia rabbrividì improvvisamente per il freddo e si strinse maggiormente addosso il pesante mantello. Non c'era molta scelta per lei.

Il grande letto di legno era come un'isola montuosa arroccata contro la parete interna della camera da letto. Da una base di legno, l'alto materasso di piume le faceva cenno con una promessa di calore e comfort. Come un grande parapetto, il pesante baldacchino drappeggiato di arance incombeva sul letto, gettando la sua ombra scura su gran parte del resto della stanza. Come una fortezza contro i problemi della sua vita da sveglia, il letto offriva almeno la possibilità di dormire. Ma non ci sarebbe stato sonno per Celia finché non fosse riuscita a calmare le paure che erano state risvegliate dall'intrusione dei due uomini.

Celia sapeva di non poter cambiare il passato. Il dado era tratto. C'erano cose molto reali e minacciose in questo mondo, ma lei poteva concentrarsi solo sul presente. E per il presente, quel pannello di legno deve essere bloccato.

Nell'angolo più lontano della stanza, accanto ai pioli a muro, si trovava un'enorme cassa di quercia, abbastanza grande da poterci nascondere una donna adulta. Il baule, l'unico spazio della stanza dedicato ai vestiti, conteneva solo l'armatura leggera di Celia. È una buona cosa, pensò Celia, mentre iniziava a trascinare la cassa lontano dal muro. Se fosse più pesante, non riuscirei a spostarla da sola.

Celia spostò lo scomodo mobile lentamente, cercando di non produrre alcun suono che potesse attirare l'attenzione dei suoi ospiti. Le canne secche che coprivano il pavimento aiutavano a smorzare il suono del raschiamento. Alla fine, Celia riuscì a spingere la cassapanca di fronte al pannello.

Era solo una soluzione temporanea, Celia lo sapeva, e non molto valida. Se qualcuno avesse tentato di nuovo di entrare da quel pannello, sarebbe stato sicuramente in grado di spingere via la cassa, ma almeno Celia avrebbe avuto abbastanza tempo per reagire.

L'esercizio di spostare il grande scrigno non servì ad alleviare il freddo insidioso che le saliva lungo il corpo dai piedi congelati. Non poteva permettersi di prendere freddo ora che si era ripresa dal viaggio dalle Lowlands. Doveva essere sempre pronta; c'era ancora molto da fare.

Nel suo recente passato, tuttavia, Celia si era chiesta come avrebbe potuto andare avanti. In quel momento, l'enorme letto dall'altra parte della stanza sembrava un bozzolo caldo e protettivo che l'attendeva.

Ma prima doveva controllare Kit.

Muovendosi rapidamente sul pavimento, Celia batté leggermente il segnale prestabilito sulla porta della stanza del bambino. Sentì Ellen sbarrare silenziosamente la porta e Celia scivolò all'interno.

«Lady Celia, cos'era tutto questo rumore?» sussurrò Ellen, con gli occhi spalancati dalla preoccupazione.

«Il figlio di Lord Hugh... Colin... Lord Colin. È arrivato inaspettatamente stasera e ha pensato di ospitare il suo amico nella mia stanza. Siamo rimasti tutti piuttosto sorpresi, immagino».

«Lady Celia, ho sentito un urlo spaventoso, mobili che si rompevano e voci. Io...«

«Va tutto bene ora, Ellen», disse Celia, mettendo un braccio intorno alle spalle della sua amica. «Tutti si sono ritirati e tu farai lo stesso. Ma prima voglio dare un'occhiata al bambino. Ha dormito bene stanotte?» Celia guardò con tenerezza la pesante culla.

Allungando la mano e lisciando il pesante involucro che avvolgeva il bambino, Celia voleva toccare la sua pelle morbida. Prenderlo in braccio. Stringerlo a sé. Era ancora stupita dal senso di possessività e di protezione che la travolgeva quando gli stava vicino. Celia aveva sempre sentito parlare di istinto materno, ma non aveva mai sognato che le sarebbe successo, non in questo modo.

«È stato un po' nervoso per un breve periodo, ma ha riposato tranquillo per quasi tutta la notte. Sta sicuramente mangiando meglio di prima», disse Ellen con dolcezza, guardando con affetto il bambino.

Celia pensò a Ellen, che aveva perso il suo bambino alla nascita, così presto dopo la morte del marito. Sebbene i suoi stessi sentimenti fossero sconcertanti, Celia poteva facilmente capire come la perdita di Ellen si fosse trasformata nell'amare Kit come se fosse suo.

Negli ultimi giorni si erano preoccupate molto per la salute di Kit, ma ieri la febbre sembrava essere migliorata, anche se gli attacchi di tosse continuavano. Lei ed Ellen non avevano certo riposato molto da quando erano arrivate al castello di Kildalton e, dopo l'attività inaspettata di quella notte, Celia si chiedeva se sarebbe mai riuscita a chiudere gli occhi qui.

Accertatasi che Kit stesse riposando tranquillamente, Celia scrutò la stanza alla ricerca di possibili entrate segrete. Quella stanza, più piccola della sua, non aveva pannelli accanto al camino e l'intonaco che ricopriva le pareti in pietra sembrava liscio e solido. Non volendo turbare Ellen, Celia non le disse nulla del passaggio.

Dandole la buonanotte, Celia tornò nella sua stanza, ascoltando mentre Ellen sbarrava la porta dietro di sé.

Ellen era all'ottavo mese di gravidanza quando perse tutti coloro di cui si prendeva cura a Flodden: suo marito, suo padre e il suo unico fratello. Erano stati tutti spazzati via dalla faccia della terra in un solo giorno. E poi, solo pochi giorni dopo, quando il suo bambino morì alla nascita, la sua devastazione fu completa. Ma Kit aveva riunito Celia ed Ellen e la madre in lutto aveva trovato uno scopo per andare avanti, una ragione di vita.

Che tipo di vita aveva trovato? Pensò Celia. Una vita di pericoli e incertezze, con conseguenze ancora più drastiche di quelle che aveva sperimentato in precedenza. Anche Ellen aveva preso una decisione, quella di dare tutto ciò che le rimaneva, sé stessa, e Celia sapeva di doverle la migliore protezione possibile.

Recuperando la sua spada corta dalla parete vicino agli appendiabiti, Celia si arrampicò di nuovo sul letto e fissò le pesanti tende su entrambi i lati. Sprofondata nelle profondità del letto di piume, Celia dubitava che gli strati di pesanti coperte di lana che la ricoprivano avrebbero potuto dissipare il freddo che permeava il suo corpo.

Sembrava che avesse freddo da quando avevano lasciato Caithness. I pensieri di Celia tornarono a quella notte selvaggia.

. . .

Sfuggiti a Lord Danvers e ai suoi uomini con i soli vestiti che indossavano, Celia e gli altri avevano cavalcato verso nord oltre Loch Lomond. Il terreno era diventato accidentato e, quando l'alba si affacciò su una mattina grigia e piovigginosa, si erano già addentrati nelle Highlands.

Bagnati e infreddoliti, i viaggiatori stanchi si spinsero oltre la cima incombente del Ben Lomond, cercando invano un riparo in cui riposare. Le alte brughiere non offrivano nemmeno un frangivento contro cui rannicchiarsi.

«Edmund, dobbiamo portare Kit al riparo da questo freddo», mormorò Celia mentre cavalcavano.

«Sì, ragazza, e anche Padre William ha l'aria di aver bisogno di un po' di riscaldamento», rispose lo zio con voce abbastanza alta da farsi sentire da Dunbar.

«Non preoccuparti per me, infedele dalla faccia sfregiata», ribatté Padre William. «Me la cavo benissimo con questo brutto tempo. E potresti imparare ad apprezzarlo un po' di più anche tu, considerando dove andrai quando avrai finito di vivere su questa terra».

«Se stai suggerendo, prete, che la mia eterna ricompensa includa un clima un po' più caldo, allora almeno saprò dove sono quando vedrò la tua faccia».

«La mia faccia! Io non ci andrò, tontolone. Sono un uomo di Dio».

«Forse è così. Ma ricordo di aver visto una volta un dipinto di San Michele che scacciava Satana nel pozzo di fuoco, e quel diavolo aveva il tuo volto, lo giuro».

«Ti stai avvicinando alla blasfemia, vecchia canaglia, e se pensi che farò qualsiasi cosa per salvare la tua anima eterna...»

«Edmund! Padre William! Dovete sempre litigare tra di voi?» Celia alzò gli occhi al cielo.

Sapeva che questi due uomini si rispettavano e si piacevano, anche se erano determinati a non darlo a vedere. Dal giorno in cui si erano conosciuti, le loro battute erano state una fonte di divertimento per lei e per l'altro, sospettava.

Nel corso degli anni, ognuno di loro aveva instillato una parte di sé in Celia. Lei aveva acquisito il suo addestramento fisico e la sua abilità da Edmund, e la sua disciplina e comprensione intellettuale e spirituale dalla tutela di Padre William.

Sebbene avessero più o meno la stessa età, erano tipi di uomini molto diversi. Edmund, alto e imponente, solido come una quercia, era il modello stesso della cavalleria. Discendeva direttamente da Robert the Bruce e la qualità di quella stirpe era incarnata nel cavaliere.

Nel corso degli anni Edmund le aveva insegnato a dare valore anche a quel lignaggio che faceva così tanto parte di lei. E Celia sapeva che era la forza di quel nobile sangue scozzese, trasmessole attraverso sua madre, che l'aveva aiutata a tenere Kit al sicuro.

Celia sorrise tra sé e sé pensando a quell'uomo le cui idee sul comportamento corretto sembravano così antiquate, così «da manuale». Questo, tranne che per quanto riguardava Celia stessa. Era stato una forza nella sua vita più di quanto lo fosse stato suo padre e le aveva dato un'educazione che le aveva permesso di sopravvivere. Non proprio un'educazione «da manuale», ma un tipo di educazione che sviluppava una serie di abilità non convenzionali di cui sapeva che lei avrebbe avuto bisogno in questo mondo di uomini.

William Dunbar, piccolo e robusto, era sacerdote e poeta, potente con la lingua quanto Edmund lo era con la spada. La sua prontezza di spirito e la sua impavida audacia lo avevano reso a lungo un favorito a corte. Anche lui non seguiva le regole. Scriveva il suo. Quando il re James aveva autorizzato il tipografo Myllar e il suo socio Chepman a creare la prima tipografia in Scozia, Padre William aveva scritto uno dei primi libri che avevano stampato. E quando il re voleva insultare un rivale, Dunbar era l'unico uomo a cui si rivolgeva. La lingua acida e il vortice di retorica del poeta erano letali per l'onore di un avversario. Nel mondo della corte, la ferita di una parola era più profonda della spada di qualsiasi cavaliere.

Sempre agli ordini del re, Padre William aveva continuato a servire fedelmente James. Il suo unico rimpianto era che il re non gli avesse mai concesso l'unica cosa che desiderava di più, una chiesa tutta sua con il popolo di Dio da servire e i suoi figli da istruire.

Ma nonostante le loro differenze, Edmund e Padre William erano entrambi devoti all'identità nazionale scozzese, un'identità che rischiavano di perdere ora che il re era morto.

Ma ormai erano tutti stanchi e avevano bisogno di trovare cibo e riparo.

«Qualche ora più avanti», disse Edmund rivolgendosi a Celia, «incontreremo la valle intorno a Loch Arklet. Lì c'è un riparo, ma dobbiamo fare attenzione. Il clan Gregor controlla quella zona e venderebbe le proprie madri se pensasse di trarne profitto. È meglio che tu metta il tuo miglior accento gaelico».

«Arriverebbero a trattare con gli inglesi?» chiese Celia con ansia.

«Odiano gli inglesi tanto quanto odiano gli Stewart», rispose Edmund. «Ma tratterebbero con Satana in persona se fosse nel loro interesse».

Quando iniziarono a scendere nella valle, le brughiere scoscese lasciarono il posto a boschetti di enormi querce. Ma la temperatura stava scendendo e la pioggerellina si era trasformata in una fitta e umida neve. Celia raccolse Kit, che dormiva, più vicino a sé, sotto la protezione del mantello.

«Non ci vorrà molto», disse Edmund al gruppo.

«Questa gente offre alloggio ai viaggiatori», disse poco dopo, mentre si fermavano davanti a una vecchia fattoria in pietra con il tetto di paglia. «Se sono le stesse persone che vivono qui, sono abbastanza oneste».

Mentre i viaggiatori stanchi scrutavano il rifugio e i suoi dintorni, la porta si aprì e un uomo malandato e dall'aria arrabbiata si affacciò sull'uscio, guardandoli con diffidenza.

«Abbiamo bisogno di cibo e di un alloggio per la notte», disse Edmund.

«Sì. Potete pagare?» sogghignò.

«Possiamo», aggiunse brevemente Padre William. «E portare la benedizione di Dio anche su di voi».

«Uno scellino del re andrà benissimo, ma saremo lieti di ricevere qualsiasi altra benedizione», rispose bruscamente l'uomo e tornò in casa.

Mentre Celia e gli altri smontavano, il contadino riapparve alla porta, guidando una mucca emaciata nella neve che cadeva.

«La bisbetica vi mostrerà dove potete dormire», disse al gruppo, indicando con il pollice la porta.

«E c'è del cibo per i cavalli sotto la sporgenza sul retro», disse a Edmund, proseguendo in quella direzione. Mentre camminava, lanciò uno sguardo laterale ai cavalli, valutandoli di nascosto. «Non posso promettere che i vostri animali saranno ancora qui domattina, però. Ce ne sono di tutti i tipi che vagano da queste parti di notte».

Celia passò Kit a Ellen ed entrò nella fattoria buia davanti a lei, mentre Edmund e Padre William andarono a prendersi cura dei cavalli. Appena dentro la porta, una donna magra, più anziana del marito, le scrutò con timore dall'ombra. Quando vide che Ellen portava un bambino, però, uscì alla luce.

Celia ed Ellen rimasero senza fiato alla vista della donna. Un lato del viso era gonfio a causa di un colpo ricevuto di recente. Anche l'altro occhio era annerito, forse a causa di un precedente pestaggio.

«Gente di qualità», disse con imbarazzo, distogliendo il viso dagli sguardi preoccupati degli ospiti. «E anche un bambino. Non possiamo permettervi di dormire sulla stessa paglia di quella vecchia mucca. Lasciate che sgomberi questo angolo e metta della paglia fresca».

«Grazie», disse Celia, guardandosi intorno e osservando un interno privo di qualsiasi comodità, a parte il fuoco che scoppiettava nell'enorme focolare aperto e la grande pentola di ferro che pendeva a fuoco lento sopra di esso. «Lasciate che vi aiuti».

Celia lavorò con la donna mentre preparava i loro posti e la loro cena. Vedendo il suo spirito malconcio e la sua condizione, il cuore di Celia desiderava aiutare in qualche modo questa donna nei suoi problemi. Ma sapeva che non poteva fare nulla. Non in quel momento. Non nella posizione in cui si trovava lei stessa.

Poi, durante la cena, mentre erano tutti riuniti nel cottage per il pasto, il marito dal volto burbero grugnì chiedendo alla moglie di versargli altra birra. Lei si affrettò a prendere la brocca, ma evidentemente non abbastanza velocemente per i suoi gusti. Infatti, mentre lei gliela versava, la sua espressione scontrosa si trasformò in un ringhio, mentre lui rovesciava la tazza e balzava in piedi, alzando il pugno mentre la donna si rannicchiava in attesa dell'attacco.

Ma il colpo non cadde mai. Edmund afferrò il polso dell'uomo mentre oscillava, sollevandolo all'indietro e allontanandolo dalla moglie. Piegando il braccio del marito all'indietro, Edmund costrinse l'uomo a inginocchiarsi.

«Non sopporteremo l'abuso di nessuna donna», ringhiò Edmund.

«Non il mio braccio», supplicò il marito. «Non rompetemi il braccio!»

Celia poteva sentire il panico nella voce del marito. Sapevano tutti che un braccio rotto poteva significare non sopravvivere all'inverno, poteva significare che la semina di primavera non sarebbe stata fatta. Il suo sguardo passò dal volto spaventato del marito a quello ansioso della moglie.

«Giura che non la colpirai più, codardo», ordinò il grande cavaliere, piegando ulteriormente il braccio. «Giura!»

«Lo giuro, mio Lord», piagnucolò. «Non la colpirò. Per Dio, lo giuro».

«Ricordati», minacciò Edmund, liberando il marito tremante. «Percorro spesso questa strada. Tornerò e se mai sentirò che le fai ancora del male, non ti spezzerò il braccio. Sarà il tuo collo».

Dopo cena Edmund decise che avrebbe fatto meglio a rimanere fuori, sotto la tettoia, dove avrebbe potuto osservare i loro cavalli e mettere un po' di distanza tra loro e quell'uomo. Celia lo raggiunse nel crudo crepuscolo scozzese per poter parlare in privato. La neve era tornata ad essere una pioggia fredda e grigia.

«Il conte di Argyll sarà ancora alla riunione dei capi delle Highlands al castello di Dunvegan, sull'isola di Skye», disse Edmund, sistemandosi su un secchio rovesciato, con le spalle al muro della casa. «Potrebbe non tornare al suo castello invernale prima di Pasqua e non so se troveremo un'accoglienza calorosa mentre lui è via. Non può sapere cosa è successo a Caithness Hall e i suoi servitori non ci aspettano».

«Ma non possiamo andare in giro per le Highlands con questo tempo fino al suo ritorno», rispose Celia. «E non mi piace abbastanza questo posto per restare qui».

«Sono d'accordo. Infatti, se restiamo qui oltre la notte, potrei uccidere il bastardo», dichiarò Edmund con un'espressione accigliata. «Questa è gente molto diversa da quella che c'era qui prima. Dobbiamo correre il rischio di andare nelle Isole Occidentali. Più ci allontaniamo da quegli inglesi macellai, meglio staremo. Inoltre, in caso di necessità, ho un vecchio amico nelle Isole che vive a circa mezza giornata di navigazione dal castello invernale di Argyll e ci ospiterà sicuramente fino al ritorno di Argyll».

«Chi è?» chiese Celia.

«Hugh Campbell, il capo più potente delle Isole Occidentali. Un brav'uomo, ma sempre troppo indipendente per i gusti del re. E ho sentito dire che anche suo figlio Colin è un brav'uomo».

«Campbell?» lo interruppe Celia. «Prima che tu, Padre William e il marito rientraste dai cavalli, ho sentito parlare dei Campbell da Eustace, la moglie. Si direbbe che entrambi, padre e figlio, possano camminare sull'acqua. Questa donna proviene da quel clan, suppongo, perché non ha mai smesso di parlare di loro, fino al momento in cui suo marito è entrato dalla porta. È stato l'unico momento in cui si è aperta. Credo che rimpianga il giorno in cui ha lasciato il suo clan. Ma cosa stavi dicendo dei Campbell?»

«Beh, da quello che ho sentito dire, il figlio è un uomo buono come il padre e Lord Hugh è un uomo raffinato come pochi. A differenza di alcuni Lord scozzesi, hanno molto a cuore il loro popolo. Si dice che per i Campbell le persone che dipendono da loro vengono prima persino del re».

«Ma non è una cosa insolita in queste Highlands. Saremmo al sicuro lì?» chiese Celia.

«Mentre il re veniva ucciso a Flodden, Colin Campbell terrorizzava quel pomposo Henry Tudor e le sue truppe inglesi in Francia. Non credo che gli inglesi si sognerebbero mai di portare la battaglia al castello di Kildalton. Ho sentito dire che ora ha più cannoni del castello di Edimburgo».

Celia sapeva che re James aveva inviato alcuni dei suoi migliori guerrieri in Francia quando gli inglesi avevano invaso il continente. Ma erano tornati troppo tardi per unirsi al re a Flodden.

«Se andassimo lì, cosa potremmo dire loro? Chi dirà che sono io?»

Quando lasciarono Linlithgow, il suo benefattore Lord Huntly aveva insistito affinché Celia mantenesse il segreto sulla sua identità. C'erano molte buone ragioni per farlo e Huntly voleva che lei e Kit fossero lontani dal pericolo mentre si concentrava sulla riorganizzazione di ciò che restava della corte degli Stewart. Lord Huntly era il nobile più potente rimasto a corte e intendeva fare in modo che il governo degli Stewart continuasse a essere la forza unificatrice della Scozia. Aveva detto loro che, se si fossero trovati in pericolo, avrebbero dovuto rivolgersi al conte di Argyll, che li avrebbe ospitati fino a un momento più stabile.

Avevano pensato di essere al sicuro a Caithness Hall, e lo erano stati per quasi cinque mesi. Con Lord Caithness morto e Lady Caithness con la sua famiglia in Inghilterra, la presenza di Edmund era stata la benvenuta a Manor Hall. Edmund era stato un amico intimo di Lord Caithness per molti anni e il suo volto era un collegamento con tempi meno travagliati. Così erano diventati ospiti di una sala che ospitava molte famiglie nobili sradicate nei giorni turbolenti successivi a Flodden. Con tante vedove in Scozia, la sua vera identità non era mai stata messa in dubbio. Era la nipote di Edmund e questo era sufficiente per i servitori rimasti a gestire il maniero.

Ma Celia ora sapeva che il diavolo Danvers non si sarebbe fermato finché non li avesse trovati. Era stata promessa all'inglese molto tempo prima. Celia era la figlia di John Muir e nipote del Duca di York. Ma non era il suo rango o il suo denaro che lui desiderava all'inizio a spingerlo. Era l'odio che nutriva per lei. Lei lo aveva ferito e respinto. Il suo onore era stato ferito.

Danvers doveva essere messo fuori strada in qualche modo.

«Potresti diventare Lady Caithness, Celia», suggerì Edmund pensieroso. «Anche lei ha un figlio».

«Non sapranno la verità?» chiese a disagio. «Lady Caithness era molto conosciuta a corte».

«Molto probabilmente no», continuò Edmund. «I Campbell non sono mai stati tipi da società di corte. Posso dirti una cosa, però. Anche se Lord Hugh intuisse la verità, non ci affronterebbe mai per una questione d'onore».

Celia sperava di non dover ingannare nessuno, ma soprattutto quei fedeli amici di Edmund.

Celia pensava che il letto più bello del castello più bello non potesse essere migliore del divano di giunchi secchi che la donna aveva preparato per lei sulla paglia fresca. Si era addormentata con Kit ed Ellen comodamente infilati accanto a lei e padre William poco distante.

Non sapeva da quanto tempo stesse dormendo, quando improvvisamente si accorse di un movimento vicino al focolare aperto.

Il marito si avvicinò silenziosamente alla porta del cottage, la sprangò e si dileguò nella notte. Non era passato un attimo, tuttavia, quando Celia vide la donna attraversare la stanza per raggiungere i viaggiatori. Eustace mise una mano sulla spalla di Celia, ma vide subito che la giovane donna era già sveglia.

«Dovete andarvene subito», sussurrò con urgenza. «È andato a prendere i suoi sporchi compari. Vi uccideranno tutti per quei vostri cavalli. Vi ucciderebbero anche per meno, Milady».

«Vi state mettendo in pericolo», disse Celia, alzandosi in piedi e facendo alzare gli altri. «Cosa gli direte, Eustace, quando torneranno? Non possiamo lasciarvi qui».

«Sì, potete farlo. Non mi farà del male. Dirò solo a quel furfante che l'avete sentito andar via», rispose lei, seguendoli verso la porta. «Non preoccupatevi per me. Sarò anche sposata con questo sporco Gregor, ma sono ancora una Campbell. Me la caverò».

«Dio vi benedica», disse Celia, abbracciandola velocemente mentre Edmund e Padre William giravano l'angolo con i cavalli.

Senza un'altra parola, Celia salì a cavallo, prese il bambino da Ellen e guardò ancora una volta la donna sfiduciata che stava sulla porta della fattoria.

Celia imbizzarrì il suo cavallo e si lanciò al galoppo con gli altri nell'umida oscurità della notte scozzese.

I Gregor rinunciarono all'inseguimento quando Celia e gli altri guadarono lo stretto punto più a nord del lago e cavalcarono verso ovest. Quando spuntò di nuovo l'alba, grigia e umida, Edmund guardò fisso la giovane nipote. Chiaramente, aveva pensato alla loro prossima mossa.

«Dovremmo andare dai Campbell, Celia. È la migliore scelta possibile».

Celia era d'accordo. Al momento sembrava essere la loro unica scelta.

«E Kildalton sia, allora», rispose lei.

Per i dieci giorni successivi viaggiarono come potevano, alloggiando presso contadini che, il più delle volte, avevano poco da condividere in termini di cibo a inverno così inoltrato. Diverse volte riuscirono ad alloggiare presso piccole abbazie e comunità religiose che Padre William conosceva. A volte, raggiungere questi luoghi richiedeva ai viaggiatori quasi un giorno di viaggio, ma sapevano che avrebbero sempre trovato un alloggio caldo e una cena calda al loro arrivo, e questo rendeva validi i chilometri in più.

Due giorni prima di raggiungere Oban, un villaggio di pescatori situato nel punto in cui la baia di Lorn e quella di Mull si incontravano, il bambino ebbe la febbre. Celia sapeva che dovevano raggiungere un luogo di rifugio dove Kit potesse stare al caldo e all'asciutto. Fino a quel momento era stato un soldato provetto, che piangeva raramente, incuriosito, a quanto pareva, dai cambiamenti del paesaggio. Ora però Kit piangeva incessantemente e la sua tosse congestionata cominciò a innervosire Celia. Abbracciando il bambino al seno, si rese conto di non essersi mai sentita così indifesa in vita sua.

Poi anche lei iniziò a tossire e, mentre la febbre saliva, Celia si sentiva indebolire ogni ora che passava.

Celia insistette perché andassero avanti ad un ritmo più veloce. Non sapeva quanto avrebbe potuto resistere.

Quando raggiunsero Oban, non c'era dubbio che non sarebbero stati in grado di proseguire fino al castello di Argyll. Celia ascoltò, attraverso il ronzio della febbre, mentre Edmund ingaggiava uno dei pescatori per traghettarli attraverso il golfo fino all'Isola di Mull e alla roccaforte dei Campbell, il Castello di Kildalton.

Padre William doveva proseguire verso l'abbazia presso il castello di Argyll per avere notizie del conte.

Celia non aveva un ricordo chiaro del viaggio, se non la sensazione del dondolio e dell'immersione della barca, sensazioni non spiacevoli per una donna che era cresciuta navigando sulle navi mercantili armate del padre.

Quando la barca attraccò nel porto protetto del villaggio incastonato sotto le alte e spesse mura del Castello di Kildalton, Celia si accorse solo vagamente delle voci che la circondavano. Aprì gli occhi quando si sentì sollevare da Edmund e consegnare tra le braccia di un altro uomo dai capelli grigi.

«Kit», mormorò. «Dov'è il bambino?»

La grande voce dell'uomo rimbombò dolcemente in risposta al fatto che il bambino era stato accudito.

«Aiutate Ellen... per favore. E Edmund. Edmund è qui?»

«Sì, figliola», rispose con un profondo tono paterno. «Ora siete tutti affidati a me».

Sdraiata comodamente in quel grande letto a baldacchino, Celia era grata per le cure ricevute dalle mani di Hugh Campbell. Queste non erano le persone ridicolizzate e temute dagli abitanti delle Lowlands. Non erano i brutti e barbari selvaggi che si usavano nelle storie per spaventare i bambini. Erano persone gentili e ospitali che avevano dato a Celia il primo senso di sicurezza che aveva provato da mesi.

Da quando era arrivata, Celia era stata benignamente costretta da Lord Hugh e dai suoi servitori a rimanere tranquillamente nella sua stanza. Grazie alle loro cure, si era ripresa rapidamente. Ma, nonostante ciò, Celia non era mai stata così confinata in tutta la sua vita.

Ma ora, pensò Celia, forse la cosa migliore che posso fare per il resto del mio tempo qui è stare il più possibile lontana da Colin e dal suo amico.

Si aspettava che Padre William tornasse da un giorno all'altro con notizie su Argyll e sulla sua prossima mossa. Cosa lo tratteneva?

Celia non si aspettava nemmeno di vedere il bel viso robusto di Colin Campbell e ora desiderava non averlo mai visto.

La sua entrata in scena quella sera aveva certamente avuto un effetto sconvolgente sui suoi piani. Era stata costretta a difendersi con abilità che poche donne possiedono. Celia aveva sperato di essere un modello di correttezza durante il suo soggiorno a Kildalton, ma gli eventi di quella sera avevano mandato in frantumi tutto.

Colin Campbell non rientra nei miei piani, pensò.

«So che questa donna di Caithness sta progettando qualcosa, Alec», disse Colin, camminando inquieto davanti al fuoco del suo amico. «Ho bisogno che tu mi dica tutto quello che sai su di lei».

«Ti dirò una cosa», disse Alec con una risata, sistemandosi sull'unica sedia a tre gambe che adornava la sua camera. «Questa non è la Lady Caithness che mi sarei aspettato di vedere».

«Cosa intendi dire?» chiese Colin, lanciando un'occhiata severa al suo amico.

«Per essere una ragazza così giovane come sembra, ha già acquisito una certa reputazione».

«Non ha una reputazione tale da raggiungere il castello di Kildalton», esclamò Colin, sorpreso dalla veemenza della sua stessa voce. Colin si voltò e diede un calcio a un ceppo che minacciava di uscire dal camino. La stanza di Alec si stava riscaldando rapidamente e la luce del fuoco trasformava l'ombra di Colin in un'immagine mostruosa sulla parete di fondo.

«Beh, ti dirò quello che so, ma dobbiamo essere chiari sul fatto che si tratta solo di chiacchiere di seconda o terza mano. Pettegolezzi inutili che provengono da spregiudicati e parassiti di corte. In effetti, li conosci, i miei fratelli John e Ambrose», disse Alec, sorridendo.

Colin dovette sorridere. I fratelli di Alec erano entrambi bravi uomini, ben lontani dalla descrizione faceta di Alec. Prima di Flodden, erano stati entrambi costantemente a corte, rappresentando gli interessi del clan Macpherson. I tre fratelli erano stati al fianco del re nella battaglia contro gli inglesi e, sebbene Ambrose fosse stato gravemente ferito, era stato un miracolo che tutti e tre fossero sopravvissuti alla disfatta.

«È una donna che era infelice nel matrimonio, chiaro e semplice», disse Alec. «Mezza inglese e mezza scozzese, è stata coinvolta in un matrimonio sbagliato con il vecchio Lord Caithness».

«Ha scelto di sposarsi o no?» chiese Colin, fermandosi di fronte all'amico, con i piedi divaricati e le mani sui fianchi del suo mantello.

«A quanto pare, no», rispose Alec, sorpreso dalla natura personale della domanda di Colin. Non era una cosa da lui. «Si trattava di un matrimonio organizzato dal re per risolvere una disputa fondiaria o qualcosa di simile. Ma Caithness era abbastanza vecchio da essere suo nonno e il matrimonio non aveva alcuna possibilità fin dall'inizio. Secondo Ambrose, non sarebbe riuscita a resistere a Caithness Hall nemmeno un anno. E quando è tornata a corte, sono iniziati i pettegolezzi».

Alec allungò le lunghe gambe davanti a sé e sbadigliò prima di continuare. Colin appoggiò il suo braccio muscoloso sulla mensola in pietra che sovrastava il camino e aspettò... ma non con pazienza.

«Si dice che a corte se ne andasse in giro con chiunque le andasse a genio. Da quello che ho sentito, nemmeno Caithness era molto sicuro che quel bambino fosse suo». Alec scrutò il volto dell'amico, interessato alla reazione di Colin a questo pettegolezzo, ma Colin rivolse il viso al fuoco.

Colin guardò le fiamme davanti a sé. Qualcosa dentro di lui non voleva credere a questa vecchia storia.

«Una cosa la so», continuò Alec. «L'ho visto combattere nella battaglia del re e, anche se aveva qualche anno in più, era più che disposto a combattere. È morto in mezzo a un nugolo di fanti inglesi insanguinati, brandendo la spada come il vero guerriero che era. Quel Caithness era un combattente».

«Ma ovviamente non era un granché come marito», concluse Colin. «Perché non l'ha costretta a stare ferma e lontana da corte?»

«Da quello che ho visto stasera», osservò Alec, tastandosi la gola e cercando di alleggerire l'atmosfera nella stanza, «quella donna non sarà costretta a fare nulla che non voglia fare».

Colin lasciò che il suo amico cambiasse il tono della conversazione. Dopotutto, era con Alec che stava parlando.

«Beh, non preoccuparti, Alec. Non spargerò troppo la voce che sei stato battuto da una donna grande la metà di te», disse Colin sorridendo. Si sarebbe divertito a tenere in pugno il suo amico per molto, molto tempo.

«Una cosa che i miei fratelli non hanno menzionato, però», pensò Alec, «è quanto sia bella la ragazza».

«Quei tuoi fratelli hanno ormai gusti di corte», rispose Colin con finto disprezzo. «Quegli occhi neri e quei capelli ramati non trovano spazio nelle canzoni d'amore che sentono a corte. La pelle bianca e gli occhi grigio-azzurri sono tutto ciò che pensano possa essere bello, molto probabilmente».

«Detto sinceramente», disse Alec, con un sorriso ironico che si insinuava sul suo volto. «Ma sai, amico mio, sono un po' sorpreso che Colin Campbell abbia notato gli occhi di questa donna».

«Sei un idiota», rispose Colin, ricominciando a camminare. «Non me ne ero accorto».

«No? Allora perché stavi in piedi con la lingua a penzoloni sul pavimento invece di essere all'altezza della tua reputazione?»

«Non sembravi troppo ansioso di essere salvato lì dentro», sbuffò Colin, fermandosi di fronte ad Alec e lanciandogli un'occhiata accusatoria.

«Sai, amico mio», rispose Alec, sorridendogli compiaciuto. «Non provavo alcuna ansia, per niente. Con quegli occhi che guardavano così amorevolmente nei miei, avrei potuto rimanere sdraiato lì tutta la notte».

«Basta con queste chiacchiere», sbottò Colin, attraversando la stanza fino alla finestra. A volte Alec Macpherson poteva essere piuttosto fastidioso. «Devo ancora scoprire perché è qui».

«Perché non credi a quello che ha detto a tuo padre?» chiese Alec, guardando con curiosità il massiccio guerriero.

«Perché non ha senso. Quando gli inglesi hanno bruciato Caithness Hall, qualsiasi donna, soprattutto questa donna, sarebbe tornata subito a corte, non nelle Highlands».

«Probabilmente è vero», disse Alec pensieroso. «Da quello che ho sentito, ogni vedova in Scozia è a corte in questi giorni».

«Sì, tutte in cerca di marito», aggiunse Colin.

«Beh, allora chi sta cercando qui?» chiese Alec, sardonicamente.

Ma Colin non ne era così sicuro. Dopo tutto, il suo ritorno non era previsto prima di un paio di settimane. Forse lei lo sapeva ed era venuta a cercare un altro Lord anziano. Colin si chiese amaramente se avesse sventato il suo piano solo arrivando in anticipo. Era evidente che suo padre teneva già a quella donna. Colin concluse che doveva essere Lord Hugh quello che cercava, ma qualcosa in lui non voleva crederci. Doveva esserci qualcos'altro. L'unica cosa da fare era starle vicino.

«Lo scoprirò presto».

Capitolo Quattro

ORA DOVREMMO TORNARE A CASA. Invece, ho sentito che ci sposteremo più a nord. Ma non lasceremo ciò che resta di questo villaggio di pescatori abbastanza presto per me. Non c'è più nessuno qui, a parte noi. Li abbiamo uccisi tutti. Li abbiamo trascinati dalle loro soffitte, dalle loro cantine e dai loro ovili e li abbiamo fatti fuori nei loro giardini. Gli altri ridono ora mentre trascinano i bambini dalle braccia delle madri urlanti. Muoiono tutti quando li troviamo e Lord Danvers li guarda sorridendo.

Non c'è da stupirsi che fuggano tutti da noi quando possono ancora correre, con il terrore negli occhi. Non ho mai visto in vita mia una tale distruzione... una distruzione del tutto insensata.

Colin non si sarebbe avvicinato troppo a lei il giorno dopo.

Celia era ben sveglia prima dell'alba. Kit ed Ellen dormivano profondamente, ma per Celia la notte era finita. Inquieta, camminava per la stanza come una leonessa pronta a cacciare. Aveva bisogno di movimento, di aria fresca, di una bella lotta. Celia aveva bisogno di qualcosa che le facesse muovere il sangue.

Quel poco di sonno che aveva fatto era stato costellato di sogni. Incendi. Lande grigie e spazzate dal vento. Passaggi segreti. E Colin Campbell.

Dannazione, cosa c'è di sbagliato in me, pensò. Si stava comportando come una ragazza dagli occhi di ghiaccio. Quella non era una poesia d'amore francese. Non era una persona che si lasciava influenzare da un bel viso. Aveva visto molti bei volti nelle corti che aveva frequentato. Il suo viso non era poi così diverso da tanti altri: due occhi, un naso, una bocca. No, lei aveva superato quella fase della sua vita. Aveva vent'anni. Una donna adulta.

E non aveva mai pensato di essere bella, o addirittura attraente. Anzi, era sempre stata pratica. Era l'unica cosa che contava. Ma la sera prima, quando Colin l'aveva guardata con tanta attenzione, si era sentita avvilita. La sua risposta era stata sconsiderata: aveva voluto reagire.

Ma, svegliandosi durante la notte, Celia aveva rivisto quello sguardo, nella sua mente, e reagire non era la risposta che permeava il suo essere.

Celia era fuggita dal fuoco. Aveva cavalcato attraverso il rigido inverno delle Highlands. Aveva bloccato il passaggio segreto. Ma Colin Campbell era un altro tipo di ostacolo.

Quando l'alba si fece chiara e asciutta, Celia indossò i suoi abiti da viaggio, l'unico vestito che aveva, guardò ancora una volta Kit ed Ellen che dormivano e sgattaiolò silenziosamente nel corridoio.

Era la prima volta che usciva dal suo alloggio per prendere aria da quando era arrivata. Mentre Celia si dirigeva lungo l'ampio corridoio, i suoi occhi osservarono la magnifica architettura.

Quella parte del castello era chiaramente nuova. Celia era rimasta impressionata quando si era svegliata per la prima volta in una luminosa camera da letto arredata con finestre vetrate e un caminetto. Anche la nuova casa padronale di Caithness aveva i vetri solo nella metà superiore delle finestre. Le metà inferiori, come le finestre dei castelli del re a Stirling e a Edimburgo, erano state chiuse con il legno. Ma qui le finestre erano grandi e completamente coperte da una griglia di vetro piombato. La cosa più sconvolgente, però, era che si aprivano con dei cardini.

In quella parte del castello i costruttori avevano utilizzato uno stile che non aveva mai visto in Scozia. I soffitti, anche nei corridoi, erano più alti, con archi che arrivavano a un punto in alto, come in alcune delle cattedrali più recenti in Inghilterra. L'effetto era di spazio. I Campbell vivevano meglio del re stesso.

Quando raggiunse l'ampia scalinata che conduceva alla Sala Grande, fu sorpresa dall'improvvisa comparsa di Runt da una nicchia in fondo al corridoio. Nonostante il suo nome, lo scudiero di Lord Hugh non era certo un nanerottolo: il giovane non era molto più basso del suo padrone. Ellen raccontò a Celia di avergli parlato di sfuggita un giorno e che lui le aveva detto di chiamarsi «Runt» perché suo fratello maggiore, Emmet, era un gigante, grande quanto Lord Colin.

Ellen aveva anche saputo che, dopo aver perso i genitori in giovane età, i due fratelli erano stati cresciuti nella casa di Lord Hugh. Mentre Emmet aveva raggiunto la posizione di miglior combattente di Lord Colin, Runt si stava ancora allenando come scudiero di Lord Hugh.

«Lady Caithness, siete in piedi oggi», disse, con evidente piacere alla sua vista.

All'improvviso Celia si sentì in colpa, come se fosse stata sorpresa a fare qualcosa che non avrebbe dovuto fare.

«È... è ora che prenda un po' d'aria, Runt», rispose lei esitante. «Sembra proprio una bella mattinata».

«È così, signora? Se me lo permettete, sveglierò Lord Hugh. O Lord Colin, forse. So che vorrebbero farvi fare un giro, ora che vi sentite più in voi».

«No! Per favore, Runt», rispose Celia rapidamente. «Non ho intenzione di andare lontano. Voglio solo uscire nel cortile per qualche minuto. Non sono abituata a stare chiusa in casa per così tanto tempo». L'ultima cosa di cui aveva bisogno era la compagnia di Colin Campbell, l'unico uomo che sperava di evitare.

«Allora consentitemi di scendere con voi, Milady. Vi aprirò la porta».

È molto meglio che dover affrontare quel burbero del mio padrone di prima mattina, pensò Runt. Ma ancora meglio sarebbe incontrare Ellen, la bellezza dai capelli chiari e dagli occhi verdi che viaggia con Lady Caithness.

«Grazie, Runt», disse mentre scendevano insieme i gradini di pietra.

Attraversando la Sala Grande fino alla Sala d'Ingresso, i due attirarono l'attenzione di diverse decine di cani accoccolati in cumuli soddisfatti in tutta la stanza. La maggior parte si limitò ad alzare la testa e a scrutare con disinteresse la coppia, per poi tornare a dormire. Ma uno, un gigantesco mastino nero, sollevò il suo corpo massiccio dal pavimento con una scrollata e si avvicinò al trotto.

Si trattava senza dubbio del cane più grande che Celia avesse mai visto in vita sua. A Celia piacevano i cani, in generale, ma sapeva che questi cani potevano essere feroci difensori della proprietà di un maniero. Non era il caso di sgattaiolare fuori per una passeggiata tranquilla.

«È il cane preferito di Lord Colin, Milady», disse Runt, tirando istintivamente il gomito di Celia. «Fate attenzione a lui. È un tipo feroce con gli estranei. Vai via, Orso».

Prima che potesse mettersi tra Celia e il cane, però, Orso si spostò accanto alla donna e appoggiò la sua testa larga e squadrata sulla mano di lei. Celia non poté fare a meno di sorridere mentre accarezzava l'enorme animale, grattandogli le orecchie con entrambe le mani mentre la bestia spingeva con la testa contro la sua vita.

Celia rise e si fece forza per evitare di essere spinta, mentre Runt rimase a bocca aperta accanto a lei.

«Se questo è uno di quelli feroci», scherzò, «non vorrei vedere i cagnolini».

Runt, in uno dei pochi momenti senza parole della sua vita, condusse Celia, e il suo nuovo amico canino, oltre le gigantesche porte di quercia della sala d'ingresso, fino a una piccola porta laterale che lo scudiero aprì.

«Lascio la porta socchiusa, Milady. La casa sarà in fermento in men che non si dica. I cuochi stanno già lavorando da ore, ne sono certo. Voi ed Ellen... ehm, Lady Ellen vi unirete al padrone per la colazione? Gli piace fare colazione nella Sala Sud. Posso mostrarvi dove si trova».

«No, Runt, grazie. Credo che resterò nella mia stanza per i pasti ancora un po'», rispose Celia con fermezza. Voleva essere sicura che la sua passeggiata non avrebbe compromesso il suo piano.

«Sì, Milady. Ma devo dirvi che Lord Hugh non vede l'ora che lo raggiungiate per i pasti. Non sono molte le signore come lei che visitano il castello di Kildalton».

«Vuoi dire che Lord Colin non si intrattiene molto?» chiese Celia, sforzandosi di trattenere il sarcasmo dalla sua voce. Si chiese da dove fosse nata quella domanda.

«No, Milady. Lord Colin è troppo impegnato a combattere in

Francia e a razziare i villaggi inglesi per queste sciocchezze. Chiedo scusa, Milady. Ma abbiamo sentito parlare di alcune dame francesi che erano molto interessate a lui».

Celia diede l'impressione di ignorare lo sguardo attento di Runt mentre terminava il suo ultimo commento. Notò con preoccupazione che c'era di sicuro qualche incontro in corso.

***

Nell'aria del cortile c'era uno stuzzicante sentore di primavera e Celia si divertiva a muoversi con l'enorme cane accanto a lei. Orso era molto giocherellone, ma Celia sapeva che avrebbe potuto rimanere fuori solo per poco tempo. Non poteva permettersi di incontrare qualcun altro.

Tornata in casa, ebbe difficoltà a convincere l'animale a non salire le ampie scale, ma alla fine il cane le permise di salire da sola.

Una volta in camera sua, quasi si pentì di essere uscita. Dopo aver assaporato la libertà dell'aria aperta, Celia voleva di più.

***

Celia non si presentò a colazione nella Sala Sud che Lord Hugh amava utilizzare per i suoi pasti quotidiani. Pur essendo una stanza più calda e luminosa, la Sala Sud era meno spaziosa della Sala Grande, che il capo famiglia utilizzava per le Giornate Legali e per le occasioni che richiedevano più sfarzo. Durante i mesi invernali, la sala più piccola era decisamente accogliente.

Quando Colin entrò nella sala, con il grande cane nero alle calcagna, Lord Hugh si era appena seduto al lungo tavolo leggermente rialzato che attraversava un'estremità della stanza. Colin salutò i gruppi gioviali che erano seduti ai lunghi tavoli e alle panche di quercia che si estendevano per tutta la lunghezza della stanza su entrambi i lati. I servitori si affannavano con vassoi di pesce, grandi pagnotte e ciotole di pappa d'avena e tutti davano un caloroso benvenuto al giovane Campbell.

«Buongiorno, padre», disse Colin, sedendosi accanto al capo tribù. «Sembra che il bel tempo stia resistendo».

«Sì, ragazzo. Prima che tu entrassi, stavo giusto dicendo a questi mascalzoni che in giornate calde come questa, dovrebbero accendere fuochi più piccoli in questa stanza. Dovrebbero fare più attenzione alla *quantità di legna che bruciamo*». Hugh urlò le ultime parole in direzione di Runt, che stava mangiando a uno dei tavoli inferiori con un gruppo di combattenti, ignorando il Lord.

Colin si sedette accanto a suo padre, pensando a quanto amasse questi pasti mattutini, quando una donna piccola e tarchiata portò un'ampia teglia di pane e una porzione di pesce adatta a un guerriero della taglia di Colin.

«Agnes». Colin sorrise, alzandosi e dando una stretta affettuosa alla donna. «Che ci fai a consegnare il cibo da sola? Non hai abbastanza cose da fare da queste parti?»

«Pensi che una donna non abbia abbastanza tempo per nutrire un ragazzo che ha cresciuto come se fosse suo?» Agnes aveva effettivamente cresciuto Colin da quando la madre del ragazzo era morta di peste quando lui aveva solo cinque anni. Quando la madre di Colin era venuta dalla Francia per sposare Lord Hugh, Agnes era venuta come sua dama di compagnia e negli ultimi venticinque anni aveva gestito la casa con mano gentile ma ferma.

«Vedo che nessuna delle torri è caduta da quando sono partito per Dunvegan», commentò Colin, tirandola per mano sulla panchina accanto a lui.

«No, Colin, siamo riusciti a far funzionare la vecchia casa mentre tu eri via, per quanto sia difficile per te crederlo», disse Agnes, rivolgendogli un sorriso ironico e affettuoso allo stesso tempo.

«Niente affatto. Ma vedo che abbiamo raccolto una serie di ospiti inaspettati. Sapevi che Alec Macpherson è nella stanza dell'arcivescovo?»

«Sì, lo sa», intervenne Runt dal suo tavolo. «È quasi corsa di persona quando le ho detto che lui era lì. Un comportamento scandaloso per una donna della sua età, secondo me».

«Bada alle tue maniere», sbottò Agnes, lanciando un'occhiata al giovane scudiero spiritoso di Lord Hugh. «Alec Macpherson è sempre stato un ospite delizioso e cortese in questa casa, a differenza di altri che si limitano a oziare e mangiare qui».

«Si vede che non è cambiato nulla da quando te ne sei andato», aggiunse Lord Hugh tra un boccone e l'altro.

«Beh, Agnes, spero che gli altri ospiti non ti abbiano rubato troppo tempo», disse Colin con il tono più disinvolto possibile.

«Niente affatto, ragazzo mio», rispose Agnes. «Non hanno creato alcun problema. Lady Caithness è una persona tranquilla e da quando sono arrivati è rimasta da sola con il bambino. Non vedo l'ora di parlarle di più».

Agnes si chinò e sussurrò con voce abbastanza alta da farsi sentire dal padre di Colin. «Ieri le ho anche recapitato un messaggio da parte di Lord Hugh, in cui le dicevo che quando si sarebbe sentita meglio, avremmo gradito la sua compagnia durante i pasti».

«Sono solo un buon padrone di casa», sbuffò Hugh.

«Beh, considerando che è una donna di corte, non credo che si alzerà per molte colazioni», disse Colin con sarcasmo.

«In effetti, mio buon Lord Colin», rispose Runt, salendo di corsa sul palco e appoggiando entrambi i gomiti sul tavolo di fronte al guerriero. «La 'dama di corte' che immaginate abbia dormito fino a mezzogiorno era già in piedi e in giro prima che qualcuno di voi si muovesse».

«Come sarebbe a dire 'in piedi e in giro'? In piedi e dove?» chiese Colin.

«Era fuori nel cortile per prendere un po' d'aria fresca, ma a dire il vero credo che sarebbe stata più felice di andare oltre le mura del castello».

«Beh, è una buona notizia. Forse allora aspetterò che scenda e le mostrerò il villaggio dopo la colazione», annunciò felice Hugh.

«La porterò io!» disse Colin di getto, cercando di recuperare un tono disinvolto nelle sue parole successive. «Non c'è bisogno che ti disturbi. Io... più tardi scenderò in paese per vedere come procede la costruzione della nuova scuola».

«Se voi due tori smetteste di litigare abbastanza da permettere a una donna di parlare», intervenne Agnes, «Lady Caithness ha già mangiato stamattina e ha detto alla ragazza che per i prossimi giorni si sentirà meglio a mangiare nella sua stanza».

«Se si sente meglio, perché diavolo non può scendere a mangiare con noi?» brontolò Lord Hugh.

«Perché non può scendere e...? Perché gli uomini non riescono a vedere oltre la punta del loro naso?» replicò Agnes, fissando i loro volti perplessi. «La ragazza non ha nulla da indossare oltre agli abiti da viaggio che ha indossato qui. Pensate che scenda con quelli? Voi due non avete la minima idea di come ragiona una signora di qualità».

Colin e suo padre si scambiarono quello sguardo complice che spesso si scambiano gli uomini che non sanno nulla.

«Non so nemmeno perché mi preoccupo di dirvi qualcosa. Me ne occuperò io». Agnes uscì dalla sala, borbottando tra sé e sé sugli uomini e le loro mancanze. Ora era una donna con una missione. Ma non poté fare a meno di sorridere per l'evidente interesse di Colin.

E Agnes ne fu felice. Osservare Lady Caithness alle prese con il suo bambino malato aveva dato ad Agnes una prima impressione positiva di lei. E non aveva le abitudini esigenti di altre dame di corte che Agnes aveva conosciuto. La Lady era grata anche per le cose più piccole che venivano fatte per lei. Ad Agnes piaceva il suo atteggiamento semplice. In un certo senso, Lady Caithness le ricordava la madre di Colin. Si chiese vagamente se Lord Hugh avesse notato qualche somiglianza.

Varcando la soglia della Sala Grande, Agnes scambiò le sue cortesie con Edmund, che stava arrivando dall'esterno verso la Sala Sud. Non poté fare a meno di arrossire per la presenza di quell'uomo. Anche alla sua età, era un uomo estremamente bello ed estremamente educato. Non ne fanno più così, pensò tra sé e sé. Ma ogni mattina, da quando erano arrivati i visitatori, il cavaliere era sceso al molo del villaggio. Sembrava che stesse aspettando qualcosa, pensò Agnes.

Mentre Edmund entrava nella Sala Sud, pensò a quanto fossero belle le migliorie apportate da Lord Hugh e dalla sua defunta moglie. Questa sala era un luogo meraviglioso per i pasti. Quando il sole si alzava nel cielo, la stanza si riscaldava in modo confortevole e la luce naturale metteva in risalto i tre enormi arazzi dai colori vivaci appesi sopra i due caminetti alle due estremità e sulla lunga parete di fronte alle finestre.

Lady Campbell era francese, ricordava Edmund, una nobildonna di antico sangue reale, e aveva esercitato una vera e propria influenza civilizzatrice nella vita di Hugh Campbell. A Edmund era stata assegnata quella che era stata la camera da letto del padrone nella parte più vecchia del castello, un onore che si addiceva a un vecchio compagno d'armi.

Ma era rimasto piuttosto sorpreso dalla quantità di comfort che la nuova sezione offriva. Il numero di camere da letto era incredibile. Quando era stato ospite dei Campbell trent'anni prima, gli ospiti avevano dormito tutti nella Sala Grande, come si usava ancora oggi nella maggior parte dei grandi castelli. Ma Edmund si era davvero goduto il lusso del grande letto di piume che gli era stato dato.

Una volta assicurata la sicurezza del bambino, pensò Edmund, forse sarebbe arrivato il momento di sistemarsi e di apportare qualche miglioria alla sua tenuta. Anche Celia avrebbe apprezzato molto un progetto del genere rispetto alla decadenza della vita di corte. Ma a quel punto, con un po' di fortuna, forse avrebbe avuto dei progetti suoi.

Colin Campbell era tutto ciò che Edmund si aspettava da lui, e anche di più. La sua conoscenza della guerra moderna era impressionante, ma le sue forti opinioni sul ruolo dei re Stewart nel futuro della Scozia lo sorpresero. Tradizionalmente, i capi clan dell'ovest avevano colto ogni occasione per opporsi ai re Stewart. L'indipendenza degli Highlander era leggendaria. Ma questa differenza di lealtà nei confronti di una Scozia unificata rendeva Colin un personaggio di spicco tra i leader dell'ovest e delle Highlands. Edmund si chiese se il conte di Huntly fosse a conoscenza di questo alleato nella causa degli Stewart.

Mentre Edmund ascoltava, era contento di vedere quanto del padre fosse stato trasmesso al figlio.

Per oltre un'ora, Celia aveva studiato il pannello che sicuramente Colin e Alec avevano usato per entrare nella sua stanza. Dopo aver trascinato la cassapanca lontano dal muro, aveva ispezionato ogni giuntura del pannello di legno, ma senza alcun risultato.

Il pannello era stato chiuso quando lei aveva spinto il baule contro di esso, quindi Colin doveva averlo fatto quando lei aveva attraversato la stanza per prendere il suo mantello. Deve essere molto semplice da fare, pensò.

Un colpo alla porta interruppe la sua ricerca.

«Sono Agnes», disse. «Posso entrare?»

Anche se Celia aveva parlato con Agnes solo brevemente nelle poche volte che era andata a trovarla, sapeva che quella donna gestiva la casa da molto tempo. Ogni volta che avevano parlato, Agnes era stata piacevole e ospitale.

Ma questa volta Agnes non era sola.

In effetti, Celia non era affatto preparata allo spettacolo che l'attendeva. Agnes e un esercito di aiutanti erano pronti ad assediare la camera da letto di Celia. Agnes, due uomini corpulenti che trasportavano una tinozza di legno, dodici ragazzi che portavano secchi d'acqua fumante e una legione di donne che trasportavano pile di biancheria e vestiti accuratamente piegati, intasarono il corridoio. Celia fece un passo indietro per la sorpresa e gli invasori ne approfittarono, entrando nella camera da letto dietro la loro comandante d'assalto.

Il caos che ne seguì non fu il risultato di un saccheggio in tempo di guerra, ma piuttosto di un arredamento in tempo di pace.

Sebbene Agnes fosse chiaramente al comando, era solo perché la sua voce era più alta di quella di chiunque altro nella stanza.

«Vi abbiamo portato un po' di cose, cara», gridò Agnes, dopo aver cercato la sua ospite tra il suo esercito scatenato.

Il bagno fu sistemato vicino al camino, dove il sole proiettava i suoi raggi, e le donne stesero la biancheria e i vestiti sull'enorme letto. Quando questi compiti furono completati, Agnes congedò senza troppi complimenti le sue truppe, chiudendosi la porta alle spalle. Si voltò e lanciò un'occhiata decisa ma affettuosa a Celia.

Celia era quasi nascosta dietro il grande letto di quercia. Agnes si avvicinò a lei e prese le mani della sua ospite, spingendo Celia dal suo rifugio al centro della stanza.

«Lady Caithness, è ora che vi sentiate a casa vostra qui», disse Agnes con dolcezza. Riusciva a percepire un'oscura ansia in quella bambina dall'aspetto innocente.

«Ti prego, chiamami Celia», rispose lei.

Questa dimostrazione di attenzione materna toccò una corda tenera in Celia.

«Ma cos'è tutto questo?» continuò, facendo un cenno ai vestiti stesi sul letto. Celia si rese conto di aver stretto le mani di Agnes, quindi le rilasciò delicatamente.

«Non preoccuparti di questo adesso. Prima di tutto. Nella vasca da bagno».

Il tono di Agnes non lasciava spazio a discussioni. E Celia non aveva alcuna intenzione di discutere.

La sensazione calda e lussuosa dell'acqua profumata al gelsomino lenì la tensione dolorosa di cui Celia non si era nemmeno resa conto nel suo corpo. Quando la tensione si sciolse, si sentì rilassata per la prima volta dopo secoli.

Mentre Agnes lavava i capelli a Celia, la donna parlava del suo mondo al Castello di Kildalton, ma Celia si accorse che la sua attenzione stava andando alla deriva, mentre la notte insonne cominciava a farsi sentire.

Mentre si sdraiava nell'acqua calda, la mente di Celia andò in una direzione inaspettata. Colin Campbell si trovava esattamente qui la notte precedente. Nella sua mente sentiva le sue braccia forti intorno a lei. Il suo corpo liscio si sollevava leggermente alla sua carezza e le sue labbra aspettavano il tocco di lui.

Improvvisamente Celia si rese conto del complimento che Agnes le stava facendo.

«Di certo non hai il corpo di una donna che ha avuto un figlio nell'ultimo anno. Sai, Lady Campbell era proprio così. Dopo la nascita di Colin, è tornata in poco tempo alla sua taglia normale, ma ha allattato il suo bambino. Non era una consuetudine, ovviamente, ma la madre di Colin aveva una mente tutta sua».

Celia voleva disperatamente cambiare argomento. Kit aveva ormai sette mesi. Si chiese come dovesse essere il corpo di una donna dopo sette mesi.

Guardò il letto.

«Da dove vengono queste cose? Apprezzo il pensiero, Agnes, ma i miei abiti da viaggio saranno sufficienti per il resto del mio soggiorno qui».

«Ti conviene vestirti un po' per la cena», la incitò Agnes. «Soprattutto perché questa è la prima sera di Colin».

Ricordando il suo momentaneo cedimento alla sensualità, Celia arrossì al pensiero di incontrare Colin. Ma quella era una fantasia, pensò Celia, questa è la realtà.

«Se non è un grande inconveniente, continuerò a mangiare con Ellen e il bambino qui nella mia stanza, Agnes. Non avrò bisogno di queste cose, ma grazie», disse Celia con gentilezza, non volendo sembrare ingrata dopo la gentilezza di Agnes.

«Ma è un inconveniente, mia cara. Se non inizi a unirti a noi almeno per cena, dovrò sopportare il broncio di Lord Hugh. Non capita spesso di avere una compagnia così attraente, sai».

«So che stai facendo la brava padrona di casa, ma sono sicura che con il figlio di Lord Hugh e Alec Macpherson qui, ci saranno molte discussioni a cena».

«Sì, ma senza una giovane donna a capotavola, pensa a quanto sarà noiosa la conversazione per me. Guerre, battaglie, armi, eserciti e politica. Che cosa terribile! E non pensare che tuo zio migliori le cose. È cattivo come tutti gli altri».

«Non voglio essere una seccatura, Agnes, ma c'è anche Kit da considerare. Non sta del tutto bene e...»

«Una seccatura? Sciocchezze!» disse Agnes con affetto. «Ma ho già visto Ellen e il bambino e possono fare benissimo a meno di te per un'ora o due al giorno. Ti farà bene uscire da questa stanza».

Celia non riusciva a trovare un'altra scusa e sapeva che Agnes avrebbe avuto una risposta per qualsiasi cosa le fosse venuta in mente. Agnes era una grande stratega. A Celia questo piaceva.

E poi, pensò Celia, posso fare una cena breve e tornare qui in men che non si dica.

Agnes era in attesa di una risposta.

«Sì», disse Celia, arrendendosi. «Mi unirò a voi per la cena».

«Bene, mia cara», disse Agnes allegramente. Si rivolse ai vestiti sul letto come un generale alle sue mappe. «Allora salta fuori da quella vasca. Abbiamo molto da fare».

La battaglia era tutt'altro che conclusa.

L'abito di broccato argentato con la scollatura quadrata che Agnes aveva preparato era decisamente troppo rivelatore per Celia. Avrebbe cenato con il suo abito da viaggio prima di indossare quel vestito davanti a quegli uomini.

C'erano tantissimi abiti bellissimi. Agnes spiegò che tutti questi abiti erano appartenuti a Lady Campbell. Dopo il suo matrimonio con Lord Hugh, la famiglia di Lady Campbell in Francia continuò a inviare un baule dopo l'altro pieno dei migliori accessori di moda.

Lady Campbell ne diede via molti, come fece Agnes dopo la sua morte, ma c'erano tante cose che Agnes riteneva dovessero essere conservate. Ora era molto contenta di averlo fatto.

Alla fine, scelsero un abito di velluto color borgogna.

Il sottile bordo di pelliccia dell'abito sulla scollatura rotonda accentuava i capelli ramati di Celia. A Celia piacevano le linee semplici dell'abito. Aveva un corpetto aderente e a vita lunga, e una gonna lunga che si allargava sui fianchi e cadeva con grazia fino a terra. Le maniche di pelliccia erano larghe e tornavano indietro a formare un polsino. Una cintura larga cingeva la vita bassa e da essa pendevano pendenti di corde d'oro intrecciate fino al pavimento.

Mentre la luce del giorno si affievoliva fuori dalla finestra, Celia ispezionò il riflesso nel lungo specchio che le truppe di Agnes avevano portato. Gli occhi audaci e sicuri che scintillavano. Le labbra carnose che sembravano dominare anche il ricco colore dell'abito. Celia vide in quel volto specchiato una bellezza che non era la sua. Una bellezza che si prendeva gioco di lei. L'immagine che la guardava apparteneva a qualcun altro.

Lady Caithness era arrivata al castello di Kildalton.

Capitolo Cinque

SAPEVO che i due si stavano stancando quanto me, ma non avrei mai pensato che sarebbero stati così liberi di esprimere le loro opinioni. Così li sventra come animali. Sono i suoi soldati, buoni soldati inglesi... e Danvers li fa a pezzi come se fossero carne da macello. E noi guardiamo. Tutti noi guardiamo.

Il castello di Kildalton era troppo affollato per i gusti di Colin.

La folla che riempiva lo spazio tra i lunghi tavoli della Sala Sud assomigliava più a un gruppo di rivoltosi che a un'assemblea di commensali. Gli occhi di Colin si diressero verso l'alto, verso l'arazzo colorato che sovrastava il camino in fondo alla sala. Era la rappresentazione di un giardino e di amanti persi nel fiore dell'amore romantico. La donna con il vestito marrone scuro reggeva una rosa bianca e sembrava guardarlo dall'altra parte della stanza. Fin dall'infanzia, Colin era sempre stato colpito dalla tranquillità di quello sguardo.

Sulla predella, dietro il tavolo del capo, il guerriero era in piedi con le spalle rivolte al piccolo fuoco, le spalle appoggiate al mantello e le braccia muscolose incrociate davanti a sé. Orso era disteso ai piedi di Colin, con la testa del cane nero appoggiata allo stivale del suo padrone.

C'erano così tante cose da fare, pensò Colin. I primi giorni di ritorno erano sempre così impegnativi. Oltre a incontrare i consiglieri del clan Campbell per questioni di gestione ordinaria, Colin doveva anche discutere con loro della riunione dei capi a Dunvegan. Al termine di queste discussioni, la giornata era ormai troppo inoltrata perché Colin potesse recarsi al villaggio come sperava.

Da due anni Colin era il capo virtuale del clan Campbell, sollevando suo padre dalle estenuanti responsabilità che la posizione comportava. Hugh Campbell avrebbe mantenuto il titolo di Lord finché sarebbe vissuto, e questo era proprio quello che Colin voleva. Lord Hugh continuava a sedere a capo del consiglio e i suoi consigli venivano richiesti e dati attivamente, ma ora era Colin a prendere le decisioni per il futuro del clan.

Non che suo padre fosse incapace o non volesse far sentire la sua presenza. Colin sorrise, ripensando alla riunione del giorno in cui diversi membri del consiglio avevano espresso le loro preoccupazioni sulla potenziale vulnerabilità del clan Campbell nell'affrontare da solo gli altri clan delle Highlands. Le loro argomentazioni si erano appena concluse quando Lord Hugh si alzò dal lungo tavolo con un volto che non cercava di nascondere l'ira che gli ribolliva dentro. Le orecchie di Colin risuonavano ancora delle parole del capo arrabbiato.

«Se fosse stato per alcuni di voi», esordì Lord Hugh, con la voce che aumentava di volume mentre dava sfogo alla sua furia, «il clan Campbell starebbe ancora navigando su barche di pelle e vivrebbe in capanne di pietra con i nostri buoi e le nostre pecore. Dove eravate con i vostri consigli senza spina dorsale quando Colin è partito per Dunvegan? Tutti noi conoscevamo i rischi di questa posizione. Ma i rischi di assecondare i folli che Colin ha incontrato hanno conseguenze maggiori.

«Volete che le vostre famiglie siano trascinate via o massacrate dagli inglesi? Volete rinunciare a tutte le comodità e ai progressi che abbiamo ottenuto negli ultimi quarant'anni? Siete disposti a rinunciare alla libertà e all'indipendenza che il sangue scozzese si è guadagnato con fatica?

«Avete dimenticato per cosa sono morti diecimila dei nostri fratelli a Flodden, solo sette mesi fa? Siete pronti a barattare il loro sacrificio con un futuro di paura e schiavitù?»

Il silenzio di vergognoso assenso che seguì il discorso di Lord Hugh fu ora sostituito in quella sala dal tumulto carnevalesco dell'orda della cena, e Colin sapeva che i consiglieri erano convinti.

Il giovane Campbell si guardò intorno nella stanza con orgoglio.

Lì, di fronte alla tribuna, suo padre era in piedi con Alec, Edmund e alcuni di quegli stessi consiglieri; la loro conversazione era animata da gesti che cercavano di comunicare sopra il chiasso che li circondava. Colin capì che suo padre stava cercando di trasmettere agli altri qualche nuova idea che aveva avuto.

I Campbell sono sempre stati persone di grandi vedute, con progetti di ampio respiro che cambiavano e miglioravano la vita di chi li circondava.

A Colin piaceva credere di non essere diverso.

Da bambino, era stato naturalmente attratto dalla vita del guerriero. Quasi istintivamente, sapeva che la sua principale responsabilità sarebbe stata quella di proteggere le persone che vivevano all'ombra del Castello di Kildalton. E questo gli stava bene.

Quando Lord Hugh lo mandò a St. Andrew's per completare la sua istruzione, gli orizzonti di Colin come leader si erano ampliati ancor prima del suo arrivo. Lungo tutto il tragitto il ragazzo aveva visto persone, stracciate e magre, che vivevano in capanne di paglia senza finestre, apparentemente incapaci di trovare uno stile di vita migliore. Nei villaggi aveva visto contadini che erano stati cacciati dalle loro piccole fattorie dai proprietari terrieri che stavano recintando le terre per le pecore. Tutti mendicanti, ora, che si aggiungevano alla frangia affamata degli storpi di guerra e dei lebbrosi. Colin aveva solo quattordici anni, ma era abbastanza maturo da riconoscere la privazione diffusa quando la vedeva. Gli sembrava che l'intera classe inferiore della Scozia stesse soffrendo.

Gli occhi di Colin si aprirono alla consapevolezza che la semplice protezione non era sufficiente. Il futuro Lord di Campbell aveva promesso a sé stesso che le persone che dipendevano da lui non avrebbero mai conosciuto questo tipo di povertà e sofferenza. Così si era impegnato a cambiare le cose, a sperimentare nuove strade. Se necessario, avrebbe spezzato il giogo della tradizione e incoraggiato le idee innovative e non sperimentate. Colin sapeva che per far prosperare il suo popolo era necessario un cambiamento.

Questa era la fonte della visione di Colin.

Perso nei suoi pensieri, Colin fu l'ultima persona nella stanza ad accorgersi della sua presenza. Ma quando alzò lo sguardo, sentì il petto stringersi con una rapidità che lo sconvolse.

La sera prima, nella sua stanza, la sua prima reazione era stata quella di una visione, un sogno. Aveva pensato: «Una bellezza come questa non può esistere in carne e ossa». Lei suscitava in lui desideri umani, era vero. Ma lei... sembrava una dea.

Ma questo accadeva la notte precedente. Riflettendo meglio su di lei alla luce del giorno, Colin aveva deciso che erano stati la situazione, il contesto, la sua stanchezza, la sorpresa a farla apparire più di quello che era in realtà. Era la sua mente stanca che giocava brutti scherzi al suo corpo più stanco a creare l'illusione.

Ma stasera...

La visione che aveva davanti agli occhi era davvero molto simile a questa terra. Lady Caithness era la donna più bella che avesse mai visto in vita sua.

Osservò i suoi occhi che vagavano per la stanza, soffermandosi momentaneamente su coloro che stavano in piedi in silenziosa soggezione. Poi il suo sguardo abbracciò il suo.

I suoi grandi occhi scuri erano diretti, accattivanti. Per un attimo Colin si sentì perso in quello sguardo, cadendo in uno spazio aereo di insondabile profondità.

Lei rimase lì ad aspettare e i suoi occhi non lasciarono mai i suoi. Era come se gli stesse chiedendo qualcosa che lui non riusciva a definire. Questo sguardo interrogativo era rivolto a lui, lo sapeva.

Improvvisamente si rese conto che lei non era ancora entrata nella sala. Forse stava aspettando un segno da lui? Un invito da parte sua? Questo, Colin non se lo aspettava.

Lentamente, in modo impercettibile per tutti tranne che per Lady Caithness, Colin si raddrizzò dal caminetto e fece un cenno alla donna davanti a lui.

Celia doveva prima trovare Colin.

Era certa che lui avesse già sentito parlare della reputazione di Lady Caithness. Celia era dispiaciuta di aver accettato di assumere questa identità. Tra tutte le donne, Lady Caithness, lo spirito libero di Lady Caithness. Anche se non aveva mai incontrato il suo amico Alec, Celia conosceva i fratelli Macpherson. Alec aveva sicuramente sentito le loro storie. Ed era certa che le aveva raccontate a Colin.

Scendendo la grande scalinata, indossando l'abito di sua madre, Celia sapeva che non avrebbe potuto evitare di vederlo, di parlargli, probabilmente anche di sedersi accanto a lui. E qualcosa dentro di lei voleva fare pace con Colin Campbell.

Celia voleva assicurarsi che Colin non fraintendesse le sue intenzioni. Non era certo in cerca di marito. Non di lui. Né di suo padre.

E Colin poteva facilmente arrivare a questa conclusione, ne era certa. Era una cosa logica. E il futuro Lord Campbell era probabilmente inseguito da tutte le donne disponibili in Scozia... e non solo.

Quando raggiunse i piedi della grande scalinata, si chiese perché le importasse qualcosa di ciò che Colin Campbell pensava di lei. Se ne sarebbe andata molto presto.

Ma fermandosi all'ingresso della Sala Sud, gli occhi di Celia trovarono subito il suo sguardo in quella sala affollata. Forse era l'unico uomo in piedi, perché era l'unica cosa che riusciva a vedere.

Colin Campbell era uno spettacolo bellissimo e Celia aveva difficoltà a ricordare come respirare. La sua reazione a questo guerriero era inspiegabile. Non riusciva a smettere di fissarlo.

In quel momento sapeva solo che le importava.

Come se fossero le uniche due persone nella stanza, Celia capì quando Colin le fece un cenno. Lei fece un passo nel corridoio. Entrò nel salone.

Lord Hugh non fu affatto gentile mentre si faceva strada tra gli ospiti per raggiungerla. Lei aveva fatto la sua apparizione e lui non aveva intenzione di lasciarsela scappare.

All'improvviso, mentre si faceva largo tra la folla, l'effetto di questa donna lo colpì in pieno. Come una punta di ferro rovente nel suo cuore, qualcosa di Lady Caithness gli ricordava la donna che aveva perso venticinque anni prima. La donna che non aveva mai smesso di amare. La donna che non avrebbe mai sostituito.

Il tipo di donna che sperava che suo figlio trovasse.

«Lady Caithness! Entrate, entrate, mia cara», disse Hugh, prendendola per mano e conducendola nel salone. «Sono così felice che vi siate unita a noi stasera. E Runt mi ha detto che ieri sera ho completamente rovinato ogni possibilità di presentarvi correttamente a mio figlio e al suo amico. Vi prego di dare a un vecchio cafone ignorante la possibilità di farlo come si deve».

«Lord Hugh, l'unica cosa che è successa ieri sera è che ci avete salvati tutti, specialmente me, da un momento molto imbarazzante», rispose Celia, sorridendo. Era sinceramente toccata dalla dimostrazione di affetto di quell'uomo gentile. «Ma mi piacerebbe certamente conoscere la vostra famiglia come si deve».

«Va benissimo», disse il Lord, scrutando la stanza alla ricerca di Colin.

Colin si fece lentamente strada tra la folla che circondava Lady Caithness. Come l'ape regina, pensò con fastidio. I suoi droni ronzanti si stavano già disponendo in formazione.

Quando Colin riuscì ad attraversare la folla, Alec Macpherson stava parlando con Lord Hugh e Lady Caithness. Edmund si aggirava nelle vicinanze, concludendo una discussione con uno degli uomini di Hugh.

Mentre Colin si avvicinava, notò che il suo enorme cane nero aveva raggiunto il gruppo prima di lui. Osservò con disgusto il cane che spingeva la sua enorme testa sotto la mano della donna. Mentre la donna continuava a conversare, iniziò a grattargli le orecchie. Colin osservò il suo cane e Orso guardò il suo padrone con quello che sembrava quasi un ghigno sul volto. Traditore.

«Lord Hugh», disse Alec facendo l'occhiolino a Celia, «Lady Caithness ha un modo unico di far valere le sue ragioni».

Colin notò che il suo colore si era alzato al commento.

«Non sapevo che voi due aveste avuto modo di parlare tra di voi ieri sera», disse Hugh, con aria perplessa.

«Sì, è così», rispose Alec, strofinandosi la gola e sorridendo sornione in direzione di Celia. «Le argomentazioni di Lady Caithness sono brevi, ma estremamente puntuali».

«Dovresti saperlo», lo stuzzicò Colin, arrivando alle spalle di Celia. La donna di fronte a lui non si girò subito e Colin poté sentire il fresco profumo femminile che emanava dai suoi capelli castani scoperti. La testa di Celia arrivava a malapena al suo mento e i capelli le pendevano sciolti fino alle spalle. Dovette trattenere un impulso improvviso di far scivolare le mani intorno alla vita della bella, di tirarla a sé, di sentire i contorni del suo corpo contro il proprio. Maledizione, pensò. Cerca di controllarti.

«Colin», disse suo padre, con il suo tono grave e formale sottolineato dallo scintillio dei suoi occhi. «Lascia che ti presenti Lady Caithness».

«Benvenuta a...» Nel tentativo di finire la frase, incespicò, perché quando lei si girò e i loro occhi si incontrarono, il mondo di Colin si fermò. Lo sguardo di lei era così fermo, così aperto, così incredibilmente bello. Gli sembrò di guardare direttamente nella sua anima: pura, forte, splendida. Ciò che era stato così fortemente attraente a distanza pochi istanti prima era letteralmente stupefacente faccia a faccia.

Ma si riprese subito quando lei abbassò lo sguardo.

«Benvenuta al Castello di Kildalton, Lady Caithness», continuò con la massima scioltezza possibile. Concentrandosi sulle sue labbra carnose, Colin si chiese se lei sapesse cosa gli stesse passando per la testa. «Spero che il vostro soggiorno sia stato piacevole e confortevole finora».

«È stato piuttosto piacevole. Grazie, Milord», disse Celia, non fidandosi di guardarlo in faccia. Aveva riconosciuto lo sguardo di desiderio nei suoi penetranti occhi grigi e non voleva che lui vedesse lo stesso nei suoi. Non in quel momento.

Come poteva essere questa la donna che aveva condotto una vita così scandalosa? Pensò Colin, desiderando di guardarla ancora negli occhi. Qualcosa in Colin voleva che questa donna fosse quella creatura selvaggia e impulsiva. Aveva visto qualcosa di selvaggio la sera prima, ma ora non c'era alcun accenno di quella decadenza che si aspettava.

«Colin», disse Hugh, cercando di sembrare sincero. «Se potessi fare compagnia a Lady Caithness per qualche istante, devo mostrare subito qualcosa ad Alec ed Edmund».

Colin riuscì solo ad annuire prima che suo padre trascinasse via Alec per un gomito. Colin era piuttosto divertito dallo sguardo sofferente di Alec. Notò anche la stretta affettuosa che Edmund diede al gomito di Celia prima di seguire gli altri due.

Onestamente, era grato per l'azione di suo padre. E non gli importava perché suo padre volesse lasciarli soli. Colin sapeva solo che la voleva per sé. Se si poteva dire che essere lasciati da *soli* in una stanza con decine di persone fosse davvero stare da solo con lei.

Ma voleva saperne di più su quella donna. Forse anche provocarla per farle rivelare qualcosa della verità su di sé. Osservando la pelle setosa sopra la scollatura rotonda del vestito, pensò di convincerla a mostrargli... beh... più di quello che si vede. Colin aveva sicuramente due cose in mente e scosse inconsciamente la testa per scacciare una delle due.

Anzi, quello che non vedeva l'ora di fare era di farla arrabbiare, di entrare nella sua pelle, anche se non gli sfuggiva il pensiero che anche a lui non sarebbe dispiaciuto entrare nella sua pelle.

Come avevano fatto i suoi arguti pavoni a corte? Pensò, arrabbiandosi all'idea. Dopotutto, era il tipo di uomini a cui era abituata.

«Lady Caithness, nelle Isole Occidentali abbiamo estati bellissime. Da quello che Edmund ci ha raccontato del vostro viaggio, avreste fatto bene ad aspettare un clima più mite prima di venire a Kildalton», disse, cercando di evitare che il sarcasmo si insinuasse nella sua voce.

«Mi assicurerò di dire a Lord Danvers la vostra opinione la prossima volta che lo incontrerò», disse Celia, lanciandogli un'occhiata arrabbiata. Sapeva benissimo che Edmund aveva spiegato a Danvers l'incendio della tenuta di Caithness. Se questo era il gioco che volevano fare, pensò tra sé e sé, allora potevano giocare in due.

«Oh, lo incontrate spesso?» chiese Colin con un'aria di divertita superiorità. Vide il rossore dell'emozione attraversare il volto di lei. Com'era facile arrivare a lei.

«Più di quanto voglia ricordare», rispose Celia in modo diretto. «E voi? O fate di tutto per evitarlo?»

Colin arrossì per l'irritazione, colto di sorpresa dalla sua osservazione. Sapeva cosa stava insinuando. Certo, non era stato con il re a Flodden, ma non se ne andava in giro per la corte. Aveva fatto il suo dovere, come aveva ordinato il suo re.

«Ho detto qualcosa che vi ha dato fastidio, Lord Colin? Il vostro cipiglio lascia intendere un certo disappunto».

Lei aveva ribaltato la situazione. A lui venne una voglia pazzesca di strangolare quella folletta che aveva di fronte. Lei non cercava nemmeno di nascondere il suo divertimento per il disagio di lui. Gli stava sorridendo apertamente e Colin non riuscì a trattenersi. Strangolare? No. Sedurre? Beh, valeva la pena pensarci di più. Era così dannatamente attraente. E il suo sorriso era genuino. Era sicuramente più sveglia di quanto lui credesse.

«Fastidio? No, Milady», rispose Colin, mettendo in atto il suo cipiglio più feroce. «Mi stavo solo prendendo un momento per riprendermi dal vostro attacco del tutto ingiustificato. Tuttavia, provo più compassione per il mio amico Alec, ora che sono stato messo io stesso in quella posizione».

«Spero che stiate solo scherzando, Milord», disse lei, con vera sincerità nella voce. «La mia risposta è stata solo per autodifesa. Siete stato voi ad accusarmi di aver messo a repentaglio la vita di un bambino solo per visitare la vostra tenuta in un brutto periodo dell'anno».

Fece una pausa prima di continuare con un tono più conciliante. «Ma da quello che avevo sentito dire sul vostro coraggio e sulla vostra intelligenza, ero abbastanza sicura che non vi sareste fatto infilzare così facilmente dal mio commento, per quanto tagliente».

Colin la guardò divertito. Lei lo aveva appena rimproverato per i suoi commenti sarcastici e poi gli aveva fatto un complimento all'istante. Era una donna straordinaria. Colin capì che doveva ricominciare da capo, ma questa volta con più attenzione... per il suo bene.

«Siete sempre così veloce?» chiese Colin con occhi sorridenti. Strinse le mani dietro la schiena, sporgendosi leggermente in avanti in un atteggiamento confidenziale. «Uccidete sempre prima e poi cercate di fare domande? Non trovate che a volte sia difficile?»

«Niente affatto», rispose Celia, sorridendo ampiamente. Quando lui si chinò verso di lei, lei avvertì la forza della sua presenza virile. La sua vicinanza era stranamente eccitante. Il suo cuore batteva all'impazzata. «Tuttavia, devo ammettere che mi trovo a reagire in modo strano quando ci siete voi».

«Davvero, Milady?» disse Colin, abbassando la voce in modo seducente e avvicinandosi ancora di più a lei.

«Sapete che non intendevo dire questo, Milord». Celia non riuscì a impedire che il suo rossore si allargasse. Le sue labbra erano così vicine al suo orecchio che poteva sentire il suo respiro caldo sulla pelle. Abbassò la testa, cercando di risistemare le pieghe dell'abito. Mentre lo faceva, Orso sollevò il muso verso la sua mano. Lei accarezzò l'enorme testa dell'animale. Lui stava deliberatamente fraintendendo le sue parole.

«Mi piacerebbe comunque conoscere la vostra risposta», continuò Colin con un tono basso e stuzzicante. Si stava davvero divertendo a flirtare con lei. Ma, a dire il vero, era piacevolmente sorpreso, anzi, stupito, di riuscire a far arrossire Lady Caithness. Perbacco, sembrava decisamente agitata.

Celia continuò ad accarezzare la testa del cane e anche Colin si abbassò e, nel farlo, le loro dita si intrecciarono per un brevissimo istante. Ma in quella frazione di secondo, una scossa di passione irradiò i loro corpi.

Ma fu solo per un momento, perché Celia ritirò la mano con la rapidità di un fulmine.

«Quello che voglio dire è...» Celia esitò e poi si fermò, amareggiata dalla vista di Lord Hugh e degli altri che si stavano avvicinando.

«Eccovi qui, mia cara», disse Hugh, prendendo il braccio di Celia nel suo. «Non permetterò a Colin di nascondervi a me».

«Ma... ma, Milord, nessuno di noi si è mosso di un millimetro», balbettò Celia, incapace di ritrovare l'equilibrio con quei due uomini.

«Peccato», sbottò il Lord. «Colin, pensavo di averti educato meglio».

«L'hai fatto», rispose Colin. «La notte è ancora giovane».

La compostezza di Celia era ormai quasi completamente distrutta. Evidentemente la mela non era caduta troppo lontano dall'albero in questa famiglia. Edmund pensava che qui sarebbe stata al sicuro. Persino *lui* si stava godendo questo imbarazzo.

«Beh, Lady Caithness, se non avete parlato di nulla di interessante, allora presumo che mio figlio vi abbia annoiata parlando dei cambiamenti che sta apportando al villaggio».

Celia fu felice di questo cambio di argomento, anche se non aveva la minima idea di cosa stesse parlando Lord Hugh.

«No, Milord. Lord Colin non ha avuto modo di parlarmi del vostro villaggio».

«Vi farò addormentare con questo a cena», intervenne Colin, sorridendo.

«Non mi addormento facilmente, Milord», sbottò Celia, subito pentita di averlo detto, mentre guardava l'unico sopracciglio alzato di Colin.

«Mi è capitato di essere all'altezza della situazione, Lady Caithness», rispose Colin, trattenendo le risate. Gli altri uomini stavano ridacchiando, senza riuscire a trattenersi.

«Ora che ci penso, dormire potrebbe essere una posizione preferibile a quella in cui mi sono cacciata». Celia lanciò un'occhiata all'alto semicerchio di uomini davanti a lei.

«Sono un padrone di casa aperto», disse Lord Hugh con comica gravità, «ma non vi permetterò di dormire insieme sulla mia tavola».

Celia non riusciva a credere alle sue orecchie. Tutto questo era troppo.

Colin rimase a guardare Lord Hugh che la conduceva a cena. Quando suo padre la fece accomodare tra loro, Colin si rese conto che la visita di Lady Caithness a Kildalton gli sarebbe piaciuta davvero. Nei suoi numerosi viaggi nelle grandi corti europee non era mai stato così affascinato come quella sera. Quella donna sembrava così naturale, così impulsiva, così diversa dalle altre dame di corte che aveva conosciuto.

Anche se l'imbranata Lady Caithness era ben lontana da ciò che desiderava in una moglie, era sicuramente attraente e spiritosa abbastanza per una relazione a breve termine. Anzi, forse non vedeva l'ora di diventare il suo capriccio primaverile.

Sì, solo una cosa a breve termine, pensò tra sé e sé. A breve termine.

Celia si sarebbe davvero goduta questa breve visita al castello di Kildalton.

La luna stava appena sorgendo sulla distesa di mare sotto la sua finestra e i tenui raggi illuminavano la stanza di Celia con una tonalità di blu. Era seduta comodamente nel suo grande letto, con le ginocchia abbracciate al petto, ascoltando i suoni del mare. Di tanto in tanto, mentre era seduta a ricordare gli eventi della serata, le giungevano all'orecchio i suoni soffocati dei bagordi del dopocena.

Una corporazione di tessitori era venuta al castello per esibirsi per la famiglia di Lord Hugh e per i suoi ospiti: una rappresentazione religiosa in linea con la stagione. Celia avrebbe voluto rimanere, ma non poteva più fidarsi di sé stessa in quella stanza.

La cena era stata meravigliosa. Le attenzioni di Colin nei suoi confronti ancora meglio.

Era stato un vero cortigiano, anticipando le sue esigenze, servendola a tavola, mantenendo una conversazione spiritosa che spesso sembrava avere un doppio significato. Stava decisamente flirtando con lei e Celia ne godeva ogni minuto. Con suo grande disappunto, a volte si ritrovava a ricambiare.

C'era qualcosa di molto diverso qui al Castello di Kildalton. Se un uomo le avesse parlato al tavolo della regina come aveva fatto Colin a cena, Celia era sicura che gli avrebbe rovesciato addosso un calice di birra e avrebbe lasciato la stanza. Era sempre stata molto sensibile al modo in cui gli uomini la trattavano in pubblico. Ma in questa situazione si sentiva diversa, in qualche modo.

Non si era trattato solo di un semplice flirt. Le attenzioni di Colin nei suoi confronti avevano risvegliato sentimenti di cui non conosceva l'esistenza. Per la prima volta in vita sua, si sentiva desiderata come donna, una donna completa.

Celia si era persino divertita a guardare l'umoristico atto di possessività di Colin. Sorrise, pensando a come Alec Macpherson e Lord Hugh avevano cercato di intromettersi nella loro conversazione.

Lord Hugh era seduto sulla sua solita sedia, l'unica della sala. Lei e Alec si erano seduti sulle panche ai suoi lati e Colin si era seduto accanto a lei.

Celia era stata educata, parlando con Lord Hugh e Alec quando la conversazione lo giustificava. Ma a un certo punto Colin si alzò e chiese se potevano scambiarsi di posto per un momento mentre lui parlava con suo padre. Lei non esitò ad acconsentire, credendo alla serietà del suo tono.

Celia era rimasta scioccata quando, dopo che lei si era spostata, Colin si era seduto al suo posto e aveva voltato le spalle al padre e ad Alec, escludendoli di fatto da qualsiasi contatto con lei per il resto del pasto. L'ultima cosa che vide di loro fu il volto stupito di Lord Hugh che spariva dietro la spalla di Colin.

Ma c'erano stati anche discorsi seri. Discorsi che avevano interessato Celia.

Quando Colin le aveva raccontato del villaggio e dei suoi sogni di modernizzazione, le aveva parlato come una persona reale e lei aveva intravisto un altro lato di lui che non aveva previsto. E lui era sembrato sorpreso dalle domande che lei aveva fatto e dall'interesse genuino che lei aveva mostrato.

Celia aveva viaggiato in tutta Europa con suo padre e da bambina si era persino recata in Estremo Oriente. Aveva visto un mondo che stava cambiando rapidamente e quei cambiamenti la affascinavano.

La personalità di quell'uomo aveva molte sfaccettature e finora a Celia piacevano tutte.

In effetti, alcuni dei loro momenti insieme sono stati incantevoli.

Socchiuse gli occhi, pensando al momento in cui aveva alzato il calice per farselo riempire. Colin aveva preso lui stesso la brocca e aveva posato la sua enorme mano sulla sua mentre riempiva il calice. Celia rabbrividì ricordando il calore che le attraversò il corpo in quel momento. Forse era la sua immaginazione, ma sentì le dita di lui accarezzarle il dorso della mano.

Forse aveva immaginato il tocco prolungato di un ginocchio, la carezza di un gomito, ma ogni volta che si era verificato, il respiro di Celia si era accorciato e il battito accelerato.

Ma non importava se fosse la sua immaginazione o meno. Seduta da sola nel suo letto buio e vuoto, Celia ascoltava i rumori del corridoio ed era molto consapevole del freddo che c'era nella sua stanza. Stava aprendo porte che non era pronta a varcare. Ecco perché dovette scusarsi. Ecco perché doveva tornare nella sua stanza.

Ecco perché doveva allontanarsi da Colin Campbell.

Capitolo Sei

ABBIAMO TRASCORSO due giorni intorno a questa vecchia fattoria e Danvers ha quasi riempito l'enorme fossa che abbiamo scavato nel campo. Le truppe stanno facendo delle escursioni in campagna e le persone che riportano indietro vengono trascinate nella fattoria e torturate. Si dice che faccia a tutti la stessa domanda. Si tratta di una donna. Una donna che stiamo cercando.

E poi gettiamo della terra su ciò che resta dei loro corpi.

Il sudore luccicava sulla pelle nuda di Colin mentre i primi raggi del sole oltrepassavano la cortina esterna del castello.

Colpì ancora e ancora il palo ricoperto di paglia con la grande spada a due mani delle Highlands. Girando e colpendo, indietreggiando e caricando, parando e colpendo, il guerriero spingeva il suo corpo affaticato attraverso il doloroso allenamento che lo rendeva un avversario così temibile. La sua struttura muscolare colava di sudore fino a completare un regime che avrebbe ucciso un uomo comune. In effetti, lo aveva fatto. Molti.

Solo due dei suoi dieci combattenti scelti rimasero fuori nell'area di allenamento, a ispezionare le nuove spade tedesche appena ricevute dalla Francia. Gli altri otto, tra cui il fratello maggiore di Runt, Emmet, erano esausti per il duro allenamento a cui li aveva sottoposti il loro padrone. Ma ora si stavano dirigendo verso le cucine del castello per tormentare i cuochi per la loro colazione. Ognuno di loro avrebbe trascorso gran parte della giornata ad allenare le proprie truppe, con la stessa intensità. Questa disciplina rendeva i Campbell i più temuti e rispettati tra i guerrieri delle Highlands.

Alec apparve sbadigliando e stiracchiandosi nell'aria frizzante del mattino. Guardando l'amico mentre Colin raccoglieva l'asciugamano che si trovava vicino a una fila ordinata di armi, l'erede dei Macpherson si avvicinò alle armi e prese una spada corta e feroce che aveva due lame più corte e parallele che iniziavano dall'elsa.

«Hai fatto tutto quel baccano qui fuori nell'ultimo quarto d'ora circa?» chiese Alec con nonchalance.

«Un quarto d'ora!» Colin esplose. «Prova con due, pigro, negligente, povera scusa per un combattente».

«Due ore?» continuò Alec con finta sorpresa. «Pensa un po'. Allora immagino che questo sia...»

Lasciando cadere la spada ai piedi di Colin mentre pronunciava le ultime parole, Alec saltò sulla schiena dell'amico mentre Colin si abbassava per prendere l'arma. I due giganti rotolarono via nella polvere: Alec afferrò Colin, leggermente più grande, intorno al petto, bloccando le sue braccia massicce sui fianchi.

Mentre rotolavano, Colin riuscì a inginocchiarsi e con un poderoso slancio spezzò la presa vischiosa di Alec, allungò una mano sopra la spalla e gettò l'amico nella polvere di fronte a lui.

Prima ancora che Alec potesse reagire, Colin gli fu addosso come un gatto, sedendosi sul suo petto.

«Hai imbrogliato», ansimò Alec. «Non ero riscaldato».

«Sono più di vent'anni che usi questa scusa, Macpherson». Colin sorrise.

Colin si alzò e offrì ad Alec una mano per alzarsi.

«Pensavo che ti saresti allenato con noi questa mattina», disse Colin. «Il Signore sa che ne hai bisogno».

I due uomini che osservavano nelle vicinanze avevano assistito a questo tipo di scambio per tutto il tempo in cui avevano servito sotto Lord Colin e sapevano che, dopo il loro padrone, Alec Macpherson era probabilmente il guerriero più forte delle Highlands.

«Volevo scendere a giocare con voi gorilla», rispose Alec, «ma sono in vacanza».

«Quando non sei in vacanza, piccolo e fragile scimmiotto?» ringhiò Colin.

«Mi chiedo se questo atteggiamento scontroso non abbia a che fare con il fatto di essere stato liquidato da una certa Lady Caithness ieri sera».

«Liquidato? Non sono mai stato respinto da nessuna donna», rispose Colin, ormai sinceramente irritato. «Quella donna ha un bambino da accudire».

«Un bambino?» Alec rise, allontanandosi a distanza di sicurezza. «Tutti hanno visto che non sei stato in grado di mantenere l'attenzione della donna durante la cena».

«Hmmph», disse Colin, non volendo far capire ad Alec quanto fosse rimasto deluso dall'improvvisa ritirata di Lady Caithness. Ieri sera l'aveva sorpresa a guardarlo. Era attratta da lui, non c'era dubbio. Lo si leggeva nei suoi occhi, nei suoi modi di fare. Ma poi, inspiegabilmente, era scappata.

«Beh, a causa della tua maleducazione a cena ieri sera, ho avuto l'opportunità di parlare con Edmund di sua nipote». Alec sorrise, rendendosi conto che ora aveva la piena attenzione di Colin.

«Mi chiedo», continuò, «se sarebbe interessata a insegnarmi a navigare oggi. La primavera è arrivata davvero in anticipo quest'anno. Non ti dispiacerebbe se usassimo una delle tue piccole barche, vero?»

«Se ci fosse la possibilità che tu anneghi da solo, non mi dispiacerebbe affatto», rispose Colin. «Ma è la sicurezza della Lady che mi preoccupa. Cosa ne sa quella donna della navigazione?»

«A quanto dice Edmund, lei navigava prima di camminare».

«Sembra sempre meglio. Sarà davvero impressionata quando le vomiterai addosso».

«In effetti, Lord Campbell, straordinario marinaio, suo zio dice che ha anche un rimedio per il mal di mare che ha imparato in Estremo Oriente».

«Estremo Oriente? Questa donna ha un notevole bagaglio di esperienze», pensò Colin, ripensando alle domande molto intelligenti che lei aveva fatto durante la cena sul villaggio e sui suoi progetti. «Cos'altro hai scoperto su di lei?»

«Ti dirò una cosa», rispose Alec. «Stasera a cena mi siederò accanto a Lady Caithness. In questo modo tu ed Edmund potrete parlare e lui potrà raccontarti tutto».

«Non credo proprio. Ma grazie per esserti offerto volontario».

«Beh, allora che ne dici di offrire una delle tue barche per la giornata?»

«Alec», rispose Colin, fermandosi un attimo e dando alla richiesta la seria considerazione che meritava. «Solo perché sei il mio più vecchio amico, l'alleato del mio clan e il mio ospite, devo dire... assolutamente no».

Colin pensava che non avrebbe mai permesso a quei due di uscire in barca senza di lui. Il problema non era tanto se lei ci sarebbe andata o meno. Dopo tutto, Alec aveva un bell'aspetto e un modo affascinante di comportarsi con le donne e lei, a quanto pare, aveva la sua reputazione in quel campo. *Se qualcuno andrà in barca con lei, sarò io.*

Pochi minuti dopo i due guerrieri entrarono nella Sala Sud ancora discutendo sul prestito della barca.

A tavola Lord Hugh e Agnes erano impegnati in una discussione personale: l'opportunità di cacciare nel periodo precedente la Pasqua. Si trattava di una discussione annuale, che Agnes perdeva sempre, ma non senza aver reso nota la sua posizione.

«Ti dico, Hugh Campbell, che è uno spreco cacciare la carne nell'unico breve periodo dell'anno in cui non si può mangiare».

«Agnes, ogni anno me lo dici e ogni anno conservi la carne».

«Abbiamo abbastanza carne da sfamare le isole occidentali per un anno», rispose Agnes con ostinazione.

«Allora ti dico, donna, che andiamo per lo sport, per l'esercizio fisico. Non che io ne abbia bisogno, ma i cavalli sì. Non andremo a macellare tutti i cervi e le pernici dell'isola, sai?»

Agnes non era convinta. Ogni anno, quando il tempo invernale si abbatteva sulla costa, Lord Hugh organizzava la sua famigerata caccia. Ogni anno i cani ottenevano più carne di quanta ne valessero. Venivano prese delle pelli e la carne veniva affumicata, ma non ce n'era bisogno. Punto.

«Inoltre», continuò Hugh con un luccichio negli occhi, «Lady Caithness si unirà sicuramente a noi, vista la quantità di caccia che il re amava fare a corte. Sarebbe un'ottima occasione per farle conoscere la nostra isola. Per conoscere un po' meglio la nostra *famiglia*».

L'obiezione di Agnes svanì immediatamente, perché in quel

preciso momento Colin si avvicinò da dietro e la abbracciò. Sì, quest'anno, pensò, la caccia potrebbe produrre qualcosa di prezioso, dopo tutto. Colin e Celia sembravano sicuramente incantati l'uno dall'altra ieri sera. Forse l'opportunità di trascorrere un'intera giornata insieme avrebbe accelerato ulteriormente le cose.

«Agnes», aggiunse Colin, sorridendole. «Stai combattendo la stessa battaglia anche quest'anno?»

«Niente affatto, caro», rispose Agnes. «Penso che la caccia sia un'idea meravigliosa quest'anno. Il tempo è molto favorevole e il terreno si è asciugato notevolmente nell'ultima settimana o giù di lì. Stiamo discutendo su quanto presto potrete andare tutti insieme».

Gli occhi di Hugh quasi schizzavano fuori dalla testa mentre ascoltava.

«Quando sarebbe un buon giorno per te, Colin?» chiese il Lord, riprendendosi rapidamente. «Dobbiamo partire presto, visto che tutti sono così disponibili».

«Ho ancora alcune cose da fare», disse Colin. «Che ne dici della prossima settimana?»

«Allora è deciso», affermò Hugh con enfasi, sfregandosi le mani. «Nel frattempo, Alec, tu e io abbiamo molto lavoro da fare. Stiamo finendo di preparare due nuovi falchi nel cortile. Sono arrivati con la spedizione dalla Francia quindici giorni fa e sembrano uccelli bellissimi».

«Meraviglioso», disse Alec felice. «Credo che mi piaccia di più guardare quegli uccelli muoversi che l'uccisione stessa. Sarei felice di dare una mano nei prossimi giorni... soprattutto perché non dovrò navigare». Mentre pronunciava le ultime parole, lanciò un'occhiata ironica a Colin.

Alec era molto conosciuto per la sua abilità con i falchi. Hugh sapeva che un tercel addestrato da lui era spesso migliore del miglior falco gallese. Inoltre, pensò Hugh, sorridendo della propria intelligenza, sarebbe stato bene tenere Alec occupato.

«Eccellente», disse il Lord. «E lo dirò a Edmund e Lady Caithness quando torneranno dal villaggio».

«Villaggio?» disse Colin, sorpreso. «Cosa ci fanno al villaggio?»

«Sir Edmund ci va ogni mattina da quando sono arrivati», rispose Agnes. «Ma non ho idea del perché ci vada».

«Io sì», aggiunse Lord Hugh. «Sta aspettando un prete che viaggiava con loro. L'uomo doveva andare all'abbazia vicino al castello di Argyll per qualche motivo. Edmund dice che quando tornerà, cosa che dovrebbe avvenire da un giorno all'altro, loro saranno in viaggio».

«No. Dobbiamo convincerli a rimanere fino a Pasqua», disse Agnes con sgomento. «Non c'è motivo per cui debbano essere in viaggio durante la Quaresima».

Abbiamo bisogno di più tempo, pensò Agnes.

Dobbiamo tenerli qui, pensò Lord Hugh. Abbiamo bisogno di più tempo.

Che fretta ha? Pensò Colin. Perché dovrebbe avere fretta?

«Sì, altri quindici giorni qui farebbero sicuramente bene al suo bambino», continuò Agnes. «E passando per le Highlands, dovranno ancora affrontare il maltempo».

Anche se Colin era piuttosto irritato al pensiero che Lady Caithness potesse scappare, non poté fare a meno di sorridere per l'uso contraddittorio che Agnes faceva del clima primaverile nelle sue argomentazioni.

«Bene», disse Lord Hugh. «Dovremmo riuscire a convincerla a rimanere fino a Pasqua... per il bene del bambino, comunque».

«Colin», disse Agnes con dolcezza, ribaltando la discussione, ma solo leggermente. «Hai già visto suo figlio? È una tigre bellissima. Stamattina era fuori con lei, infatti, a punzecchiare gli occhi del tuo cane e a tirargli le orecchie. Non ho mai visto Orso così docile e paziente. Dicono che i cani siano ottimi giudici del carattere».

Colin e gli altri scoppiarono a ridere per l'espressione innocente di Agnes. Per essere più discreta nel fare incontri, avrebbe dovuto colpirlo in testa con un bastone. E questo era così diverso da Agnes, che in passato aveva trovato motivi per disapprovare qualsiasi potenziale abbinamento per lui.

«Lady Caithness ha portato questo meraviglioso bambino con sé al villaggio?» chiese Colin, sorridendo.

Agnes scosse la testa. «Ellen ha il bambino nelle loro stanze».

«Credo che Edmund volesse mostrarle il villaggio», aggiunse il padre. «A quanto pare, qualcosa che hai detto ieri sera ha suscitato il suo interesse».

«Oh, Colin», disse Agnes. «Dovresti mostrarle i tuoi progetti».

«Sicuramente», aggiunse Alec con un sorriso. «Anzi, se vai subito, Agnes ti preparerà la colazione».

«Alec Macpherson!» Agnes lo rimproverò. «Sono sicura di non sapere di cosa stai parlando».

Mentre le parole le uscivano di bocca, Agnes prese Colin per un braccio, lo girò verso la porta e lo spinse per la sua strada.

Colin sorrise allo scroscio di risate che lo seguì fuori dalla sala.

Agnes aveva infatti preparato per lui torte di avena, salmone affumicato e una brocca di birra quando lasciò il castello.

Quando Colin e il suo cane completarono la breve passeggiata fino al villaggio, il sole era ben alto nel cielo e il bel tempo aveva portato gli abitanti all'aria aperta. Gli inverni erano umidi, battuti dal vento e amaramente freddi nelle Isole, e quando si presentava il primo accenno di primavera, la sua gente usciva dalle case di pietra come boccioli gialli sulle ginestre.

Mentre camminava lungo il pendio della strada principale pavimentata in pietra, Colin pensò con orgoglio che c'erano solo poche città al di fuori di Edimburgo che avevano pavimentato anche solo la strada principale. Colin, nel definire il nuovo piano per la città due anni prima, aveva insistito affinché anche le strette strade laterali fossero pavimentate e in pendenza per favorire il drenaggio dei rifiuti e dell'acqua. Di conseguenza, il villaggio sarebbe stato ancora più pulito della capitale. Sempre che Edimburgo riesca a sorgere dal legno e dalla cenere che gli inglesi hanno lasciato.

Colin si chiese se lei l'avesse notato.

Mentre si dirigeva verso il porto riparato ai piedi della strada, Colin veniva ripetutamente fermato dagli abitanti della città che incontrava. Tutti lo conoscevano e nessuno esitava ad avvicinarlo e a condividere le proprie notizie personali, anche se alcuni tenevano d'occhio con diffidenza l'enorme cane nero al suo fianco.

In fondo alla lunga collina, la strada principale si intersecava con una strada principale formando un Marketcross sull'acqua. A sinistra, i moli si protendevano nel porto. A destra si ergeva una chiesa, oltre la quale si estendeva una spiaggia sabbiosa lungo l'altra sponda del porto. Questo arenile protetto confinava con la punta rocciosa che si ergeva a scogliera sul lato dell'abisso.

Chiedendo informazioni su Celia e suo zio, Colin si diresse verso il porto. Avvicinandosi all'area deserta della flotta di piccole barche da pesca che stavano approfittando del bel tempo, Colin vide Edmund in conversazione con il capitano di una delle tre navi commerciali più grandi e pesantemente armate che erano ormeggiate nel porto.

Gli occhi di Colin percorsero il molo quando si accorse che Lady Caithness non era con lo zio. È curioso, pensò con un certo disappunto.

Ma non era tornata al castello.

Prima che potesse rivolgersi al cavaliere, Colin notò che Orso aveva lasciato il suo fianco. Voltando la testa allarmato, vide la grande bestia galoppare lungo la spiaggia verso un gruppo di bambini rannicchiati sulla sabbia in riva al mare. Era un cacciatore feroce, ma questo non era un comportamento normale. Temendo il peggio, Colin si lanciò all'inseguimento del cane.

Quando l'animale raggiunse i bambini, Colin vide il gruppo disperdersi. Orso si avventò su di loro, abbattendo uno che si era accucciato nel mezzo. Colin gridò mentre correva, osservando con orrore il cane che si avventava sulla preda.

I bambini gridavano e il ringhio del cane da caccia trafisse il cuore di Colin. Questa sarebbe stata sicuramente una strage. Il cane era troppo forte, troppo feroce. Sembrava una ragazzina quella sotto il corpo massiccio del cane. Lo shock dell'attacco avrebbe ferito l'intero villaggio. Perché aveva portato con sé il cane? Ma Orso non aveva mai attaccato un bambino prima d'ora. Era un cane da caccia e attaccava solo su comando.

Colin li stava raggiungendo. Ma sapeva che sarebbe arrivato troppo tardi per salvare la bambina. Troppo tardi.

All'improvviso, qualcosa non andava. No, cosa stava succedendo?

Nel suo cervello penetrò il suono delle risate, grida di bambini che ridevano. Quando raggiunse il gruppo, Colin iniziò lentamente a comprendere la scena che aveva davanti.

Mentre inciampava per fermarsi, il soccorritore stupefatto vide la vittima afferrare Orso per le orecchie e farlo rotolare sulla schiena nella sabbia.

Colin si fermò di botto quando Lady Caithness si alzò di scatto, ridendo e tenendo il muso del cane tra le mani.

Chiaramente, era arrivato il momento di prendere un nuovo cane. Il suo feroce mastino era diventato l'animale domestico di una Lady.

Rimase immobile a guardare, con il cuore che gli batteva nel petto. La sua prima reazione fu un desiderio irrefrenabile di torcere il collo a qualcuno, e Orso non era la sua prima scelta. Strinse e srotolò i pugni, cercando di ritrovare la calma, ma sentiva ancora il calore sul viso.

Poi, gradualmente, mentre la guardava, la sua rabbia fu sostituita da qualcos'altro.

La vista di fronte a lui gli tolse il fiato appena recuperato. Anche se ora vedeva il guerriero ferocemente accigliato, la Lady non riuscì a trattenere una risata sfrenata. Non era un prodotto di una corte. Era un prodotto della natura. Del vento. Della sabbia. Del mare.

Davvero, era un disastro.

E una bellezza naturale devastante. Non un manichino di corte addobbato e preparato. Colin pensava di non aver mai visto una donna più desiderabile in vita sua. La voleva.

«Credo di piacere al tuo cane», disse Celia, guardando innocentemente nella direzione di Colin, cercando di calmare l'animale ancora giocherellone. Colin era in piedi proprio di fronte a lei, con il cane tra loro.

Sembra davvero preoccupato, pensò. Arrabbiato, ma anche preoccupato. E decisamente sorpreso.

A Celia questo piaceva. Colin non sembrava nemmeno stanco per la lunga corsa sulla spiaggia. I suoi bellissimi e folti capelli neri gli erano caduti sulla fronte a causa della corsa. Celia ebbe l'impulso di avvicinarsi, di toccarli e di rimetterli delicatamente a posto.

Aveva un aspetto assolutamente magnifico. Si rese conto che era la prima volta che lo vedeva alla luce del sole. Non era certo una delusione. Al contrario. Era di gran lunga la creatura più bella che avesse mai visto. I tratti del suo viso avevano lo stesso aspetto pulito e cesellato delle scogliere scolpite dal vento che caratterizzavano questa costa frastagliata. I suoi occhi grigi erano della tonalità più bella. Le ciglia lunghe e nere.

Inaspettatamente, Celia avvertì una strana sensazione mentre lo guardava negli occhi. Sentiva... anzi, desiderava poter rimanere lì a fissarli, perdersi in essi per un'eternità.

Questo gigante dagli splendidi occhi grigi la faceva sentire una sciocca ragazzina adolescente.

«Beh, i gusti non si discutono», rispose Colin, stuzzicandola e ovviamente ispezionandola in lungo e in largo. «Anche se devo ammettere che quest'ultima moda di corte è... molto affascinante».

Oh Signore, devo avere un aspetto orribile, pensò. E probabilmente sono stata imbambolata come un'idiota.

Celia iniziò a togliersi i vestiti, aggrottando le sopracciglia il più cupamente possibile.

«Non siamo a corte, Milord», ribatté Celia, senza alzare la testa per rivolgersi a lui.

Colin si avvicinò e le sollevò delicatamente il mento, guardandola negli occhi.

«Lady Caithness, non è ora che mi chiamate per nome?» Colin lasciò passare un attimo prima di togliere la mano dalla sua pelle morbida e calda.

«È così, *Milord?*» rispose Celia, allungando una mano tra i suoi riccioli aggrovigliati per scuotere la sabbia. Mantenere la sua compostezza stava diventando sempre più difficile.

«Allora, come Lord, vi ordino di stare ferma», disse lui, facendola girare e passando delicatamente le dita tra i suoi riccioli ramati.

Colin poté vedere la pelle d'oca che si alzava sul collo sottile di lei e si sentì rispondere fisicamente alla sensazione setosa dei suoi capelli.

«E, in qualità di Lord, potrei ordinarvi di accompagnarmi a fare un giro del villaggio». Colin sapeva che doveva sembrare scherzoso, altrimenti lei si sarebbe arrabbiata. Sapeva già che non era una donna che avrebbe preso bene gli ordini. E questo non era il momento di allontanarla.

Non c'era quasi sabbia tra le sue ciocche lucenti, ma Colin non aveva fretta di fermarsi. Voleva seppellire il viso nella massa aggrovigliata e far scorrere le labbra sulla pelle sotto l'orecchio.

«Ordinarmi che cosa?» sussurrò Celia, stupita dal fuoco gelido che le scorreva nelle vene.

Colin sfiorò leggermente con le dita la pelle del collo di lei, spazzando delicatamente i capelli all'indietro da dove cadevano sulle spalle. La sentì rabbrividire al tocco. Voleva fare di più.

«Sarebbe meglio una richiesta... Celia?» chiese dolcemente, girandola per le spalle fino a metterla di fronte a lui.

«In questo momento, Colin, è lo stesso».

I due rimasero a guardarsi negli occhi, mentre il tempo si fermava.

Poi, all'improvviso, Celia fece un passo indietro, portandosi entrambe le mani sulle guance arrossate. Colin vide il panico sostituire la passione che aveva saldato il loro sguardo per l'eternità di un momento.

Colin temeva che sarebbe scappata.

Freneticamente, cercò le sue scarpe nella sabbia intorno a lei. Trovatane una, se la infilò nel piede. Non riuscendo a trovare l'altra, Celia sentì improvvisamente un'ondata di vulnerabilità impotente che la investì. Come poteva quell'uomo avere questo effetto su di lei? Aveva voglia di piangere e combattere le lacrime aumentava la confusione. Dove era finita quella dannata scarpa?

«È questa che stai cercando, Celia?» chiese Colin con dolcezza, togliendo la scarpa dalla bocca morbida del cane.

Celia guardò la scarpa in mano a Colin. Guardandosi intorno, vide che I bambini erano già tornati a giocare. Colin le passò la scarpa e seguì Orso mentre il cane si univa al gioco dei bambini.

Era appena successo qualcosa. Cosa? Pensò Celia. Come poteva avere voglia di scappare e bisogno di restare, tutto insieme?

Guardando la sua schiena larga mentre si chinava su una bambina, esaminando una conchiglia che la piccola teneva in mano, Celia sentì ancora una volta una scarica di euforia partire dal viso e attraversare il petto e il centro, per finire nella schiena con una sensazione che la fece rabbrividire. Cosa le stava succedendo?

Colin si raddrizzò e chiamò Orso. Quando il cane si avvicinò a lui, il guerriero si voltò e tornò indietro lungo la spiaggia, proteggendo gli occhi dal sole mentre guardava verso i moli e Edmund.

Celia guardò Colin passare senza dire una parola. Il suo sguardo era così passivo, così inespressivo. Era come se non fosse successo nulla. Niente.

La mia immaginazione, pensò Celia. Più che altro è un pio desiderio. Pensare che questo bell'uomo, questo eroe, questo Lord ricco come il re stesso, possa essere interessato a me. Pensieri velleitari.

E io cosa sono? Sono una fuggitiva. Una donna senza casa. Senza soldi. Senza terra. Nessun titolo reale da offrire. Una donna con un bambino. Un'anima persa in fuga.

Non sono nemmeno quello che sembro. Sono una donna senza identità. Lady Caithness, pensò amaramente, non posso essere nemmeno lei.

Sono un'impostora.

Eccomi qui, a usare queste brave persone. Prendendo il rifugio che offrono gratuitamente e non dando nulla in cambio, nemmeno la verità. Edmund aveva ragione. Ci avevano aperto la loro casa, accogliendoci senza nemmeno fare una domanda. Contando sul nostro onore. Il nostro onore.

Ma non posso dirglielo. Hanno il diritto di sapere, ma non posso dirglielo. Non posso.

Celia salutò i bambini e si incamminò deliberatamente verso la spiaggia. Respirando la frizzante aria salata, sentì il senso di colpa trasformarsi in un'emozione più forte. La rabbia si faceva più insistente a ogni passo che faceva. Era arrabbiata con lui per la sua dimostrazione di affetto. Era arrabbiata con sé stessa per la sua vulnerabilità alle sue attenzioni. A chi era interessato, a lei o a Lady Caithness? Da chi stava scappando?

I suoi occhi lo seguirono mentre si dirigevano verso la spiaggia. A un certo punto pensò che Orso stesse per correre da lei, ma Colin doveva aver dato un chiaro comando, perché il cane tornò rapidamente al suo fianco.

Non sono nemmeno una compagnia abbastanza buona per il suo cane, pensò con rabbia.

Quando raggiunse il punto in cui Colin ed Edmund stavano conversando, Celia si era già infuriata.

Era arrabbiata con il mondo, con Colin e con sé stessa.

«Celia», disse Edmund allegramente. «La prossima settimana avremo il privilegio di partecipare a uno dei grandi spettacoli delle isole occidentali».

«Passo», rispose rapidamente, scrollando le spalle con nonchalance.

«Come sarebbe a dire 'passo'?» sbottò Colin, sorpreso. «Non sai ancora di cosa si tratta».

«Va bene, che cos'è?» chiese Celia in tono rassegnato.

«L'annuale caccia di Pasqua», annunciò Edmund in modo importante.

«Una caccia alle uova di Pasqua?» rispose Celia ironica, rivolgendosi a Colin. «Pensavo fosse una tradizione solo francese. Che tipo di uova caccerete, Milord?»

«Andremo a caccia di cervi», disse Colin in tono disgustato, «e qualsiasi uccello che riusciamo a trovare».

«Non credo che i cervi depongano uova, Milord», rispose innocentemente.

«Non andremo a caccia di uova!» Colin esplose. «E che i francesi siano dannati!»

«Non credo proprio che dobbiate maledire gli unici alleati che abbiamo in Europa, Milord, solo perché i cervi non depongono le uova».

Senza parole, Colin si limitò a fissare Celia, certo che la donna avesse perso il senno o stesse cercando di farlo impazzire.

Quando Edmund si mise a ridere alle sue spalle, Colin capì di essere stato fregato di nuovo.

«So che state scherzando con me, Lady Caithness», disse Colin a denti stretti, cercando di riprendersi. «Ma sono sicuro che la caccia vi piacerà. Le nostre foreste di selvaggina sono di gran lunga superiori a quelle in cui siete stata con i vostri amici a corte».

«Ne sono certa, Lord Colin. Passo comunque».

«Perché?» chiese Colin, totalmente perplesso. «Edmund mi ha detto che siete molto abile con l'arco e io vi ho vista con la spada».

«Sì, ma trovo stupido che uomini e donne adulti corrano per boschi e campi, con ogni tipo di tempo, cavalcando e infliggendo ferite mortali a piccoli animali indifesi».

Non c'è da stupirsi che piaccia ad Agnes, pensò Colin. Aveva sentito Agnes sostenere questa tesi ogni anno, dal momento in cui aveva preso in mano il suo primo arco.

«Allora, in nome di Dio, come avete fatto a diventare così abile con le armi da caccia?» chiese Colin, esasperato.

«È molto semplice, Lord Colin», rispose Celia, rivolgendo un sorriso a Edmund. «Cavalcando e infliggendo ferite mortali a inermi Lord delle Highlands».

A quel punto, Celia voltò le spalle a Colin e guardò il villaggio.

«Avete intenzione di mostrarci il villaggio, Milord?» chiese dolcemente.

Totalmente sconcertato da questa donna, Colin condusse i due visitatori nel villaggio.

Ben presto, però, la compostezza di Colin tornò a concentrarsi sulla città in crescita. Raccontando i cambiamenti che si stavano verificando, si sentì orgoglioso dei recenti sforzi.

Due anni prima aveva avviato una rivitalizzazione della città, convinto che se la Scozia voleva prosperare in Europa in questi tempi di cambiamento, doveva sviluppare nuovi modi di fare le cose, sviluppare nuove industrie per impiegare il numero crescente di persone.

Superando i bassi magazzini in pietra che presto sarebbero stati riempiti di lana, Colin li condusse con entusiasmo verso un altro edificio lungo e basso.

«Questa è una cosa che non hanno ancora in nessun'altra parte della Scozia», disse Colin con orgoglio, accompagnandoli attraverso la robusta porta di quercia.

Davanti a lei, Celia vide uno spettacolo incredibile. Le navette di dieci telai stavano facendo clic e i rotoli di tessuto di lana erano impilati nelle vicinanze, pronti per essere immagazzinati e spediti. Gli operai andavano avanti e indietro trasportando i rocchetti di lana filata e i rotoli di tessuto finito.

Colin la sovrastava, mentre Celia ricambiava i sorrisi dei maestri tessitori che si crogiolavano nell'approvazione di Lord Colin. Si avvicinò e toccò la lana: era un materiale di qualità, non tinto, ma chiaramente frutto di un'abile lavorazione e di un'ottima lana.

«Questa lana ha il sapore della Segovia spagnola», disse in tono scioccato, guardandolo negli occhi grigi e sorridenti. Celia fu estremamente sorpresa di trovare qui nelle Isole Occidentali quella che sembrava essere la migliore lana prodotta in Europa. La migliore lana disponibile proveniva dalla Spagna e la migliore lana spagnola proveniva dalle colline che circondano Segovia, e lei conosceva bene le varie qualità di lana in Europa grazie alla sua esperienza sulle navi mercantili di suo padre. La lana scozzese era di gran lunga inferiore a questa. «Questa non può essere scozzese. Ma come avete fatto a procurarvela ora?»

«Questa è lana scozzese», rispose Colin, sorpreso ma impressionato dalla conoscenza che Celia aveva del prodotto.

«Non può essere. Non ha nulla del catrame che si trova sulla lana scozzese», disse incredula.

Lui scosse la testa. Sapeva anche che le lane scozzesi erano impopolari a causa del catrame che spesso veniva spalmato sulle pecore per proteggerle dalle intemperie.

«Ma vi dico che lo è», disse Colin, prendendole la mano per un momento. «Questa lana proviene dalle terre dei Campbell».

«Ci state dicendo che producete lana di qualità nelle vostre terre e che fate tessuti di qualità nel vostro villaggio? È incredibile!» esclamò Celia entusiasta, premendo la sua mano mentre parlava.

Colin sorrise, soddisfatto della risposta. Senza lasciarle la mano, si girò per tornare fuori dalla porta.

«Potete mostrarci il resto delle opere in stoffa?»

Colin si voltò sorpreso dal suo tono.

«Certo, se vi interessa».

«Assolutamente sì. Non ho mai avuto la possibilità di vedere l'interno di uno di questi posti», il volto di Celia era illuminato dall'attesa.

Quella di Edmund, invece, non lo era.

«Se volete scusarmi, ho detto a Lord Hugh che avrei continuato ad aiutarlo con i nuovi falchi. Sono uccelli bellissimi». Per questo cavaliere la caccia era chiaramente più interessante del commercio.

Nascondendo la sua delusione, Celia lasciò andare la mano di Colin e disse: «Vengo con te, Edmund. È ora di tornare da Kit ed Ellen».

«No, Celia», disse Edmund con una nota gentile nella voce. «Vado a vedere come stanno Ellen e il bambino. È una giornata così bella; forse li porterò entrambi a vedere i falchi».

«Dovrei venire con te, Edmund», protestò Celia.

«Goditi la giornata», disse il cavaliere con fare rassicurante. Non gli era mai capitato che lei mostrasse tanto interesse per un giovane uomo. Sarebbe stato un bene per lei. «Pensa, ragazza, che potrebbe non capitarti più un'occasione del genere. Sempre che a Colin non dispiaccia riaccompagnarti al castello più tardi».

«Certamente. Non ho molte occasioni per mostrare quello che facciamo qui», rispose Colin.

Una volta che Edmund se ne fu andato, Colin le presentò il capo tessitore dell'edificio. Mentre camminavano, le mostrò i vari tipi di tessuto che stavano producendo. I dieci telai, con un tessitore seduto e un disegnatore che lavorava accanto a ciascuno di essi, erano una costante confusione di movimenti. Celia fu colpita dal fatto che conoscesse ogni lavoratore per nome.

Colin era pronto a condurla fuori da una porta sul lato opposto dell'edificio, quando si rese conto che lei non era più con lui. Si appoggiò con le spalle larghe alla porta, osservando la donna che tornava nella stanza, fermandosi a ogni telaio e complimentandosi con i tessitori per le trame e la loro evidente padronanza del mestiere. Ci sapeva fare con le persone, pensò Colin.

I loro occhi si incontrarono per un attimo nella stanza e la sua gioia era evidente.

Entrando nell'edificio successivo, davanti a Colin, trovò una stanza piena di filatrici. Le donne stavano chiacchierando e cantando quando entrarono, ma si calmarono un po' quando videro il giovane Lord. Si sentivano invece risatine e bisbigli e Celia pensò che evidentemente non era l'unica ad essere colpita da quell'uomo. Notò anche gli sguardi di stima rivolti a lei.

Al centro della stanza, un'imponente donna di mezza età la guardava accigliata da dove era seduta. Celia pensò che nel suo sguardo c'era più di un pizzico di possessività. Rivolse un'occhiata al bel Lord e capì la sensazione.

Ma non ho bisogno di altri nemici, pensò Celia. Non di lei. Non di nessuna di queste donne.

Si diresse verso la donna e si mise al suo fianco, osservando come la donna filava abilmente, senza problemi, i brandelli di lana in un filo sottile.

«Il vostro lavoro è bellissimo», disse Celia con sincerità.

«Grazie, Milady», rispose gentilmente la donna. «Ma è un lavoro semplice, in realtà».

«Potreste mostrarmi come si fa?» Celia guardò gli occhi sorpresi della donna.

«Lei, Milady?» Il chiacchiericcio intorno a lei fece sentire Celia in imbarazzo, ma voleva andare fino in fondo.

«Sì, se avete la pazienza».

«Sedetevi, Milady», disse la donna più anziana, alzandosi in piedi e dando un'occhiata al Lord in cerca di approvazione.

Colin guardò Celia che prendeva posto. Le altre donne guardavano in silenzio mentre la loro collega spiegava il processo. Celia iniziò a lavorare lentamente, con esitazione, ma nonostante la sua cautela, o forse proprio a causa di essa, il lavoro iniziò ad aggrovigliarsi in pochi secondi. Con un'esplosione di voci, le altre donne si alzarono dal loro posto, sommergendo una Celia ridacchiante di istruzioni e consigli.

Mentre guardava, Colin pensò che persino lui avrebbe potuto fare meglio di Celia nella filatura. Poi si rese conto che lei sapeva esattamente cosa stava facendo. In un colpo solo, si era spostata all'interno del loro cerchio. Tutte si stavano divertendo, Celia soprattutto.

Gli ci volle un po' per staccarla dalle sue nuove amiche. Mentre la conduceva fuori dall'edificio, poteva ancora vedere la vampata di eccitazione sul suo viso. Osservò il volto di lei che improvvisamente si fece serio.

«Non hai mai detto come sei riuscito a produrre lana di questa qualità, Colin,», disse lei, fermandosi e rivolgendogli uno sguardo diretto e interrogativo.

«Sì», replicò lui, fingendo un'occhiata severa. «E come faccio a sapere che non venderai i nostri segreti al nemico?»

«Non mi lascerai cadere nelle mani del nemico, vero?» chiese Celia, mostrando una finta paura sul suo volto.

«Lasciarti nelle mani del nemico?» ripeté Colin maliziosamente. «No, ragazza. Potrei consegnarti a loro».

Celia fece un'espressione così pateticamente pietosa che Colin non poté continuare a recitare. Sorrise apertamente.

«Va bene, te lo dirò», disse, diventando serio. «Abbiamo recintato la terra per il pascolo delle pecore, come stanno facendo alcuni grandi baroni in Inghilterra, ma non stiamo buttando via i contadini per farli diventare mendicanti. Le persone che vedi lavorare qui sono quelle che facevano fatica nelle piccole fattorie. Abbiamo insegnato loro i mestieri. Qui possono guadagnarsi una vita migliore».

«Per loro stessi? O per i Campbell?» chiese Celia, scuotendo la testa in segno di sfida. In che modo questa vita era migliore per quei lavoratori? Era solo un altro modo per far arricchire i Lord?

«I Campbell hanno accumulato ricchezze per secoli», sbottò Colin sulla difensiva. «Se cercassimo solo la ricchezza, non spenderemmo soldi e non faremmo venire artigiani esterni per costruire una scuola, per migliorare il villaggio, per ospitare questa gente e per insegnare loro nuovi mestieri. Il nostro villaggio ha attirato alcuni dei migliori artigiani di tutta la Scozia».

«Stai facendo tutto questo?» chiese in tono conciliante. «Non ho mai visto i proprietari terrieri comportarsi così. L'abitudine sembra essere quella di dissanguare la gente di tutto ciò che ha».

Colin sapeva che quello che stava facendo qui era, in un certo senso, rivoluzionario. E Celia aveva ragione riguardo al dissanguamento del popolo. Ma fu sorpreso di sentire una dama di corte esprimere una tale preoccupazione per coloro che erano sotto di lei.

«Sì, stiamo facendo tutte queste cose, tranne la parte del dissanguamento», rispose Colin, alleggerendo lo scambio. «Infatti, gestiamo ancora la scuola di filatura, alla quale forse dovrò iscriverti».

«Pensi che ci sia speranza per me?»

«Assolutamente sì». Sorrise. «Se hai intenzione di rimanere per un po'».

«Potrebbe piacermi», rispose Celia. «Ma non mi hai ancora detto perché la tua lana è così fine».

«Il trucco è stato convincere le persone che sono rimaste a occuparsi delle pecore a smettere di ungere gli animali con il catrame. Ora non ce n'è più bisogno, perché abbiamo costruito dei ripari, i ricoveri per le pecore, in cui tenere il bestiame durante il periodo più freddo. Poi usiamo le tecniche di tosatura spagnole e selezioniamo la lana più fine per i nostri tessitori».

Prendendo la sua mano, le indicò il terzo edificio.

«In quell'edificio si fa la cernita, il lavaggio e la cardatura per i filatori, ma per te è vietato... almeno per oggi. Hai già disturbato abbastanza il lavoro», affermò con un cipiglio esagerato. «Inoltre, ho anche altre cose da mostrarti».

«Hai detto che stai costruendo una scuola», anticipò Celia, «è questo che vuoi mostrarmi?»

«Forse», continuò Colin, accarezzando la borsa legata alla vita e fischiettando al suo cane. «Ma prima devi condividere il cibo che Agnes ha preparato per me. E conosco un buon posto».

Tenendo sempre la mano di Celia, Colin la condusse oltre i magazzini e le banchine al di là della fine della strada.

. . .

Celia si sentiva felice e viva, mentre quasi correva per tenere il passo dell'uomo alto.

Seguirono un sentiero sassoso sulla collina che dominava il villaggio e il porto. Quando si avvicinarono alla cima, Celia poté vedere che solo il castello era più alto e la sua vista dominava l'intera area. Da qui, poteva vedere le costruzioni in corso nel villaggio. Sul lato opposto del Marketcross, dietro la chiesa, c'era una notevole attività intorno a una struttura parzialmente costruita in legno e pietra.

«È quella la scuola?» chiese con impazienza, lasciandogli la mano e indicando i tetti.

Colin vedeva in lei la stessa emozione che provava ogni volta che guardava i cambiamenti in corso nel villaggio. Era sorpreso e commosso dall'interesse umano di quella donna. Non era una finzione. E Colin si sentiva ancora più attratto da lei. Se solo avesse saputo di più su di lei.

«Sì, è così. Sembra che tu sia molto interessata a quella scuola». Colin le prese il braccio e continuarono a parlare sulla cresta della collina. Orso iniziò a vagare, con il naso a terra, tra le erbe basse e spazzate dal vento. Di tanto in tanto sollevava la testa per controllare il suo padrone.

«Lo sono. La scuola sarà per tutti i bambini del villaggio?» lo chiese con titubanza, quasi temendo che la sua risposta avrebbe rovinato l'immagine che stava sviluppando di lui.

«Sì, tutti i bambini vi parteciperanno», rispose in modo semplice.

«Anche le ragazze?»

«Sì, anche le ragazze».

«Questo è piuttosto progressista», disse Celia, sapendo che l'istruzione per le donne era una rarità, anche nelle classi privilegiate.

Lui si fermò e la girò verso di sé. Sapeva di doverle dare una spiegazione.

«Mia madre mi leggeva da bambino», disse dolcemente. «Agnes legge e scrive, come tutte le donne della famiglia. I Campbell non sono d'accordo con chi crede che l'istruzione danneggi l'anima di una donna. Noi crediamo che la renda più preziosa».

Celia era stupita. Non aveva mai sentito cose del genere da un uomo della statura di Colin. Lei stessa aveva imparato molte cose crescendo, le arti della guerra, la navigazione, il commercio e la finanza, la meccanica delle cose, ma non la lettura.

«Vorrei aver avuto questa opportunità da bambina. Non ho mai imparato fino a quando non sono arrivata a corte. È stato il mio amico Padre William a insegnarmi».

Non appena le parole lasciarono le labbra di Celia, Colin liberò la mano dal braccio della ragazza e riprese il cammino. Il suo sguardo di commiato le sembrò arrabbiato, ma quale ragione gli aveva dato per una simile risposta. Si era sentita attratta da tutto ciò che riguardava quell'uomo. Ora, sulla scia della sua ammissione, la sua rabbia inspiegabile la tagliava come la lama di una lancia delle Highlands.

Colin raggiunse una roccia affiorante, gettò la borsa contenente il pranzo alla base della roccia e si allontanò di qualche passo.

«Devono essere stati giorni felici a corte», sbottò Colin, voltandosi verso di lei.

Celia si fermò un attimo quando capì che la reputazione di Lady Caithness era la causa della sua rabbia. Se solo avesse potuto dirgli la verità.

«No, io odiavo la corte», disse Celia a bassa voce. Combatté le lacrime che cominciavano a salirle agli occhi. «I giorni più felici sono passati prima».

«Prima?» Colin era confuso. Vide lo sguardo ferito di lei. Cambiò tono e chiese con più calma: «Dov'eri prima?»

Celia fece una pausa prima di rispondere. «Ovunque e da nessuna parte. Vivevo con mio padre e Edmund».

«Cosa vuol dire 'ovunque e da nessuna parte'?» continuò Colin, lottando con successo per non far trasparire l'irritazione dalla sua voce. Era sinceramente interessato, ma odiava gli indovinelli.

«Sono cresciuta sulle navi di mio padre. Era un mercante e mi ha portata ovunque».

«Era un modo pericoloso di crescere una bambina».

«Sapeva che era pericoloso, ma non poteva sopportare che mi allontanassi da lui. Ero tutto ciò che gli rimaneva». Celia si slacciò inconsciamente il mantello, lo stese a terra davanti al masso e si sedette a guardare il blu del mare. Dall'altra parte dell'acqua Celia vide delle isole che avevano una tonalità più blu sia del mare che del cielo. Si era sempre sentita così al sicuro accanto a suo padre in quelle acque infide.

«E tua madre, il resto della tua famiglia?» Colin si accovacciò accanto a lei sul mantello, osservando l'espressione del suo profilo. Questo era il primo scorcio del suo passato che lei aveva condiviso con lui. Così apertamente. Così onestamente.

«Mia madre è morta quando ero molto giovane. Edmund è stata l'unica altra famiglia che ho conosciuto. La famiglia inglese di mio padre non ha mai accettato il suo matrimonio con una donna scozzese. Non mi hanno mai riconosciuta».

«Chiaramente è stata una loro perdita. Ma deve essere stato difficile per te». L'odio di Colin per l'arroganza inglese si accese al pensiero che una bambina si sentisse indesiderata, soprattutto questo.

«Sì, perché non ho mai conosciuto una vera casa», disse Celia pensierosa, ma poi la sua espressione si illuminò. «Ma crescere a bordo di una nave è stata un'esperienza magica. Terre esotiche con persone di ogni colore, che parlavano lingue che potevo quasi capire. Svegliarsi con il rumore del mare e il movimento della nave. Gli odori dei porti e dei carichi che trasportavamo. Nascondersi nelle stive tra balle di lana spagnola e spezie provenienti dall'Oriente».

Colin sorrise timidamente all'immagine della bambina che giocava felice mentre i pericoli erano in agguato ad ogni orizzonte.

«Per quanto tempo hai vissuto sulle sue navi?»

«Mio padre morì di febbre quando avevo quattordici anni. Fu allora che tutto cambiò». Si scosse dai suoi pensieri, rendendosi conto di aver già detto troppo. Non poteva permettere che Colin Campbell, o chiunque altro, si avvicinasse a lei in questo momento. Si abbassò e aprì la borsa.

«Come mai?» chiese lui, cercando di placare l'improvviso turbinio di attività della ragazza posando la mano sulla sua. Le dita nervose svolazzarono come un uccellino sotto la sua per un attimo e poi si fermarono. Celia lo guardò direttamente negli occhi.

«Non dirò un'altra parola su di me finché non mi darete da mangiare, Milord». Celia cercò di ignorare la sua presenza virile, la pressione della sua mano avvolgente, ma non ci riuscì. Sentiva il suo stesso battito accelerato.

«Se vogliamo tornare a quel discorso della formalità, allora dovrò ricominciare a dare ordini. E non ti lascerò andare così facilmente...

questa volta. Quando siamo soli possiamo lasciare da parte le formalità, Celia». Colin si chinò fino a portare la bocca a un soffio dalla sua.

Lei cercò di sorridere. Voleva fare qualche commento tagliente. Per dirgli che non era all'altezza della cortesia, ma il suo viso era così vicino al suo, le sue labbra finemente scolpite così attraenti. Si chiese se quelle labbra avessero un sapore meraviglioso come lo sembravano. Erano così piene, così invitanti.

Una mano di lui premeva la sua contro la sua coscia, ma all'improvviso l'altra raggiunse il suo mento, sollevandolo fino a quando lei lo guardò negli occhi. La fame che vi trovò la spaventò, ma in qualche modo la attirò.

Colin guardò nel suo sguardo diretto. Per un attimo, non sapeva quanto, rimase ipnotizzato, perso nelle profondità oscure dei suoi occhi neri. Muovendo leggermente la mano, le sfiorò le morbide labbra con il pollice, sorridendo per il tremito che lei visibilmente provò. Lei chiuse momentaneamente gli occhi. Facendo scorrere la mano sulla sua guancia, Colin spazzolò indietro le ciocche setose che pendevano stuzzicanti sul suo viso. Passando le dita tra i suoi capelli, tracciò un percorso intorno al suo orecchio minuto e accarezzò la pelle vellutata sotto di esso.

Rispondendo al gemito sommesso che aveva sentito più che udito, Colin avvicinò le labbra della donna alle sue.

«Baciami», ordinò dolcemente, con la voce delicata come la luce del sole che scalda.

Le buone intenzioni di Celia furono sopraffatte nel momento in cui le sue mani morbide percorsero la pelle del viso e del collo. Voleva sfiorare le sue labbra, sentire il suo corpo caldo e forte premuto contro il suo. Voleva essere così vicina a lui da non poter respirare tra loro. Le labbra di lui attendevano le sue.

Le labbra di Celia sfiorarono le sue leggermente, castamente. Poi le sue mani salirono per sentire i tratti cesellati dei suoi occhi, i suoi zigomi, il taglio forte e netto della sua mascella. Come uno scultore che dà forma a un capolavoro, i pollici di Celia accarezzarono le sue labbra piene.

Lottò contro l'impulso di assaggiare quelle labbra, di rivelare il fuoco che infuriava dentro di lei, di sentirsi sciogliere in lui.

Ma sapeva che doveva fermarsi ora, o non ci sarebbe stata alcuna possibilità di fermarsi.

Si fermò.

«Ecco, Milord, ho fatto come mi avete ordinato. Ora datemi da mangiare».

Con un rapido scatto del braccio, Celia staccò la mano di lui dal suo collo, appoggiò le mani sul suo petto e spinse il Lord appoggiato sulle sue natiche.

In piedi un istante dopo, Celia fece un passo indietro a distanza di sicurezza e guardò scherzosamente il guerriero sorpreso. Sembrava così buffo, con le sue gambe da kilt allungate davanti a sé e il volto apertamente perplesso. Ma lei sapeva che era a un passo dall'essere molto, molto pericoloso.

«Mi stai prendendo in giro, provocando», ringhiò lui. La sua velocità e la sua sicurezza nel disimpegnarsi erano impressionanti. Ma mentre la guardava, sapeva che un giorno avrebbero dato un grande piacere l'uno all'altra. Aveva visto quello sguardo di passione nei suoi occhi. Lei lo desiderava tanto quanto lui desiderava lei.

«No, Milord», disse Celia. «Ma mi avete promesso il pranzo, e una promessa è una promessa».

In quel momento, Colin si spostò abilmente in ginocchio e, mentre lo faceva, Celia fece altri due passi indietro, sorridendo.

«Sono molto veloce nella corsa».

In verità, non era di lui che aveva paura. Lui si stava comportando nel modo più cavalleresco che si potesse immaginare. Celia aveva paura delle sue reazioni, del suo desiderio, non di scappare, ma di correre da lui, di concedersi completamente a quell'uomo. Non si era mai sentita così in vita sua.

Colin rise e si sedette di nuovo sul mantello.

«Va bene. Pranzo. Una promessa è una promessa. Spero solo che non vi strozziate con il cibo, Milady». Colin iniziò a prendere il cibo dalla borsa.

Sorridendo, Celia si avvicinò al bordo del mantello e si inginocchiò, tenendolo d'occhio. Lui spezzò un panino all'avena, porgendole un piccolo pezzo e appoggiando il resto sul mantello.

Mentre lei mangiava, Colin continuò a svuotare la borsa, rimuovendo il tappo dalla brocca di birra e posizionando la bottiglia appena fuori dal mantello, ma a portata di mano. Spezzando un altro pezzo di pane, ne lanciò una porzione a Orso, che era appena tornato dalla sua esplorazione.

«Non hai intenzione di mangiare, Colin?» chiese lei, prendendo la piccola brocca.

La sua testa era rivolta verso il cane quando Celia si avvicinò alla birra. Ma con la velocità di un fulmine, la mano di lui scattò fuori, afferrando il polso della ragazza in una morsa simile a quella di un vischio. In un attimo Celia si ritrovò sulla schiena, con i polsi bloccati a terra e l'enorme guerriero chinato su di lei. Era più veloce di quanto un uomo della sua stazza avesse il diritto di essere, pensò.

All'improvviso, rise ad alta voce per la ridicolaggine di un simile pensiero in questo momento e la sua risata portò uno sguardo di piacere sul volto di Colin.

«Beh, hai mangiato abbastanza, mia velocissima corritrice?» chiese Colin con uno sguardo ironico.

«Credo che il fatto di essere così piena mi abbia rallentata», rispose lei, «ma forse siamo veloci solo quanto vogliamo esserlo».

Quando le parole lasciarono la bocca, si pentì di averle pronunciate. Per quanto desiderasse che lui la baciasse, sapeva che non poteva lasciare che la cosa andasse oltre. Le conseguenze sarebbero state troppo gravi. Ma voleva sentire ancora una volta le sue labbra contro le sue.

Guardandola negli occhi, Colin vide quella scintilla di desiderio che brillava come un tizzone in un fuoco di mezzanotte. Sapeva che era pari al suo. Rilasciandole i polsi, si abbassò lentamente accanto al suo corpo disteso. Lei avrebbe potuto allontanarsi da lui, scappare se avesse voluto, ma lui sapeva che non l'avrebbe fatto.

Appoggiandosi su un gomito, le cullò dolcemente il viso con l'altra mano.

«Sei così bella», mormorò lui, sorridendo al rossore che si diffuse immediatamente dal viso al collo, scomparendo sotto il colletto del vestito. Celia ricambiò il suo sorriso con lo sguardo di un angelo. Sembrava così innocente.

Eppure, mentre la guardava, pensava a tutte le metafore e le immagini della poesia d'amore cortese che lei doveva aver sentito nella sua vita. Ma lei arrossì ugualmente alle sue semplici parole.

«Mai in vita mia», continuò lui, «ho...»

«Per favore, non parlare», lo interruppe lei in un sussurro, mettendolo a tacere con un solo dito premuto sulle sue labbra.

Colin la guardò sollevare la testa dal mantello e, mentre lo faceva, le sue labbra scesero per incontrare le sue.

All'inizio, le loro labbra si sfiorarono timidamente, creando una sensazione di onde d'urto che attraversarono i loro corpi. Colin era sorpreso che un atto così innocuo potesse scatenare in lui una tale reazione. C'era una semplicità, un'onestà, un'apertura nell'atto e nel piacere che ne derivava che non si aspettava.

Colin non voleva che la magia di questo momento passasse. Premette di nuovo le labbra sulle sue, mentre un senso di urgenza cominciava a prenderlo. Voleva baciarla profondamente, assaggiarla, addentrarsi nei misteri di questa donna.

La pressione delle sue labbra aumentò e la testa di Celia affondò contro il mantello. Colin le passò leggermente la lingua sul labbro.

Le mani di Celia, spaventate, si sollevarono e una si aggrappò alla sua spalla, mentre l'altra gli afferrò la nuca. La sua lingua sfrecciò di nuovo sulle sue labbra piene e dolci, cercando di accedervi. Spostò la mano sul mento, facendo una leggera pressione verso il basso. Le sue labbra si aprirono e di nuovo la sua bocca scese su quella di lei, la sua lingua si infilò in quell'apertura lussuriosa, assaggiando, assaporando, imparando la consistenza della sua bocca morbida.

La lingua di lei rispose a quella di lui, all'inizio in modo incerto. Non aveva mai provato il tipo di calore che le scorreva nelle vene. Un desiderio crudo stava crescendo dentro di lei. I freni che aveva in corpo stavano rapidamente scivolando via. La sua lingua divenne audace come quella di lui, cercando e sfregando contro la sua in un'esplorazione di scoperta. Amava il suo sapore, il suo profumo, la pressione del suo corpo contro il suo.

Colin sollevò il viso da quello di lei e la guardò una volta negli occhi. Le nuvole di passione che vi vide risposero alla sua domanda inespressa. Seppellendo delicatamente il viso nel suo collo, le prese il lobo dell'orecchio tra i denti e le labbra. Il suo respiro caldo le entrò nell'orecchio, provocandole nuovi brividi. Il suo profumo era così fresco, così dolce, così caldo e invitante. Tracciò una linea con la punta della lingua dal collo, lungo la mascella, fino alle labbra in attesa mentre reclamava la sua bocca con desiderio.

Colin sentì la sua disciplina sgretolarsi mentre la passione lo attraversava. Voleva toccarla completamente, sentirla, essere dentro di lei. La sua mano percorse il fianco di lei, salendo sotto il gomito e accarezzando delicatamente il seno pieno e morbido. Il corpo di lei rispose al suo tocco, inarcandosi contro la sua mano istintivamente.

Ma anche mentre il suo corpo si fondeva con quello di lui, mentre la sua bocca cedeva i suoi morbidi misteri alla sua lingua indagatrice, mentre le sue mani tracciavano le linee muscolari delle sue spalle, della sua schiena, qualcosa all'interno di Celia la metteva in guardia dalla linea che stavano per attraversare, una linea che minacciava la sicurezza di tutti coloro che dipendevano da lei.

Dentro di lei si stava risvegliando una nuova vita, una vita che desiderava con tutta sé stessa, ma che aveva anche paura di abbracciare.

L'impulso di Colin fu quello di slacciare, anzi, di strappare, i vestiti che li tenevano separati, di schiacciare la pelle di lei, i suoi seni, le sue cosce sotto i suoi. Voleva fare l'amore con lei selvaggiamente, senza riserve, per godere delle sue passioni crescenti, del suo coronamento dell'estasi.

Ma qualcosa in lei si oppose al suo impulso. Lui lo percepiva. Era quasi una resistenza che cresceva a dispetto dei suoi stessi desideri.

Colin si fermò, guardandola negli occhi alla ricerca di un segno che gli permettesse di spazzare via i suoi dubbi, le sue paure, il suo passato. A prescindere da ciò che era, Colin voleva che questa donna lo desiderasse ora.

Guardando in profondità negli occhi neri di lei, vide uno sguardo che gli disse...

Il ringhio feroce di Orso mise Colin in piedi in un istante e Celia balzò in piedi accanto a lui. L'attenzione del cane era rivolta alla cresta della collina che dominava il villaggio. In un attimo entrambi poterono sentire le grida che avevano allertato l'animale.

«*Lord Colin! Lord Colin!*» gridò l'uomo, correndo senza fiato verso di loro. Il suo sollievo fu evidente quando vide il Lord, ma il suo passo non si allentò mai finché non li raggiunse ansimando.

«Signore», ansimò, guardando solo il suo padrone. «Dovete venire... al castello... Runt è stato ferito... i vostri ospiti... attaccati».

«Quali ospiti?» lo interruppe Celia, il suo volto divenne bianco.

Non può essere, urlò dentro di sé. Non può essere.

«Vostro figlio, Milady. Il bambino!»

Capitolo Sette

IN QUESTI GIORNI vago nella nebbia, come se mi fossi perso in un labirinto senza fine.

La campagna è ora completamente deserta. Non ci sono animali. Li abbiamo massacrati tutti. Non ci sono persone. Coloro che ci sono sfuggiti sono andati a nord. Coloro che non sono fuggiti non avranno bisogno del loro bestiame. Sognano in un altro mondo.

Ma chi è questa donna che è la causa di questo incubo di distruzione? Chi sono questa donna e questo bambino che seguiamo?

«Oh, Dio! Che cosa ho fatto?»

«Non sono arrivati al bambino, Milady», continuò il servitore. «Runt e vostro zio li hanno fermati. Sono tutti tornati al castello».

«Quanto è ferito Runt?» chiese Colin, prendendo Celia per un braccio e trattenendola. Lei si stava allontanando da lui, tirando con forza contro la sua presa, pronta a scappare. Colin sapeva che non sarebbe stato possibile trattenerla se l'avesse lasciata andare ora. Doveva in qualche modo mantenere il controllo fino a quando non ne avessero saputo di più.

«Non lo so, Milord. L'hanno portato dentro».

«Prendi il cane. Torna indietro attraverso il villaggio e prendi il prete», comandò Colin, tirando Celia verso le scogliere dietro di loro. «Da questa parte. È più veloce».

97

Senza ulteriori spiegazioni, Colin raccolse il mantello e, afferrandola per mano, iniziò a correre lungo la scogliera verso il castello.

Corse al suo fianco e le cinquanta domande che le frullavano incoerenti nel cervello si ridussero in un istante a un solo pensiero colpevole... lei non c'era! Il nodo che le si era formato in gola all'udire le parole del servitore le sprofondò nel petto, stringendole il cuore con dita di acciaio rovente.

Perché non c'ero io? Continuò a ripetersi dentro di sé. Se solo fossi stata lì. Sì, se fossi stata lì... cosa sarebbe stato diverso? Pensa bene, si disse. Non sarebbe cambiato nulla. Il bambino è salvo. Grazie a Dio non gli hanno fatto del male. E adesso? Ora che ci hanno trovati. Che siano maledetti!

Povero Runt. Ferito mentre faceva quello che doveva fare. Ti prego, Dio, fa' che non sia ferito gravemente. Che siano maledetti!

Ma non sarà l'ultimo. Sanno che siamo qui e torneranno. Colin e la sua gente non sanno quanto Danvers possa essere un nemico subdolo. E questo deve essere il suo lavoro, pensò.

E non posso dire loro quello che so.

E dov'è Padre William? Pensò. Devo mandargli un messaggio. Non possiamo restare qui.

Celia e Colin erano ormai a un tiro di freccia dalla spessa cortina muraria esterna del castello. Sapeva che avrebbero dovuto fare quasi mezzo giro della grande fortezza per entrare. All'improvviso, Colin rallentò e si spostò sul bordo della scogliera, facendosi strada tra alcuni cespugli di betulla. Seguendolo, guardò giù dal precipizio, verso le onde che si infrangevano sugli scogli molto più in basso.

Colin saltò.

Celia urlò.

Lasciandosi cadere sulle mani e sulle ginocchia, scrutò selvaggiamente oltre il bordo. Lì, appollaiato su una stretta sporgenza a quasi una lunghezza di lancia sotto l'apice della scogliera, lui stava in piedi a guardarla.

«Salta», disse.

Celia guardò lo spazio in cui doveva atterrare e senza un attimo di esitazione si lasciò cadere tra le sue braccia in attesa sul cornicione.

Era stato pronto a convincerla ad abbassarsi gradualmente fino a raggiungere il punto in cui lui avrebbe potuto ridurre al minimo la caduta. Avrei dovuto saperlo, pensò. Quella donna è impavida e agile come un gatto.

Ma, sostenendo il suo corpo esile, Colin percepì la sua agitazione. Voleva confortarla, scusarsi in qualche modo, ma non era il momento di farlo. Aveva la sensazione che lei non avrebbe comunque accettato.

Tenendole saldamente la mano, Colin guidò Celia per qualche metro lungo la sporgenza, poi si inginocchiò e strisciò attraverso una bassa apertura nella parete della scogliera. Celia lo seguì nell'oscurità.

Era ancora in ginocchio quando Colin accese una pietra focaia su una torcia, illuminando la stretta grotta. Quando Celia si alzò velocemente in piedi, i suoi occhi si adattarono e vide che la grotta si biforcava subito dopo il punto in cui si trovava Colin.

Questi tunnel devono portare al castello, pensò. Altrimenti Colin non mi avrebbe portata da questa parte. Man mano che si avvicinavano, mentre sentiva il cuore pompare per lo sforzo della corsa, Celia aveva provato un senso di... cos'era? Calma? Fiducia? Sicurezza che tutto sarebbe andato bene? Forse, pensò, ma quanto è sicuro un castello con grotte aperte al posto dei tunnel? Prima che potesse imboccare il tunnel di destra, quello che avrebbe portato in direzione del castello, Celia mise una mano sul braccio del guerriero.

«È così che sei entrato nella mia stanza... la notte in cui sei arrivato a casa?»

«Sì, attraverso le grotte e i passaggi che portano sotto il castello».

«Vuoi dire che chiunque potrebbe passarci attraverso?» Celia sapeva già qual era la risposta, ma aveva bisogno di sentirgliela dire.

«No. Solo i membri più fidati della famiglia ne sono a conoscenza, e anche quelli conoscono solo la strada per entrare nelle cucine».

Colin capì perché glielo chiedeva. Sapeva di essere responsabile della loro sicurezza mentre erano ospiti nella sua casa. Quel che era peggio, Celia era venuta a Kildalton in cerca di protezione per sé stessa... per il suo bambino. «Non permetterò a nessun altro di farti del male finché resterai al castello di Kildalton. Non so cosa sia successo oggi, ma ti prometto che non succederà più».

Anche nell'oscurità della grotta, Celia riuscì a percepire l'intensità della sua voce e della sua espressione. Sentì il suo cuore scaldarsi per la preoccupazione di Colin e per la sua promessa. Se solo avesse potuto dirgli la verità. Celia capì che lui si riteneva responsabile dell'attacco.

Celia gli passò le braccia intorno alla vita, abbracciandolo ferocemente e rilasciandolo rapidamente.

«Lo so», disse lei.

Colin la scrutò nella semioscurità. Era così sorpreso e commosso dalla sua semplice dimostrazione d'affetto che quasi non sapeva come reagire. Per la prima volta da quando si erano conosciuti, sentiva che lei stava dimostrando una sorta di fiducia nei suoi confronti. Non aveva intenzione di lasciarsela sfuggire. Si girò e si avviò rapidamente verso il corridoio con Celia alle calcagna.

Mentre Celia seguiva Colin, notò che le pareti della grotta lasciavano rapidamente il posto a tunnel scavati a mano. In pochi minuti il tunnel si divise in tre passaggi con pareti fatte di blocchi di pietra, poi si divise in altri tre che sembravano esattamente uguali. All'improvviso, il guerriero si fermò e spinse una parte di muro, rivelando, con grande stupore di Celia, un'apertura bassa in cui il guerriero si infilò.

La seguì e si ritrovò in un angolo della grande cucina del castello, protetta dalla vasta area di lavoro da un enorme forno in pietra.

In cucina, un gruppo di persone stava rannicchiato vicino a una porta. Quando Colin fu avvistato, si levò un brusio di voci, ma i due passarono rapidamente nella Sala Sud.

All'estremità della sala, una folla si era radunata intorno a uno dei lunghi tavoli.

«Che diavolo è successo?» sbraitò Colin, attirando l'attenzione delle facce sbigottite.

All'interno del cerchio di guerrieri che si stava aprendo, Celia poté vedere Ellen seduta accanto a Runt e che teneva il bambino stretto al seno. Lord Hugh, Alec ed Edmund erano in piedi accanto a loro e Agnes aveva i suoi aiutanti che andavano avanti e indietro con le bende. La spalla di Runt era fasciata, ma sanguinava ancora. Il suo volto era pallido, ma non mostrava altri segni del dolore che Celia sapeva di dover provare.

Andò direttamente da Ellen, che si alzò e abbracciò la sua padrona. Era evidente che Ellen era molto sollevata di vederla. Celia accolse dolcemente Kit, che dormiva.

«Non lo hanno mai toccato, Milady», sussurrò Ellen.

Celia annuì, stringendo il bambino a sé, mentre un senso di sollievo travolgente la investiva. Lanciò un'occhiata a Edmund, stanco e con la faccia truce, che cercò di sorriderle. Il suo sguardo le disse che dovevano parlare.

«Colin», rispose Lord Hugh. «Sono contento che tu sia qui».

«Come è potuto accadere?» chiese Colin con rabbia, chinandosi su Runt e togliendo delicatamente la medicazione. L'arma aveva trafitto il lato destro del petto di Runt, sotto la scapola. Dalla lunghezza ridotta della ferita, Colin pensò che Runt fosse stato pugnalato con un dardo o una spada corta. Ma qualunque cosa fosse, l'arma era stata conficcata direttamente, mancando gli organi vitali.

Sì, Runt dovrebbe vivere se Agnes riuscirà a far guarire la ferita in modo pulito, pensò Colin.

«Quei bastardi li stavano aspettando», disse Hugh con amarezza.

«Chi erano, padre? Dove è successo?»

«Stavamo tornando a piedi dopo aver visto il maestro lavorare i nuovi falchi, Lord Colin», rispose Runt. A Celia sembrò che la sua voce fosse forte. «Ce n'erano quattro nascosti nel bosco alto vicino al sentiero che porta ai cortili. Molti membri del personale sono scesi a guardare, quindi c'erano molti dei nostri in giro».

Fece una pausa, chiaramente stupito dall'audacia degli assalitori.

Lord Hugh riprese il discorso. «Ellen e il bambino stavano tornando indietro con Edmund e questo giovane guerriero, quando questo branco di lupi è sbucato da dietro».

«Sir Edmund ne ha ucciso subito uno», proseguì Runt. «Mentre ne combatteva un altro, gli altri due si sono avventati su Ellen e Kit».

Girò la testa verso Celia. «Volevano fare del male al bambino, Milady. Ne sono certo. Guardavano davanti a me, verso di lui. Se fossi stato armato di qualcosa di più del mio pugnale, però, li avremmo uccisi tutti».

Celia sentì il sangue ribollire. Avrebbe voluto uccidere lei stessa gli aspiranti assassini.

«Vacci piano, Runt», ordinò Agnes con dolcezza, sostituendo una medicazione intrisa di sangue con una pulita. «Non smetterai di sanguinare, se non stai fermo».

«Runt ha preso la spada nella spalla ed è riuscito comunque ad allontanare i due da Ellen», disse Hugh con orgoglio. «Edmund li ha finiti tutti tranne uno, che è scappato attraverso la brughiera».

«L'avete preso?» ringhiò Colin minaccioso. «Vorrei... parlare con lui».

«No, avevano una barca e un equipaggio che li aspettava», concluse Hugh con frustrazione. «Non c'era tempo per far uscire una barca per inseguirli. Avevano pianificato tutto, compresa la fuga».

«Chi erano questi vigliacchi?» chiese Colin, guardando ferocemente intorno a sé. «Erano inglesi?»

«Sembravano Highlander», rispose Runt. «Ma non c'è traccia di alcun clan».

«Non erano inglesi, né delle Lowlands», concordò Edmund. «Le loro armi e il loro modo di combattere erano decisamente da Highlander». Aveva passato la maggior parte della sua vita ad addestrare combattenti. Questi uomini si affidavano alla forza piuttosto che alla velocità ed erano più disposti a subire un colpo che a evitarlo. Queste erano caratteristiche degli Highlander. Potevano aver venduto l'anima al diavolo in persona, ma dovevano comunque il loro stile di combattimento alla terra che li aveva generati.

«Voglio vederli», chiese Colin. «Dove sono i corpi? Voglio sapere da dove vengono questi cani senza palle».

Celia guardò il guerriero davanti a lei. Nonostante la sua rabbia feroce e la sua espressione dura, Colin aveva il controllo totale e poteva vedere i suoi combattenti che si dirigevano già verso le cucine. Sapeva che avrebbe fatto ciò che era necessario per proteggere coloro che dipendevano da lui, ma sapeva anche che non poteva più mettere in pericolo queste persone.

«Se volete scusarci», intervenne Celia a bassa voce, non volendo interferire, «ora andremo nelle nostre stanze».

Riconsegnò il bambino a Ellen e, chinandosi su Runt, lo baciò sulla fronte.

«Hai fatto una grande cosa oggi», sussurrò. «Più di quanto tu sappia. Grazie».

Runt annuì e i suoi occhi trovarono subito quelli di Ellen.

Celia riprese Kit da Ellen e si girò per uscire dalla sala. Nel farlo, fu sorpresa di sentire l'enorme mano di Colin sul suo braccio. Si fermò e lo guardò mentre la sovrastava, sorpresa dalla franchezza del suo gesto.

«Ti verrò a trovare più tardi», disse, con i suoi occhi caldi di affetto, che si avvicinavano ai suoi. «Non ho ancora avuto modo di conoscere questo piccolo».

Il suo sguardo cadde per un attimo sul bambino addormentato tra le braccia di Celia. Un'emozione strana lo colpì mentre guardava quel viso innocente, accoccolato così pacificamente tra le braccia della madre.

Il silenzio che calò sulla stanza penetrò il loro momentaneo isolamento. Colin fu il primo a riprendersi e il suo volto si incupì di serietà quando continuò. «Inoltre, per il momento, non voglio che tu esca dal castello senza scorta».

«Non sarà necessario. Posso...»

«Niente discussioni», ordinò Colin, con un cipiglio feroce che lasciava poco spazio alla discussione.

Celia fece una pausa, poi annuì in segno di assenso e pochi istanti dopo uscì dalla sala con Edmund ed Ellen alle calcagna.

Quando raggiunsero le loro camere, Ellen portò il bambino addormentato nella sua stanza. Edmund rimase in piedi accanto a una delle finestre della stanza di Celia, aspettando che lei chiudesse la porta adiacente.

«Dobbiamo andarcene», disse, camminando nella sua stanza con l'energia di una tigre in gabbia. «Non possiamo restare qui adesso».

«Lo so, ragazza. Ma se ce ne andiamo oggi, potremmo fare il loro gioco, chiunque essi siano. Potrebbe essere proprio quello che vogliono».

«Sei sicuro che non fossero uomini di Danvers?» chiese Celia,

«No, non lo erano», rispose. «Erano sicuramente combattenti delle Highlands».

«Allora abbiamo più nemici di quanto pensassimo. Chi può averli spinti a farlo?» chiese. «Pensi che possa essere stata la regina?»

La fronte di Edmund si aggrottò. «Gli Highlander lavorano per la regina? Dovrebbe davvero servire immensamente i loro interessi per trattare con lei».

«Potrebbe ricompensarli bene. Ed è ancora la regina di Scozia, anche se è la sorella del re inglese. Fino all'incoronazione, è ancora una potenza da tenere in considerazione».

«Sì, ma qui stiamo parlando di uccidere», rispose lui. «E lei non arriverebbe a tanto, nemmeno con il suo sangue inglese». Edmund ne era certo.

«Allora chi è rimasto?» La frustrazione di Celia stava crescendo.

«Non lo so», rispose lo zio. «Anche se vorrei che potessimo comunicare in qualche modo con il conte di Huntly. So che non se lo aspettava. Aveva considerato gli inglesi solo come una minaccia per noi. So che pensava che le Highlands occidentali fossero abbastanza lontane. Ma deve aver quasi finito i suoi affari a corte».

«Perché non possiamo andare ad Argyll adesso?» sbottò Celia.

Nella sua testa sapeva che lasciare il castello di Kildalton in questo momento probabilmente non era il migliore dei piani. Ma con così tante cose che la sollecitavano, Celia non riusciva a stare ferma. Non era fatta per aspettare.

«Edmund, sono preoccupata per queste persone. Voglio che Kit sia al sicuro, ma non voglio vedere nessun altro ferito. Queste persone stanno costruendo qualcosa di buono qui, e non vorrei che i complotti e la distruzione che ci stanno seguendo rovinassero delle vite innocenti».

«Questo è un altro motivo per cui vorrei che potessimo contattare Huntly», disse Edmund. «Se avesse saputo qual è la posizione di Colin Campbell e cosa sta facendo qui, avrebbe scelto lui per aiutarci piuttosto che Argyll. Non che abbia dubbi su Argyll, ma Colin è un leader. Sarebbe stato coinvolto in ogni fase. E si sarebbe interessato personalmente ai piani di Huntly».

«È vero», concordò lei. «Sono lo stesso tipo di uomo. Colin vede i suoi successi qui come un modello per il resto della Scozia».

«E queste persone non sono isolate dalle turbolenze della Scozia», continuò Edmund. «I Campbell vedono chiaramente ciò che accade intorno a loro, ma la loro visione va oltre. Proteggono il presente e prosperano grazie ad esso, ma pianificano anche il futuro. Sono dei veri sopravvissuti. Quello che è successo a Caithness Hall non accadrà qui. Colin non lo permetterà».

«Ma a meno che Huntly non sia d'accordo», disse Celia con rassegnazione. «Non possiamo confidarci con loro, vero?»

«No, non possiamo». Edmund scosse la testa. Stavano giocando al gioco del conte di Huntly. La decisione spettava a lui. «Dobbiamo continuare come previsto. Conosceremo i piani di Huntly quando arriverà dopo Pasqua. Ma dobbiamo essere ad Argyll per questo».

«Ma cosa può trattenere Padre William?» chiese Celia con impazienza.

«Non lo so, ragazza», disse gravemente il cavaliere. «Credo che sia giunto il momento di mandargli un messaggio. Per quanto ne sappiamo, è ancora nell'abbazia vicino al castello di Argyll. Sospetto che stia aspettando che Argyll torni, ed è per questo che non abbiamo avuto notizie. Argyll dovrebbe aver già saputo dell'attacco a Caithness Hall. Starà aspettando il nostro arrivo. È solo questione di tempo».

«Quindi dobbiamo solo aspettare?»

«No, invierò il messaggio oggi stesso. Tra un giorno o due sapremo cosa trattiene Dunbar. Resteremo qui nel frattempo».

Celia osservava in solitudine il cielo sopra il mare dalle bianche cime che diventava grigio. In piedi accanto alla finestra, poteva sentire il freddo primaverile scendere ancora una volta sul castello. La pioggia sarebbe ricominciata presto, pensò, cruda, tagliente e penetrante.

Nonostante tutto quello di cui lei ed Edmund avevano parlato, nonostante il buon senso, nonostante il pericolo incombente, Celia voleva restare. Nel suo cuore, non c'era nulla che desiderasse di più. Quello che era successo dopo l'arrivo di Colin era così incredibilmente nuovo per lei, così meravigliosamente sorprendente, che Celia non aveva ancora avuto il tempo di capirlo.

E ora, quasi non voleva farlo. Più di ogni altra cosa, aveva paura di farlo.

Devo concentrarmi su Kit, pensò Celia. Non c'è nient'altro che possa anteporre a questo. Persino Colin Campbell.

Colin Campbell.

Oh, Signore. Perché ora? Pensò Celia. Perché dovevano incontrarsi in questo modo? Perché proprio ora? Sei anni a corte, senza mai sentirsi a casa. Mai una volta che abbia avuto la tentazione di prendersi cura di qualcuno. Mai una volta in controllo del suo destino. Un destino controllato da altri. Imposto dai re.

L'inevitabile impossibilità della loro situazione si posò su di lei, umida, fredda e dolorosa.

Al calar delle tenebre, la pioggia fredda era iniziata sul serio.

Nonostante il freddo umido che c'era all'esterno e la sua tristezza all'interno, Celia scelse un abito morbido color crema. Voleva sentirsi a suo agio e a casa. Era solo una finzione, lo sapeva, ma Celia voleva in qualche modo dissipare, o almeno ignorare, la pesante ombra grigia che incombeva su di lei.

Quando un uomo che portava erba e legna e una delle donne di servizio erano entrati per accendere il fuoco, Celia si era sentita improvvisamente in imbarazzo per la scollatura del vestito. Ma i due si erano avvicendati senza dare alcun segno di sconvenienza nel suo abbigliamento e Kit aveva catturato facilmente la sua attenzione.

Poco dopo, seduta sul grande letto con Kit, Celia rideva a crepapelle per le buffonate del bambino. Non aveva mai immaginato quanto potesse essere divertente un bambino di sette mesi. Kit si tirò su in una posizione eretta piuttosto traballante, con un pugno pieno di capelli di Celia in ogni mano, e iniziò a saltare su e giù con la risata gioiosa che solo un neonato poteva fare.

Celia amava questi momenti. Era in momenti come questo che si sentiva così legata al bambino. Che Lady Caithness sia dannata, era in momenti come questo che sentiva di poter essere una vera madre.

Ellen era scesa a prendere la cena per entrambe. Celia aveva suggerito di andare lei stessa in cucina, ma Ellen aveva colto al volo l'occasione di andarci. Quando Celia aveva accennato sorniona che forse la sua amica avrebbe potuto controllare le condizioni di Runt mentre lei era al piano di sotto, il rossore che era sorto sulla pelle chiara di Ellen aveva confermato i suoi sospetti.

Celia aveva percepito l'attrazione tra i due. Era contenta, perché sapeva che Runt si sarebbe preso cura di Ellen. Ma soprattutto, Celia aveva visto in Ellen una nuova vivacità che non aveva mai visto prima. E la sicurezza che i Campbell potevano offrire era esattamente ciò di cui la giovane donna aveva bisogno nella sua vita.

Ma Celia la conosceva troppo bene. Ellen non si sarebbe mai tirata indietro sui loro piani ora. Una volta al sicuro ad Argyll, però, avrebbe potuto convincere Ellen a raggiungere Runt. Era il minimo che potesse fare per lei. Al momento giusto, decise, ne avrebbe parlato con Colin.

Kit stava mordicchiando il viso di Celia, dando i suoi baci più sgraziati, e ora stava usando il suo mento come un giocattolo per i denti, quando il bussare alla porta la costrinse a interrompere il gioco. Mettendo il bambino sul fianco e ridendo mentre cercava di pulirsi il viso bagnato, Celia aprì la porta a Ellen.

«Penso che tu abbia ragione sullo svezzamento di Kit», disse, aprendo la porta mentre Kit si aggrappava alla scollatura del suo vestito. «È decisamente st...»

L'enorme figura appoggiata alla porta non era Ellen. Dietro Colin, uno degli addetti alla cucina stava in piedi con un piatto di cibo. Gli occhi interrogativi di Celia passarono dal cibo alla posizione rilassata di Colin e al suo bel viso.

Dannazione, lo stava facendo di nuovo con lei. Il modo in cui la guardava le faceva battere il cuore. La sua folta criniera di capelli neri, il suo viso bronzeo e rasato, il luccichio dei suoi occhi grigi, l'ampia struttura muscolosa che si affaticava ai confini dei suoi vestiti.

«Non ti ho mai dato da mangiare come si deve questo pomeriggio», disse Colin ironico.

Era un bene che avesse preparato quella battuta in anticipo. Guardando la bellezza davanti a lui, la mente di Colin si svuotò di tutti i pensieri tranne uno. Come poteva un abito così innocentemente semplice, così stilisticamente semplice, essere così sensualmente provocante, così squisitamente imponente su questa donna in piedi sulla porta aperta?

«Dov'è Ellen?» chiese con decisione, scuotendolo dalle sue silenziose fantasticherie.

«Ci fai entrare o dobbiamo mangiare qui fuori nel corridoio?» disse Colin, riprendendosi rapidamente.

Senza aspettare una risposta, varcò la soglia e tese entrambe le mani al bambino. Kit si fermò solo per un brevissimo istante, poi si tuffò in avanti tra le braccia tese del guerriero. Celia era così stupita dalla risposta che non ebbe il tempo di trattenere la mossa con grazia. Rilasciò le gambe del bambino e Colin lo portò comodamente al petto.

Il guerriero si spostò verso la sedia appena sostituita davanti al fuoco e si sedette, facendo rimbalzare il delizioso Kit sulle sue ginocchia. Colin era sbalordito come Celia dall'accettazione aperta del bambino nei suoi confronti, ma felicemente stupito.

«Fai il bravo», disse Colin allo sguattero senza alzare lo sguardo dal bambino, «e metti il cibo sul letto. Dopo di che, porta la sedia e la panca dalla mia stanza».

Quando l'uomo se ne andò, Celia rimase a guardare il guerriero e il bambino che balbettava.

«Quindi smetteranno di darti da mangiare, ehm, mio piccolo uomo?» chiese Colin, lanciando un'occhiata al vestito scollato di Celia. «Non dirmi che hai morso qualcosa che non avresti dovuto mordere? Lascia che ti dica una cosa, da uomo a uomo. Le donne sono molto sensibili alle cose più stupide».

«Dammi quel bambino, Colin Campbell», disse Celia, marciando verso di lui. «Non ho intenzione di stare a guardare mentre corrompi questo bambino con il tuo ridicolo maschilismo...»

Ma Colin si alzò dalla sedia in un lampo e il movimento rapido provocò delle risate da parte del bambino.

«Questa potrebbe essere la mia unica occasione per corrompere qualcuno», ribatté, proteggendo il bambino con il suo corpo.

«Dammi subito quel bambino», chiese Celia. «Lo stai spaventando».

Colin tenne alto in aria il bambino dai capelli rossi e dagli occhi grigi e ridenti, poi lo abbassò, sfiorando il nasino di Kit con il proprio. Il bambino cercò di afferrare gli occhi scintillanti del guerriero. «Sì, è un piccolo timido. Proprio come sua madre».

Sentendo ciò, Celia strappò Kit dalle sue mani e strinse al seno il neonato che si contorceva.

«Ti ho chiesto dove si trova Ellen. Cosa ci fai qui?»

Colin ignorò le domande e iniziò a servire porzioni di cena dal piatto. «Vieni a sederti e ti darò da mangiare. Non hai mangiato molto oggi, vero?»

«Se la memoria non mi inganna, Milord», rispose Celia, avvicinandosi a lui. «Non ci si può fidare di voi».

«Celia... Celia...» protestò in modo comico, con il volto che proiettava la più patetica angoscia. «Mi hai ferito profondamente. Ancora la formalità. E poi, di cosa ti devi preoccupare? Il tuo piccolo guerriero ti proteggerà».

«Voglio che sappiate, Lord Colin, che Kit proviene da una stirpe di guerrieri molto illustri», disse Celia, dedicando la sua attenzione al fagotto che si contorceva tra le sue braccia.

«Il più distinto che un quarto di sangue inglese delle Lowlands possa avere», disse Colin, aggiungendo direttamente al bambino: «Senza offesa, amico».

«Puoi ancora inginocchiarti a lui, pomposo pavone pirata».

«Celia», disse Colin, prendendole le spalle e spingendola delicatamente sulla sedia. «Siediti».

Prima che potesse spostare Kit in una posizione che le permettesse di avere una mano libera per mangiare, Colin iniziò a imboccarla.

«Non sono una bambina che ha bisogno di essere nutrita», disse con la bocca piena.

«Mi sembra che tu abbia bisogno di entrambe le mani libere». Sorrise, facendo un cenno al bambino che stava tirando i lacci che tenevano insieme il corpetto del suo vestito. «Non che mi dispiaccia particolarmente».

«Kit!» Celia lo rimproverò, lottando con il neonato determinato.

«Posso aiutarti?» chiese Colin con innocenza, godendosi la sua battaglia persa.

«Sì, puoi farlo», rispose lei. «È ora che tu faccia qualcosa di produttivo».

Mentre lei teneva Kit a distanza, Colin si avvicinò al bambino e prese lui stesso i lacci.

«COLIN CAMPBELL!» gridò lei, stringendo il bambino al petto per difendersi e allontanando con uno schiaffo le mani di lui che si davano da fare. «Sei peggio di lui».

Colin rise di cuore e lei non poté fare a meno di unirsi a lui, pur stringendo frettolosamente i lacci slacciati.

A Colin balenò in mente che amava questo senso di compagnia. Era salito nella sua stanza per parlarle dell'attacco di quella mattina e dell'abbazia vicino al castello di Argyll. Ma ora tutta quella faccenda sembrava un po' meno importante. Colin Campbell non era mai stato uno che anteponeva il proprio piacere agli affari, ma non si era mai divertito tanto a stare con una donna quanto con questa. C'era una freschezza nelle risposte di lei alle sue attenzioni, quasi un'ingenuità.

«Sapevo che non sarebbe stato sicuro mangiare con te», lo rimproverò Celia, fingendo di essere arrabbiata. «Dammi quel cucchiaio».

Strappandoglielo di mano, lo diede a Kit, che subito si infilò l'utensile in bocca e lo rosicchiò con soddisfazione.

«Vorrei proprio sapere come hai convinto Ellen a lasciarti portare la cena».

«Non è stato difficile, in realtà», rispose. «Sta dando da mangiare a Runt, che aveva il pieno uso delle mani fino a quando non ha visto apparire Ellen. Non so se stia accelerando la sua guarigione».

«Sembra che si stia affezionando molto a Runt. Era molto ansiosa di controllarlo stasera. Sta meglio?

«Con il bel viso di Ellen che lo assiste, probabilmente ci metterà una vita a guarire».

Lo sguardo sorpreso di Celia lo colse alla sprovvista.

«Non che io pensi che sia bella, sia chiaro», disse. «È il tipo di donna che piace a Runt».

Celia toccò con il mento i morbidi capelli di Kit. Non era mai stata una persona che attirava l'attenzione su di sé, ma doveva semplicemente chiederlo.

«Davvero. E qual è il tuo tipo di donna?» sussurrò pensando, sperando, sapendo.

Gli occhi di Colin si soffermarono sui suoi riccioli ramati e sulla pelle setosa del collo e delle spalle. Osservò la perfetta simmetria dei suoi seni leggermente esposti e dolcemente arrotondati, la sottile vita affusolata, la pienezza femminile dei fianchi. I suoi occhi si fissarono sui suoi con una serietà che mise a tacere qualsiasi lamentela che lei avrebbe potuto pronunciare e, quando rispose, la sua voce era roca di sentimento.

«Tu lo sei».

Celia si rese conto che, sotto lo sguardo tenero e indagatore di Colin, aveva smesso di respirare.

Lui si avvicinò alla sua sedia con la grazia di una nave in navigazione. Si inginocchiò accanto a lei, fece scivolare un braccio intorno al bambino annidato in grembo a Celia e usò l'altro per avvicinarla a sé.

Non ci fu alcuna esitazione una volta che le loro labbra si incontrarono. Dal loro incontro all'inizio della giornata, ognuno di loro era stato tormentato dai dubbi sulla realtà di ciò che avevano sentito, di ciò che avevano vissuto. Ma quello che ognuno di loro stava provando ora andava oltre l'attrazione fisica della mattina. Ed entrambi lo sapevano.

Avvolta dalla calda luce del fuoco della sera, Celia attirò ancora di più l'uomo nel suo abbraccio. Quando le sue labbra premettero contro le sue, il suo semplice tocco la infiammò. La forza di lui la circondava, infondendole un dolore tenero e delicato. Mentre la presa di Colin si faceva più stretta, la sua testa si inclinò profondamente e lei sentì le sue labbra piene aprirsi sulle sue. Il calore lussuoso della sua bocca trasmetteva tenerezza, attenzione e, soprattutto, una passione che non poteva essere nascosta, ignorata o negata. Celia non aveva alcuna intenzione di negare quel qualcosa che prometteva di consumarli. Anzi, voleva seppellirsi in lui, perdersi nella sua solida bontà. Sapeva, nel profondo, che alla fine sarebbe stata impotente di fronte alla loro passione ardente.

Colin sentì le labbra di lei aprirsi, ammettendolo alla ricchezza vellutata delle sue profondità. Voleva abbracciarla, proteggerla, averla. La dolcezza di lei lo eccitava, lo torturava con un'agonia che sapeva sarebbe diventata sempre più squisita ad ogni istante.

Ma sapeva che non era il momento giusto per i sentimenti che minacciavano di scardinare i loro desideri più intimi. I loro pensieri erano all'unisono, perché quando interruppero il bacio, ognuno di loro sorrise al bambino che osservava così soddisfatto l'attività sopra di lui.

Mentre sorrideva a Kit, la sua mente e il suo corpo erano in subbuglio. Sentiva ancora la mano forte di Colin sulla sua schiena. Le sue labbra formicolavano ancora per la pressione del loro bacio. Il suo corpo soffriva nel profondo del suo essere, invocando ancora una volta il suo tocco, la sua calda forza, l'appagamento del desiderio che stava crescendo in lei.

Ma nella sua mente si stava combattendo una guerra in cui la ragione veniva accecata, in cui la sola presenza di quell'uomo era sufficiente a scacciare il buon senso e il controllo. Quando lo guardava, Celia sentiva la sua anima espandersi. Alimentata dai sensi, qualcos'altro dentro di lei stava acquistando forza, travolgendola.

Guardando il bambino, rabbrividì per la confusione. Ciò che il suo cuore la spingeva a sentire e a fare, sapeva che era contraddetto da altre lealtà, da altre promesse.

Colin alzò lo sguardo verso il suo viso, desiderando che i suoi occhi incontrassero i suoi. Quando i loro sguardi si incontrarono, vide che l'emozione si stava facendo strada in lei. Il suo sguardo accese il desiderio di rivelarsi a lei, di farle conoscere la profondità del sentimento che viaggiava chiaro nella sua anima, il sentimento che toccava anche lei e tutti coloro che le erano cari.

Cercò di esprimerlo attirandola di nuovo a sé. Sfiorò leggermente le sue labbra, poi si chinò e baciò i morbidi capelli rossi del bambino in grembo.

Alzando la testa, Colin pensò di baciare dolcemente le labbra piene e tenere della madre ancora una volta prima di allontanarsi, prima di porre fine a questo dolce tormento. La desiderava, ma sapeva che non era questo il momento. Spostò teneramente le labbra sul suo viso caldo per un ultimo, morbido tocco, ma il profumo della sua pelle accese la passione dentro di lui. Improvvisamente l'agonia fu troppo grande per essere trattenuta. Reclamò ancora una volta la sua bocca, divorandola completamente con una nuova possessività che lo scosse. Poi si staccò dal loro abbraccio e si alzò in piedi.

«Mi è piuttosto difficile», spiegò rapidamente, indietreggiando verso il camino, «tenere le mani lontane da te».

Celia si limitò a guardare Kit, ma Colin poté vedere il rossore sulle sue guance.

«Ma non vedo l'ora di continuare questa... discussione... presto», concluse, inciampando contro la grande cassa di quercia. Si voltò con un sorriso. «Hai ristrutturato, Celia?»

«Sì. Subito dopo l'arrivo di te e Alec, l'ho spostata lì», rispose Celia, ancora un po' stordita dall'abbraccio, ma anche un po' imbarazzata per il fatto che lui avesse notato il mobile spostato. «So che non fermerà nessuno, ma volevo avere un piccolo avvertimento se qualche estraneo avesse cercato di usarlo. Non so ancora dove porta quel pannello e nemmeno come aprirlo».

«Se ti fidi abbastanza da permettermi di spostarlo, ti mostrerò come funziona».

Rispondendo al suo cenno, Colin spinse facilmente la cassa attraverso la stanza fino alla parete opposta. Se lei userà di nuovo questa cassa per bloccare l'ingresso, pensò, la taglierò io stesso in legna da ardere. Tornando con il sorriso sulle labbra, fece cenno a Celia di dirigersi verso il camino.

Celia si alzò, cullando il bambino sul fianco, e si avvicinò al camino. Colin stava allungando una mano sul lato sinistro del focolare aperto. Piegando la testa, vide le sue dita individuare facilmente una fessura quasi invisibile tra due pietre. Fece scivolare leggermente un sottile pezzo di legno fino a quando il pannello vicino si aprì. Colin prese una candela spessa dalla mensola del camino e la accese nel fuoco. Celia lo seguì fino al pannello, che lui aprì e attraversò.

Con il volto illuminato dall'attesa, Celia entrò e guardò lo stretto e polveroso passaggio. Alla sua sinistra, Celia riusciva a scorgere una serie di gradini che scendevano nell'oscurità.

«Questi gradini alla fine conducono agli stessi passaggi da cui siamo entrati prima, ma ci sono diverse porte inaccessibili a chi non conosce il segreto».

«Chi conosce il segreto?» chiese Celia.

«Mio padre, Agnes e io siamo gli unici a sapere come raggiungere questo passaggio. Queste entrate non sono utilizzate, quindi puoi essere certa che nessuno salirà questi gradini. Sei davvero al sicuro».

Celia si girò e cercò di guardare oltre il corpo massiccio di Colin. Riuscì a vedere la parete del suo camino che sporgeva nello stretto corridoio. Dall'altra parte c'era quello che pensava fosse un altro camino.

«Cosa c'è oltre i camini? Qualcuno può uscire nel corridoio da qui?»

«No», rispose Colin, accompagnandola oltre i camini.

«Allora da dove sei venuto la prima notte?»

«Dalla mia stanza».

«La tua stanza?» chiese sospettosa. «E dove sarebbe?»

«Attraverso questo pannello». Sorrise, facendo scivolare indietro il chiavistello di legno e spingendo il pannello verso la sua stanza. «Facciamo visite notturne».

Celia sbirciò con esitazione nella calda luce della stanza del guerriero. Le ricche tappezzerie alle pareti e i mobili confortevoli non facevano nulla per attenuare l'atmosfera maschile della camera. Il carattere della stanza era sorprendente, proprio come il suo abitante. I suoi occhi si diressero verso l'enorme letto, le cui tende scure erano state tirate indietro.

«Questo tour è aperto a tutti i visitatori del castello di Kildalton, Milord?»

«No», rispose Colin in modo diabolico. «Solo a te».

«Una sistemazione così accogliente. Cos'è che hai detto sulla mia sicurezza, poco fa?» chiese lei sorridendo prima di voltare le spalle al suo bel viso. «Credo che sposterò la cassapanca».

Colin la fermò prima che potesse rientrare nella sua stanza.

«Non verrò nel tuo letto finché non mi inviterai», disse, fissandola intensamente negli occhi. «Ma se vuoi venire da me, non troverai nessuna cassa a bloccare la mia porta».

Sarebbe stato naturale per lui presumere che lei sarebbe andata da lui, pensò Celia. Dopotutto, Lady Caithness lo aveva già fatto molte volte in passato.

Celia lo guardò in faccia, ma per quanto volesse dirgli tutto di sé, rivelargli tutte le verità che si teneva così strette dentro, verità che minacciavano di strangolarla, sapeva che non c'era risposta che potesse dargli. Il silenzio poteva essere la sua unica risposta.

Si girò e portò il bambino nella sua stanza.

Quando entrò di nuovo nella sua camera da letto, Kit iniziò a piangere. «Hai fame, ometto mio?» chiese lei, cercando di distogliere l'attenzione dalla sua agitazione. «Penso che cambieremo le tue fasce e ti prepareremo per quando Ellen tornerà».

Celia andò nella stanza di Ellen e prese un cambio di vestiti asciutti per lui. Riportando Kit, lo adagiò sul letto, notando che il pannello era ancora aperto e che Colin non era rientrato nella stanza. Sarebbe stato meglio non pensare a lui in questo momento. Sarebbe stato meglio non pensarci affatto. Si occupò di togliere gli indumenti bagnati dal bambino e di pulirlo. Quando il bambino fu libero dagli involucri, balbettò di gioia e si tirò su in posizione eretta, stringendo le dita di Celia.

«Perché qualcuno dovrebbe voler fare del male al tuo bambino?»

La donna trasalì al suono della voce di Colin, nonostante la dolcezza del suo tono. Alzando lo sguardo, vide che lui dava le spalle al caminetto e che il pannello del passaggio era stato chiuso.

«Danvers ha messo una taglia su ogni bambino delle Lowlands».

«Una taglia?» disse Colin con un misto di sorpresa e disgusto. «Che motivo avrebbe per farlo?»

«Non posso dirlo», rispose Celia, guardando intensamente il bambino ed evitando lo sguardo indagatore di Colin. «L'ho saputo solo da due uomini di Danvers mentre stavamo scappando da Caithness Hall».

«Beh, non siamo nelle Lowlands e quelli non erano uomini di Danvers», disse Colin bruscamente, intuendo che Celia non stava dicendo tutto quello che sapeva. Aveva imparato a conoscere la franchezza con cui Celia comunicava e il modo in cui ora evitava i suoi occhi, la tensione visibile nel suo corpo, gli dicevano che non era del tutto sincera.

«Beh, allora dimmi tu chi sono», sbottò Celia, con il suo temperamento che si accese momentaneamente.

Come due tori che si scontravano, i due si rifiutavano ostinatamente di rivelare tutto ciò che sapevano. Il senso di protezione frenava Celia; il suo senso del dovere le impediva di parlare. La testardaggine di Colin era una risposta diretta alla sua.

«Non posso dirlo», disse Colin, facendo eco alle parole evasive di lei.

«Beh, lo scoprirò da sola e molto presto».

«Da chi? Dal tuo amico dell'abbazia presso il castello di Argyll?»

«Che cosa sai di Padre William?» chiese lei, spaventata dalla sua domanda.

«Chi è questo Padre William? E cosa ci fa lì?»

Quando Colin era andato a vedere i corpi degli assalitori morti, il prete del suo villaggio lo aveva accompagnato. Il sacerdote aveva subito riconosciuto uno di loro come un soldato della compagnia che proteggeva l'abbazia. E l'unico legame tra l'abbazia e l'aggressione al figlio di Celia era proprio questo prete.

«È il mio confessore e il mio amico. È un educatore e un sacerdote». La voce di Celia esprimeva la sua crescente ansia. «Perché? Hai sentito qualcosa? Gli è successo qualcosa?»

«Come faccio a saperlo? Ma perché dovrebbe essergli successo qualcosa? È un misero prete di corte. Perché qualcuno dovrebbe dargli la caccia?»

«Non lo so, ma la tua cattiveria è fuori luogo», esclamò lei con sentimento. «A parte Edmund, Padre William è stato l'unico vero amico che ho avuto nei sei lunghi anni che ho trascorso in quella corte vuota. Mi ha insegnato la matematica, la filosofia, la storia, il latino e persino il greco, cose che sono vietate alle donne. È la mia famiglia come lo è Edmund».

Guardandola dall'altra parte della stanza, Colin capì che lei non gli avrebbe detto nulla che non volesse fargli sapere. Sembrava davvero preoccupata per questo prete. E ora lo stava palesemente ignorando, avendo rivolto la sua attenzione completamente a suo figlio.

Colin si avvicinò alla finestra e guardò attraverso di essa il buio dell'esterno. La pioggia scrosciante batteva contro le lastre di vetro con raffiche di vento. Mentre ascoltava la pioggia gelida e ripensava a tutto quello che era successo, si rese conto che forse si era sbagliato nelle sue ipotesi iniziali su di lei. Dopo tutto, doveva aver vissuto dei veri e propri orrori affrontando i soldati di Danvers, sapendo che suo figlio era solo un premio di guerra. Le difficoltà della sua fuga non erano nulla, lo sapeva, rispetto al dolore che aveva provato quella mattina quando aveva saputo che Kit era stato attaccato.

Sì, stava trattenendo le cose. Ma, almeno nella sua mente, aveva delle buone ragioni per farlo. Sembrava proprio che Edmund e questo prete fossero tutto ciò che Celia aveva. Non sembrava esserci nessun altro. E la famiglia del marito? Perché non stavano aiutando lei... e il loro erede di Caithness? Forse era questo, pensò Colin, arrampican-dosi sugli specchi. Forse avevano qualcosa a che fare con l'attacco di oggi.

Qualunque cosa ci fosse dietro, tutto ciò che le era caro era in gioco. Ma per aiutarla, doveva convincerla che poteva fidarsi di lui. E interrogarla in questo modo, pensò, non era certo il modo giusto per farlo.

Celia era ora seduta sul letto e lasciava che il piccolo masticasse le nocche della sua mano. Era immersa nei suoi pensieri, ma alzò gli occhi turbati quando lui le si avvicinò.

«Celia», disse, cercando le parole giuste. «Voglio che tu sappia che se sono arrabbiato, è perché sono frustrato nel cercare di capire il motivo dell'attacco di oggi. È mia responsabilità proteggere la mia gente e i miei ospiti, e un'aggressione come quella di oggi semplice-mente non si fa qui. La mia famiglia ha lavorato duramente per rendere questo posto forte e, rendendolo forte, lo abbiamo reso sicuro. Nessuno attacca Kildalton, nemmeno in modo così vile come hanno fatto oggi quegli animali. Nessuno attacca le persone che si sono rifugiate qui».

«Colin», disse lei, guardandolo dritto negli occhi. «Sinceramente non so chi fossero quegli uomini oggi».

«Ti credo», disse lui, sedendosi accanto a lei e prendendole la mano. «Ma penso anche che tu non mi stia dicendo alcune cose... forse per proteggere le persone che ami. Posso rispettarlo. Ma voglio guadagnarmi in qualche modo la tua fiducia, in modo da poterti aiutare a proteggere te e loro».

Celia lo guardò con gratitudine per il suo tentativo di comprensione e con affetto per il suo sostegno premuroso. Ma prima che potesse aprire la bocca per rispondergli, sentì Ellen aprire la porta della sua stanza.

Colin si alzò immediatamente e si avvicinò al camino.

Ellen bussò dolcemente alla porta semiaperta e, alla risposta di Celia, entrò nella stanza, lanciando uno sguardo imbarazzato alla sua padrona. Sapeva di essere stata via più a lungo di quanto avesse previsto, ma il sorriso rassicurante di Celia confortò le sue preoccupazioni.

«Devo prendere il bambino, Milady?» chiese Ellen con voce sommessa, ben consapevole della presenza del Lord.

«Sì», rispose Celia, porgendole il bambino appena cambiato. «È tutto pulito e pronto per te. Come sta Runt?»

Il viso di Ellen, dalla pelle chiara, si arrossò di uno scarlatto acceso. «Sta... sta meglio, Milady».

Celia si alzò e la abbracciò calorosamente, accompagnandola verso la porta. «Assicurati che Runt riceva le cure di cui ha bisogno».

Dopo che Ellen scomparve con Kit nella sua stanza, Celia fece in modo di lasciare la porta semiaperta. Attraversando il camino, non dovette guardare Colin per capire che i suoi occhi la stavano seguendo. Sentiva la sua presenza dominare la stanza, dominare la sua attenzione. Ma non voleva riprendere la discussione da dove l'avevano interrotta. Non poteva dirgli più di quanto lui sapesse già. Era così semplice.

Voleva solo guardarlo come sapeva che lui a volte guardava lei. Voleva guardarlo e memorizzare ogni dettaglio di lui: il modo in cui i capelli gli ricadevano sulle spalle, il modo in cui i suoi occhi indagatori cercavano sempre i suoi, il modo in cui il suo viso non poteva fare a meno di mostrare ogni suo stato d'animo, il modo in cui se ne stava con le braccia conserte sull'ampio petto, chino a riflettere davanti al camino. Ma si rese conto che questa visione era già impressa nella sua memoria. Era impressa con colori che sarebbero durati per tutta la vita. Per una vita intera.

Tuttavia, lui era lì davanti a lei e lei doveva semplicemente guardarlo. Ora, finché era in tempo.

Lo sguardo di Celia si posò su di lui.

«Se hai intenzione di guardarmi in questo modo», sussurrò sorridendo. «È meglio che tu vada a chiudere quella porta».

Gli piaceva molto il modo in cui lei cambiava argomento.

Celia arrossì per la sua indiscrezione, ma scosse la testa, sorridendo al suo suggerimento.

«Allora vado a chiuderla», disse, raddrizzandosi come per dare seguito alla sua minaccia.

«No, Colin. Se lo fai, riaprirò quella porta».

«Sarà molto difficile dopo che avrò inchiodato questa dannata cosa».

«Non osare», disse lei, mettendosi tra Colin e la porta.

«Casa mia», disse il giovane Lord, avvicinandosi a lei.

«Le mie porte», continuò, facendo un altro passo avanti.

«Le mie unghie», disse a bassa voce, avvicinandosi sempre di più.

«Le mie regole», sussurrò, circondandola con le braccia e stringendola forte a sé.

«Davvero», disse Celia, cercando di sembrare il più materna possibile, sapendo di essersi procurata questa dolce tortura. «Kit si comporta in modo più maturo di te, a volte».

«Non deve fare cose scandalose per avvicinarsi a te», disse Colin, seppellendo il viso tra i riccioli che le coprivano il collo. «È evidente che è così».

Lei rabbrividì, sentendo le labbra di lui sul collo, che le prendeva il lobo dell'orecchio tra i denti e le labbra, succhiandolo delicatamente.

«È chiaro che sei un povero esserino trascurato». Celia sorrise, spingendolo via con decisione e facendolo voltare verso la porta. Doveva smetterla subito, prima che le sue difese si sgretolassero completamente. «Ma è ora che tu vada per la tua strada».

Colin abbassò la testa in modo drammatico, la lasciò andare e si diresse verso la porta. Quando la raggiunse, però, si voltò e le lanciò un'occhiata sorniona. «Devi promettere di venire a rimboccarmi le coperte più tardi».

«Fuori», disse lei con un sorriso, spingendolo nel corridoio e chiudendo la porta con un sospiro.

Nel sogno di Colin, Kildalton era sotto attacco. I lunghi cannoni appollaiati sulle mura merlate stavano colpendo le navi inglesi in mare. Celia, vestita di bianco, era seduta tra rose rosse in un giardino situato in modo strano nella Sala Sud. Gli inglesi la volevano, ma lei teneva un fiore di cardo tra le braccia. Quando i cannoni inglesi cominciarono a raggiungere il castello, Celia gli porse il fiore di cardo. Il rumore dei cannoni si faceva sempre più forte. Colin la raggiunse, ma il pavimento era diventato scivoloso e denso di fango. Le sue mani si allungarono, ma tutto ciò che riuscì ad afferrare fu il fiore. E poi Celia se ne andò, lasciandolo con il cardo. Al suo posto c'era solo una rosa, una rosa bianca.

Il fumo nella sala stava diventando sempre più denso. Gli enormi cannoni rimbombavano nelle sue orecchie. Il martellamento continuava a ripetersi.

Colin si svegliò al bussare insistente del suo soldato. Balzando dal letto con il mantello intorno a sé, il guerriero aprì la porta. Fuori dalla finestra si intravedevano solo le prime sfumature grigie del mattino.

«Milord, abbiamo bisogno di voi al Marketcross».

«Cosa c'è che non va?» Colin scattò, tornando nella sua stanza, avvolgendo velocemente il kilt e infilando la spada.

«Una dozzina di pescherecci pieni di gente della terraferma sono entrati nel porto. Chiedono protezione e dicono che ne stanno arrivando altri».

«Protezione da chi?»

«Dicono dagli inglesi. Hanno donne, bambini e feriti. Ma non è tutto».

«Che altro?» chiese Colin bruscamente.

«Sembra che pensino che gli inglesi stiano venendo da questa parte».

«Col cavolo!» Colin si lanciò oltre il soldato e scese i gradini nella penombra della Sala Grande. Gridando ordini ai combattenti riuniti e ai servitori emergenti, Colin uscì dal castello e si lanciò nella vorticosa nebbia dell'alba.

Per tutta la notte, le piogge sospinte dal vento avevano scosso le finestre di Celia, ma quando si svegliò, sembrava che la tempesta si fosse spostata all'interno delle mura del castello. Dalla Sala Grande provenivano grida e tumulti. Celia si vestì e corse lungo il corridoio fino in cima alle scale. Si bloccò.

La sala era un mare di movimento umano. Soldati e servitori stavano portando uomini e donne feriti. Il suono dei bambini spaventati in lacrime riempiva l'aria, scandito dai comandi di Lord Hugh.

Avvistando Agnes, Celia si affrettò a scendere i gradini, facendosi strada tra la folla verso di lei. Passando accanto ai feriti, Celia poté vedere e annusare gli squarci e le bruciature che ricoprivano gran parte delle vittime. Rabbrividì involontariamente e un sudore freddo le imperlò il corpo. Conosceva fin troppo bene i segni. Conosceva il diavolo che aveva causato queste sofferenze. Era arrivato così presto in Occidente? Era già qui alla sua porta?

«Celia, stai bene, bambina?» chiese Agnese, posando delicatamente una mano sul braccio di Celia. Aveva visto la giovane donna impallidire alla vista dei contadini bruciati. Agnese sapeva che Celia aveva già vissuto una situazione simile e le si strinse il cuore.

«Chi sono queste persone?» chiese Celia, ritrovando la calma e concentrandosi sulla vista che aveva davanti.

«Sono abitanti della terraferma, provenienti dalle zone a sud della nostra terra. Per lo più contadini». Agnes decise di non disturbarla con i dettagli sommari che stavano iniziando a emergere.

«Chi è stato, Agnes?»

«Non lo sappiamo, tesoro. Colin, Alec e tuo zio sono giù al porto in questo momento. Dicono che stanno arrivando altre barche».

Mentre gli occhi di Celia vagavano per la stanza, si accorse che molte di queste persone avevano bisogno di cure immediate. Gli aiutanti di Agnes circolavano nella stanza, ma c'erano più feriti di quanti potessero gestire da soli.

«Come posso aiutare?»

Agnes guardò il volto di Celia. Lo sguardo limpido e fermo le assicurò che la giovane donna era tornata in forma. Agnes le passò un fascio di medicazioni pulite e la guardò mentre si metteva al lavoro.

Nelle quattro ore successive, Agnes la vide prendere il controllo delle attività intorno a lei. Grandi ciotole di acqua calda venivano continuamente portate dalla cucina mentre si muovevano rapidamente tra i feriti, pulendo ferite e ricucendo tagli profondi con lunghi aghi e filo bianco. Quelli con ustioni venivano spogliati con cura dei loro abiti carbonizzati. Guardò Celia applicare delicatamente le pomate che le erano state date. Sembrava quasi che assorbisse il dolore, condividendo la sofferenza della gente che curava. Quelli con cui lavorava sembravano trarre forza dal suo stesso tocco. Lavorando in armonia con le loro aiutanti, le due donne portarono un po' di conforto a coloro le cui vite erano state appena strappate.

Stanca, Celia si pulì dalle mani il sangue dell'ultimo contadino ferito e si sedette per un momento con il gruppo di bambini accalcati vicino alle porte della sala d'ingresso. Questi giovani saranno le vittime a lungo termine, pensò Celia. Senza genitori, senza casa, senza speranza di un futuro. Un incubo che potrebbe durare tutta la vita.

Alec Macpherson entrò nella Sala Grande e, mentre attraversava Lord Hugh, guardò intorno a sé i gruppi di persone sofferenti che si erano rivolte ai Campbell per trovare rifugio. Come quelli delle Highlands si fidavano di suo padre, questa gente comune sulla costa si fidava di Colin. Come il castello di Benmore dei Macpherson, Kildalton sarebbe sempre stato un rifugio per chi aveva bisogno. Questa era una tradizione, questa tradizione di fiducia, che lui e Colin avrebbero sicuramente conservato.

Celia si alzò e si affrettò verso Alec e Lord Hugh, sperando di sapere qualcosa sulla situazione. Li raggiunse proprio mentre Agnes ascoltava le notizie di Alec.

«Alcune delle barche che Colin ha inviato sono appena tornate dalla terraferma. Mi ha chiesto di dirvi che non ci sono forze che seguono queste persone. Qualunque cosa stiano facendo gli inglesi, stanno rimanendo a sud. Ma i vostri soldati a Oban sono in allerta».

«Bene. Ci sono altri feriti in arrivo?» chiese Lord Hugh.

«No. Quando sono arrivato, però, c'era una piccola barca con alcuni che non sono feriti. E c'è un prete con loro».

Un sacerdote, pensò Celia, la sua mente correva avanti alle informazioni che Alec le stava trasmettendo. Un prete.

«Lord Hugh, vorrei andare laggiù», disse Celia mentre Alec finiva di parlare. Doveva scoprire se il prete era William Dunbar.

«Colin vuole che vengano mandate delle coperte e del cibo giù al kirk per quest'ultimo gruppo», rispose Alec. «Torno a vedere se ci sono novità, quindi posso accompagnarvi se volete».

Celia annuì e corse velocemente nella sua camera. Dopo aver controllato Ellen e Kit, informò Ellen dell'accaduto e tornò nella Sala Grande con il suo pesante mantello sulle spalle.

Senza un'altra parola, i due partirono per il porto.

Mentre si affrettavano lungo la strada di pietra che scendeva verso il villaggio, Celia era consapevole della stanchezza che le offuscava la mente. Alec, cercando di alleggerire l'atmosfera silenziosa che li avvolgeva come una giornata grigia e piovosa, cercò un argomento su cui potessero conversare.

«Mi impressiona sempre il fatto che questi marinai riescano a orientarsi in giornate senza sole come questa», disse Alec mentre il porto si intravedeva oltre il villaggio in cui erano appena entrati.

«Devono farlo. È il loro mestiere», rispose Celia, scrutando senza successo attraverso la nebbia verso i moli alla base della strada lastricata di pietra.

«Vostro zio mi ha detto che nella vostra vita avete navigato parecchio».

«Sì», rispose Celia, ascoltando solo a metà le parole di Alec.

«In effetti, dice che siete una marinaia eccellente».

«A mio zio piace vantarsi di me», disse, sentendosi un po' imbarazzata dall'affetto avventuroso di Edmund. «Sono praticamente cresciuta sull'acqua».

«Tutta la mia famiglia ha avuto a che fare con le barche», disse Alec sorridendo. In realtà, la sua famiglia aveva fatto fortuna razziando navi mercantili come quelle su cui Celia era cresciuta. «Ma il mio stomaco non è mai stato adatto al lavoro».

«Oh?» Non aveva proprio voglia di scambiare confessioni con Alec Macpherson. La sua mente era troppo preoccupata dall'ondata di pericolo che si stava riversando a nord e dal suo impatto. Ancora una volta così vicini. Ancora una volta sulle sue tracce. Alle sue calcagna.

Ma Alec non era uno che si lasciava sfuggire una bella donna così facilmente. Sapeva, guardandoli insieme, che Colin era davvero preso da lei, e lo avrebbe rispettato. Tuttavia, questa era solo una conversazione innocente. «Avete navigato molto a corte?»

«Non molto», rispose lei brevemente, sorpresa dalla sua stessa irruenza. Sta solo facendo amicizia, pensò. Suppongo che non dovrei essere scortese.

«È comprensibile», disse Alec con un luccichio diabolico negli occhi. «Ci sono attività più dolci e appropriate per le dame di corte».

«In realtà, Lord Alec», sbottò Celia. «Ho avuto la possibilità di guidare la barca della regina nella regata velica durante i festeggiamenti per l'anniversario della scorsa estate».

Alec era stato a corte per i festeggiamenti del decimo anniversario di matrimonio del re e della regina lo scorso agosto, ma i festeggiamenti includevano una grande quantità di caccia, un'attività che attirava la sua attenzione più di ogni altra. L'entourage del re aveva portato i festeggiamenti da Linlithgow a Stirling per la caccia e a Edimburgo per il resto dei festeggiamenti, comprese le gare di vela. Ma Alec era rimasto a Stirling per cacciare con il re per una settimana in più mentre i festeggiamenti proseguivano davanti a loro.

«Dovete aver navigato parecchio, quindi, per prepararvi».

Celia si accorse che Alec era in qualche modo impressionato.

«Abbiamo navigato spesso durante l'estate, ma non quanto avrei voluto», rispose Celia. «Ma c'erano molte cose da fare».

«Direi di sì», disse. «E molto di più da allora».

Era ancora così difficile credere alla quantità di cambiamenti che la Scozia aveva subito negli ultimi sette mesi. E come tanti, anche questa donna aveva subito tanti cambiamenti in sette brevi mesi. Sette mesi, pensò Alec all'improvviso.

«Sapete, Lady Caithness, la mia famiglia parla molto bene di voi», disse lui, osservando la sua espressione. «Volevo dirvelo prima. Mi dispiace di non essere stato in Scozia quando siete andata a trovare Ambrose nella nostra casa di Benmore Castle, ma i miei genitori hanno apprezzato molto il vostro soggiorno».

«Anche per me è stato un piacere conoscerli». Celia lanciò un'occhiata ad Alec. Che fortuna, pensò. Lady Caithness e i Macpherson. Era ora di cambiare argomento. «Avete detto che non vi interessa navigare, Milord?»

«Sono un po' incline al mal di mare», disse lui in modo brusco, mentre la sua attenzione si rivolgeva al porto del villaggio che si trovava proprio davanti a lui.

C'era qualcosa che infastidiva Celia nel brusco cambiamento del suo tono. Tuttavia, seguendo lo sguardo di Alec, vide Colin in piedi con un gruppo di uomini dove la spiaggia e il molo si incontravano. La spiaggia, che il giorno prima era vuota, ora era costeggiata per un certo tratto da barche da pesca con il fondo basso. Celia vide Edmund vicino a due pescatori che stavano tirando su una barca sulla spiaggia. Mentre attraversavano l'area di Marketcross, vide gruppi sparsi di rifugiati accalcati intorno a fuochi di erba strombazzanti. La gente si muoveva da un gruppo all'altro e Alec afferrò rudemente il braccio di Celia mentre si facevano strada nella piazza aperta.

Vedendo Edmund da solo, capì che Padre William non era tra gli arrivati. Sapeva che lo zio avrebbe mandato un messaggio se Dunbar fosse arrivato, ma ora Celia provava un senso misto di sollievo e delusione.

Colin la vide. Alec la stava conducendo davanti a un gruppo di contadini. Il guerriero si separò dagli altri e si diresse rapidamente verso di loro.

«Siete usciti a fare una passeggiata?» scattò Colin, guardando la mano di Alec sul braccio di Celia.

«Non proprio», rispose brevemente. «Sono scesa per vedere Edmund».

Colin osservò Alec che lasciava il braccio della ragazza, mentre il volto truce dell'amico rifletteva il tono brusco di Celia.

«Beh, ti porterò da lui», disse burbero, cercando di prenderle il braccio come aveva fatto Alec. Ma lei si liberò dalla sua leggera presa.

«Non sarà necessario», disse lei. «Posso andare da lui da sola».

Infastidita dal trattamento che le avevano riservato i due guerrieri, Celia li precedette rapidamente verso lo zio. Non aveva intenzione di sopportare né le domande lunatiche di Alec né gli sguardi accusatori di Colin. Aveva già abbastanza problemi da affrontare.

Uno strattone al mantello fece girare Celia.

«Grazie al Signore. Non vi hanno presa, Milady».

Celia ci mise un attimo a riconoscere la donna.

«Eustace», sussultò, sorpresa di vederla. Celia abbracciò calorosamente la donna. «No, vostro marito e i suoi parenti hanno abbandonato la caccia abbastanza presto».

«Non mi riferivo a quel bruto ladro di cavalli, Milady», disse amaramente la donna.

«Conosci questa donna?» chiese Colin mentre lui e Alec si avvicinavano ai lati di Celia.

«Sì. Questa donna ha sfidato il marito Gregor per salvarci dal rischio di essere sgozzati mentre dormivamo». Celia afferrò le mani della donna in entrambe le sue. «Ha rischiato la vita per noi. È un'anima coraggiosa».

«E non sono una Gregor, Milord», disse Eustace con enfasi. «Sono del vostro clan».

«Cosa è successo a vostro marito?» chiese Colin.

«È scappato sulle colline quando i soldati inglesi sono venuti a cercare Lady Celia». Eustace guardò dal volto scioccato di Celia a quello dei due uomini accanto a lei.

«Come fate a sapere che i soldati la stavano cercando?» intervenne Edmund. Aveva visto Celia avvicinarsi alla donna e, riconoscendola dal loro viaggio, aveva attraversato la piazza di pietra per raggiungerli.

«Ho sentito i soldati, Milord», disse Eustace, facendo un inchino al cavaliere.

Non avrebbe mai dimenticato lui e la sua gentilezza finché sarebbe vissuta.

«Usavano il cottage per i loro affari malvagi. Mi ero nascosta nella cantina dopo che mio marito mi aveva lasciata e potevo sentire la feccia inglese che torturava gli abitanti del luogo. Le urla erano orribili, Milord. Non ho mai sentito niente di simile». Rabbrividì al ricordo. «Stavano cercando la vostra Lady qui, Milord».

«Come fai a sapere che stavano cercando Lady Celia?» chiese Colin in modo brusco. Era quasi pronto a strappare qualche risposta a quella donna, ma quello che aveva passato doveva essere davvero terribile.

«Per due giorni ho sentito lui, il capo, ripetere sempre le stesse cose. Una dama dai capelli scuri con un bambino, una balia dai capelli chiari, un cavaliere alto e un prete. Sapeva anche il vostro nome, Milady».

«Che nome hanno detto?» chiese Alec con tono accusatorio, guardando dall'espressione sbiancata di Celia al volto indurito di Edmund.

Eustace guardò attentamente negli occhi di Celia prima di rispondere con cautela.

«Ma, Lady... Celia», rispose Eustace. «Stavano cercando Lady Celia».

«Sono felice che non vi abbiano fatto del male», disse Celia, guardando con gratitudine la donna. «Avete un posto dove stare?»

«Sì, Milady. Mia sorella mi ospiterà. Vive qui, appena fuori dal villaggio».

«Allora mi fermerò a casa vostra, prima di partire».

«Partire?» La voce appena trattenuta di Colin risuonò sul selciato di pietra.

Celia si voltò e lo guardò fisso, parlando allo zio senza mai staccare gli occhi dal volto feroce del guerriero.

«Edmund, per favore, riportami al castello».

«Dobbiamo parlare», disse Colin, la sua voce accesa di autorità.

«Parleremo più tardi», disse lei, voltandosi da lui.

Colin le afferrò il gomito, chiedendo la sua attenzione. «Parleremo più tardi».

Rivolgendosi a due dei suoi combattenti, disse loro di accompagnare Celia ed Edmund fino alle porte del castello.

Si girò e si allontanò, lasciandoli nella sua scia.

Colin la guardò scomparire tra la folla. Poi, rivolgendosi gentilmente a Eustace, la invitò a salire al castello dopo essersi sistemata.

Quando la donna si allontanò, Colin guardò il volto corrucciato del suo amico. Alec era ovviamente arrabbiato, ma Colin non aveva idea di cosa avesse scatenato la sua rabbia. Si chiese se Alec avesse imparato qualcosa di nuovo da Edmund.

«Cosa ti preoccupa?» chiese.

Alec spostò lo sguardo da Colin, osservando le navi ancorate nel porto e i pescherecci spiaggiati sulla sabbia.

«Ho scoperto una cosa che forse ti interesserà sapere», disse, riportando lo sguardo su Colin. «Lei non è Lady Caithness».

Capitolo Otto

SARETE A CASA PER PASQUA, ci dice di nascosto il messaggero del sud. Ordini del re. Saremo tutti a casa per Pasqua. Ma questo era ieri. Oggi il messaggero non c'è più. Oggi Danvers dà il suo ordine. Ci muoviamo verso nord. Oggi, domani, dopodomani... andiamo dove ci ordina.

«Sì», rispose Colin freddamente. «Questo lo so».

«Cosa?» chiese Alec, stupefatto. «Da quanto tempo lo sai?»

«Da un'ora».

Colin e Alec si diressero verso le barche da pesca che giacevano incagliate sulla sabbia. Colin si appoggiò pesantemente a una di esse e guardò nel grigio torbido oltre la bocca del porto.

«Come l'hai scoperto?» chiese l'erede di Macpherson.

«Il prete che è arrivato quando siete saliti al castello. Ha riconosciuto Edmund», spiegò Colin. «Veniva da un villaggio nelle terre di Caithness. Da come ha parlato il prete, Edmund è una leggenda nelle Lowlands. E il prete conosce la vera Lady Caithness. Dice che è in Inghilterra con il suo bambino».

«Allora chi è Celia?» chiese Alec.

«Dice che nei giorni successivi a Flodden, Edmund è arrivato a Caithness Hall con un gruppo, tra cui sua nipote, Lady Celia. Tutti sapevano che era una nobile fin dal loro arrivo. Il sacerdote è stato condotto verso la costa prima dell'esercito inglese, quindi non aveva idea di che fine avessero fatto. Ma più tardi, mentre viaggiava con gli altri rifugiati, ha sentito che gli inglesi stavano cercando una donna con la sua descrizione, come questa donna che Eustace ha appena detto. Ma questo è tutto ciò che ha saputo dirmi».

«Ecco cosa cercano gli inglesi», pensò Alec ad alta voce.

«Sapevo che qualcosa non andava bene fin dall'inizio», ha continuato Colin. «Solo che non sapevo cosa fosse. In effetti, non lo so ancora. Ma come hai fatto a scoprire di lei?»

Alec spiegò la bugia con cui aveva messo alla prova Celia durante la loro conversazione al porto. Sapeva benissimo che Lady Caithness non aveva mai fatto visita ad Ambrose e alla sua famiglia e Celia era così diversa dall'immagine che i suoi fratelli le avevano trasmesso.

«Ma l'ho messa alla prova solo quando mi ha dato motivo di sospettare qualcos'altro», disse Alec, guardando il suo amico pensieroso.

«Cos'altro?» chiese Colin, aspettandosi il peggio.

«Penso che quel bambino potrebbe non essere suo».

«Cosa?» Era il turno di Colin di essere stupefatto. «Cosa te lo fa pensare?»

«Mi ha detto che l'estate scorsa ha partecipato alle regate per la celebrazione dell'anniversario del re».

«E allora?» Colin non vedeva alcuna rilevanza nel commento di Alec.

«Agnes mi ha detto che il bambino ha sette mesi».

Colin guardò il suo amico con aria assente.

«Sette mesi?» Alec sorrise, guardando Colin che elaborava i calcoli nella sua mente. «Non sono un esperto delle condizioni delle donne nel periodo del parto, ma mi risulta difficile credere che potesse navigare l'estate scorsa. Forse ha partecipato a quelle regate... o forse non aveva affatto un figlio».

Mentre Colin assorbiva l'importanza delle informazioni di Alec, sentì un'ondata di speranza. Quando aveva sentito per la prima volta che Celia non era chi diceva di essere, una vaga paura lo aveva assalito. Se Caithness non era suo marito, allora chi lo era? Il pensiero che lei avesse un marito vivo lo aveva raggelato fino alle ossa. In cuor suo sentiva che insieme avrebbero potuto risolvere qualsiasi difficoltà... tranne quella.

L'umore di Colin, quando Celia e Alec erano arrivati al porto, era stato tutt'altro che cordiale. Avrebbe voluto prendere Edmund da parte e interrogarlo sulle dichiarazioni del prete, ma si era trattenuto. Colin voleva chiedere direttamente a Celia. Voleva ancora farlo.

Ma ora c'era un barlume di speranza nella nuvola di confusione che Colin stava vivendo. Se Kit non era il suo bambino, allora forse...

«Chi pensi che sia?» chiese Colin.

«Penso che dovresti andare lì e chiederglielo».

«No, è venuta da noi per chiedere aiuto. Se la affronto, scapperà», disse, sapendo nel profondo del suo cuore che questa era l'ultima cosa che voleva accadesse. Teneva già così tanto a lei.

«E Edmund?»

«Se dovessi mettere in dubbio l'onore di quel cavaliere, allora dovrei essere pronto a combatterlo», rispose Colin a bassa voce. «Non sono pronto a uccidere un vecchio amico di mio padre».

«Beh, allora, cosa sappiamo con certezza di loro?» Alec si lanciò, con la mente che cercava di ricordare e ordinare ciò che sapeva.

«Onestamente, sappiamo molto poco», rispose. «E nelle conversazioni che ho avuto con mio padre, è stato stranamente evasivo al riguardo. Le uniche cose che so sono che Edmund faceva parte dell'entourage del re, che gli inglesi hanno seguito Celia e il bambino attraverso le Lowlands e che ci sono degli Highlander disposti a uccidere lei... o il bambino».

Questo bastava ad Alec per apprezzarla, per volere che fosse protetta, ma sentiva che doveva ragionare con chiarezza in quel momento, anche per il bene di Colin.

«Ma non conosciamo il motivo di tutto questo, vero?» chiese. «Perché sta scappando? Chi è? Il bambino è suo? O se non lo è, di chi è?»

«Che il diavolo mi porti via se lo so», rispose Colin. «Con tutti i nobili che sono morti a Flodden, Kit potrebbe essere il figlio di un migliaio di diversi Lord».

«Allora perché gli inglesi le danno la caccia?»

«E cosa ci fa il suo amico, questo Padre William, nell'abbazia vicino al castello di Argyll?» aggiunse Colin pensieroso.

«Mi sembra», concluse Alec, «che questa donna, chiunque sia, sia un problema di cui sarebbe meglio fare a meno. Se non ha intenzione di essere onesta con te, allora perché non lasciarla scappare?»

«Non è un'opzione che voglio concederle in questo momento».

«Perché no?» chiese Alec. «Hai già abbastanza di cui preoccuparti in questo momento, far sì che i clan si radunino dietro il principe ereditario».

«È vero», disse. «Infatti, stamattina ho saputo che Argyll è tornato al suo castello invernale e voglio parlargli della sua posizione... e presto».

«Quindi andremo lassù?»

«Sì, domani o dopodomani», rispose Colin. «E mentre saremo lì, scopriremo qualcosa sul soldato dell'abbazia coinvolto nell'attacco».

«E cosa hai intenzione di fare con Celia?»

«Mi assicurerò che rimanga qui fino al nostro ritorno». Avrebbe usato le informazioni sul suo amico sacerdote per invogliarla a rimanere fino al ritorno suo e di Alec. «Se scappa da qui con gli inglesi alle calcagna, altre persone si faranno male. Se dobbiamo combattere Danvers e i suoi macellai inglesi, che sia proprio qui».

Ma dentro di sé, i sentimenti di Colin erano diversi da quelli che era disposto a esprimere. C'erano troppe cose in questa donna che lo attraevano. Era sicuro che sotto la nube delle circostanze, sotto la patina della falsa identità, Celia potesse essere la donna che aveva cercato per tutta la vita. Non poteva permetterle di uscire dalla sua vita proprio adesso.

Celia ed Edmund precedettero rapidamente i due soldati che li seguivano sulla strada asfaltata. Mentre camminavano, Celia puntò gli occhi verso il basso sulla lucentezza delle pietre rotonde del selciato, ma pensava solo allo sguardo feroce di Colin, uno sguardo che le aveva gelato il sangue nelle vene.

Salendo la collina verso la fine del villaggio, sentì una sensazione di strappo nel petto, una vicinanza soffocante che la avvolgeva come una nuvola. Celia provò qualcosa di simile al dolore, al luttuoso senso di perdita che accompagna la morte di una persona cara. Sentiva di aver perso in qualche modo il sogno della felicità. Un sogno di amare e di essere amata. Un sogno che Celia sapeva non essere mai stato realmente possibile, ma che era comunque un sogno desiderato.

«Argyll è tornato», disse Edmund a bassa voce, gettando gli occhi all'indietro per assicurarsi che i soldati non fossero a portata di orecchio.

«Hai avuto notizie di Padre William?» chiese, dolorosamente consapevole che era giunto il momento di andarsene.

«Ho ricevuto un biglietto da Dunbar, ma non l'ho ancora aperto», rispose. «Il pescatore che ho pagato per portare il messaggio all'abbazia mi ha riferito che il conte è appena arrivato».

«Leggimi la lettera, Edmund», disse Celia con rassegnazione. Ora stava trattenendo le lacrime. Aveva già la chiara percezione di quanto sarebbe stata dolorosa la separazione da questo luogo, da queste persone... da Colin....

Edmund ruppe il sigillo di cera che teneva chiusa la pergamena piegata. Continuarono a camminare mentre i suoi occhi scrutavano la mano scarabocchiata del prete.

«Proprio come Dunbar», disse. «Noi chiediamo una risposta diretta e lui ci manda una poesia:

Camminare in solitudine, tu da solo,
   Non vedendo altro che bastoni e pietre;
   Fuori dal tuo doloroso purgatorio
   Per portarti alla beatitudine e alla gloria
   Da Argyll, un'allegra cittadina,
   Noi trasmettiamo questo suono gioioso.

Beh, almeno è chiaro il messaggio. Partiremo per Argyll domattina».

«No, Edmund», disse Celia, prendendo il foglio dalle mani dello zio. «C'è qualcosa che non va. Ci sta avvertendo di stare lontani».

«Come fai a leggerlo?» chiese Edmund, con aria perplessa.

«William Dunbar è un maestro dell'ironia», rispose Celia con un leggero sorriso. «Quando a corte ci scambiavamo messaggi che non volevamo fossero compresi dagli altri, li scrivevamo in versi».

«Allora?» La situazione non si stava chiarendo per Edmund.

«Sapevamo entrambi che se ricevevamo una poesia dall'altro, il messaggio era in realtà l'esatto contrario di ciò che era scritto. Era una sorta di codice che avevamo, e lui lo sta facendo ora».

«Allora cosa intende dire?»

«Guarda le righe», disse indicando il messaggio. «Camminare in solitudine, tu da solo. Lui sa che non sono sola. Non vedendo altro che bastoni e pietre. Ha sentito Eustace parlare del castello di Kildalton come di un paradiso. Per quanto riguarda 'suono gioioso', quando mai hai sentito Padre William suonare gioioso?»

«Ci credo», scherzò Edmund.

«Il punto cruciale è che la casa di Argyll non deve essere troppo 'allegra' e lui non vuole che noi siamo lì». Celia ripensò al messaggio nella sua testa. C'era qualcosa che non quadrava. Se Padre William pensava che la parte di Argyll del piano non fosse valida, allora perché non era semplicemente venuto a Kildalton? C'era qualcosa di cui non era sicuro. Avrebbe voluto essere lì per vedere con i suoi occhi.

«Allora aspettiamo», disse Edmund alzando le spalle. «Forse ora che Argyll è tornato, qualsiasi cosa abbia disturbato Dunbar si risolverà».

«Forse. Ma che dire delle cose che Eustace ha detto davanti a Colin?» chiese Celia.

«Non temere i Campbell, Celia. Dobbiamo fidarci del giudizio di Dunbar sull'opportunità di andare ad Argyll in questo momento. Finché non ci darà notizie, questo è ancora il posto più sicuro per Kit».

Temere Colin Campbell? Pensò mentre attraversavano il ponte levatoio della spessa cortina muraria del castello. Mai. Sapeva che avrebbe riversato il suo corpo e la sua anima nelle sue mani, se avesse potuto. Se solo avesse potuto.

Dopo aver trascorso un'ora con Kit ed Ellen, Celia tornò nella Sala Grande. Non c'erano nuovi arrivi, ma molti dei feriti erano ancora in difficoltà. I bambini correvano qua e là tra i gruppi di contadini feriti e i suoni dei cani e dei bambini alleggerivano l'aria di sofferenza della sala.

Celia passò da un gruppo all'altro, controllando le ferite e le ustioni, parlando con chi se la sentiva, rincuorando chi poteva essere rincuorato, confortando chi poteva essere confortato.

Fu in quel momento che lo vide. Colin, che indossava ancora il suo pesante mantello di pelle, era in piedi con suo padre e gli parlava.

Si accorse che i suoi occhi vagavano per la stanza e li vide fissarsi su di lei. Si era appena seduta per cambiare la medicazione alla spalla di un ragazzo. Celia cercò di concentrarsi sulla ferita alla spalla, uno squarcio che era stato cucito così bene. La ferita era pulita, pensò.

Ma era inutile. Gli occhi di Colin la stavano trafiggendo fino al cuore della sua esistenza. Si sentì attratta irresistibilmente verso di lui. Aveva girato la testa e stava dicendo qualcosa a Lord Hugh. Mentre lei lo guardava, il suo volto era quello di una statua, i suoi occhi erano di ghiaccio mentre lo sguardo tornava su di lei.

Non potendo più sopportare il suo sguardo, abbassò gli occhi e si dedicò al paziente che aveva davanti. Ma non poté fare a meno di chiedersi se fosse stata lei l'oggetto della discussione tra padre e figlio. Temeva i discorsi da cui Colin l'aveva messa in guardia. Oh, quanto odiava le bugie. E come odiava, più di ogni altra cosa, il modo sprezzante in cui Colin l'aveva guardata al porto.

Come doveva odiarla ora. Ora che sapeva che stava portando i suoi nemici alla loro porta. Ora che sapeva che era lei a essere ricercata. Ora che il sangue di innocenti Highlander veniva versato a causa sua. Come doveva disprezzarla.

Celia annuì al giovane mentre finiva di lavorare sulla sua spalla. In piedi, guardò il punto in cui aveva visto Colin per ultimo, ma non lo vide. Emise un sospiro stanco, sollevata dal fatto che la discussione prevista potesse essere rimandata.

Celia indietreggiò leggermente per fare spazio a una donna anziana che stava cercando di passare e si scontrò con un muro umano. Spaventata, capì chi era prima ancora che lui parlasse.

«Voglio parlarti adesso».

Celia capì dal suo tono che non aveva intenzione di farsi scoraggiare.

Si girò e lo guardò con aria interrogativa, sperando, contro ogni Speranza, di vedere un accenno di dolcezza, un accenno di delicatezza. Celia sperava, ma la sua espressione era dura e non rivelava nulla. Le prese la mano, aspettandosi che lei lo seguisse. Lei si trattenne.

«Dove mi stai portando?» chiese, ritardando l'inevitabile.

«In un posto dove possiamo parlare in privato», disse, rivolto a lei. «Credo che ci siano alcune cose di cui io e te dobbiamo discutere».

Senza un'altra parola, la condusse dalla Sala Grande in uno stretto corridoio ad arco nella parte più vecchia del castello. Celia non era mai stata da questa parte, anche se sapeva che la stanza di Edmund si trovava da qualche parte sopra di loro. Il corridoio si intersecava con altri corridoi e lungo il passaggio c'erano diverse porte di quercia massiccia.

Quando Celia era tornata dal villaggio, aveva notato due soldati di stanza nel corridoio al piano superiore che portava alla sua camera da letto. Ora, in questa sezione più antica del castello, superarono altre guardie e si fermarono davanti a una che si trovava all'ingresso. Il soldato si fece da parte per Colin, che aprì la pesante porta di legno e Celia lo seguì nella camera buia.

Prima ancora di varcare la porta, sapeva che quella stanza era la biblioteca dei Campbell. L'odore di pergamena e di vecchie pagine si diffondeva nel corridoio come spiriti in fuga. Ma non si trattava di spiriti antagonisti di Celia. Lei amava questo profumo. Era l'odore della conoscenza, della saggezza.

Celia sapeva che era anche l'odore dei soldi. La guardia appostata alla porta proteggeva alcuni dei beni più preziosi dei Campbell. Solo i nobili più ricchi della Scozia potevano possedere libri, anche se molti di loro fino ad oggi avevano scelto di rinunciare a quello che consideravano il «lusso» di una biblioteca. A questo servivano i ricchi e antichi monasteri. Ma da quando il defunto re James aveva imposto per legge che i figli dei Lord dovessero imparare a leggere, il valore dei libri stava aumentando rapidamente.

Colin attraversò la biblioteca e sollevò la barra di legno di un'altra porta di quercia. Spalancandola, accompagnò Celia fuori nella nebbiosa penombra del crepuscolo scozzese.

Si ritrovò su un'ampia terrazza di pietra e lo spettacolo che le si parò davanti fu mozzafiato. Un giardino, o meglio, quello che un tempo era stato un giardino, si estendeva di fronte a lei e, oltre il muro all'estremità, la linea delle scogliere e le onde del mare che si infrangevano si incurvavano nelle nebbie.

Due scale in pietra fiancheggiavano la terrazza e l'alto muro della Sala Sud, alla destra di Celia, delimitava il lato ovest del giardino. Alla sua sinistra, un alto muro di pietra garantiva la privacy dal resto degli edifici e dei campi di allenamento del castello. Il giardino stesso, abbastanza grande da poterci esercitare una compagnia di cavalieri a cavallo, era stato suddiviso in quattro sezioni da quattro tunnel di legno a graticcio, che si irradiavano da una vasca di pietra rialzata al centro. La simmetria del progetto era squisita.

Ma se il progetto era superlativo, non lo erano le aiuole del giardino, che erano cresciute a dismisura. I suoi occhi osservarono i tunnel a traliccio, il groviglio selvaggio di rose rampicanti che li ricopriva. Celia osservò le aree di prato dove i disegni precisamente annodati delle siepi basse o delle erbe erano cresciuti in un miscuglio indisciplinato di sterpaglie e bastoni. Anche i muretti che formavano le panchine intorno a diversi lati di ciascuna sezione erano stati un tempo piantati con erbe o piante aromatiche a crescita ravvicinata. Ma ora, enormi ciuffi di erbacce spuntavano a intervalli lungo le pareti, mentre la crescita della scorsa stagione fuoriusciva dalle panchine in una cascata marrone.

Tuttavia, c'era un aspetto del giardino che sembrava essere maturato nonostante fosse rimasto inascoltato. In ognuno dei quattro angoli del giardino c'era un grande ciliegio. Gli alberi erano tutti all'incirca della stessa dimensione e, mentre Celia si recava in cima a una delle scale che conducevano alla terrazza, poté notare che i boccioli ricoperti di lanugine sui rami si stavano preparando ad aprirsi. Allungando la mano verso uno di essi che sovrastava la scala, Celia poté quasi sentire la vita all'interno del piccolo germoglio, che cresceva costantemente, spingendo verso la stagione, preparandosi a scoppiare in un nuovo ciclo di vita.

Di tutte le cose che a Celia erano mancate crescendo sulle navi del padre, la cosa che più le dispiaceva era di non avere un posto dove coltivare le cose. Aveva sempre sognato un luogo fresco e verde dove gli amici potessero incontrarsi tra i rossi, i blu e i gialli dei fiori primaverili ed estivi. Un luogo protetto dove rifugiarsi quando era triste, ferita e confusa. Un luogo di solitudine stranamente privo di solitudine.

Celia amava questo posto. Non aveva mai avuto idea che il castello di Kildalton avesse un giardino del genere e si chiedeva perché fosse stato così ignorato.

Si voltò bruscamente verso Colin, chiedendosi perché l'avesse portata qui. Perché proprio ora, quando la sua rabbia sembrava essere l'unica cosa rimasta dei pochi e preziosi momenti che avevano condiviso. Il guerriero era in piedi accanto al basso muro di pietra ai margini della terrazza e guardava il giardino incolto. Voltandosi verso di lei, i suoi occhi non mostravano la freddezza che Celia aveva visto nella Sala Grande.

«Vado via per un giorno o due», disse semplicemente. «Voglio che tu rimanga qui fino al mio ritorno».

«Rimanere? Perché?» chiese. Inizialmente perplessa dalla sua richiesta, Celia sentì improvvisamente sgorgare tutti i dubbi, i sensi di colpa e i dispiaceri che aveva tenuto repressi dentro di sé, inondando la sua mente cosciente di emozioni travolgenti. «Perché? Non ho fatto abbastanza? Non ho causato abbastanza problemi e sofferenze a te e al tuo popolo? La tua Sala Grande è piena di persone innocenti che sono ferite e senza casa solo perché sono passata vicino alle loro case. Non sai che lo stesso potrebbe accadere qui?»

La testa le cadde sul petto. Due lacrime le scesero dalle guance e si posarono sulle lastre di pietra ai suoi piedi. Un brivido la percorse mentre stava da sola, senza volerlo guardare. Si strinse le braccia intorno a sé e si girò verso l'albero mentre parlava.

«Non mi odi? Per quello che sono? Per quello che ho fatto?»

Togliendosi il mantello, Colin si spostò al fianco di Celia e lo avvolse intorno a lei. Tirandola a sé, la strinse tra le braccia, le appoggiò la testa sul petto e premette le labbra contro i suoi capelli.

«Odiarti? Non capisci proprio, vero?» sussurrò lui, strofinando dolcemente il mento sulla sommità della testa di lei.

Celia appoggiò le braccia al suo petto, spingendosi leggermente indietro finché i suoi occhi non incontrarono quelli di lui.

Lui abbassò lo sguardo nei suoi occhi vellutati. Erano scintillanti per le lacrime che vi si erano accumulate.

«Celia, ci tengo molto a te. Voglio che tu e Kit siate al sicuro», esordì. «Guardati intorno. Questo giardino assomiglia tanto alle terre dei Campbell, tanto alla Scozia stessa. È un luogo dove la vita deve ricominciare, dove si possono... anzi, si devono creare nuovi inizi».

La liberò dall'abbraccio e, prendendola per mano, la fece sedere accanto a sé sul muretto ai margini della terrazza. Mentre si sedevano, le strinse saldamente la mano nella sua.

«E voglio che passiamo del tempo qui, noi due», ha continuato. «Per conoscerci meglio. Voglio sapere tutto di te, non solo gli scorci che mi hai concesso di tanto in tanto. E voglio che anche tu mi conosca. Tu non mi conosci, per questo non ti fidi di me. Ma se resterai, mi conoscerai. Ti fiderai di me».

Celia sedeva in silenzio, l'aspetto esteriore tradiva a malapena il tumulto di emozioni che aveva dentro. Era tutto ciò che aveva sempre sognato, più di quanto avesse mai sperato. Non aveva mai immaginato che l'incontenibile felicità che stava nascendo dentro di lei potesse anche farle così male. Le lacrime iniziarono a scorrere liberamente mentre gli rispondeva.

«Anch'io voglio tutte queste cose. La mia vita era un guscio vuoto finché non ho incontrato te. Questi ultimi giorni hanno riempito qualcosa in me. Mi hanno dato qualcosa che conserverò per tutta la vita».

Celia fece una pausa e, staccando la mano da quella di lui, si alzò e si allontanò. Si girò leggermente e guardò oltre il giardino, verso il mare avvolto dalla nebbia.

«Ma non posso», continuò. «Non farò una promessa che non posso sperare di mantenere. Tengo troppo a te per essere la causa di dolori ancora più grandi che sicuramente seguiranno... quando tutto sarà finito».

«Finito? Perché finito?» chiese. Qualcosa in Colin si indurì alle sue parole. «Celia, c'è qualcun altro?»

«Sì», disse lei, incespicando nella risposta. «E no».

I muscoli della mascella di Colin si contrassero per la rabbia e la frustrazione. Celia vide il dolore e la rabbia scorrere sul suo volto. Le sue mani si strinsero a pugno mentre si alzava, allontanandosi da lei.

«Ti sto dicendo la verità», disse rapidamente, posandogli una mano sul braccio. «Se vuoi davvero conoscermi, allora mi ascolterai adesso. Ma devi promettermi che quello che ti dirò sarà sufficiente. Promettimi che non farai domande».

Colin si voltò verso di lei, guardandola intensamente negli occhi. Sì, era arrabbiato... e anche deluso. Ma guardandola, vide lo sguardo sofferente in quegli occhi neri. Lei parlava di dire la verità, ma lui doveva creerle? Una voce dentro di lui gli diceva che non era una finzione. Era sconvolta quanto lui. E sapeva di dover ascoltare ciò che aveva da dire. C'erano così tante cose che voleva sapere su di lei.

Annuì solennemente. «Te lo prometto».

Celia fece un respiro profondo e si sedette di nuovo sul muro. Lui mise un piede sulla parete accanto a lei e appoggiò un gomito sul ginocchio. Il suo sguardo vagò per il giardino dietro di lei e alla fine si posò sull'albero accanto ai gradini della terrazza.

«Quando ero molto giovane, furono presi accordi per il mio matrimonio. Ma con una persona che ho sempre odiato e disprezzato, ora più che mai. Questi piani furono fatti dopo la morte di mio padre. All'epoca avevo solo quattordici anni, ero sotto la tutela della corte e non avevo voce in capitolo. All'epoca fu solo grazie a Edmund che riuscii a rimandare il matrimonio. Non avrebbe nemmeno accettato un fidanzamento formale. Ma sapevo che sarebbe arrivato il momento in cui nemmeno mio zio avrebbe potuto impedirlo. Quando quel momento arrivò, scappai».

Celia fece una pausa, stanca della finzione, stanca di essere un'altra persona, stanca di nascondersi da ciò che desiderava di più.

«Sono scappata da corte, in parte, per sfuggire a quel matrimonio, per sfuggire a un destino che per me è peggiore della morte, ma è un destino a cui so di non poter sfuggire in questa vita».

I suoi occhi esaminarono le lastre di pietra davanti a lei. L'area sotto il ramo dell'albero appariva macchiata. Erano macchie scure, come gocce di sangue. Se c'era una cosa di cui aveva paura, era la bugia che stava per rivelare.

«E non sono chi pensi che io sia. Forse ti sei innamorato di quell'altra persona. Ma ti dico subito che non sono Lady Caithness. Era solo uno stratagemma per camuffarci. La vera Lady Caithness è in Inghilterra».

Celia alzò gli occhi sul suo viso. Il suo sguardo si spostò per incontrare il suo. Lei si stava fidando di lui e Colin lo sapeva. Era una fiducia che non avrebbe tradito. Sentì un bagliore di affetto, di apprezzamento per l'onestà che lei stava dimostrando, anche se gli stava dicendo qualcosa che lui aveva già scoperto. Nella mente di Colin, questa fiducia elevava i sentimenti tra loro a un livello più prezioso.

«Colin, conosco il mio destino da molto tempo e per questo ho evitato di conoscere o di interessarmi a qualcuno. Questo fino ad ora. Tu hai cambiato tutto questo. Hai reso tutto impossibile. Ma questo è tutto ciò che posso dirti in questo momento. Tutto quello che puoi sapere. Quindi, per favore, lascia che sia così, come hai promesso».

Come un fulmine, il brivido delle sue parole caricò lo spirito di Colin. Lei teneva a lui, come lui teneva a lei. Reciprocamente, esclusivamente, sinceramente. Avrebbero reso possibile questa relazione. Ora lo sapeva.

Con un solo gesto, Colin la sollevò da dove era seduta, schiacciando il suo corpo contro il suo. La sua bocca trovò quella di lei e le loro labbra si incisero a vicenda con una passione così diversa da quella che avevano condiviso in precedenza. A Celia sembrò che le loro anime si fossero intrecciate come i loro corpi stavano cercando di fare. Tutte le insicurezze che la seguivano e la tormentavano evaporarono nell'aria nebbiosa del giardino. Sentì la lingua di lui cercare i caldi recessi della sua e lei rispose con il desiderio di avvolgerlo, di prenderlo dentro di sé fino a dove poteva arrivare.

La passione di Colin sembrò esplodere e nulla in lei pensò di trattenersi. Le passioni mai provate, che aveva disciplinato con cura per tanto tempo, esplosero. In effetti, Celia era frenetica quanto lui, le sue dita afferravano i suoi capelli e lo costringevano a baciarla. Voleva di più di lui. C'era un fuoco che si stava sviluppando nel suo corpo, che viaggiava nelle sue vene e che stava sensualizzando il suo essere. Non aveva mai provato questa urgenza prima di allora e ora non contava più nulla se non toccare, sentire, assaggiare. Non ne aveva mai abbastanza di lui.

Colin sentì un inferno scatenarsi nei suoi lombi. La passione sfrenata della risposta di lei lo stava spingendo ai limiti del suo controllo. Sapeva che nel giro di un attimo l'avrebbe presa nel punto in cui si trovavano, senza curarsi delle conseguenze.

Ma un pensiero si stava facendo strada tra le sensazioni calde e bianche che stavano inghiottendo la sua mente cosciente. Il pensiero iniziò come una fredda macchia blu e crebbe costantemente, facendosi largo tra le fiamme accecanti della sua lussuria e del suo desiderio di lei.

Questo sarebbe stato il loro unico abbraccio d'amore. Lei si stava concedendo a lui per questo unico momento di passione. Per questo unico momento, si rese conto.

Colin interruppe bruscamente il bacio.

Intrecciando le dita nei suoi capelli scuri, le tirò dolcemente la testa all'indietro, con le labbra ancora a un soffio dalle sue. Guardandola negli occhi velati di passione, si costrinse a dire le parole che sapeva di dover dire.

«Celia, questo momento non sarà sufficiente per me. Dimmi che ce ne saranno altri, che questo è solo l'inizio».

Le lacrime le sgorgarono negli occhi e il suo respiro affannoso lasciò il posto a un sussurro sommesso mentre rispondeva dalla sua stessa anima.

«Colin, il mio futuro non è mio. Non lo è più da molto tempo».

«Celia, non ti lascerò andare. Non può essere il tuo destino sposare qualcuno che non ami».

Erano parole che, per tanto tempo, Celia non si era nemmeno permessa di sognare. Ma ora, sentirle pronunciare da Colin, l'unica persona al mondo che sembrava in grado di risvegliare in lei i sentimenti, le sensazioni... l'amore... che pensava non avrebbe mai potuto avere o dare.

Era solo un sogno? Se si trattava di un sogno, non avrebbe mai voluto che finisse.

Ma il modo in cui lui la stringeva, il modo in cui la toccava, il modo in cui le parlava... queste cose non erano sogni. Il suo tocco e le sue parole la irradiavano. E lei gli credette. Per la prima volta, Celia intravide sé stessa come una donna con un futuro. Un futuro!

E cosa avrebbe riservato quel futuro? L'amore, pensò. Come quello dei suoi genitori. Una condivisione di sogni. Attraverso le difficoltà e le gioie. E solo un uomo le aveva fatto pensare così. Quest'uomo.

Ma prima c'erano delle battaglie da combattere.

«Colin, è più di questo». La donna incespicò nel trovare le parole.

«Allora dimmi, fammi capire». Colin la liberò dal suo abbraccio, prendendole delicatamente le mani.

La fronte di Celia si aggrottò per un attimo, mentre cercava un modo per avvertirlo della strada che stava percorrendo. Un sentiero che presto avrebbe potuto portare al castello di Argyll. Un sentiero che poteva portare ovunque.

«Ho una responsabilità che ho giurato di assolvere. E finché non arriverà il momento in cui l'avrò fatto, la mia vita e le scelte della mia vita non mi apparterranno».

Colin si chiese se la responsabilità di cui parlava fosse Kit. Ma voleva farle capire che l'avrebbe aiutata.

«Ti chiedo solo di rimanere qui per qualche giorno, finché non torno dall'incontro con il conte di Argyll. Poi ti aiuterò in tutti i modi possibili. Insieme, possiamo essere...»

«Argyll? Stai andando a trovare Argyll?» Questo era ciò di cui Celia aveva bisogno. Raggiungere Argyll di persona. Per scoprire perché Padre William esitava. Per completare questa tappa del suo viaggio.

«Sì. Ho appena saputo che è tornato al suo alloggio invernale», rispose Colin. «Mi informerò per te sul tuo amico prete, se vuoi».

«Voglio venire con te», disse allontanandosi da lui.

«Dove? All'abbazia?»

«Sì, per vedere Padre William».

«Perché devi andarci tu?» chiese Colin con tono deciso. «Perché non posso vederlo io per te?»

«Perché ho bisogno di vederlo di persona», rispose Celia, facendo una pausa. «Colin, hai promesso di non farmi domande. Ti chiedo di mantenere la promessa. Posso solo dirti che devo venire con te».

«No. Non ti porterò con me», rispose lui in modo categorico. Presumeva che Celia non sapesse nulla di più sull'identità degli aggressori di quanto avesse detto, che non avesse idea di alcun legame tra gli aggressori e l'abbazia in cui si trovava Padre William. Ma nella loro discussione nella Sala Grande, suo padre aveva espresso delle riserve sulla fedeltà del conte di Argyll. Quarant'anni di navigazione nelle acque insidiose della politica scozzese gli avevano dato delle intuizioni che Colin sapeva sarebbe stato sciocco trascurare. E se Lord Hugh aveva ragione, il viaggio poteva essere pericoloso. Se c'era una cosa che Colin sapeva, era che non voleva mettere Celia in ulteriore pericolo.

«Colin, hai appena detto che mi avresti aiutata», disse lei, con la rabbia alle stelle. «Allora portami con te».

«Non posso», rispose. «In questo viaggio potrebbero esserci dei pericoli a cui non voglio esporti».

«Non provare a dirmi che un viaggio breve come questo potrebbe essere più pericoloso di quello che ho già affrontato», disse brevemente. Ma sapeva che per convincerlo a portarla con sé, doveva ammorbidire il suo tono. «Inoltre, viaggerò con te».

«Celia, queste sono le Highlands occidentali. Qui le persone hanno una visione diversa delle donne rispetto alle Lowlands. Qui ci sono pericoli che non hai mai affrontato. Qualsiasi cosa tu abbia bisogno di fare lì, io la farò per te».

«Non puoi», rispose lei dolcemente. «Non ti ostacolerò nemmeno. So badare a me stessa. Sono cresciuta su navi che nessun pirata ha mai osato attaccare. Tra uomini la cui visione delle donne farebbe impallidire gli atteggiamenti qui fuori. Ma ho delle cose da fare».

Colin aveva percepito la sua natura volitiva e aveva capito che era determinata. Sapeva che avrebbe fatto meglio a tentare un'altra strada, se voleva persuaderla amichevolmente.

«E Kit? Cosa farai con lui?»

Celia odiava il pensiero di lasciare il bambino dopo quello che era successo, ma doveva parlare con Padre William. Edmund avrebbe protetto Kit mentre lei era via, ne era certa.

Con gli inglesi sempre più vicini, sentiva che il tempo stringeva e doveva scoprire il motivo dell'esitazione di Padre William. Con il ritorno di Argyll, Celia sperava anche che andare lì avrebbe accelerato la loro prossima mossa.

«Starà bene qui con Ellen e Edmund. Hai detto che staremo via solo un giorno o due».

«Prima di questa conversazione, non sapevi nemmeno che avrei visto Argyll. Non capisco questo impulso improvviso. Avevi intenzione di andarci tu stessa?»

«Semplicemente non posso dirti gli affari che ho giurato di portare a termine», rispose lei, avvicinandosi silenziosamente a lui e prendendo la sua enorme mano nella sua. «Poco fa hai detto che questo giardino è come la Scozia. È vero. Per godere dei frutti del giardino, c'è un lavoro che deve essere portato a termine. E tu devi fidarti di me».

«Nel modo in cui ti stai fidando di me?» Colin la guardò dritto negli occhi. Lei si aspettava da lui più di quanto sembrava disposta a dare. Come poteva essere sicuro che la strada che stava prendendo fosse la migliore per tutti loro?

«Mi fido di te, Colin Campbell. Tu sai più cose su di me di quanto mi sia stato permesso di dire a chiunque. Quello che sai ora te l'ho detto perché credo in te. E quello che sto facendo ora, lo faresti anche tu».

Colin si voltò e guardò i due alberi in fondo al giardino. Sapeva che tutti e quattro questi ciliegi sarebbero fioriti presto, come ogni primavera da quando sua madre li aveva piantati tanto tempo prima.

Che termini curiosi usa, pensò. 'Permesso' e 'giurato di portare a termine' sono termini così strani. Chi c'era dietro tutto questo? Cos'era questa faccenda che aveva giurato di portare a termine? Sono tante le domande che gli frullavano in testa. Forse un modo per ottenere alcune risposte era portarla all'alloggio invernale di Argyll.

Sì, l'avrebbe portata, ma l'avrebbe anche protetta. Se Argyll era in qualche modo collegato a quell'attacco, Colin non le avrebbe permesso di essere un bersaglio facile. Avrebbe preso più precauzioni di quelle inizialmente previste. Ma forse era la cosa più saggia da fare.

«Celia», le chiese, guardandola seriamente, «il conte di Argyll ti riconoscerà?»

Lei gli lanciò un'occhiata perplessa, incerta sulla sua domanda.

«Ti ha mai vista? Saprebbe riconoscere chi sei di vista?»

«No. Non se fossi da sola. Ma perché me lo chiedi?»

«Non sarebbe saggio per te recarti al castello di Argyll come Lady Caithness. Dobbiamo trovare un altro nome per te».

«Posso fare di meglio», disse Celia con un sorriso. Aveva una soluzione. «Mi sono travestita da ragazzo più volte di quante ne possa contare».

«Tu, un ragazzo?» Colin sorrise. Era la cosa più scandalosa che avesse mai sentito. Era così bella. Come poteva nascondere la pelle morbida, gli splendidi capelli ramati, la bocca sensuale? «Non credo. Forse gli uomini delle Lowlands sono ciechi, ma qui fuori una bella donna è...»

«Ti dico che sono un ragazzo molto convincente». Pensò a tutte le volte in cui si era efficacemente liberata dalle costrizioni della femminilità sotto le spoglie di un ragazzo.

«Hai una forma troppo bella per essere un ragazzo». Sorrise, facendo un passo indietro e guardandola con attenzione. «Anche sotto il mio mantello».

«Vedrai», rispose lei con fare deciso. «I vestiti coprono molte cose».

«In alcuni casi può essere una buona cosa», rispose ironico. «Ma alcune cose è meglio *non* coprirle».

Celia arrossì alla sua risposta suggestiva. «Forse io sono una di quelle che è meglio coprire».

Sorrise ampiamente. «Allora forse sono l'uomo giusto per coprirti».

Scosse la testa. Era senza speranza. «Per qualche motivo, non credo che stiamo parlando della stessa cosa».

«Io credo di sì», rispose lui con innocenza. «Non stiamo parlando del tuo corpo?»

«Non stiamo parlando del mio corpo», lo rimproverò Celia. «Stiamo parlando di travestirmi».

«Peccato», sospirò Colin. «Un argomento così edificante».

Pensò di fare del male, ma non si fidava ad avvicinarsi troppo in questo momento. Invece, produsse il suo sguardo più feroce, uno sguardo che non riuscì a sostenere mentre il suo divertimento affiorava in superficie.

Scoppiò a ridere per il suo scarso tentativo di intimidazione.

«Dovremo trovare qualcosa di meglio», disse scuotendo la testa con un sorriso. «Nessuno si farà ingannare».

«Se riuscissi a ingannare Alec», suggerì brillantemente, «accetteresti di prendermi come tuo scudiero?»

«Scudiero? Non ingannerai Alec», disse ridendo. «Alec ha un sesto senso quando si tratta di donne. Ti scoprirà in un attimo».

«Se non lo avverti tu, lo ingannerò», dichiarò. «Ti allenerai domattina?»

«Sì, prima dell'alba».

«Bene. Ci sarò». Celia si rese conto che ormai era quasi buio. Non si era nemmeno accorta del crepuscolo che stava calando.

«Non lascerò te e Alec Macpherson da soli», disse, tornando improvvisamente serio.

«Non ce ne sarà bisogno», disse fiduciosa. «Ma ho molte cose da fare per prepararmi. Quindi, quando domattina vedrai il tuo nuovo scudiero Jack, non farmi scoprire».

Celia si voltò verso la porta che conduceva alla biblioteca. Si fermò e si voltò verso di lui, togliendosi il mantello dalle spalle e porgendoglielo.

«A proposito», disse. «Grazie per avermi portata qui. Adoro il tuo giardino».

Colin prese il mantello dalla mano di lei, tenendo le sue dita sottili nella sua presa per un momento.

«Ne sono felice. Passeremo molto tempo qui».

Lei sorrise e si diresse di nuovo verso la porta. Si fermò ancora una volta al suono della sua voce.

«Una domanda prima che tu vada», disse lui. «Ma non sei obbligata a rispondere se non vuoi».

Rimase in silenzio, con il volto oscurato dall'oscurità e dalla distanza.

«Come ti chiami?»

Fece una pausa prima di rispondere.

«Celia Muir», sussurrò. E poi se ne andò.

Muir, pensò Colin stupito. È la figlia di John Muir.

Capitolo Nove

Perché ci porta più a nord? Man mano che ci inoltriamo nelle Highlands, *i nostri spazzini trovano sempre meno oggetti di valore da prendere. Ciò che troviamo viene devastato più ferocemente che mai. E ogni giorno ci allontaniamo dall'Inghilterra.*

Comincio a pensare che non serviamo più nessun re.

L'alba stava sorgendo chiara quando Colin riuscì a trascinare Alec nell'area di allenamento aperta che usava con il suo gruppo selezionato di guerrieri. I suoi occhi scrutarono la scena di dieci combattenti che si esercitavano con varie armi, mentre gli scudieri e i paggi si affrettavano a rispondere ai comandi urlati dei combattenti.

Colin osservò i corpi seminudi dei guerrieri, sudati per lo sforzo nonostante il freddo pungente dell'alba. Il suo sguardo fu attratto dagli archi lampeggianti delle spade lunghe e dei coltelli, dai tagli fendenti delle alabarde e dei *glaives*. Questa è stata una pessima idea, pensò, improvvisamente consapevole dei pericoli a cui stava esponendo Celia qui nel cortile di addestramento.

Colin non riusciva a credere di non essersi opposto a questo piano ieri sera in giardino. Era stato così sorpreso e preso dalla sua idea che le possibili conseguenze non gli erano nemmeno passate per la testa. Si aggirava tra i combattenti e i ragazzi che lavoravano, cercando di individuarla e di farla smettere, ma lei non si trovava da nessuna parte. Pensò con sollievo che forse aveva deciso di non andare avanti con una simile follia.

Non era riuscito a dormire, pensando a lei. Celia Muir, figlia di John Muir, il famoso pirata e rampollo della nobile famiglia York. Un mondo così strano. Colin non aveva mai incontrato Muir di persona, ma sapeva che il padre di Hugh e Alec lo avevano incontrato una volta, quando avevano diviso tra loro il Mare d'Irlanda. Sebbene Muir avesse ricevuto dal re inglese l'autorizzazione a dare la caccia alle navi francesi mentre svolgeva il suo fiorente commercio mercantile, era risaputo che spesso oltrepassava la sottile linea che separava il corsaro dalla pirateria vera e propria. Ma il padre di Celia aveva sempre rispettato gli accordi con Hugh Campbell e Alexander Macpherson, uomini le cui attività rispecchiavano così da vicino le sue.

Non c'era da stupirsi che Celia si sentisse così impotente nel determinare il proprio futuro. Dopo la morte del padre, il re dei Tudor doveva aver gettato un occhio avido sull'enorme ricchezza e sulla flotta di navi che rivaleggiava con la sua. La fortuna di Celia era stata usurpata e il suo futuro era diventato il giocattolo dei re. Cosa aveva detto? Una «pupilla di corte». Era la corte inglese. Ma ora era in Scozia. E, cosa ancora più importante, era qui.

Colin era, in modo molto soddisfacente, entusiasta del fatto che lei gli avesse confidato la sua identità. Sapere chi era non faceva altro che aumentare il suo affetto per lei. Poteva aver perso tutto, ma aveva un'eredità di arguzia e coraggio.

E le sue qualità interiori erano pari alla sua bellezza fisica. Da quella prima notte, non aveva passato un momento senza avere un'immagine di lei nella sua mente.

Alec si avvicinò alle file di armi e scelse una spada larga che fece roteare un paio di volte. Mentre lo faceva, uno scudiero corse verso di lui con un paio di guanti di pelle pesante. Colin osservò il ragazzo che prese la spada da Alec e fece un passo indietro, guardando l'erede dei Macpherson che si spogliava rapidamente fino alla vita, esponendo le sue spalle massicce e i suoi muscoli increspati. Mentre Colin si dirigeva rapidamente verso di loro, vide Alec e il ragazzo che si scambiavano battute bonarie.

«Aspetta un momento», gridò Colin, facendo gli ultimi passi e afferrando lo scudiero per il gomito. L'ampia spada cadde a terra mentre il ragazzo si girava di scatto per affrontare il padrone. «Questa storia è andata avanti abbastanza».

L'espressione sbigottita del ragazzo fu corrisposta da quella di Alec. I due guardarono Colin come se avesse perso la testa. Riconoscendo il ragazzo, ritirò bruscamente la mano come se si fosse scottato. Cercò qualcosa da dire come spiegazione, ma rinunciò subito.

«Avete intenzione di starvene lì tutto il giorno?» sbottò lui, girando sui tacchi e allontanandosi. Deve averci rinunciato, pensò.

Colin osservava gli allenamenti dei suoi uomini, unendosi a loro quando ne aveva voglia. Alec lavorava molto duramente, facendo correre diversi ragazzi a cercare nuove armi e bevande, incrociando le spade di tanto in tanto con uno o l'altro.

Dopo le esercitazioni, i combattenti cominciarono ad allontanarsi verso i loro alloggi prima della colazione e presto Alec e Colin rimasero soli, con solo alcuni dei ragazzi impegnati a rimettere le armi al loro posto.

Alec terminò il suo regime con un'impressionante esibizione di spada, consegnando l'attrezzo da guerra in acciaio e i guanti a un ragazzo prima di camminare verso il punto in cui Colin stava aspettando.

«Non sei il solito allegro oggi». Alec rise, dando una pacca sulla spalla all'amico. «Lady Celia ti ha dato di nuovo buca ieri sera? La sua assenza a cena è stata piuttosto vistosa».

«Non preoccuparti per me e Lady Celia», esordì Colin mentre si avviavano verso la porta.

«Scusatemi, Milord», chiamò uno scudiero, correndo con la camicia di Alec in mano.

Alec si voltò e prese la camicia, tirandola con un unico movimento sopra la testa. Colin rimase in piedi con impazienza, pensando a come Celia avrebbe potuto chiamarsi durante il viaggio al castello di Argyll e chiedendosi anche quale scusa avrebbe potuto addurre ad Argyll per avere una donna con sé. In realtà, c'erano molti posti in cui voleva portarla, ma le rovine di Argyll non erano tra questi. Ma ormai non poteva più negarlo. Le aveva dato la sua parola. A meno che, pensò felicemente, lei non avesse cambiato idea e non fosse tornata in sé.

«Grazie, ragazzo», disse Alec. «Sei stato bravo. Come hai detto che ti chiami?»

«Jack, Milord», disse lo scudiero, voltandosi velocemente per andarsene al trotto.

Il braccio di Colin scattò in avanti e colpì Jack, afferrando lo scudiero per il retro della camicia e tirandolo indietro. «Oh, no, non è vero».

«Cosa c'è che non va in te oggi?» Alec esplose.

Colin guardò il volto sporco dello «scudiero». Il vecchio cappello copriva i capelli di Celia. I suoi vestiti erano sporchi e logori e coprivano qualsiasi accenno di femminilità nella sua figura. Ma gli occhi erano inconfondibili.

«Ti sei divertita?» le chiese, lanciandole un'occhiata accusatoria. Era arrabbiato con Celia e con sé stesso, pensando al pericolo a cui era stata esposta durante l'allenamento degli uomini. Un passo nella direzione sbagliata e avrebbe potuto farsi seriamente male.

«Davvero, Colin, il ragazzo ha lavorato duramente per me», disse Alec in difesa. C'è qualcosa che non va, pensò. Non tratta mai i giovani scudieri in questo modo. Era sempre positivo e incoraggiante con loro. Il povero ragazzo era terrorizzato. «È forte e intelligente. Un giorno sarà un buon combattente».

«Grazie, Milord», rispose sornione lo scudiero. «Anche voi lo sarete».

Alec rivolse uno sguardo stupito allo «scudiero« che aveva appena lodato. Non sembrava spaventato. In realtà lo stava prendendo in giro, sfidandolo con i suoi occhi neri e audaci. «Perché, tu, piccolo…»

Si fermò di colpo quando la risata di Colin scoppiò, riecheggiando sulle mura del castello. Sempre ridendo, Colin tirò protettivamente lo scudiero dietro la schiena. Ma il giovane burlone si mise subito davanti a lui, sfidandolo ancora. Alec guardò da una faccia all'altra. Sembrava che tutti stessero perdendo la testa oggi.

«Alec, amico mio», disse Colin, mettendo da parte le preoccupazioni di qualche istante prima. «Siamo stati fregati entrambi, questa mattina. Credo sia meglio che tu dia un'occhiata più da vicino al mio nuovo scudiero Jack».

Alec guardò il ragazzo con sospetto. Sembrava come tutti gli altri. Giovane e desideroso. Ma con un problema di atteggiamento che gli avrebbe procurato dei problemi se non l'avesse tenuto a freno.

«Alec, questa è Celia», disse infine Colin, sorridendo allo sguardo perplesso del guerriero. «Prendiamo qualcosa da mangiare. Partiremo per il castello di Argyll con la marea di mezzogiorno».

Celia sorrise brillantemente ad Alec mentre gli passava accanto.

«Che sesto senso!» Ridacchiò orgogliosa.

«Stai diventando troppo vecchio, Macpherson», lo punzecchiò Colin. «Stai perdendo il tuo tocco».

«Ho sempre saputo che si trattava di Celia», protestò Alec con una debolezza, mentre gli altri due sorridevano a loro volta. Come ho fatto a perdermi quegli occhi e quel sorriso? Pensò. «Lo sapevo. Lo sapevo».

Ma Colin era convinto. Sarebbero andati tutti ad Argyll.

Colin aveva inviato una piccola imbarcazione a mezzanotte per far sapere ad Argyll che sarebbe arrivato verso il tramonto. E quando arrivò con Alec, Celia e una truppa di cinquanta uomini, la giornata grigia e desolante si stava appena trasformando in un'oscurità sulla campagna bagnata dalla pioggia del conte.

Alec si era sentito male diverse volte durante il breve viaggio, anche se la pioggia che cadeva costantemente aveva mantenuto l'acqua abbastanza liscia e il vento costante. Celia gli aveva fatto compagnia e gli aveva promesso che avrebbe cercato di aiutarlo durante il viaggio di ritorno con un rimedio che aveva imparato in Oriente. Gli spiegò che il rimedio deve essere applicato prima che si manifesti il mal di mare. Alec si limitò a guardarla malissimo prima di sporgersi di nuovo dal lato della barca.

Mentre navigavano verso il porto, Celia si rese conto della differenza tra il villaggio dei Campbell e quello di Argyll. Anche tenendo conto delle pessime condizioni meteorologiche e del grigiore dell'ora, quel gruppo di capanne sudice e fatiscenti puzzava di squallore e povertà. Ammassate intorno alla spiaggia sassosa che circondava il piccolo porto, le casupole di paglia mostravano tutte le prove del mestiere di pescatore che le sosteneva a malapena. Davanti a ogni casa, una piccola barca giaceva inattiva sulla spiaggia di ciottoli e intorno ad essa erano disseminate reti in vari stadi di degrado.

Il gruppo di abitanti del villaggio, gocciolanti e logori, che si erano radunati sulla spiaggia, rimasero a bocca aperta all'arrivo dell'entourage dei Campbell. Celia, in piedi dietro a Colin e agli altri scudieri, guardò quei visi magri e sparuti, gli sguardi assenti dei poveri e straccioni che si accalcavano intorno a loro, e capì che non le sarebbe piaciuto l'uomo che trascorreva cinque mesi all'anno nel castello vecchio stile che dominava il porto.

Guadando il sentiero di fango scivoloso che conduceva ai cancelli, Celia considerò la situazione che stava affrontando. Non era necessario che il conte di Argyll le piacesse. Doveva bastarle il fatto che il conte di Huntly l'avesse mandata da lui. Ma prima di fare qualsiasi cosa, prima di rivelarsi ad Argyll, Celia era decisa a vedere Padre William e a scoprire il motivo del suo messaggio. Scrutando l'arida campagna circostante, non riuscì a vedere l'abbazia e decise infine che doveva trovarsi in linea diretta dietro il piccolo castello di Argyll. Si stava interrogando sulla possibilità di raggiungere l'abbazia questa notte quando Colin irruppe nei suoi pensieri.

«Starai vicino a me», disse a bassa voce. «Domani faremo in modo che tu possa raggiungere l'abbazia».

Celia gli fece un cenno e continuò ad arrancare su per la breve collina fino al ponte levatoio che attraversava la lurida fossa che circondava le mura del castello.

All'interno della cortina muraria della vecchia fortezza, Celia vide che l'edificio principale della tenuta non era molto più grande delle stalle di Kildalton, anche se le sue due ampie torri quadrate gli conferivano un aspetto sostanzioso e formidabile. Una serie di scalini di legno portatili conduceva dal cortile alla porta principale sopraelevata dell'edificio. Celia pensò che si trattava di un uomo troppo tirchio per spendere le sue ricchezze nella sua tenuta o troppo insicuro per difenderla.

In cima alla scalinata, un uomo magro e dall'ossatura larga guardava il contingente in arrivo. Le sue ampie spalle erano coperte da pellicce che sventolavano sul suo corpo sciupato come stracci su uno spaventapasseri. Per Celia, il sorriso che rivolgeva loro sembrava più una smorfia.

Finalmente conosco lo zio di Kit, pensò.

«Benvenuti a casa mia. Entrate, entrate».

La voce di Argyll aveva una strana qualità che Celia considerò per un attimo. Era la voce di un uomo grande e grosso, ma c'era una sensazione di vuoto che le faceva pensare che fosse malato. Di certo il suo aspetto lo confermava. Ma c'era qualcosa di più, un certo tremolio.

Paura, pensò. Argyll aveva paura di qualcosa. Di Colin, forse. O di Alec. Non poteva esserne certa. Ma sapeva che aveva paura.

Gli occhi di Celia cercarono i volti che la circondavano. Colin e Alec erano come estranei per lei. I loro volti erano duri come l'acciaio e le loro voci, in risposta al suo saluto, erano formali ed educate, ma non certo amichevoli.

Celia e alcuni membri dell'entourage seguirono i guerrieri nella sala di Argyll. Era un ambiente dai soffitti alti con un grande fuoco di cucina che ardeva al centro della stanza. Le panche che circondavano la sala fumosa erano affollate di soldati e servitori. Le donne, che sembravano essere lì con lo scopo principale di divertirsi, circolavano e ridevano dei commenti oltraggiosi dei soldati. Sembravano prendere in giro gli uomini, passando da un grembo all'altro degli ubriachi.

Quando il contingente dei Campbell entrò, con Argyll in testa, alcuni guerrieri si alzarono in piedi e il rumore si attenuò un po', ma per la maggior parte il baccano continuò senza sosta. Solo le donne sembravano davvero interessate ai nuovi arrivati e Celia osservò con fastidio che molte si muovevano verso Colin come api verso un fiore.

Il fratello di Runt, Emmet, responsabile dei combattenti scelti da Colin, era in piedi accanto a Celia. Colin gli aveva affidato la vera identità del suo scudiero Jack, dandogli il compito di tenerla d'occhio e di proteggerla da eventuali difficoltà. Aveva parlato con lei sulla nave e lei era rimasta colpita dalla sua devozione a Colin e alla famiglia Campbell.

Mentre i partecipanti si dirigevano verso i nuovi arrivati, si rese conto che tra Emmet, Colin e Alec era completamente circondata. Non stavano correndo alcun rischio con lei. Riuscì a malapena a vedere l'azione di Colin nel salutare le ragazze, ma il loro rapido cambiamento di rotta fu la prova della sua efficacia nel respingerle.

Argyll urlava ai servitori di liberare i posti a tavola per Colin e Alec, e i cavalieri che erano seduti a tavola cedettero i loro posti a malincuore. Colin prese il braccio del conte e gli parlò all'orecchio, al che Argyll fece un gesto per chiamare uno dei suoi attendenti.

«Oswald, prima di mangiare, i nostri ospiti vogliono essere accompagnati nelle stanze che sono state preparate. E fai in modo che una ciotola d'acqua fresca venga messa in ognuna delle loro stanze». Il conte rivolse a Colin uno sguardo ironico. «Anche se spero che tu non sia diventato uno di quei buffoni di corte che si lavano più di due volte all'anno».

La mancanza di allegria di Colin non sfuggì ad Argyll, che si voltò rapidamente e si spostò al suo posto al tavolo.

«Emmet... Jack», disse Colin, rivolgendosi ai suoi. «Venite con me e Alec. Voglio che metà di voi rimanga da questo lato della sala. Il resto di voi cerchi di evitare di prendere il vaiolo da queste donne».

Oswald, un ometto dalla faccia da topo e dall'aspetto untuoso, li condusse su per una tortuosa scala di pietra in una delle due torri tozze che si ergevano sopra l'edificio principale del castello. In cima alla prima rampa di scale, due porte si aprivano su un pianerottolo umido e stretto.

«Questa è la stanza di Lord Alec», piagnucolò Oswald, indicando una delle porte. «Quella di Lord Colin, questa qui subito dopo».

L'intendente aprì le due porte e si voltò senza tanti complimenti per ritirarsi lungo le scale.

«Oswald», comandò Colin. «Fai portare subito l'acqua. E manda anche un braciere per riscaldare ogni stanza».

Celia guardò Oswald distogliere lo sguardo dall'accanimento di Colin e, con un furtivo «Sì, Milord», sparire giù per i gradini.

«Emmet, ti voglio su questo pianerottolo per ora. Manderò su uno dei tuoi uomini». Colin si girò e guardò nella stanza.

Mentre Colin iniziava a varcare la porta, Alec prese il braccio di Celia e le fece l'occhiolino.

«Jack, mio buon scudiero», disse, a voce abbastanza alta da fermare il suo amico. «Avrò bisogno di te per aiutarmi con l'armatura».

Colin lo fulminò con lo sguardo, al di là della testa sorridente di Celia. «Se hai bisogno di aiuto con la tua attrezzatura, Macpherson, verrò ad aiutarti».

Prendendo l'altro braccio, Colin staccò la mano di Alec dal suo gomito e la tirò nella stanza.

«Emmet», disse, prendendo una delle torce dalla parete del pianerottolo. «Sei qui per sorvegliare il mio scudiero da qualsiasi intruso, compreso quello della porta accanto».

Colin chiuse la porta alle sue spalle e si spostò nella stanza, posizionando la torcia in un'applique sulla parete accanto al letto con le tende.

Celia osservò in silenzio mentre il guerriero esaminava ogni centimetro della piccola stanza. L'unico mobile della stanza era il letto e la stretta fessura da arciere nel muro fungeva da finestra. L'apertura era coperta da un pezzo di pelle che si agitava nella brezza gelida.

Il pavimento in legno era ricoperto di giunchi, ma i giunchi non erano abbastanza spessi da nascondere una botola. Ciononostante, Celia lo osservò mentre ispezionava le assi del pavimento, sbirciava sotto il letto e fuori dalla finestra, poi passava le dita sulle pareti interne in pietra, ovviamente alla ricerca di un'altra entrata. Questa era una lezione in sé.

Una volta terminata la ricerca, si girò e appoggiò il mantello e la borsa gocciolanti su uno dei pioli vicino al letto.

Sulla base di ciò che aveva già visto, poteva quasi capire l'esitazione di Padre William nel far portare Kit qui prima del necessario. Il castello e i suoi dintorni erano sporchi, ma soprattutto l'ovvia mancanza di disciplina che il conte di Argyll permetteva faceva sì che Celia si chiedesse se fosse in grado di proteggere sé stesso, figuriamoci Kit. Era difficile credere che quell'uomo fosse stato sposato un tempo con una Lady così nobile come la zia di Kit.

Celia non la conosceva: aveva lasciato la corte per l'ovest e il suo matrimonio con Argyll molto prima che Celia arrivasse in Scozia. Ma sebbene fosse illegittima per nascita, era comunque del sangue più nobile del regno e aveva portato ricchezza e onore alla casa di Argyll.

«Vedo che non c'è amore tra te e il conte», disse Celia, ricordando la breve relazione di Colin con Argyll.

«Non mi fido di lui», disse, togliendosi l'armatura leggera. «E nemmeno tu dovresti».

Colin conosceva quell'uomo da sempre e non gli era mai piaciuto. Ma Argyll era un parente del re e all'inizio del suo regno era stato il braccio forte di James IV nell'ovest. Mentre i Campbell si erano sempre tenuti a distanza dalla corte, Argyll aveva percorso attivamente le vie del potere. Quando gli Highlander si ribellarono apertamente agli Stewart anni prima, Argyll era stato la forza reale a ovest, mentre il conte di Huntly aveva portato la battaglia di James nelle Highlands nord-occidentali.

Da anni Argyll viveva dei frutti di quella lealtà, svuotando le terre del loro valore, vivendo una vita di lusso personale e non costruendo mai per il futuro. Al contrario, Huntly aveva usato il suo potere e il suo prestigio per costruire una Scozia migliore e più unita.

In questo momento, Huntly stava lavorando per assicurare un futuro al giovane re James V. Questo era ciò che volevano anche i Campbell, i Macpherson e alcuni altri potenti clan. Ecco perché Colin era venuto al castello invernale di Argyll. Voleva che il conte si impegnasse per iscritto a non dimenticare la sua fedeltà.

«Torniamo giù nella sala, vero?» chiese Celia. Era ansiosa di dare un'altra occhiata al conte in persona. Si rendeva conto che, fino a quel momento, il suo giudizio su di lui si era basato solo sulle condizioni del suo maniero e del villaggio, ma non era del tutto corretto. Solo finché Huntly non avesse concluso le trattative, lei e Kit sarebbero dovuti rimanere ad Argyll. Ma Celia sapeva che non sarebbe venuta qui finché non si fosse sentita al sicuro.

«Io ci vado», rispose Colin. «Ma tu no. Se una di quelle donne si avvicinasse a te, saresti scoperta in un attimo. E chissà cosa succederebbe a quel punto».

«Ma...»

«Niente ma, Celia», continuò in tono autoritario. «Ti porteremo dal tuo amico prete domani. Ma fino ad allora, non ti muovere».

Colin non aveva intenzione di perderla di vista in quel corridoio affollato al piano di sotto. Ma non era solo la sua sicurezza a preoccuparlo in questo momento. Sapeva che mai sulle navi di suo padre, né a corte, avrebbe assistito al tipo di sordido intrattenimento che probabilmente le avrebbe offerto Argyll.

«Beh, ora so per quale motivo Emmet è davvero là fuori», rispose testarda. «Per tenermi rinchiusa qui».

Celia sapeva che Colin aveva ragione sulla possibilità di essere scoperta lì sotto. Aveva ingannato molti uomini con il suo travestimento, più e più volte, ma con le donne non aveva molta esperienza. Ma in quale altro modo avrebbe potuto avvicinarsi al conte abbastanza da poter esprimere un giudizio personale?

«Non per tenerti rinchiusa, ma per tenerti al riparo il più possibile», rispose Colin, spostandosi di fronte a lei e appoggiando le mani sulle sue spalle.

Il suo sguardo si fissò su quello di lei. Sapeva benissimo che doveva convincere Celia a rimanere in questa stanza. Per quanto

Emmet fosse un duro, non sarebbe stato all'altezza di lei se non avesse accettato.

«Mi hai chiesto di fare delle cose e di fare delle promesse senza farmi conoscere le tue ragioni», continuò. «Tuttavia, ho accettato perché mi fido del tuo giudizio e perché ti considero una persona intelligente e ragionevole che non metterebbe in pericolo la vita di nessuno, compresa la tua. Ora ti chiedo di fare una promessa. Devi fidarti del *mio* giudizio su questo punto. Andare laggiù sarebbe una pessima idea».

Celia sapeva che tutto ciò che aveva detto era vero. Fin dall'inizio era stato così generoso, così fiducioso, così premuroso. L'aveva accettata per la persona che era dentro e per quello che poteva vedere, non per la donna di cui aveva sentito parlare. Tutto questo faceva parte del motivo per cui lei lo amava così tanto.

Amore? Pensò stupita. Amore.

«Celia, mi stai ascoltando?»

«Sì, stavi dicendo».

«Promettimelo», disse mentre le scuoteva delicatamente le spalle. Doveva attirare la sua attenzione.

«Prometterti cosa?» chiese lei, riprendendosi gradualmente dalla sua stessa ammissione. Come se potesse mai riprendersi da quella ammissione. Guardò quei bellissimi occhi grigi. Sentiva la sua forte presa sulle spalle, le sue dita che le bruciavano la carne attraverso gli strati di vestiti. Desiderava che lui la stringesse nel suo abbraccio in questo momento. Che la baciasse.

«Promettimi che resterai in questa stanza», disse. «Promettimi che non cercherai di andartene o di fare qualcosa di stupido».

Celia annuì lentamente. Voleva promettergli che sarebbe rimasta sempre con lui.

«Promettimelo», disse avvicinando il viso al suo. «Dillo».

«Te lo prometto», sussurrò.

La sua bocca si posò sulla sua. Il bacio fu duro, inflessibile, caldo e finì troppo in fretta. Colin le lasciò lentamente le spalle, guardando con affetto quei bellissimi occhi e quel viso sporco e macchiato. Sorridendo, si girò e uscì dalla stanza.

Alec stava aspettando con Emmet, appoggiato alla porta della sua stanza nel corridoio. Quando Colin apparve, entrambi ridacchiarono alla vista del suo volto.

«Voi due avete qualche problema?» ringhiò.

«Non abbiamo problemi», disse Alec bonariamente. «Ma non baciamo i nostri scudieri. In realtà, questo è un lato di te che non conoscevo».

Colin si rese conto che un po' del travestimento sporco di Celia doveva essergli finito in faccia. Si passò le dita sul viso cercando di cancellare le macchie. Ridendo, entrambi sottolinearono in modo esagerato le prove incriminanti.

La donna che portava la ciotola d'acqua su per le scale fu accolta sul pianerottolo dalla vista di due giganti che cercavano di pulire il viso del terzo. Prima ancora che potesse reagire, l'acqua le fu portata via e le fu ordinato di portarne dell'altra.

Celia, non sapendo cos'altro fare, iniziò a sistemare l'armatura di Colin sul pavimento accanto al letto. Sentendo un leggero bussare, si voltò e vide la porta della camera aprirsi. Cercando subito la spada alla cintura, vide una giovane donna che portava con sé una grande ciotola d'acqua. La ragazza lanciò a Celia un rapido sguardo di valutazione, seguito immediatamente da un mezzo sorriso mentre riponeva l'acqua in un angolo della stanza. Senza dire altro, si girò e se ne andò, lasciando la porta aperta.

Da dove si trovava, Celia poteva vedere Emmet fuori dalla porta. Un attimo dopo, la ragazza tornò portando con sé un braciere bollente, che mise accanto all'acqua dopo aver chiuso la porta con un piede. Celia rimase lì in attesa che la ragazza se ne andasse, ma non lo fece. Si accovacciò lì, occupandosi del combustibile del braciere, lanciando di tanto in tanto un'occhiata nella direzione di Celia.

Ci stava mettendo una vita. Celia si stava stancando della lentezza e dello sguardo della serva quando finalmente la ragazza si alzò.

«Devo restare o tornare più tardi?»

«Restare?» chiese Celia, esasperata. «Per quale motivo?»

La ragazza aggrottò la fronte, e poi rivolse a Celia uno sguardo civettuolo. Si avvicinò al letto e iniziò a tirarsi su il camice sporco.

«Abbiamo tempo prima che arrivi il tuo padrone. A meno che tu non l'abbia mai fatto prima?» La ragazza si fermò, guardando la sua preda con divertimento. «E tu?»

«Certo che l'ho fatto», incespicò Celia, comprendendo ora completamente le preoccupazioni di Colin.

«No, posso dire che non l'hai fatto. Ma puoi mettermi alla prova prima che lo faccia il tuo padrone».

«Provarci con te?» Celia scattò. «Pensi che Colin Campbell ti metterà alla prova?» Prima di tutto gli avrebbe cavato gli occhi, prima di lasciargli fare una cosa del genere a lei.

«Perché? Pensi che non sia abbastanza brava per il tuo padrone?» chiese la ragazza con fare sornione.

«Ecco», disse Celia. «In realtà, in questo castello non c'è nessuno che vada bene per Lord Colin Campbell».

«Potrebbe essere vero al momento, ma non per molto», disse la ragazza, vantandosi.

Celia sapeva, dai tempi in cui lavorava a corte, che le informazioni migliori arrivavano sempre durante conversazioni come questa.

«Certo, le chiacchiere costano poco», disse Celia, schernendola. «Il tuo conte non è mai riuscito a portare qui una signora di qualità, non come quelle a cui è abituato il mio padrone».

«Potrebbe farlo anche lui. Anzi, l'ha già fatto. A giorni ci aspettiamo l'arrivo di una nobile Lady di qualità».

«Dove? Qui?» chiese Celia, guardandosi intorno. Rise tra sé e sé al pensiero di essere la «nobile Lady» di cui parlava quella giovane donna. «In mezzo a questo cumulo di letame? Questo posto è così sporco e logoro che nessuna nobile Lady vi soggiornerebbe».

«Sì, qui. E in cucina si dice che anche la Lady rimarrà. Il mio conte ha intenzione di farla sposare con lui».

«Non può». Questo era più di quanto Celia si aspettasse di sentire. La sua iniziale antipatia per Argyll era appena stata confermata. Ma Padre William poteva saperlo?

«Certo che lui può farlo. Si dice che questa Lady sia ricca come un vescovo, quindi il conte la costringerà a sposarlo prima che qualcuno lo scopra. Con tutti i suoi soldi che arriveranno qui, questo posto sarà più bello di quello da cui sei venuto, ragazzo».

Celia sentì un nodo crescerle in gola. Ma prima doveva liberarsi della ragazza.

«Vattene da qui, scorbutica figlia di una lebbrosa portuale», disse Celia, estraendo per metà la spada dal fodero. «Il mio padrone non avrà bisogno di te né di nessun'altra come te».

La ragazza si voltò e fuggì dalla stanza, sorpresa dalla reazione violenta dello scudiero.

Celia si appoggiò pesantemente alla parete di pietra della stanza della torre prima di lasciare che il suo corpo si afflosciasse sul pavimento. Per tutto questo tempo la sua unica preoccupazione era stata quella di portare Kit al sicuro. Ma non si sarebbe mai aspettata che ciò che avrebbe significato la libertà per Kit, avrebbe significato per lei la prigionia a vita. Il piano era quello di portare il bambino ad Argyll e poi aspettare Huntly. Ma sapeva che Huntly non avrebbe mai partecipato a una cosa del genere.

Fissò la porta. Per quanto ne sapeva, Argyll aveva già prosciugato la ricchezza e la linfa vitale di una donna. Celia non aveva intenzione di diventare la sua seconda vittima.

Prima che la porta fosse completamente aperta, Celia era rotolata fuori dal grande letto, completamente sveglia, con la spada in mano. Sciogliendosi nelle ombre scure create dalla tenda parzialmente tirata del letto e dalla luce tremolante del braciere, Celia cercò di concentrarsi sull'enorme sagoma che stava entrando dalla porta. Sapeva chi era prima ancora che lui chiudesse la porta.

«Ehm... Jack», sussurrò Colin nell'oscurità. «Non tagliarmi la gola prima che i miei occhi si adattino a questa luce».

Lei sorrise e uscì dall'ombra.

Il suo cuore ebbe un sussulto. Anche alla luce tremolante, Celia era squisita. Si era liberata degli abiti da ragazzo che non rivelavano nulla della sua femminilità. Al contrario, ora indossava la sua stessa camicia come cambio notturno. Non aveva mai visto qualcosa di così casalingo come la sua camicia trasformarsi così completamente con un potere così esotico e seducente.

Si era lavata via lo sporco che aveva nascosto la bellezza del suo viso e i suoi occhi scintillavano come diamanti neri.

«Cosa ci fai qui?» sussurrò Celia, sorpresa che fosse tornato qui.

«Non è il mio genere di festeggiamenti laggiù. Ma dannazione, perché hai dovuto lavarti?» ringhiò. Pensava di riuscire a controllare i suoi desideri se lei avesse avuto l'aspetto di Jack, ma questa sarebbe stata una pura tortura.

«Lavarmi? Non essere ridicolo. Ero sporca. Inoltre, ti ho chiesto cosa ci fai qui. In questa stanza», disse. «Pensavo che avresti condiviso la camera di Alec stasera».

«Preferisco di gran lunga dormire con te che con Alec», scherzò Colin allontanandosi dalla porta e dirigendosi verso il letto. «Per non parlare del fatto che Argyll ci ha accompagnati fin qui. Sarebbe stato molto difficile spiegare perché il mio scudiero avrebbe dovuto avere una stanza tutta sua mentre io e Alec ne condividevamo un'altra».

«Ma... questo... noi... non è affatto corretto», disse, sentendosi timida, incerta e non poco in imbarazzo. La realtà del momento la colpì con enorme forza. Il giorno prima, Celia era stata quasi disposta a concedersi completamente a lui. Ma ora, con i rumori di un'orgia frenetica che risuonavano per le scale, non era affatto pronta a esplorare piaceri che desiderava, ma che la spaventavano. Si strinse la camicia di Colin sul davanti, ma poi la rilasciò, rendendosi conto che tirando la camicia più vicina, la sua figura era più chiaramente definita.

«E rivoglio la mia camicia», disse lui, spostandosi sul lato opposto del letto rispetto a lei.

Prima che lei potesse pensare a una risposta, lui gridò in un sussurro da stadio: «Ora!»

«Non puoi averla», gridò lei con lo stesso sussurro. «L'ho trovato nella tua borsa. Speravo di trovare del cibo, ma invece ho trovato questa».

«Peccato», disse, togliendosi la spada. «Questo significa che se ci fosse stato del cibo lì dentro, non avresti nulla addosso».

Lei lo guardò minacciosa attraverso il letto. «Non vorrai mica dormire qui nello stesso letto? Vero?»

«Certo che sì», rispose. «Non ne vedrai al castello di Kildalton, ma le zecche delle Highlands hanno più o meno le dimensioni di piccoli cani e succhiano ogni goccia di sangue da un corpo umano».

Colin si guardò intorno drammaticamente prima di continuare. «Probabilmente questo secchio di merda ne è infestato».

Prima ancora che lui avesse finito con le sue lievi esagerazioni, Celia si era unita alla finzione, saltando al centro del letto con i piedi nudi infilati sotto, scrutando il pavimento scuro intorno al letto, con la spada ancora in mano.

«Spostati», ordinò. «E sbarazzati di quella spada. Non ti servirà stanotte».

Si spostò sul lato opposto del letto e vi appoggiò la spada corta. Mentre si muoveva, continuò a osservare ogni sua mossa.

Colin si sedette sul bordo del letto dandole le spalle e si tolse gli stivali. Senza alzarsi, si tirò la camicia sopra la testa.

Lei guardò con occhi spalancati la sua ampia e magnifica schiena, i suoi muscoli sagomati, la cicatrice frastagliata che andava dall'esterno della spalla destra al centro della schiena.

«Smettila di guardarmi così», disse minaccioso.

«Non ti stavo guardando», mentì. Ma allo stesso tempo, la sua mano andò a toccargli la schiena. Con le dita, tracciò leggermente la cicatrice dalla spalla alla spina dorsale. «Come te la sei fatta?»

Colin si alzò di scatto mentre le dita di lei gli trasmettevano ondate di intenso piacere.

«Il Lord di questo posto», disse Colin a denti stretti.

«Argyll?» chiese Celia. «Come?»

«Ogni anno i clan si riuniscono per i giochi», rispose Colin. «Quando avevo quattordici anni, ho lottato per la prima volta come uomo. Argyll era nel fiore degli anni. L'ho battuto, ma dopo mi ha attaccato con la spada, sostenendo che, vantandomi, avevo offeso il suo onore».

«L'hai fatto?» chiese lei, sentendo di nuovo l'ampia striscia di bianco che avrebbe potuto significare la sua morte.

Colin si girò a metà. «Certo che sì. Avevo quattordici anni».

La guardò, il suo desiderio cresceva ad ogni istante in cui le dita di lei indugiavano sulla sua pelle. Il suo volto era pensieroso mentre guardava la vecchia ferita. La scollatura a V della camicia pendeva dal suo corpo mentre lei si piegava in avanti sul letto e ciò che Colin non riusciva a vedere nell'oscurità della stanza veniva esaltato dalla sua fervida immaginazione.

Tuttavia, intravide un grande medaglione circolare appeso a una catena. Nella luce fioca, tutto ciò che riuscì a distinguere del medaglione fu un triangolo di pietre nere, una più grande delle altre due. Ma non erano i suoi gioielli a interessare Colin.

Quando si girò completamente verso di lei, la mano di Celia scattò indietro come se fosse stata morsa. Si spostò rapidamente al suo lato del letto, piegando le mani in grembo e abbassando gli occhi.

«Celia», disse con voce roca. «Non voglio che tu smetta di toccarmi. Ma più di ogni altra cosa in questo momento, voglio abbracciarti, baciarti, sentire la morbidezza della tua pelle, scoprire una parte di te che desidero ardentemente. Voglio fare l'amore con te».

Celia si sentì mancare il respiro. Una sensazione di intenso calore la attraversò, incendiandola. Le sue sole parole stavano facendo ardere il suo corpo di desiderio. Ma non era sicura dell'ondata di sentimenti che si stavano impossessando del suo corpo. Erano sensazioni ancora sconosciute. La sua vita era stata così... chiusa in sé stessa... per così tanto tempo.

Ma questo luogo continuava a tornare nella sua coscienza. Lo squallido alloggio invernale di Argyll non era il luogo in cui voleva fare l'amore con Colin Campbell per la prima volta.

Rimase lì seduta senza parole. Non sapeva come farglielo capire. Lo voleva, ma non ora, non qui. E all'improvviso le sue preoccupazioni per questo posto e per il piano di Argyll per lei impallidirono rispetto all'apprensione che provava in questo momento per l'atto di fare l'amore.

Colin la guardò, appollaiata come un angelo sul letto, con le mani strette a pugno in grembo, le guance arrossate, gli occhi che cercavano di non incontrare i suoi. Sembrava spaventata, incerta, ma di cosa? Di lui? In quel momento sembrava così innocente, così impreparata, così vergine. Era a corte da sei anni, ma lui aveva sempre più la sensazione di essere il primo uomo che lei avesse mai conosciuto. Ma per quanto la desiderasse, per quanto i suoi desideri ribollissero in superficie anche solo alla sua vista, voleva che lei capisse che non l'avrebbe mai costretta a fare qualcosa per cui non fosse pronta. Con il tempo e la pazienza di lui, sapeva che lei lo avrebbe desiderato tanto quanto lui desiderava lei. E lui la voleva, non solo per quella notte, non per un breve periodo. La voleva per l'eternità.

«Non mi approfitterò di te, di questa situazione in cui ci troviamo», disse con tono rassicurante. «Avremo altri momenti e altri luoghi insieme».

I suoi occhi si alzarono per incontrare quelli di lui. Lui poté vedere lo sguardo di gratitudine in essi. Non era pronta. E lui avrebbe aspettato.

«Ma dovrai essere più disponibile», disse con un mezzo sorriso.

«Cosa vuoi che faccia?» chiese Celia con premura.

«Mettiti sotto le coperte», ordinò.

Lei si spostò sotto la coperta di lana ruvida con un movimento rapido, tirandola fino al mento.

«Rimani sul tuo lato del letto», continuò. «Non toccarmi. Non guardarmi. Non pensare a me. Hai capito?»

Lei annuì con un lento sorriso, voltandogli le spalle mentre lui continuava a spogliarsi.

«Fidati, me la pagherai», disse sorridendo e tirando indietro la coperta per infilarsi sotto di essa.

La brezza fredda del mattino primaverile sfiorava la spalla nuda di Colin dove la coperta era scivolata giù. Ancora più addormentato che sveglio, si accoccolò più vicino alla schiena calda che si era adattata ai contorni del suo addome.

Non era del tutto consapevole della gamba che giaceva tra le sue, né delle braccia che avevano circondato il corpo di lei. La testa di Celia era appoggiata sul suo braccio e la sua schiena era premuta contro il suo petto. La camicia che indossava si era sollevata e la pelle delle sue gambe si appoggiava calda contro quella di lui.

La sua mano era appoggiata sul suo seno pieno e rotondo e quando lui si muoveva, lei rispondeva al suo abbraccio stringendo ancora di più il suo corpo contro di lui.

Mentre lo faceva, il palmo di Colin sfiorò leggermente l'aureola sensibile del suo seno e il capezzolo si indurì in risposta.

Colin si svegliò completamente quando la sentì reagire al suo tocco inconsapevole. Durante la notte avevano gravitato l'uno verso l'altra con un magnetismo naturale e lui non se ne era nemmeno accorto.

Nel suo sogno Celia era alla deriva in un mare dorato. La barca era piena di fiori di ogni colore, che saturavano l'aria con un aroma che la inebriava. Era sdraiata su un letto d'oro e il cielo blu sopra di lei non era segnato da alcuna nuvola. Sentiva la brezza calda e leggera che increspava il sottile lino che ricopriva il suo corpo. All'improvviso si accorse di un uomo accanto a lei, che la stringeva e la toccava.

Si sentì trascinare da lui. Mentre una mano la teneva stretta, l'altra le accarezzava dolcemente la pelle del viso e del collo. Quando il suo tocco si diffuse, Celia si sentì estendere alla sua mano. Sentì il lino liscio muoversi contro i suoi seni. I suoi capezzoli si sollevarono alla vista dei polpastrelli che circondavano il punto sensibile, provocando ondate di piacere nel suo corpo.

Ormai Colin era completamente eccitato, mentre il corpo caldo di Celia lo stringeva sempre di più. Il suo profumo si mescolava con la brezza fresca che entrava dalla stretta apertura della finestra e lui era in qualche modo sopraffatto dai sentimenti misti di tenerezza e desiderio che provava per questa donna che giaceva così felice tra le sue braccia.

La mano di lui continuò a esplorare i suoi seni, prendendone uno per intero e passando all'altro, stringendolo delicatamente con una pressione che le fece inspirare bruscamente. Spinse da parte il pesante medaglione d'oro e la catena.

Nella visione onirica di Celia entrarono gli uccelli marini, che volteggiavano in alto, selvaggi, lampeggianti, macchie di bianco nel blu brillante del cielo diurno. La mano dell'uomo accanto a lei lasciò i seni e scese lungo il ventre fino al fianco, dove terminava il lino della camicia. Sollevò il tessuto leggero e le sue dita scivolarono di nuovo verso l'alto, sulla pelle liscia, fino ai seni. I brividi lasciarono il posto ai brividi quando lo sentì massaggiare e pizzicare delicatamente i capezzoli.

Celia era ormai sveglia e deliziosamente consapevole della calda vicinanza di lui dietro di lei, intorno a lei, che la avvolgeva. Si era risvegliata alla magia che le sue mani stavano compiendo su di lei. Non sentiva paura, ma solo desiderio e intensa attesa quando le sue labbra trovarono il morbido angolo del suo collo. Le sue labbra erano calde contro la sua pelle e Celia rotolò la testa lungo i suoi bicipiti per consentirgli un migliore accesso. La sua pelle sembrò sollevarsi in risposta ai baci caldi che lui le diede lungo il collo. I suoi denti e le sue labbra erano delicati quando le prese il lobo dell'orecchio, succhiandolo leggermente.

Con un sussulto una sola parola le sfuggì dalle labbra: «Colin».

Sollevò leggermente il viso per ammirare la sua bellezza.

«Sono qui, amore», sussurrò.

Con quelle semplici parole, che gli vennero così naturali sulle labbra, lo spirito di Celia fu sollevato in un nuovo mondo. Sdraiata tra le sue braccia, si sentiva al sicuro, accudita, desiderata.

Colin voleva fare l'amore con lei ora, per condividere con lei piaceri che sentiva di non aver mai provato prima. Voleva liberare la passione che sapeva che lei aveva dentro di sé.

Lei si girò leggermente tra le sue braccia, rivolta verso di lui, aprendosi ancora di più al suo tenero tocco. Le loro labbra si incontrarono nel frenetico calore bianco del desiderio reciproco, divorandosi freneticamente, assaggiandosi con lingue insaziabili che danzavano e sondavano, si sfregavano e si incontravano nei morbidi recessi della bocca di lei.

Poteva sentire il suono che proveniva dalla sua testa, il basso ruggito che sapeva si sarebbe sviluppato e che alla fine avrebbe bloccato tutti gli altri suoni. Ma mentre cresceva, segno della sua passione crescente, voleva portare Celia con sé verso quelle vette di estasi che sapeva lo attendevano. Cercando di concentrarsi su di lei, un compito che avrebbe richiesto tutta la disciplina possibile, Colin girò leggermente la testa, spostando le labbra sul mento, tracciando tracce calde con le labbra e la lingua lungo la parte anteriore del collo di lei, in profondità nella V della scollatura della camicia e nella valle tra i seni.

Sollevando un seno con la sua mano forte e tenera, le sue labbra la stuzzicarono succhiandole il capezzolo attraverso il lino della camicia, facendo gemere Celia che inarcò la schiena per la sensazione.

Tremori scossero il suo corpo quando la mano di lui lasciò il seno e scese lungo il ventre fino al piccolo triangolo di peli morbidi all'attaccatura delle cosce. Istintivamente, i fianchi di lei si sollevarono alla sua pressione, le gambe si aprirono lentamente mentre le dita di lui le esploravano leggermente. In un istante, lampi di rosso e di bianco attraversarono la sua vista e Celia sentì il suo respiro accorciarsi mentre il suo corpo iniziava a pulsare a un ritmo che non aveva mai conosciuto... e che aveva sempre conosciuto.

Si trovò a combattere un senso di urgenza che la stava attraversando. Voleva disperatamente sentire la sua pelle sotto i suoi polpastrelli, stringere il suo corpo a sé, fargli provare le stesse cose che stava provando lei. Si girò completamente verso di lui quando lui sollevò di nuovo la bocca verso la sua. La sua mano si spostò sul fianco di lei fino alla carne soda e rotonda del suo sedere, tirandola con forza contro la presenza eretta della sua virilità.

Celia sussultò alla sensazione della durezza pulsante contro la pelle delle sue cosce. Non aveva mai sentito nulla di simile contro il suo corpo.

«Hai dormito senza niente addosso», esclamò, eccitata dalle sensazioni che la stavano inondando. Muoveva le dita sui contorni del petto possente e muscoloso di lui.

Fece una pausa quando le parole di lei penetrarono nel vorticoso ruggito che gli riempiva la testa. Spostò una gamba su di lei, tenendola su un fianco e premuta contro di lui, mentre tirava indietro il viso con riluttanza. Guardò il viso angelico di Celia, la sua espressione di lieve shock, di meraviglia, di curiosità. Voleva prolungare questo momento, se possibile, per assaporarlo.

«Ti piace?» ringhiò lui, con la mano e la gamba che la stringevano contro di lui.

Lei era un po' sopraffatta dall'organo pulsante premuto contro il suo ventre in modo così intimo. Annuì timidamente.

«Lo voglio», sussurrò lei, esitando prima di continuare. «Ma ho anche paura».

«Perché?» chiese vacuamente, accarezzando la pelle setosa della sua schiena.

«Perché non l'ho mai fatto prima», rispose lei, con gli occhi fissi sulla bocca di lui.

«Sapevo che eri vergine», disse. Pieni di malizia, i suoi occhi attirarono lo sguardo di lei su di lui.

«Cosa vuoi dire?» chiese seriamente, alzando entrambe le mani sul petto di lui. «Cosa te lo ha fatto pensare?»

«Perché hai avuto molte occasioni per violentarmi, ma non l'hai fatto... ancora».

Celia lo spinse sulla schiena e lui la lasciò fare. Lei rotolò su di lui e, mettendo il suo peso direttamente su di lui, si appoggiò al suo petto con i gomiti. La collana le penzolava dal collo e il medaglione era appoggiato sulla sua pelle.

«Ti sto violentando?» esclamò lei, sorridendo a lui. «È a questo che sei abituato?»

«Se sei tu a fare l'ammaliatrice, potrei abituarmi facilmente».

«Non stai rispondendo alla mia domanda», disse Celia, prendendogli il viso con entrambe le mani e facendo scivolare il suo corpo sul busto per baciargli le labbra. Nel farlo, il suo fianco si appoggiò dolcemente alla sua eccitazione e un gemito fu la sua unica risposta. La sua bocca scese su quella di lui e lo baciò leggermente, mordicchiando le sue labbra piene, la sua lingua guizzò fuori per stuzzicarlo, per provocarlo.

«Stai giocando con il fuoco, donna», disse, con la voce roca di passione.

Lei gli sorrise, continuando il suo gioco amoroso. Sapeva cosa l'aspettava e, per la prima volta in vita sua, lo cercava.

Lei lo stava facendo impazzire e lui lo adorava. Ma stava anche perdendo rapidamente il controllo. Il ruggito nella sua testa stava bloccando tutti gli altri suoni. I capelli ramati di lei pendevano sciolti intorno ai loro volti. Le dita di lui si muovevano sulla pelle della schiena, sul rialzo liscio delle natiche, sulla carne tonica delle cosce. I suoi fianchi si muovevano mentre lui la toccava, mentre lei lo baciava. Voleva essere dentro di lei... ora. Dentro di lei.

Con una scrollata di spalle, Colin la fece rotolare sulla schiena, coprendola completamente con il suo corpo. Le prese le mani e le tirò sopra la testa, bloccandole lì. La fissò, con gli occhi pieni di desiderio.

Celia sentì le voci sul pianerottolo fuori dalla porta e girò la testa verso il rumore. Lui sembrava non accorgersi del disturbo esterno.

«Colin!» sussurrò con urgenza. «Colin! Ascolta!»

I suoi occhi si schiarirono all'istante quando le voci penetrarono. La voce di Emmet era la più forte e, sebbene non sembrasse minacciata, stava ovviamente cercando di avvisare il suo padrone della presenza di intrusi. Le lasciò le mani e prese la spada dall'altra parte del letto. Tirandosi indietro, sentì Celia che, liberata dal suo peso, si spingeva in cima al letto. Guardandola, si rese conto che aveva già la sua spada corta in mano.

Ascoltarono un attimo le voci e sentirono quella di Alec unirsi a loro.

«È quel maledetto Argyll», mormorò Colin, abbassando la guardia. «È stato fin troppo disponibile nelle nostre discussioni di ieri sera, ed eccolo qui di buon'ora con uno scriba dell'abbazia, senza dubbio. Per qualche motivo è terribilmente ansioso di liberarsi di noi».

Si allontanò dal letto. Se avesse potuto evitarlo, Celia non avrebbe permesso che la sua identità venisse scoperta.

Lui si avvicinò, le afferrò il polso e la tirò indietro verso il letto. «Ti voglio».

«Non possiamo in questo momento. E Argyll?» sussurrò, guardando preoccupata la porta.

«Al diavolo Argyll», disse lui, sorridendo alla sua preoccupazione.

«Ma la porta», insistette. «Non c'è una sbarra sulla porta».

«Lo so, amore», rispose lui, accarezzandole la guancia. «Ma il nostro momento arriverà».

Rivolgendosi alle voci, Colin gridò bruscamente: «Arrivo subito».

Lei ascoltò mentre i suoni si placavano sul pianerottolo.

Lasciandola, si abbassò per prendere la cintura della spada. Quando si raddrizzò, vide la schiena di Celia mentre si toglieva la camicia dalla testa. Le sue curve morbide, la pelle color latte, le bellissime gambe che sembravano non finire mai. Colin si fermò per un attimo in preda all'ammirazione, mentre lei si rivestiva velocemente con gli abiti da scudiero che aveva indossato il giorno prima.

Colin si infilò i vestiti e allacciò la spada inguainata. Spostandosi intorno al letto, la attirò a sé mentre lei si infilava il cappello troppo grande che copriva gran parte della sua bellezza.

«Torneremo a casa stasera», disse dolcemente, avvicinando le labbra di lei alle sue. «Ma per oggi, resta vicina a Emmet. Ti porterò all'abbazia quando avrò concluso questa faccenda con Argyll».

Celia annuì, sollevando di nuovo la bocca verso la sua.

Nella Sala Grande di Argyll non c'era traccia dei bagordi della notte precedente. Celia aveva seguito Emmet lungo la scala di pietra pochi istanti dopo Colin ed era seduta tra i combattenti Campbell, per terminare il pasto mattutino. Un chierico di mezza età, vestito con un abito di lana marrone bordato di pelliccia, sedeva al tavolo con Colin, Alec e Argyll, ascoltando in silenzio la discussione sempre più ostile e toccando nervosamente le perline infilate nel cordone di seta che portava ai piedi. Argyll deve aver mandato a chiamare l'abate in persona, pensò Celia. Osservando i volti degli uomini, poteva vedere lo sguardo freddo e ferocemente controllato di Colin mentre continuava a fare richieste al conte. Argyll stesso si agitò sempre di più fino a quando, all'improvviso, si alzò arrabbiato al suo posto, guardandosi intorno e osservando il gran numero di persone che osservavano attentamente i leader.

Sporgendosi dal tavolo, Argyll disse qualcosa a bassa voce e girò i tacchi, dirigendosi verso la scala di pietra sul lato opposto della sala. L'abate lo seguì immediatamente, ma Colin parlò all'orecchio di Alec prima di seguirlo. Alec si diresse direttamente verso Celia ed Emmet e si chinò tra loro.

«Andiamo nelle stanze di Argyll per redigere e firmare i documenti», disse, gesticolando verso la porta attraverso la quale Argyll era scomparso. «Tieni d'occhio la situazione, Emmet».

Alec si voltò come per dare un ordine allo 'scudiero' seduto accanto a Emmet. «Sei molto bello oggi, Jack», sussurrò con voce appena udibile. «Senza tutta quella sporcizia sul viso».

Celia trattenne a stento l'impulso di portarsi la mano sul viso. Aveva dimenticato di coprire i suoi lineamenti con lo sporco, completando il travestimento. Abbassò lo sguardo e, mentre Alec attraversava il corridoio, Celia abbassò ancora di più il cappello sugli occhi.

«Argyll deve essere un po' irritato per le condizioni punitive che Lord Colin vuole inserire in questo accordo», disse Emmet a bassa voce.

«Punitive?» chiese Celia. Mi vengono in mente alcune punizioni particolarmente appropriate per il conte di Argyll, in questo momento, pensò. Costringermi a sposarlo... lo ucciderò prima.

«Il pagamento che sarà richiesto se Argyll non rispetterà l'accordo», rispose Emmet.

«Di che accordo si tratta?» chiese Celia, improvvisamente molto incuriosita da questo accordo tra Colin e Argyll.

«Per appoggiare il principe ereditario degli Stewart, Milady. Voglio dire... Jack», incespicò.

Un senso di sollievo attraversò il corpo di Celia. Ormai avrebbe dovuto capirlo. Dopo aver visto, sentito, sperimentato ciò che Colin Campbell era, avrebbe dovuto sapere che non aveva bisogno di una richiesta da parte di nessuno per fare ciò che era giusto per la Scozia. Colin che protegge e sostiene il principe Stewart, pensò felice. Ma lui aveva detto che non ci si poteva fidare di Argyll. Quale pensava che sarebbe stata la posizione del conte?

«Colin sta cercando di ottenere l'appoggio di Argyll?» chiese

Celia. «Pensavo che quell'uomo fosse devoto alla causa degli Stewart. Dopo tutto, è imparentato con la Corona».

«Era... *era* imparentato quando la sua povera moglie era viva», disse Emmet mentre i suoi occhi scrutavano la stanza. «Avete la visione di Argyll da parte di un abitante delle Lowlands. Li ha ingannati tutti laggiù. Noi lo vediamo com'è qui fuori».

«Dimmi». Era molto interessata a sentire cosa aveva da dire il fratello di Runt. «Dimmi come lo vedi qui fuori?»

«So che nessuno in Occidente gli sputerebbe addosso se andasse a fuoco. Avete parlato di devozione. Il conte di Argyll è devoto solo a sé stesso... a nessun altro. Non ha lealtà, non ha onore. Quando fa qualcosa, lo fa solo in un branco di lupi. Non ha un proprio coraggio. Quando era al castello di Dunvegan con gli altri capi clan, si è schierato con quelli contro Lord Colin, ma in silenzio, a quanto ho sentito. Ma ieri sera, non ha fatto nemmeno una discussione. Vi dico che non ci si fida di lui nelle Highlands, e a ragione. Persino la sua stessa gente lo detesta».

«Allora come può contare su di loro? Intendo nei momenti di pericolo. Per la protezione».

«Li compra», disse, guardandosi intorno e osservando la sporcizia della sala. «Non tutti, ma abbastanza, suppongo. Comunque, costa molto oro comprare questo tipo di lealtà. Sapevate che si era già sposato con una donna ricca. Ha dovuto farlo. I suoi contadini non lavoreranno le fattorie come dovrebbero. E conoscendolo, lo farà di nuovo. Sposare una ricca, intendo. Mi dispiace già per quella povera donna».

Non sarò io, pensò Celia. Se lui le mettesse le mani addosso, non crederebbe mai a nulla di ciò che lei gli dice. Rabbrividì al pensiero di cosa sarebbe successo una volta che Argyll avesse scoperto che la sua fortuna era legata alla promessa del re dei Tudor di darla in sposa a quell'assassino inglese. Si chiese per quanto tempo avrebbe vissuto sotto il controllo di un uomo come Argyll. E quel diavolo assassino inglese, pensò. Dove si trovava adesso? Avrebbe mai abbandonato la sua caccia a lei e a Kit? Era una preoccupazione per lei, ma non la più immediata. Il problema era la lealtà di Argyll. Poteva essere così furbo da ingannare persino Huntly?

Improvvisamente Celia ebbe la sensazione che gli occhi fossero puntati su di lei. Alzando lo sguardo da sotto il cappello, vide un uomo al tavolo dall'altra parte della stanza che la fissava. I loro sguardi si bloccarono per un attimo prima che lui si voltasse, ma non prima che lei notasse una scintilla di riconoscimento negli occhi dell'uomo. Arrossì per il timore momentaneo che il suo travestimento fosse fallito, ma questa emozione lasciò rapidamente il posto alla sensazione di avere anche lei un ricordo di aver già visto quell'uomo da qualche parte. I suoi abiti erano quelli di un Highlander. Il suo viso era barbuto e simile a un furetto. Non c'era nulla che potesse distinguerlo, ma le sembrava comunque di averlo già visto.

Celia si girò di scatto per il trambusto alle sue spalle. Un folto gruppo di uomini di Argyll si era riunito intorno a qualcuno.

«Verrai con noi, prete», raspò una voce roca.

«Non metterete le mani su un uomo di Dio!» rispose una voce che Celia riconobbe immediatamente.

La sua mano andò al gomito di Emmet. «Devi fermarli».

Il guerriero la guardò con aria interrogativa.

«Quella voce. È il mio amico Padre William», sussurrò con urgenza. «È lui che sono venuta a trovare».

Emmet si alzò e fece un passo verso il gruppo. Le panche accanto a Celia si liberarono dei combattenti di Campbell.

«Cosa volete da questo prete?» chiese a gran voce.

I soldati si voltarono verso i visitatori.

«Non sono affari vostri, credo», rispose la voce rauca, separandosi dal gruppo che si stava dirigendo verso la porta. Era un uomo grosso, corpulento e porcino, con la testa mozzata e il volto segnato dal vaiolo.

Emmet fece un gesto con una mano verso la porta e una dozzina dei suoi uomini tagliò rapidamente la strada al gruppo verso l'uscita. Emmet si era assicurato che diversi gruppi di combattenti fossero seduti in posizioni strategiche in tutta la sala. Se fosse stato necessario, avrebbero potuto prendere il controllo della stanza in pochi istanti.

«Ora sì», disse, con lo sguardo rivolto ai potenziali avversari presenti nella sala. Ad eccezione del gruppo di fronte a lui, tutti gli altri uomini di Argyll presenti nella sala erano ancora seduti e guardavano con un certo divertimento. Sembrava che non gliene potesse fregare di meno di quello che sarebbe stato il risultato.

«C'è bisogno di lui all'abbazia», sputò il capo dei soldati di Argyll.

I suoi ordini specifici erano di prendere il prete prima che raggiungesse gli uomini di Campbell, pensò. Il topo ficcanaso aveva spiato per tutto il tempo. Era un peccato che l'avessero scoperto solo oggi. Avrebbero potuto piantargli una spada nella schiena ed evitare questo scontro.

«Non ci sono abbastanza sacerdoti nell'abbazia?» rispose Emmet.

L'uomo di Argyll aveva esaurito la sua arguzia per la giornata, pensò Celia, osservando il leader che cercava una risposta alla domanda, nonostante l'ora precoce.

«Voglio vedere questo tipo importante», disse Emmet, entrando nel gruppo.

Il gruppo si separò quasi involontariamente ed Emmet si trovò faccia a faccia con un piccolo sacerdote segaligno, le cui mani erano tenute da due soldati. La scintilla feroce negli occhi del chierico era sfidante e sfrenata. Era vestito da sacerdote, ma Emmet giudicò che l'energia che emanava dalla sua piccola struttura era quella di un combattente.

Quando il guerriero guardò gli uomini che tenevano Dunbar, riconobbe subito uno di loro.

«Non avrei mai pensato di rivederti», esordì Emmet, guardando ferocemente in faccia l'uomo che aveva seguito dopo l'attacco ai loro ospiti e a suo fratello.

«Non so di cosa tu stai parlando», disse l'uomo. «Non ti ho mai visto in vita mia».

«Beh, sono felice di dirti che non è rimasto molto di quella vita», rispose il guerriero. «E prima di aver finito con te, desidererai essere morto come i tre amici che hai lasciato a Kildalton».

Mentre l'uomo indietreggiava, il guerriero alto si avvicinò e afferrò il sacerdote per il mantello, allontanandolo dal cerchio dei soldati prima che potessero reagire.

Dunbar ed Emmet si stavano avvicinando a Celia e agli altri Campbell. Con la coda dell'occhio, vide un servitore sgusciare fuori da una porta in fondo alla sala. Potrebbe trasformarsi in una trappola fatale per tutti noi, pensò. Guardando la porta da cui erano passati Colin e Alec, sapeva che il tempo a disposizione per avvertirli sarebbe stato poco.

Attraversò velocemente la stanza, ignorata dagli uomini di Argyll, che ora stavano osservando lo scontro con vivo interesse. Poteva sentire la voce di Emmet che rispondeva alle dure grida del leader con la faccia da vaiolo, mentre si infilava nella tromba delle scale che portava alle stanze di Argyll.

Con la coda dell'occhio, Emmet vide Celia aggirare il tavolo e attraversare la stanza e fece subito cenno a uno dei suoi combattenti di seguirla. Colin non voleva che fosse lasciata incustodita nemmeno per un momento.

Anche Dunbar la vide scomparire attraverso la porta che conduceva alle stanze della torre di Argyll. Non conosceva i pericoli che questo luogo le riservava, pensò, mentre le correva dietro.

I colpi alla porta fecero sobbalzare i tre Lord, ma solo l'abate e il suo segretario balzarono dal tavolo dove erano tutti seduti. Argyll fece un gesto e il commesso aprì la porta.

«P-Padre William», balbettò il giovane chierico prima di essere spinto da parte dal segaligno uomo più anziano. Il combattente di Colin lo seguì attraverso la porta con la spada sguainata.

«Dov'è Celia?» chiese Dunbar ai Lord. I suoi occhi scrutarono la lussuosa camera rivestita di legno. Non la vedeva da nessuna parte.

Colin e Alec si alzarono di scatto dai loro banchi. A Colin bastò uno sguardo al volto del prete per capire che c'era qualcosa di molto sbagliato.

«Cosa vi fa pensare che sia qui?» rispose Colin, con il cuore che saltava i battiti. Guardò il suo combattente in cerca di una spiegazione.

«Qual è il significato di questa intrusione?» sbottò Argyll prima che l'uomo di Colin avesse la possibilità di spiegare.

«Che ne hai fatto di lei?» disse il prete al conte, estraendo una spada corta da sotto la veste.

«No, William», gridò l'abate, allontanandosi dal tavolo.

Colin si rese conto che Celia era in pericolo.

«Era giù nel corridoio», abbaiò.

«L'abbiamo seguita fin qui, Milord, e non c'era nessun'altra porta in cui potesse entrare», esclamò il combattente di Colin, correndo sul pianerottolo dietro al suo padrone. Dunbar e Alec li seguirono a ruota.

Colin vide che una porta chiudeva le scale che portavano in cima alla torre e che era sbarrata all'interno. Tirò la sbarra dalla porta e Alec la aprì.

«Vado a controllare la torre», disse Alec, con la spada in mano, sparendo su per i gradini scuri con il combattente alle spalle.

In quel momento Emmet salì sul pianerottolo.

«Celia è tornata giù?» scattò Colin, con una punta di paura nella voce.

«Non è sceso nessuno, Milord», rispose Emmet. «È salita dopo di voi».

Gli occhi di Colin scrutarono il pianerottolo, temendo ciò che non poteva vedere. Alec tornò dalla parte superiore della torre, scuotendo la testa.

Per l'amor del cielo, pensò Colin con aria furente. L'avevano presa.

Capitolo Dieci

NELL'ACCAMPAMENTO GIRA VOCE che abbiamo degli alleati a nord. Dicono che si tratti di un potente capo. Io non lo so. So solo che queste colline selvagge incombono intorno a noi e che il tempo infernale si abbatte su di noi all'improvviso.

Se abbiamo amici al nord, è solo perché non ci conoscono. E che razza di persone possono essere?

La tortuosa scala di pietra era buia.

Entrando dalla sala, gli occhi di Celia ci misero un attimo ad adattarsi alla penombra, ma salì i gradini senza fermarsi. Se il servitore di Argyll avesse dato l'allarme con i suoi combattenti, avrebbero potuto essere tagliati fuori nel corridoio e lei voleva che Colin lo sapesse. Chi poteva sapere cosa avrebbe fatto Argyll se ne avesse avuto l'opportunità, soprattutto considerando il fatto che uno degli uomini che avevano attaccato Kit ed Ellen era stato scoperto nella sua stessa sala.

La tromba delle scale aveva un odore di muffa, di umidità e di morte che le fece pensare che questa torre doveva essere più antica di quella in cui lei e Colin avevano dormito. C'è qualcosa che non quadra, pensò mentre raggiungeva il pianerottolo. Perché Argyll non aveva messo le sue stanze nella torre più recente? Cosa c'era di speciale in questa?

Il piccolo pianerottolo che conduceva alla tromba delle scale era buio, con una torcia su una parete vicino alla porta. Ai lati delle pareti erano appesi grandi e brutti arazzi coordinati, mentre lei si avviava verso la porta.

Il colpo del calcio della spada arrivò da dietro, senza che lei se ne accorgesse.

Celia barcollò, stordita dallo shock, e il braccio dell'uomo le cinse il collo, trascinandola con forza verso il muro.

Lottando per cancellare la nebbia brillante nella sua testa, Celia sentì che l'arazzo veniva spazzato via e le sfiorava il viso mentre veniva trascinata dietro di esso. Vagamente consapevole del rumore di una porta che si apriva, Celia si ritrovò gettata in un mucchio su un pavimento di legno polveroso.

La stanza girava, ma Celia si alzò a forza e si diresse verso la figura che stava rapidamente cercando di sbarrare la porta. Si scagliò contro il suo assalitore e lo fece atterrare con forza contro il muro di pietra a qualche metro di distanza, facendogli cadere la spranga e girandosi ferocemente verso di lei. L'uomo con la faccia da furetto che aveva visto all'ingresso. L'afferrò per la gola con una presa ferrea, bloccandola al muro e strappandole il cappello dalla testa.

«Se non fosse che Lord Danvers è piuttosto ansioso di avere la sua sposa, Lady Muir», le sibilò all'orecchio la voce roca, con un accento inglese netto e sgradevole. «Ti taglierei la gola proprio qui».

In un momento di orrore Celia capì dove aveva visto quell'animale. E sapeva che era l'uomo di Danvers.

Faccia da Furetto la strattonò bruscamente dal muro e poi di nuovo indietro, facendole sbattere la testa contro la pietra. I lampi di luce nella testa di Celia la accecarono per qualche secondo e un dolore lancinante le attraversò il cervello.

«Ma farai come ti dico, sgualdrina», le sussurrò ferocemente all'orecchio. «Perché quando Lord Danvers avrà finito di usarti... sarai mia».

La disgustosa vicinanza di quell'uomo stava soffocando Celia. Girandola bruscamente, la trascinò per la piccola stanza, con la mano vischiosa che ancora le stringeva la trachea. Celia si accorse che le ginocchia le cedevano mentre cercava di mettere le gambe sotto di sé.

Se solo avesse raggiunto Colin. Non sa nemmeno che Argyll sta ospitando il nemico qui. Ce ne sono altri? Pensò. Si nascondono negli angoli bui? In attesa? Pensò disperatamente a Colin, solo nella stanza accanto, alle persone giù nella Sala Grande e a Dunbar. Quanto tempo avrebbero impiegato a capire che era scomparsa? Sapeva che lui non se ne sarebbe mai andato senza di lei. Avrebbe messo a soqquadro questo posto e l'avrebbe trovata. Lei doveva solo resistere.

La presa di Faccia di Furetto si allentò leggermente e l'aria entrò nei polmoni di Celia quando raggiunsero la parete più lontana. Poi, il suono di un pannello di legno che veniva aperto le fece capire che Argyll era rimasto in questa vecchia torre perché aveva un passaggio segreto.

La paura la travolse con la certezza che se l'animale l'avesse fatta passare attraverso quell'apertura, Colin non l'avrebbe mai trovata. Sarebbe stata la fine.

Ma non poteva permettere che accadesse. Non ora. Non senza combattere. Non ora che era arrivata così vicina alla possibilità di liberarsi dai piani malvagi di Danvers. Doveva reagire. Una scarica di adrenalina la investì e Celia sbatté la testa all'indietro contro il volto del suo rapitore. La mano di lui le liberò involontariamente il collo, lei cadde a terra e rotolò via, cercando disperatamente la sua spada. La testa le rimbombava per il riverbero della testata che aveva sferrato e le sembrava di guardarsi da lontano. Come in un brutto sogno, si vedeva mentre cercava di controllare le braccia e le mani che sembravano non avere alcuna coordinazione e che resistevano alla sua volontà di estrarre l'arma contro l'aggressore.

Attraverso la foschia, Celia vide Faccia di Furetto affacciarsi verso di lei, con la spada alzata e la bocca e il naso che sgorgavano sangue. Si sentì spingere all'indietro per allontanare l'assalitore in arrivo, quando la stanza buia si aprì a riccio.

La spada di Colin squarciò il collo e la clavicola di Faccia di Furetto prima ancora che questi potesse reagire alla vista del guerriero in arrivo. La forza del colpo spinse l'inglese all'indietro verso la parete di fondo, dove si sedette pesantemente contro il pannello, convulso nei suoi ultimi istanti di vita.

La stanza era improvvisamente affollata di uomini, ma lei vide solo Colin accanto a lei mentre si sdraiava sul pavimento.

«Celia! Grazie a Dio», disse con tono rassicurante, accarezzandole il viso. Nell'oscurità della stanza, non riuscì a capire l'entità delle ferite. Ma poté vedere la piccola pozza di sangue che iniziava sotto la sua testa.

La mano di lei si avvicinò e afferrò la sua mentre le cullava il viso. La forza delle dita di lei che intrecciavano le sue gli diede la speranza, il segno che stava cercando.

«Quando mi hanno detto che eri scomparsa, io...»

«Argyll... traditore... Danvers», mormorò Celia, interrompendolo, sentendo che stava iniziando a sbandare. Doveva avvertirlo.

«Emmet», gridò Colin sopra le sue spalle. «Chiama Argyll».

Abbassò di nuovo lo sguardo su di lei. Ora, alla luce di una torcia appena portata, poteva vedere il nodulo che si stava formando dietro l'orecchio. I suoi occhi cercavano di mettere a fuoco, ma le palpebre continuavano a sbattere. Colin le fece ruotare leggermente la testa, cercando la fonte del sangue che trasudava e trovò la ferita.

Argyll la pagherà per questo, pensò, la rabbia cresceva dentro di lui.

William Dunbar si accovacciò accanto a lui, osservando le sue ferite, e Colin balzò in piedi.

«Dovrebbe sopravvivere», disse il prete, guardando Colin. «Ha sopportato cose peggiori di questa».

Colin si voltò verso la porta mentre Emmet entrava di corsa, con il giovane combattente alle spalle.

«Se n'è andato».

«E l'abate?» chiese Colin.

«Morto. E anche l'impiegato», rispose Emmet. «Li ha uccisi mentre usciva».

«Come ha potuto uscire?» Colin si scagliò contro il giovane combattente. «Tu eri sul pianerottolo».

«Non è venuto sul pianerottolo, Milord», rispose il combattente.

Colin sentì Celia mormorare di nuovo e si accucciò accanto a lei.

«Ha detto 'passaggio' e ha cercato di indicare laggiù», gli disse Dunbar, gesticolando verso il pannello dove giaceva l'aggressore morto.

Colin si avvicinò al pannello e spinse il corpo da parte. Facendo un passo indietro, diede un calcio deciso al pannello, scheggiando il legno e rivelando l'apertura buia al di là. Spostando la testa, poté vedere una scala che scendeva nel buco nero di un tunnel. La camera di Argyll era dall'altra parte di questo muro, pensò. Doveva essere uscito da questa parte.

Si rivolse ad Alec. «Ho bisogno che tu rimanga con Celia».

Il suo amico annuì.

«Emmet, scendi e metti in sicurezza la sala», comandò Colin. «E manda a chiamare il resto degli uomini. Io vado a cercare Argyll».

Prendendo la torcia, si tuffò nell'apertura e scese la scala. In fondo, la luce della torcia mostrò un lungo e umido tunnel ad arco basso. Con la spada in mano, attraversò il tunnel fino a una stretta porta di legno che si aprì con una spinta verso l'esterno. Si ritrovò rannicchiato in una stanza semplice, con i lati in pietra. Spingere le pareti di pietra si rivelò inutile, ma la lastra di pietra che fungeva da soffitto scivolò facilmente da un lato. Saltando in piedi e uscendo, Colin si ritrovò in una cripta, accanto a una semplice tomba di pietra. Fece scivolare di nuovo la parte superiore della tomba.

«Riposa in pace», mormorò tra sé e sé.

Mentre Colin si avviava verso la breve scalinata, qualcosa brillò nell'angolo della cripta dietro la più grande delle tombe di pietra, qualcosa di metallico che rifletteva la luce della sua torcia. Il guerriero si avvicinò rapidamente all'angolo e si fermò stupito. L'acciaio che aveva attirato la sua attenzione era un'arma che sporgeva da sotto una serie di teli di lana. Colin ne tolse uno. Centinaia di nuove alabarde inglesi giacevano in pile dietro la tomba. Le loro teste di ascia, lancia e picca, dall'aspetto malvagio, brillavano minacciose alla luce delle torce.

Alabarde inglesi nel castello di Argyll.

Il tuono improvviso degli zoccoli dei cavalli all'esterno scosse la volta sotterranea. Colin si voltò e corse verso i gradini che portavano a una cappella vuota. Il guerriero aprì con uno strattone la porta di quercia che conduceva all'esterno e si precipitò nel cortile e nelle nuvole di polvere che nascondevano la rapida uscita di Argyll e di un folto gruppo di suoi uomini.

Gridando ai suoi combattenti che stavano uscendo dall'edificio principale, Colin si precipitò verso le stalle, solo per trovarle vuote. Il suo volto bruciava di rabbia.

«Prenderemo quel bastardo», mormorò tra sé e sé, attraversando il gruppo di combattenti che lo aveva seguito fino alla stalla.

«L'edificio principale è sicuro, Milord», disse Emmet, avvicinandosi al trotto. «Abbiamo un paio di dozzine di uomini di Argyll. Quelli rimasti non avevano voglia di combattere».

«E il cancello e le torri?»

«Li abbiamo presi proprio mentre Argyll e gli altri passavano a cavallo», disse il combattente. «Non siamo riusciti a chiudere il cancello in tempo».

«Voglio che anche il villaggio e l'abbazia siano messi in sicurezza», gli disse Colin. «Prenderemo tutto quello che il traditore ha qui. E gli altri combattenti che ci hanno seguito lungo la costa la scorsa notte?»

«Ho mandato un messaggio», disse Emmet. «Dovrebbero arrivare presto».

Colin aveva effettivamente preso delle precauzioni su consiglio di Lord Hugh. La notte precedente era stato ordinato a una forza delle sue truppe di seguire la strada costiera da Oban e di attendere a distanza di sicurezza dal villaggio.

«Troppo tardi per prendere Argyll», mormorò Colin con amarezza. «Andrà dritto verso l'interno per evitare le nostre terre, ma si dirigerà a sud verso le Lowlands... e quel cane inglese, Danvers».

«Abbiamo il quarto aggressore nella torre sopra le stanze di Argyll», disse Emmet, con un sorriso cupo. «Si tratta di una camera di tortura e il ragazzo è diventato molto disponibile a parlare con voi dopo aver dato solo un'occhiata alla stanza».

Colin si diresse verso l'edificio. «Voglio che trattiate gli abitanti del villaggio in modo umano. Se possibile, li vogliamo dalla nostra parte quando Argyll tornerà a reclamare tutto ciò che ha lasciato qui. E tornerà, ne sono certo».

«Milord», disse Emmet. «Quando parlerete con la gente che si trova lì, vedrete che sono già dalla nostra parte».

Celia era seduta di traverso su una sedia nella camera di Argyll quando Colin entrò dalla porta dirigendosi verso la stanza della torre di sopra. Dopo che l'abate e l'impiegato erano stati allontanati, Dunbar le aveva avvolto la testa in bende e lei riposava la testa contro lo schienale della sedia. Quando sentì Colin entrare, aprì gli occhi e sorrise debolmente.

«L'hai preso?» chiese.

«No. È scappato». Non voleva caricarla dei dettagli della fuga di Argyll o del tradimento di cui era già a conoscenza.

«Perché non ti sdrai?» la rimproverò dolcemente, accovacciandosi davanti a lei.

«Abbiamo provato di tutto», rispose Alec da una panca al tavolo accanto a lei. «Ma non ha voluto saperne di sdraiarsi sul letto di Argyll».

«Vedo che dovremo riportarti a Kildalton». Colin sorrise, prendendole la mano.

«Nulla mi andrebbe meglio», rispose con gratitudine, soffrendo per il dolore alla testa. «Sono un po' stanca dell'ospitalità del conte di Argyll».

«Partiremo non appena arriveranno i miei uomini per aiutare Emmet a tenere il castello».

«Colin», chiese. «Hai già rimandato i corpi dell'abate e del suo impiegato all'abbazia?»

«Non ancora», rispose con uno sguardo interrogativo. «Ma ci andranno a breve. Perché?»

«Voglio alcune foglie di belladonna dalla loro farmacia e una ciotola di acqua calda», disse. «Per Alec».

«Per Alec?» Colin sorrise. «Sei malato, Macpherson?»

«No, non sono malato», rispose con un filo di voce, arrossendo.

«Lascialo stare», aggiunse lei stancamente. «È per il suo mal di mare».

«Dopo quello che hai passato, ti preoccupi di questo».

Celia lo zittì con uno sguardo gentile.

«Molto bene. Se ne hanno, ne prenderemo un po'», disse con una risata. «Ma non sono sicuro di volere Alec libero dai suoi... difetti caratteriali».

Lanciò un'occhiata al sacerdote che le stava accanto. «E questo è il mio amico, il poeta di corte del re, Padre William. Mi ha avvertita che potrebbe non essere salutare per me stare qui».

«Un avvertimento», disse Colin, accarezzandole la mano, «che tu hai preso sul serio, ovviamente».

Si alzò in piedi, sovrastando il chierico dalla corporatura spartana, e tese la mano mentre il nome del sacerdote veniva registrato con una certa sorpresa. Padre William era William Dunbar.

«È questo lo stesso poeta delle Lowlands?» chiese Colin, il suo sguardo feroce tradito da un accenno di sorriso, «lo stesso William

Dunbar che ha sconfitto il poeta delle Highlands Kennedy in un incontro di *flyting* davanti a tutta la corte?»

La guerra poetica di insulti tra Kennedy e Dunbar era diventata una leggenda in Scozia. Solo una piccola parte della serie di gare era stata pubblicata in un libro, stampato con l'approvazione del re nel 1508, ma i Campbell ne avevano una copia a Kildalton e Colin aveva riso di cuore per l'oltraggioso scambio di battute.

«Flyting», disse Dunbar, allargando le mani verso l'esterno, con i palmi rivolti verso l'alto. «È solo un gioco di parole».

«Qualcosa che Padre William ha in abbondanza», sorrise Alec. «Fidati di me; ho ascoltato per l'ultima mezz'ora».

«Beh, ci farebbe sempre comodo un po' di spirito per alleggerire l'aria al Castello di Kildalton», disse Colin. «Immagino che tornerete con Celia a casa mia».

«Sì», disse il sacerdote. «Da qui in poi viaggerò con la ragazza».

«Allora vedremo di rendervi più gradito di quanto non lo siete stato qui», disse gentilmente.

«Grazie per questo», rispose Dunbar. «Anche se in questo covo di iniquità sarebbe stato più gradito un lebbroso che un prete».

Colin sorrise e si voltò verso Celia. Lo sguardo di lei si incrociò con quello di lui, ognuno perso nella profondità delle emozioni che provava per l'altro. C'erano così tante cose che non erano ancora state dette, ma ognuno di loro sapeva che il momento sarebbe arrivato.

«Presto andremo a casa», disse, chinandosi su di lei, baciandole la fronte, accarezzandole la guancia, sentendone la morbidezza con il dorso della mano.

Si voltò e vide un'espressione sorpresa sul volto di Alec e una sciocca sul prete. Mentre passava accanto a Dunbar, vide il piccolo uomo tendere drammaticamente l'orecchio verso la piccola finestra della camera.

«Beh, che ne sapete voi?» disse ironico il prete. «Ho appena sentito gli 'allarmi pirata' che risuonano su e giù per il Mare d'Irlanda».

Colin rise e, con una rapida occhiata alla perplessa Celia, fece cenno al sorridente Alec di seguirlo fuori, oltre i due combattenti di guardia sul pianerottolo.

«Celia mi ha detto chi è», disse Alec mentre salivano i gradini di pietra.

«Davvero?» chiese Colin. «Come è venuto fuori?»

«Quando Dunbar le stava pulendo la ferita, hanno iniziato a raccontare tutte le varie volte che si era tagliata e contusa. Sapevi che era solita vestirsi da scudiero e allenarsi con i guerrieri del re? Una volta, quando erano con il re a Falkland, è arrivata così vicina a...»

«Smettila», lo interruppe Colin. «Non voglio saperlo. Non in questo momento, comunque. Sai, questi bastardi stavano cercando di catturarla oggi».

«Di cosa si tratta?» chiese Alec pensieroso.

«Forse una chiacchierata con lo scagnozzo di Argyll chiarirà un po' di cose», rispose con forza.

Mentre salivano le scale, Alec si fermò un attimo e si trovò di fronte al suo amico.

«Pensa un po'. La figlia di John Muir», disse, con un luccichio negli occhi. «È proprio una bella donna, Colin».

«Beh, puoi scordartelo, Macpherson», minacciò Colin con un sorriso soddisfatto sul volto.

«Dici sul serio?» Alec disse con un certo stupore. «È possibile che Colin Campbell abbia incontrato il suo avversario?»

Guardò il suo amico dritto negli occhi. «Infatti. Ho trovato la mia Lady».

«Dannazione». Alec sorrise. «E mi stavo affezionando così tanto a lei. Si occupa anche del mio benessere. Fammi sapere se decide di scaricarti».

«Andiamo», disse Colin, spingendolo su per i gradini. «Abbiamo del lavoro da fare e non ti lascerò più solo con lei».

Le confessioni dell'uomo di Argyll avvennero senza alcuna coercizione. Su ordine di Danvers, Faccia di Furetto aveva inviato gli uomini forniti da Argyll nei castelli lungo la costa occidentale. Tutti avevano le stesse indicazioni: uccidere il bambino e catturare la Lady... viva.

Quando l'uomo tornò da Kildalton, aveva sentito il conte dire a Faccia di Furetto, che operava dall'abbazia, che non voleva la morte del bambino. Dovevano solo aspettare e sarebbero arrivati ad Argyll da soli.

Queste informazioni corrispondevano a quanto Colin aveva già messo insieme, ad eccezione del motivo per cui Danvers voleva Celia. Ovviamente, Faccia da Furetto aveva riconosciuto Celia e aveva intenzione di riportarla al suo padrone. Ma perché? Gli inglesi stavano sicuramente facendo di tutto per averla.

Quando sarebbero tornati a Kildalton, pensò Colin, Celia avrebbe dovuto confidargli il resto. Era giunto il momento.

La truppa di uomini Campbell di Oban venne rifornita per un eventuale assedio al castello di Argyll e Colin diede ordine di iniziare la riorganizzazione e il miglioramento del villaggio, del castello e delle fattorie nei dintorni.

Nel primo pomeriggio, quando furono pronti a fare la breve passeggiata fino al porto per il viaggio verso Kildalton, Celia dovette respingere le attenzioni di tutti e tre gli uomini. Stava migliorando rapidamente; anche le pulsazioni alla testa cominciavano a diminuire. Non aveva certo bisogno di essere portata in braccio e glielo fece capire senza mezzi termini.

La notizia si era diffusa rapidamente tra gli abitanti delle terre di Argyll e molti si erano riuniti nel villaggio per vedere il nuovo Lord. Tutti sapevano cosa significasse la signoria di Campbell e molti si inginocchiarono in segno di rispetto al passaggio di Colin. Mentre lui e il suo seguito attraversavano il villaggio sulla strada per la nave, lei poté notare un netto cambiamento nei volti delle persone che incrociavano. Indossavano ancora gli stracci dell'oppressione di Argyll, ma ora indossavano anche i volti dell'ottimismo dei Campbell.

Una volta a bordo della nave, Celia applicò il suo decotto di belladonna sul retro dell'orecchio di Alec con un cerotto tenuto al suo posto da una cinghia di cuoio. Quando la vide applicare il cerotto, Colin rise.

«Sei sicura che non debba andare sopra il suo occhio?»

Ma con grande stupore di tutti, funzionò.

Il viaggio di ritorno a Kildalton durò un'eternità, per quanto riguardava Colin. Alec non era influenzato dal movimento della nave e, tra le sue attenzioni e quelle di Dunbar, Celia non aveva un momento libero per lui. Mentre si trovava a poppa della nave, Colin guardò la bellezza fasciata, ancora vestita con gli abiti del ragazzo. Rabbrividì involontariamente al pensiero di ciò che sarebbe potuto accadere se non avesse notato la traccia di piedi strascicati che portava all'arazzo sul pianerottolo fuori dalla camera di Argyll.

Aveva perso il controllo quando aveva sfondato la porta e aveva visto l'inglese incombere su Celia. I suoi anni di disciplina andarono fuori dalla finestra e i suoi istinti primordiali presero il sopravvento. Era la sua donna e l'avrebbe protetta.

Ora voleva solo portarla via. Stare da solo con lei. Per farla guarire e tenerla al sicuro.

Ma per farlo avrebbe dovuto rinchiudere Alec e questo prete Dunbar. E la prossima volta che avrebbero portato Macpherson in barca, le avrebbe suggerito di mettere quel cerotto sulla bocca di Alec.

Quando la nave gettò l'ancora al castello di Kildalton, al porto c'era una folla che portava le torce. Da piccole imbarcazioni, il Lord ed Edmund si arrampicarono sulle fiancate della nave come uomini con la metà dei loro anni. Il volto di Hugh si illuminò di orgoglio quando abbracciò Colin, mentre Edmund andò direttamente da Celia, abbracciandola dolcemente e facendo un cenno a Dunbar.

Il cavaliere rimase in piedi con le braccia intorno a sua nipote, pensando tra sé e sé che doveva essere diventato vecchio e arrendevole. Anche se sapeva di cosa era capace, anzi, anche se l'aveva incoraggiata a sviluppare le sue abilità di combattimento con i combattenti della corte di re James, ora non riusciva a sopportare il pensiero che fosse ferita o addirittura in pericolo. Lei era tutto ciò che gli rimaneva al mondo.

Hugh e Colin, seguiti da Alec, si avvicinarono a Celia e allo zio. Edmund si voltò verso il giovane Lord, afferrandogli la mano in una calda stretta.

«Grazie per averla riportata sana e salva», disse.

Hugh si avvicinò a Celia con un sorriso paterno e le cinse le braccia corpulente.

«Sì, Colin», disse Lord Hugh, tenendo ancora un braccio intorno alle spalle di Celia. «Un viaggio di successo per tutti. Ma dobbiamo salire al castello, così potrai darci tutti i dettagli. Dobbiamo inviare un messaggio a Huntly e agli altri baroni sul tradimento di Argyll».

«Sì, padre. Ma prima voglio affidare Celia alle cure di Agnes. Si vede che ha preso una bella botta».

Hugh guardò con tenerezza il volto stanco della ragazza, ma notò i chiari occhi neri che lampeggiavano alla luce della torcia. «Non credo che abbia avuto più di quanto la figlia del vecchio John Muir possa sopportare».

Celia lanciò uno sguardo da Colin a Edmund, chiedendosi chi avesse rivelato il suo segreto. Colin sembrava sorpreso quanto lei. Celia guardò di nuovo il Lord, improvvisamente imbarazzata per il suo stratagemma. Se Lord Campbell aveva sempre saputo la sua vera identità, allora l'inganno di Caithness era stato sicuramente inefficace.

«Sapevo chi aveva sposato la sorella di Edmund», disse Hugh, con un sorriso benevolo, rispondendo alla sua domanda inespressa. «Ci conosciamo da molto tempo, sai, ragazza».

«Conoscevate mio padre, Milord?» chiese Celia, riprendendosi.

«Certo che lo conoscevo», disse Lord Hugh ridendo, scambiando un'occhiata divertita con gli uomini intorno. «Ma credo che potremmo rimandare questa piccola discussione a quando Agnes si sarà occupata delle tue ferite».

«Lord Hugh», disse Colin in modo formale, rivolgendosi al sacerdote che se ne stava tranquillo in disparte. «Ho il raro onore di presentarvi una celebrità».

«Celebrità?» Lord Hugh esplose. Aveva già appreso l'identità del nuovo arrivato da Edmund. «Non puoi riferirti a questa povera scusa di prete da mezza pinta che si nasconde qui. Non questo lento parassita di corte delle Lowlands che coglie ogni occasione per diffamare il buon nome di ogni clan delle Highlands in Scozia».

«Sì, padre», rispose Colin, osservando l'irritazione del prete che stava per esplodere. «Questo è William Dunbar».

«Allora benvenuto al Castello di Kildalton», tuonò Hugh con calore, prendendo per le spalle il chierico scosso.

«Grazie per le vostre parole di benvenuto, Milord», rispose padre William, guardando con diffidenza l'enorme proprietario. «Vedo che il nome dei Campbell troverà senza dubbio l'immortalità nelle opere di qualche povero poeta».

«State forse insinuando, prete», disse Hugh minaccioso, facendo l'occhiolino a Celia, «che saremo le vostre prossime vittime?»

«Sì, Milord», rispose Dunbar con un sorriso di circostanza.

«Molto bene», disse Hugh, battendo le spalle al prete. «Allora avremo una vivace celebrazione della Pasqua, dopotutto. Benvenuto nella nostra casa».

Scesa dalla piccola imbarcazione che la portava al molo, Celia fu quasi sopraffatta dagli uomini che volevano aiutarla. Era sempre più esausta e la testa le pulsava di nuovo in modo doloroso. Ma si dedicò stancamente al compito di risalire la strada lastricata di pietra attraverso il villaggio fino al castello.

Vedendo la folla che riempiva il molo e il Marketcross, pensava a come sarebbero potute essere diverse le cose per le persone che vivevano all'ombra del castello di Argyll. Le loro vite sarebbero state molto migliori se il conte fosse rimasto lontano e li avesse lasciati in pace.

D'altra parte, la questione del suo ritorno potrebbe essere risolta molto presto, pensò. Argyll aveva progettato di costringere Celia a sposarlo, ma evidentemente non sapeva che Danvers era pazzo. Se quel matrimonio avesse mai avuto luogo, il conte sarebbe stato come morto. E se l'inglese fosse venuto a conoscenza di quel piano, Argyll sarebbe morto comunque.

Quando i pensieri su Danvers cominciarono a rimbombare nel suo cervello, la sua testa cominciò a girare a vuoto e lei allungò una mano per tenersi ferma sul braccio di Edmund.

Un attimo dopo, era cullata tra le braccia di Colin e poteva vedere le mura del Castello di Kildalton incombere davanti a loro. Lui la stava portando senza alcuno sforzo. Edmund, Hugh e gli altri si agitavano intorno a loro, schiamazzando come vecchie galline. Poteva vedere la preoccupazione impressa nei loro volti. Ma sembravano tutti sollevati alla vista di lei che riprendeva conoscenza.

«Colin, mettimi giù», chiese lei, lottando debolmente contro di lui. «Posso camminare benissimo da sola».

«È così?» disse con tono rassicurante. «Allora deve essere stata un'altra persona a svenire nel Marketcross».

«Non sono svenuta», disse, sapendo bene che era davvero così. «Avevo solo bisogno di recuperare le mie gambe di terra, tutto qui».

«Oh, gambe di terra». Colin rise. «E poi, immagino, hai pensato di fare un breve pisolino».

«Esatto», rispose lei, accoccolandosi contro la sua spalla. «E ora mi sento perfettamente riposata. Quindi puoi mettermi giù».

«No».

«Perché no?» chiese lei, alzando la testa e guardandolo negli occhi.

«Perché mi sto divertendo», rispose. «Rimetti giù la testa».

«Perché?»

«Perché questo è il primo momento che ho avuto da solo con te da quando abbiamo lasciato Argyll. Perché ....» Lanciò uno sguardo minaccioso. «Smettila di fare tutte queste dannate domande».

Celia sollevò le braccia intorno al suo collo e appoggiò il viso sulla sua pelle. «Ti prego, mettimi giù», disse con un gemito.

«Lascia perdere», rispose sorridendo. «La prossima volta che metterai i piedi per terra sarà domani mattina».

«Pensi di poter fare il prepotente solo perché ho preso qualche colpo in testa», sussurrò lei pigramente.

«Il prepotente?» Colin rise dolcemente. «Questa sì che è un'idea da prendere in considerazione».

«Che cosa vale la pena considerare?» La situazione si stava facendo confusa.

«Ti ho spinta a riprendere da dove ci eravamo lasciati stamattina», sussurrò lui, sfiorandole il viso con il proprio.

«Zitto», sussurrò lei, afferrandogli la mascella con la mano.

Celia si sollevò tra le sue braccia e si guardò intorno, con il lieve timore che qualcuno potesse aver sentito le sue parole. Ma gli altri erano arretrati di qualche passo e nessuno sembrava in ascolto. Inoltre, l'oscurità della notte li aveva separati in qualche modo dal resto del gruppo.

La bocca di Colin scese sulla sua così rapidamente che lei non ebbe modo di opporsi. Voleva solo un assaggio, ma la reazione di lei al suo semplice bacio lo fece impazzire di desiderio. Le mani di lei gli afferrarono la nuca tirandogli la testa più in basso, mentre la bocca di lei si avvicinava di più a quella di lui. La bocca di lei si aprì sotto la pressione della lingua di lui. Si baciarono, profondamente, intimamente, poi si tirarono entrambi indietro. Sapevano di doversi fermare.

«Vedo che non devo fare il prepotente con te», sussurrò lui mentre la portava attraverso il ponte levatoio nel cortile del castello. «Tutto quello che devo fare è baciarti».

«Mi piace il modo in cui mi baci», mormorò lei, riappoggiando la testa sulla spalla di Colin. Sentiva il battito del suo cuore coincidere con quello di lui.

«Ti piacerà anche il resto, amore mio», sussurrò, appoggiando leggermente il mento sulla testa fasciata di lei.

Agnes doveva essere di guardia al gruppo, perché non avevano ancora raggiunto le scale quando lei si precipitò verso di loro. Se Celia pensava che gli uomini si fossero preoccupati molto della sua ferita, non aveva ancora visto nulla. Agnes fece in modo che Colin portasse Celia direttamente in camera sua, rimproverandolo per il suo egoismo nel portare la giovane donna con sé nel viaggio ad Argyll e nell'esporla a tutti quei pericoli. Quando Celia cercò di interromperlo in sua difesa, lui la fermò con un occhiolino e un sorriso.

Agnes aprì la porta della stanza di Celia e lui la portò direttamente al suo letto e la depositò lì.

Ma non appena fu sul letto, guardò la porta aperta della stanza di Kit ed Ellen. Immediatamente, rotolò giù dal letto e scomparve nella camera buia.

Ellen era seduta sull'unica sedia della stanza e Kit dormiva al suo seno. I suoi occhi brillavano di felicità nel vedere Celia, ma guardava con preoccupazione l'involucro intorno alla sua testa. Celia le si avvicinò e le pose una mano sulla spalla, accarezzando leggermente i capelli e la guancia di Kit con la mano libera.

«Come sta?» sussurrò.

«È forte come sempre», rispose Ellen con dolcezza. «Stavo per metterlo nella sua culla».

Celia prese il bambino dalle sue braccia e se lo mise sulla spalla. Le era mancato molto, nonostante tutta l'eccitazione. Lo adagiò delicatamente nella culla e lo coprì con la morbida coperta. Sorrise a Ellen e si diresse in punta di piedi verso la porta.

Ellen la seguì nell'altra stanza, lasciando la porta aperta.

«Milady», disse, stupita dallo stato insanguinato delle bende intorno alla testa di Celia. Non le aveva viste bene nell'oscurità della stanza del bambino. «Stai bene?»

«Certo che sta bene», rispose Colin, appoggiandosi saldamente al focolare. «Stava solo cercando un modo per evitare di salire a piedi dal villaggio».

«Ora, Colin», lo rimproverò Agnes. «Se non hai intenzione di essere gentile con lei...»

«Gentile?» argomentò lui, senza mai staccare gli occhi da Celia. «L'ho appena portata in braccio dal porto. E si è contorta come un pesce per più di metà del tragitto».

«Esci», ordinò Agnes, spingendo il guerriero verso la porta.

«Vado per protesta, ma tornerò», disse sopra la testa di Agnes mentre lei lo spingeva fuori nel corridoio.

«Uomini. Davvero!» esclamò Agnes, tornando a sorridere. «Anche se sembra che tu e Colin abbiate avuto un po' di tempo per parlare tra di voi. Beh, non importa. Ellen, aiuta Celia a togliersi quei vestiti sudici. Ho preparato un bel bagno caldo per te, mia cara. E mentre sei a mollo, darò un'occhiata alle tue ferite».

Celia si alzò a sedere nel letto. In effetti, Agnese le aveva preparato un bagno davanti a un fuoco scoppiettante. Ma non era tutto. Durante la sua assenza, Agnes aveva spostato dei mobili nella stanza: un tavolo ricoperto di lino splendidamente ricamato e una ciotola di frutta assortita per accompagnare la cena che era stata preparata per lei, diverse grandi sedie con cuscini ricoperti di seta e un secondo grande baule per i vestiti. La cassapanca si trovava insieme all'altra vicino alla parete della stanza di Ellen ed erano entrambe aperte, rivelando una serie di abiti che Agnes aveva scelto per lei.

Celia notò anche con divertimento che nessuno dei nuovi mobili bloccava in alcun modo il pannello.

«Agnes», disse con calore. «Questa stanza è bellissima. Sembra di essere a casa».

«Speravo tanto che ti sarebbe piaciuta».

«Se mi piace? La adoro», disse Celia. «Ma ti prego di non fare tante storie per me. Preferirei davvero essere d'aiuto in qualche modo».

«È quello che sapevo avresti detto», rispose la donna più anziana con grande piacere. «Mia cara, è ora che tu ti metta a tuo agio. E se domani te la sentirai, inizieremo».

Celia guardò Ellen per capire cosa stesse succedendo, ma lei arrossì e distolse lo sguardo.

«Non parlare più», ordinò Agnes, «finché non entri nell'acqua del bagno».

Con l'aiuto di Ellen, Celia si spogliò in un attimo dei vestiti bagnati e si immerse nella vasca. Il profumo di gelsomino la accolse e si sciolse nel liquido caldo mentre Agnes le toglieva con cura le bende dalla testa e le bagnava delicatamente i capelli dal sangue secco. La donna più anziana osservò molto attentamente la ferita dietro la testa di Celia mentre la puliva. Tirò con cura i capelli di Celia all'indietro, ispezionando il grosso nodulo che era seminascosto nel groviglio di riccioli ramati.

«Sembra che quei colpi non fossero destinati a ucciderti, ma quei lividi sul collo dimostrano certamente l'intenzione letale di qualcuno».

«Sì», rispose Celia. «Un inglese, e per giunta rude».

«Beh, spero che qualcuno abbia ucciso quel bastardo».

«L'ha fatto Colin».

«Sì, questo non mi sorprende affatto», disse lei. «Colin è sempre stato un po' protettivo nei confronti di chi gli sta a cuore».

Mentre Celia si addormentava nel bagno caldo, pensava a quelle parole. Lui era stato così aperto nel mostrare il suo affetto, la sua attrazione per lei, davanti a tutti. Ricordò l'espressione scioccata di Padre William. Era sicuramente rimasto sorpreso nel vederli così presi l'uno dall'altra.

Capì che avrebbe dovuto parlargli di Colin. Padre William era sempre stato molto critico nei confronti dei potenziali pretendenti. Credeva che l'uomo adatto a lei non fosse ancora nato... non esistesse. E per tutti questi anni, lei era stata in qualche modo d'accordo con lui. Ma ora era tutto diverso. Colin era diverso.

Agnes pettinò con cura i capelli puliti di Celia e, quando la giovane donna fu pronta, la aiutò a indossare una camicia da notte e una vestaglia pulite. Celia poteva sentire il delicato aroma di lavanda nei vestiti e si sentiva incredibilmente calda nel bagliore di attenzioni che Agnes le stava riservando. Mangiò un po' del cibo e del vino che erano stati preparati per lei e guardò Agnes che dirigeva i servitori mentre portavano via la vasca e la biancheria bagnata.

Ellen era tornata da Kit quando Agnes fece sedere Celia per la cena. Fece una pausa prima di iniziare a mangiare.

«Agnes, c'è qualcosa che dovresti sapere», esordì lentamente. «E voglio essere io a dirtela».

«Cosa c'è, mia cara?» rispose preoccupata.

«Non sono chi ho finto di essere. Il mio vero nome è Celia Muir, non Lady Caithness. Vedi, viaggiando per le Highlands con Kit, abbiamo avuto bisogno di proteggerci perché Lord Danvers, il comandante inglese, mi sta dando la caccia. L'intenzione era che assumendo l'identità di Caithness avremmo attirato meno attenzione. Ma non voglio più mantenere questa finzione. Mi dispiace di averti ingannata».

«Mia cara, non hai nulla di cui dispiacerti», disse Agnes con calore. «Questi sono tempi difficili e una donna deve proteggere sé stessa e le persone che ama in ogni modo possibile. Tutti noi teniamo a te per il tipo di persona che sei, non per il nome che porti».

«Ma c'è molto di più di questo», continuò lei. «Danvers è malvagio, è un macellaio, e io ho portato questo male nelle vostre vite».

Fece una pausa, cercando le parole giuste.

«Dovevo essere sua moglie, Agnes. Non per mia scelta, ma per ordine del re».

Agnes mise la sua mano su quella di Celia.

«Che razza di re ordinerebbe a una donna di sposare un demone del genere?» disse dolcemente. «Qui non onoriamo tali ordini».

Mise un braccio intorno a Celia e l'abbracciò affettuosamente.

«Ne hai già passate tante nella tua giovane vita, ragazza. Non caricarti sulle spalle i problemi del mondo. È ora di lasciare i brutti ricordi nel passato. È ora di guardare al futuro».

Celia sentì le lacrime salirle agli occhi per l'accettazione e la comprensione indiscussa della donna più anziana.

«Agnes», iniziò.

«Basta così», la interruppe Agnes. «Ora sei qui e ne siamo felici. Ora raccontami le tue avventure al castello di Argyll».

Celia le raccontò la maggior parte di ciò che era accaduto lì e, mentre parlavano, sentì svanire il disagio dell'ammissione precedente. Si ritrovò a soffermarsi a lungo sulla reazione eroica di Colin quando la sua vita era stata messa in pericolo. E Agnes notò con piacere che la giovane donna tornava ancora e ancora su Colin nella sua narrazione.

Ma presto Agnes iniziò a dominare la conversazione, raccontando le storie della giovinezza di Colin a un'estasiata Celia. Era stata una madre per lui e il suo orgoglio per lui era materno.

Celia pensò a come poteva essere lui da bambino. Era così tanto uomo ora, alto, muscoloso, con un'età avanzata, che era difficile immaginarlo. Eppure, a volte aveva quell'aria da ragazzino.

«È un peccato che sua madre non abbia avuto la possibilità di vederlo crescere e diventare quello che è ora», continuò Agnes, come se leggesse nella mente di Celia. «Sarebbe stata così orgogliosa di ciò che è diventato».

I suoi occhi si appannarono e Celia le strinse la mano.

«Ti manca molto?»

«Sempre meno da quando sei arrivata», rispose Agnes, ricambiando la stretta della mano prima di lasciarla. «Anche se, quando Colin stava crescendo, spesso mi mancava terribilmente».

«Deve essere stato molto difficile per te».

«All'inizio c'erano momenti in cui ero pronta a tornare in Francia», disse ridendo. «Hugh può essere un uomo difficile, lo sai».

Celia sorrise. «È un caso di «tale padre tale figlio»?»

«Probabilmente è così», disse Agnes ridendo. «Ma in realtà, mia cara, Colin ha molto di sua madre».

«Doveva essere stata una donna meravigliosa».

«Constance era una brava donna», esordì Agnes. «Aveva una mente molto acuta ed era un'amica premurosa e generosa».

«Sono sicura che avrà provato le stesse cose per te», rispose Celia.

Mentre parlavano, Agnes si rese conto che era da molto, molto tempo che non si sentiva così a suo agio a parlare con un'altra donna. Forse dalla morte della madre di Colin. Era stata un'amica di Agnes, ma questa era una sensazione di amicizia e qualcosa di più. Agnes sentiva che con Celia si stava formando un legame che aveva sentito solo con Colin. Mentre sedeva con la giovane donna, sapeva in cuor suo perché tutti a Kildalton erano così attratti da Celia. Da tutto ciò che aveva sentito e visto, sapeva che il cuore di questa giovane donna era puro e accogliente, forte e coraggioso, aperto e generoso. Constance Campbell avrebbe voluto averla come figlia.

Agnes le stava rimboccando le coperte quando Celia posò una mano sul braccio della donna più anziana.

«Voglio chiederti una cosa, da donna a donna», iniziò, esitando mentre lottava con le parole. «Perché Colin non si è sposato?»

«Stava aspettando una persona come te, Celia».

«Sul serio», insistette lei, arrossendo per la sua mancanza di sottigliezza. «Sicuramente deve essere stato l'oggetto delle fantasie di più di qualche giovane donna».

«E più di qualche fantasia dei padri», rispose Agnes. Molti Lord avevano visto in Colin Campbell un modo per far crescere la propria famiglia, socialmente e finanziariamente. Agnes aveva visto molte belle ragazze finire sulla strada di Colin. Era ancora orgogliosa di come lui fosse sempre riuscito a vanificare i tentativi dei padri, preservando la reputazione e il futuro delle giovani donne. «La fortuna e la posizione dei Campbell sono sempre state una tentazione per alcuni, ma lui ha sempre aspettato l'amore».

Agnes le sorrise e le strinse delicatamente la mano prima di uscire dalla stanza.

Ma Celia sentì un dolore nel cuore. Una tristezza mordace e vuota, che mise a repentaglio in un istante tutta la felicità che stava crescendo in quel luogo. All'improvviso, tutte le faticose prove della giornata sembrarono schiacciarla con la stanchezza.

Non aveva nulla da offrire a Colin Campbell se non l'amore.

Come poteva anche solo pensare per un momento che lui l'avrebbe voluta in sposa? A dire il vero, lui non ne aveva mai parlato e Celia non gli aveva mai fatto capire che il matrimonio era ciò che voleva.

Ma Celia amava Colin. Lo amava con un fervore che le bruciava nelle vene. Lo amava più della sua stessa vita e lui era l'unico uomo che avesse mai desiderato. Lei sapeva che gli avrebbe dato il suo corpo e la sua anima per tutto il tempo che lui l'avrebbe voluta, per tutto il tempo che rimaneva loro.

Ma c'era dell'altro. Celia sapeva che il suo amore per lui poteva essere interpretato da altri come qualcosa di meno della passione che era in realtà. Ma per lei l'amore che provava per lui era troppo forte, troppo puro. Non poteva permettere che quell'amore fosse macchiato dal sospetto che fosse qualcosa di spregevole come l'opportunismo. Non era una donna in cerca di fortuna. Anzi, sarebbe rimasta con Colin il più a lungo possibile, ma non si sarebbe mai permessa di sperare di sposarlo.

Celia si addormentò in un sonno profondo, sano e senza sogni pochi istanti dopo che Agnes se ne fu andata. Quando Colin bussò dolcemente alla sua porta, Celia sollevò a malapena la testa dal cuscino.

«Chi è?» chiamò a bassa voce.

Lui aprì la porta e scrutò nell'oscurità.

«Hai rinunciato a sprangare la porta?» sussurrò.

«Entra», disse lei, posando di nuovo la testa.

Quando il guerriero fece i pochi passi necessari per raggiungere il capezzale, Celia si era quasi addormentata. Si sedette accanto a lei e guardò il suo viso, illuminato dolcemente dalla luce del fuoco tremolante. I suoi occhi si aprirono brevemente e lei gli sorrise. Allungò la mano e la portò alle labbra.

«Hai spedito i tuoi messaggi?» chiese pigramente, assopendosi all'ultima parola.

«Sì», rispose lui, accarezzandole il lato del viso addormentato. «Ma non sono venuto qui per parlare di questo».

«Hmm?» rispose lei, non riuscendo a forzare gli occhi.

«Sono venuto a parlare di te e di me».

Facendo una pausa tra una parola e l'altra, Celia mormorò senza svegliarsi: «Tu? Io? Mi ami? Io ti amo».

Colin le prese saldamente le mani tra le sue. Sapeva che quelle parole venivano dal suo cuore. E il suo viso angelico rifletteva la sicurezza che doveva provare accanto a lui.

«Celia», disse dolcemente.

«Hmmm?»

«Ti amo».

«Hmmm». La soddisfazione nel sospiro di lei gli disse tutto quello che voleva sapere. Per tutta la vita, Colin aveva avuto opportunità di matrimonio. Figlie giovani, a volte infantili, di signori delle Lowlands, di capi delle Highlands, persino di nobili francesi. Per la maggior parte, erano donne che offrivano la formazione casalinga di moglie ed eventuale madre. Erano cose buone, lo sapeva, ma non gli bastavano. Voleva un'amica, un'amante, una compagna, con un'intelligenza che non avesse paura di esercitare. Voleva un'amica, un'amante, una compagna con un'intelligenza che non avesse paura di esercitare, un'amica che condividesse e aggiungesse qualcosa ai sogni che aveva per il suo popolo e la sua terra.

Mentre era seduto a pensare a queste cose, sapeva che aveva iniziato a dubitare dell'esistenza di una donna simile... fino ad ora. Guardandola, sapeva che se mai si fosse aspettato di trovare una donna simile, non avrebbe mai immaginato che fosse la bellezza che giaceva davanti a lui.

Fin dal primo momento in cui l'aveva vista, Celia lo aveva tenuto in bilico, a volte lo aveva persino fatto cadere a terra. Non era Alec ad essere stato sconvolto, ma Colin. Alec avrebbe potuto sentire la spada di Celia alla gola, ma fu Colin a sentire la passione, il desiderio, l'amore di lei trafiggergli il cuore.

Rimase seduto alla luce del fuoco per un po', pensando al corso della vita che lo aveva portato a questo momento, a questa donna. Improvvisamente non riusciva a immaginare di cambiare nessun passo del percorso che lo aveva portato fin lì. Improvvisamente non riusciva a immaginare un futuro senza di lei.

Questa era la donna che aveva cercato. Non l'avrebbe mai lasciata andare.

«Ti ho aspettata per molto tempo», sussurrò alla figura addormentata, accarezzandole i capelli e il viso liscio. Si chinò e la baciò leggermente.

Le sue parole erano morbide, ma chiare.

«Sposami».

Capitolo Undici

È un empio matrimonio tra demoni. Questi scozzesi dall'occhio sfuggente sono arrivati con il loro conte dalla faccia contratta, e noi lo vediamo con Danvers. Con questo gruppo disdicevole, siamo migliaia di persone, un esercito a caccia, e la campagna è la nostra preda. Si dice che questa terra che saccheggiamo e bruciamo appartenga a questo scozzese, Argyll. Ma le uccisioni continuano. E mentre osservo Danvers, lui guarda con un ghigno mentre Argyll gira il viso.

Siamo noi a fare le nostre scelte... siamo noi a scegliere i nostri demoni.

«Beh, Celia, sono contento che tu non stia pensando di sposarti», disse Dunbar. «Dopotutto, hai più di vent'anni e hai superato l'età per essere plasmata in una buona moglie».

«Buona moglie? Plasmata?» esplose lei. «Prima di tutto, non iniziare con le tue idee antiquate su come deve comportarsi una donna sposata. In secondo luogo, ho appena detto che non ho intenzione di sposarlo. Non sono venuta a Kildalton per trovare marito e, anche se una donna non potrebbe trovare un uomo migliore di Colin Campbell, non ho dimenticato perché siamo qui. E infine, lui non me l'ha chiesto e probabilmente non lo farà».

Celia si affacciò alla finestra della sua stanza, sentendo la calda luce del sole mattutino che le accarezzava le spalle. Edmund e Padre William si erano presentati presto alla sua porta, portandole la colazione e volendo parlare. La notte precedente era stata così sopraffatta dal sonno che ora si chiedeva se Agnes le avesse dato qualcosa per farla riposare. Aveva solo un vago ricordo di Colin che entrava e si sedeva accanto a lei, ma poteva essere un sogno.

«È una bella cosa per un prete», disse Edmund a Dunbar. «Un membro del clero che raccomanda ai giovani di vivere nel peccato».

«Non sto raccomandando modi di fare peccaminosi», sbottò Padre William, «né sto parlando di giovani».

«Allora credo di essere entrato precocemente nella vecchiaia», rispose Edmund. «Di cosa stai parlando...»

«Sto parlando di tua nipote, vecchio pazzo», rispose il sacerdote con tono deciso. «Ma probabilmente *stai* diventando senile, con tutti i colpi alla testa che hai preso nella tua carriera».

«Se stai parlando di Celia, credo che sarebbe un'ottima moglie».

«La conosco da quando aveva quattordici anni», interruppe Dunbar. «E so che è più coraggiosa della metà dei giovani sopravvissuti a Flodden e più intelligente dell'altra metà. Vuoi forse dire che qualsiasi Lord che si rispetti in Scozia accetterebbe una moglie che gli è superiore sotto ogni punto di vista? Impossibile».

«Tu non conosci Colin Campbell, prete», affermò Edmund con enfasi.

«No, ma so che i Campbell sono uno dei clan più ricchi della Scozia. Sua madre era di sangue reale... francese, lo so... ma pur sempre reale. Quando Colin sceglierà una moglie, sarà una persona del suo stesso livello sociale».

«Lei *è* del suo livello sociale», esplose Edmund. «Forse non ha una fortuna da dargli, ma discende da re. Discende da Bruce in persona. Lei è...»

«Scusatemi», intervenne Celia, che non aveva molta voglia di sentire tutte queste cose. «Ma non stavamo parlando della situazione di Kit?»

Il prete era ancora agitato per la relazione di Celia con il giovane erede dei Campbell. Era stato il suo confessore e tutore. Aveva visto la sua mente agile sbocciare in un giardino di idee e interessi intellettuali. Dunbar amava questa giovane donna come se fosse sua figlia. Non sarebbe rimasto in silenzio a vederla ferita da qualche capriccio a breve termine del potente Colin Campbell. Era un bene che fosse qui ora, in tempo per evitare la cieca follia di Edmund nei loro confronti. Dopo tutto, aveva visto molte cose a corte, ma era ancora un'innocente nelle questioni di cuore.

«Non c'è altro da discutere sulla situazione di Kit», brontolò il prete.

«Sì, c'è, Padre William», lo rimproverò dolcemente Celia. «Ma quando si tratta di me, voi due vi comportate come una coppia di madri anatre troppo protettive, che si accapigliano per un minuscolo cucciolo».

Celia sapeva quanto questi due uomini la amassero, ma al momento dovevano concentrarsi tutti su Kit.

«Molto bene», concesse il sacerdote a malincuore. «Ma non c'è molto da discutere. Ho accettato di rimanere qui finché il messaggio di Edmund non raggiungerà Huntly, ma non c'è motivo di rivelare l'identità di Kit ai Campbell».

Quando Colin e Lord Hugh avevano inviato il loro messaggio la sera precedente a Huntly e agli altri nobili riuniti a Stirling, anche Padre William ed Edmund avevano inviato un messaggio. Colin aveva lanciato uno sguardo curioso ai due quando si erano avvicinati, ma non li aveva interrogati.

«Stai dicendo che non ti fidi dei Campbell?» chiese Edmund.

«Non diffido di loro», rispose Dunbar. «Ma perché dovremmo rispondere a una domanda che non è stata posta?»

Per Celia era difficile argomentare. Come poteva spiegare il suo bisogno di confidarsi con Colin, di condividere con lui tutte le questioni che le premevano? Se lui conosceva l'identità di Kit, sicuramente avrebbe aiutato il ragazzo a recuperare ciò che gli spettava di diritto. Nel profondo del suo cuore sapeva che avrebbe dovuto dirglielo, ma avrebbe rispettato il giudizio di Padre William. Avrebbe aspettato che Colin glielo chiedesse, ma non poteva lasciare che i suoi sentimenti rimanessero inespressi.

«Ci si può fidare di Colin, Padre», disse Celia, prendendo la mano del prete. «Ci scommetto la mia vita e il mio voto».

―――――

Mentre Celia, Ellen e Kit scendevano gli ampi gradini che portavano alla Sala Grande, Celia si rese conto che i rifugiati senzatetto non risiedevano più lì. Infatti, i cani avevano recuperato i loro posti nella sala. Quando raggiunsero il piano terra, la forma canina nera di Orso li stava aspettando, con la sua lunga coda scodinzolante. Celia sorrise all'animale, prendendo la sua grande testa tra le mani.

«Celia», chiamò Lord Hugh, cambiando direzione quando vide le donne e il bambino. Era andato fuori per supervisionare i preparativi difensivi in corso, ma quello poteva aspettare. Fece cenno agli uomini che lo stavano assistendo di proseguire all'esterno. «Come va la testa stamattina, ragazza?»

«Agnes ha il tocco giusto, Lord Hugh», rispose lei con un sorriso luminoso. «Ho dormito così bene che stavo per perdermi questa bellissima mattina».

Il condottiero brizzolato pizzicò la guancia di Ellen e mise un dito a mo' di salsiccia nel piccolo pugno di Kit.

«Hai mangiato qualcosa?» disse, voltandosi di nuovo verso Celia e prendendole il braccio. «Ho sempre fame dopo un bel combattimento e sono sicuro che possiamo trovare qualcosa da mangiare nella Sala Sud».

«Sì, Milord». Celia rise. «Ho mangiato. Abbiamo pensato di uscire nel cortile e goderci il sole finché ce n'è».

«Fidati di me, bambina, non ti conviene andare là fuori», disse Hugh, fermandosi sul posto. «Sono stato là fuori prima e mio figlio ha messo in subbuglio l'intera casa. Si direbbe che quell'infame di Argyll stia bussando al nostro cancello».

«Oh», disse lei. «Suppongo che non dovremmo metterci in mezzo».

Hugh pensò un attimo, poi si illuminò bruscamente.

«Ho un'idea, Lassie». Sorrise, dirigendo Celia verso il lato opposto della sala. «C'è una parte di questo castello che non vedo da quasi venticinque anni, ma credo sia giunto il momento di...»

«Il giardino con i ciliegi, Milord?»

Hugh si fermò e lanciò un'occhiata sorpresa alla giovane donna.

«Il giardino dei ciliegi...» iniziò. «Allora! Colin ti ha mostrato il giardino di sua madre».

«Sì, Lord Hugh. L'ha fatto», rispose lei incerta. «Spero che sia tutto a posto. Non ho mai avuto intenzione di intromettermi».

«Intrometterti? Sciocchezze», sbottò, con gli occhi scintillanti. «Non sapevo che il ragazzo avesse così tanto buon senso. Andiamo, è ora di rivedere quegli alberi».

Hugh li condusse fuori attraverso i vecchi corridoi del castello e, passando per la biblioteca, sulla terrazza in pietra del giardino. L'espressione scioccata della guardia che si fece da parte per Lord Hugh testimoniava la lunga assenza del capo da questa parte dell'edificio.

Celia si allontanò e osservò l'espressione di Hugh mentre guardava il giardino. I quattro alberi erano colorati dai delicati fiori bianchi e rosa. I suoi occhi riflettevano la brillantezza della luce del sole che danzava sulle onde blu dell'acqua al di là delle mura del giardino e lei capì che i ricordi della donna amata stavano riaffiorando dopo anni di separazione.

«Questi alberi sono certamente cresciuti dall'ultima volta che li ho guardati», disse Lord Hugh a bassa voce. Rimasero tutti in silenzio per un momento mentre lui osservava l'intera scena: il disegno formale, la fontana al centro, i pergolati e le aiuole selvaggiamente non curate. I suoi occhi si soffermarono sulla panchina erbosa, ormai cresciuta, che si trovava sul muro esterno e che era stata una delle preferite di sua moglie. Aveva trascorso molti pomeriggi seduti lì a leggere a Colin le favole di Robert Henryson e le storie francesi di cavalieri e delle loro dame. Nel frattempo, intorno a loro, gli operai avevano abbozzato il progetto del giardino.

«Mi dispiace», sussurrò Celia, mettendogli una mano sul gomito mentre Ellen portava Kit giù per i gradini nell'area protetta dal vento dalle mura. «Non volevo farvi passare tutto questo, Milord».

«Zitta, ragazza», ringhiò dolcemente Hugh. «Era ora che venissi qui. E non riesco a pensare a una persona migliore con cui venire qui».

«Grazie, Milord». Arrossì. Guardò lo spettacolo davanti a loro. «Il design del giardino è incredibilmente bello».

«Sì», rispose, «la madre di Colin era una donna straordinaria».

Fece cenno a Celia di scendere i gradini e i due camminarono fianco a fianco lungo i sentieri pieni di foglie, tra i ciuffi d'erba ingiallita e i grovigli di rovi che lei pensò dovessero essere rose.

«Quando la madre di Colin morì», continuò il Lord, facendo una pausa riflessiva tra una frase e l'altra mentre ricordava gli anni passati, «chiusi il giardino. Per qualche motivo, non riuscivo a venire qui fuori e non potevo sopportare il pensiero che qualcun altro venisse qui. 'Per qualche motivo'. Non è esattamente vero. Conosco il motivo.

Non volevo che nessun altro venisse qui in questo giardino che era così parte di lei. Sedersi dove lei si era seduta. Camminare dove lei camminava».

Hugh si avvicinò alla fontana circolare al centro e mise un piede sul muro di contenimento in pietra.

«Questo era il suo giardino. Lo amava. Amava progettarlo, lavorarci, goderselo... condividerlo. E io la amavo... la amavo. La amo ancora. Non potevo sopportare l'idea che questo posto cambiasse, crescesse, diventasse diverso. Oh, so che doveva cambiare. Ma non volevo che accadesse». Fece una pausa, guardando Ellen che giocava con Kit sui gradini della terrazza. «So che Colin ha continuato a venire qui e non ho mai cercato di fermarlo. È una specie di rifugio per lui, credo. È un luogo di bei ricordi».

Hugh guardò la giovane donna che gli stava accanto in silenzio. Celia aveva la stessa tranquilla riserva di forza, la stessa intelligenza, lo stesso senso della propria identità che aveva la sua Constance. Colin sarebbe stato un pazzo a lasciarsela scappare. Ma in qualche modo non pensava che sarebbe successo.

«C'è qualcosa che dovresti sapere sui Campbell, ragazza. Possiamo anche essere dei duri e miserabili briganti, ma quando amiamo una donna è per sempre. Se vuoi scusare l'orgoglio di un vecchio, è come trovare la donna che è stata destinata a noi. Scelta, suppongo. Destino. E quando la troviamo, sappiamo che questa donna è la nostra compagna, la nostra prescelta, la nostra consacrata. Per tutta la vita».

Lo sguardo di Celia si posò sui colori dell'albero nell'angolo più lontano del giardino. Come deve essere meraviglioso, pensò, amare ed essere amati così tanto. Inconsciamente, la sua mano si avvicinò al medaglione appeso fuori dal suo abito, l'unico ricordo fisico che aveva del rapporto d'amore dei suoi genitori. Spesso pensava al loro amore in termini come quelli usati da Lord Hugh. Anche dopo che erano passati tanti anni, suo padre aveva chiamato la madre di Celia prima di morire. Ne aveva conservato il ricordo e aveva sempre parlato a Celia della sua bontà, della sua forza e della sua bellezza.

«So che tuo padre si sentiva così nei confronti di tua madre», disse Hugh.

«Ieri sera mi avete detto che conoscevate mio padre», disse lei.

«Sì, lo conoscevo. Abbiamo avuto alcuni... beh, affari insieme».

«Davvero?» rispose lei con sorpresa. «Non ricordo di essere mai venuta al castello di Kildalton. Deve essere stato prima che viaggiassi con lui».

«Probabilmente è così», continuò Hugh. «Edmund ci ha fatto incontrare circa quindici anni fa, direi».

«All'epoca viaggiavo con lui».

«Una bambina?» Rise. «In viaggio con un gruppo di pirati? John Muir doveva diffidare molto di quella sua famiglia di York».

«Perché dite 'pirati'?». Celia riprese indignata. «Erano ottimi marinai».

«Sì, ragazza», concordò lui, guardandola con attenzione. «A parte i miei uomini, John Muir aveva riunito i migliori marinai che un capo pirata potesse desiderare».

«No», cominciò lei. «Mio padre era un brav'uomo, un mercante rispettato. Non era...»

Celia fissò il volto calmo del gigante e improvvisamente le cose cominciarono ad avere un senso. In tutti gli anni in cui aveva navigato con suo padre, le sue navi non erano mai state attaccate, nemmeno quando navigavano in quelle che i marinai chiamavano «acque pericolose». Ma si erano sempre sorrisi l'un l'altro quando dicevano cose del genere. Non sembravano mai spaventati, anche quando sentivano, come spesso accadeva, i cannoni delle battaglie navali in lontananza e poi trovavano navi spagnole senza equipaggio, disabilitate, con le stive piene di bottino che suo padre le diceva che gli spagnoli avevano rubato nel Nuovo Mondo.

Quanto può essere cieca una bambina? Pensò. Stavamo semplicemente raccogliendo il bottino che le altre navi avevano catturato. Ora sapeva perché il nome di suo padre era così noto. Non era un mercante. Era un ladro. Rispettato? No, era temuto.

«...ladro», conclude sconvolta. «Mio padre era un comune ladro».

«Non era un ladro, ragazza», brontolò Hugh, prendendole la mano. «E non era nemmeno un uomo comune. Era un uomo d'onore. Un pirata? Sì. E per un lungo periodo ha servito con un cenno del vecchio re Henry Tudor. Ma a quei tempi, la linea di demarcazione tra pirata e quello che oggi gli avvocati chiamano «corsaro» era piuttosto indistinta. All'epoca eravamo in pochi a fare questo mestiere. Il padre di Alec Macpherson era mio socio. Tenevamo pulito il Mare d'Irlanda e prendevamo profitti da coloro che all'epoca non piacevano ai nostri re. Ma tu eri così giovane. È normale che tuo padre non ti abbia mai parlato di questo aspetto della sua vita. Non dovresti pensare male di lui per averti protetta come meglio poteva».

Celia fece una pausa prima di rispondergli.

«Amavo mio padre e so che lui mi amava. Eravamo molto uniti, come possono esserlo un padre e un figlio. Ma quel lato della sua vita... io ne facevo parte e non l'ho mai visto. Non l'ho mai sospettato. All'improvviso, sento che ci sono così tante cose che non so della mia famiglia, della mia vita».

Hugh si sedette sul muretto della fontana e tirò giù Celia accanto a sé.

«Lascia che ti racconti come è iniziato tutto. Probabilmente ne sai già molto, ma lascia che ti chiarisca la percezione che hai di tuo padre. Lascia che ti dica la verità sulla tua famiglia. Quello che il mondo sa. Quello che dovresti sapere tu.

«Tuo padre era il secondogenito di un ramo della famiglia York che fu sconfitto, riconciliato e poi nuovamente sconfitto quando Henry Tudor prese la corona inglese da quel gobbo di re Riccardo. Quando Henry divenne re, non aveva soldi e la famiglia York continuò a essere una spina nel fianco. Come se non bastasse, gli spagnoli e i francesi stavano attaccando le coste inglesi senza pietà.

«Essendo il secondogenito di una famiglia ormai estranea alla politica, John Muir aveva ben poche possibilità di starsene seduto e vivere della ricchezza dei suoi antenati. Così, tuo padre si recò dal nuovo re e offrì i suoi servigi per tenere lontani gli spagnoli e i francesi dalle acque inglesi, e il re Henry gli diede volentieri la licenza di farlo. Aveva senso. Henry ottenne che uno degli York combattesse per lui piuttosto che contro di lui. E diede a tuo padre la possibilità di farsi strada nel mondo.

«In breve tempo, il suo successo in mare divenne un affare redditizio per tutti. Il tesoro di Henry iniziò a riempirsi con i proventi del saccheggio delle navi e dei commerci spagnoli, e tuo padre prese la sua parte di bottino e stabilì un'attività di navigazione legittima. Inutile dire che le sue navi commerciali erano le più protette in alto mare. Ma continuò anche a razziare le navi straniere che incontrava nelle acque inglesi. E la sua impavidità era leggendaria.

«Ormai la grande ricchezza di tuo padre non era più un segreto per nessuno. Aveva terre in Inghilterra e una flotta di navi che superava quella di re Henry. Così, quando incontrò e decise di sposare tua madre, figlia di un cavaliere scozzese e discendente di Robert the Bruce, la sua famiglia si oppose e in seguito anche il re Henry. Non era sufficiente che avesse riempito tutte le loro tasche. Tutti volevano partecipare alla scelta della moglie. Come sai, il matrimonio è un affare per molte famiglie, in Inghilterra e in Scozia.

«Erano tutti contrariati dal fatto che avesse sposato una donna scozzese. L'altezzosa famiglia York la vedeva come un'unione al di sotto delle loro possibilità perché era con una scozzese, per quanto nobile, ed Henry la vedeva come una minaccia al suo controllo sulla fedeltà di Muir. Tutti volevano essere sicuri di poter controllare l'erede... e la fortuna.

«Ma tuo padre li combatté tutti. Sposò tua madre e non dimenticò mai il modo in cui la snobbavano.

«E lui l'amava. La leggenda narra che, prima di sposarsi, andò dal Sultano degli Ottomani e comprò per lei gli zaffiri più preziosi del mondo. Si dice che lei li portasse in un ciondolo al collo.

«Più tardi, quando Edmund ci fece incontrare, John Muir aveva il controllo del proprio destino. Era abbastanza potente da ignorare le indicazioni di Henry quando gli faceva comodo: non sentiva alcuna lealtà né verso il suo re né verso la sua stessa famiglia. Tua madre era ormai morta, ma tuo padre non si fidava ancora di nessuno di loro. Immagino sia per questo che ti ha tenuta con sé per tutti quegli anni. Sono sicuro che temeva per la tua vita e per come ti avrebbero usata per i loro scopi se fossero riusciti a metterti le mani addosso.

«E tu dovresti saperlo, Celia. Tuo padre era un uomo d'onore. Ci siamo incontrati e abbiamo diviso il Mare d'Irlanda perché riteneva che combattere gli scozzesi fosse come combattere l'unico parente a cui teneva ancora. Henry aveva ragione. La lealtà di tuo padre era divisa a causa del suo amore per tua madre... e per te.

«Tuo padre e io ci siamo piaciuti subito e ci siamo tenuti in contatto fino alla sua morte. Era un uomo onesto e non ha mai violato il nostro accordo, anche se il suo potere sulla costa occidentale cresceva ogni anno che passava».

Lord Hugh guardò Celia con affetto negli occhi. Sapeva che se John fosse stato vivo oggi, sarebbe stato molto orgoglioso di sua figlia e della donna che era diventata.

«Tuo padre è morto in Inghilterra», disse Hugh. «Come mai sei entrata a far parte della corte scozzese?»

«Le cose erano troppo tranquille per lei in Inghilterra», disse una voce dall'altro lato della fontana.

Colin era salito dal villaggio dove stava dirigendo i preparativi per la difesa della città. Quando Runt gli si era avvicinato nella Sala Sud per dirgli dove si trovava Lord Hugh, gli occhi di Colin si erano spalancati per l'incredulità. Era uno spettacolo che non avrebbe mai immaginato di rivedere in vita sua e qualcosa si scaldò in lui al solo pensiero.

Entrando nel giardino, Colin passò accanto a Ellen e Kit per raggiungere il luogo in cui Celia e Hugh erano seduti a parlare comodamente come vecchi amici. Suo padre sembrava così a suo agio che Colin esitava a interromperli.

Lord Hugh trasalì al suono della voce di Colin. Celia lo aveva visto arrivare in giardino e sedersi in silenzio mentre suo padre parlava. Aveva la sensazione che Colin sapesse tutto quello che Hugh stava raccontando.

«Dopo la morte di mio padre», rispose lei, a voce abbastanza alta perché lui potesse sentirla, «il re inglese mi ha chiesto di diventare una pupilla di corte, in modo da potersi appropriare delle navi e delle terre di mio padre per usarle a suo vantaggio finché non mi fossi sposata. Quando mi recai in quella squallida corte, non avevo nessuno».

«Dov'era Edmund?» chiese Colin.

«Andò da re James per me perché sapeva, prima di me, che il mio destino era stato deciso».

Celia guardò nella fontana vuota.

«La corte dei Tudor era un luogo lugubre. Tutti sapevano che il vecchio re stava morendo. Aveva passato anni a cercare di assicurarsi la corona e di accumulare il suo tesoro. Quando arrivai io, era un vecchio avaro e malaticcio e la corte lo rifletteva.

«Ero cresciuta all'aria aperta, con uomini d'azione come compagni. Poi, bloccata in salotti con donne che mi trattavano come una stranezza. Mi torturavano con compiti vuoti che, secondo loro, dovevo imparare per essere una buona moglie. Erano intente a insegnarmi cose che non avevo alcun interesse a imparare.

«Poi, un giorno, mi presentarono il mio futuro marito, un soldato che il re intendeva premiare con una moglie e la sua fortuna».

Celia guardò Colin dall'altra parte della fontana.

«Lord Danvers», disse lei. «Già allora era un uomo crudele, rude e ripugnante. Lo odiai dal momento in cui lo conobbi. Sapevo che dovevo andarmene, così mi rivolsi alle uniche persone che avevo a corte. Gli York.

«Ricordo ancora la loro durezza. Mi dissero che dovevo tornare e sposare Danvers. Che ero fortunata che il re mi desse in sposa a qualcuno di così alto livello come Danvers. Che dovevo sentirmi privilegiata per il fatto che lui volesse un «maschiaccio stravagante« che per di più era «mezzo scozzese». Mi rimandarono dai miei custodi, ma almeno finalmente sapevo perché mio padre li odiava.

«Tornai a corte, ma ero infelice e rendevo la vita infelice a tutti quelli con cui entravo in contatto. Per sei lunghi mesi rimasi a corte.

«Poi Edmund tornò. Aveva chiesto a re James di fare una specie di accordo per me. La figlia di re Henry, Margaret, era stata regina di Scozia per cinque anni e io avrei dovuto unirmi al suo seguito per un anno prima del mio matrimonio con Danvers».

Celia sorrise trucemente al ricordo. «Erano così felici di liberarsi di me. Suppongo che pensassero che un anno in un luogo 'selvaggio' come la Scozia mi avrebbe fatto apprezzare di più la corte inglese. Edmund disse che re Henry era d'accordo solo perché poteva continuare a raccogliere i frutti della ricchezza di mio padre per un altro anno».

«Non avevano paura che non saresti tornata?» chiese Hugh.

«Danvers sì. Ma era l'unico. Erano sicuri che sarei tornata, dato che tutto ciò che possedevo era nelle mani di re Henry finché non avessi sposato Danvers. E se non fossi tornata, la mia fortuna sarebbe stata incamerata dalla corona. Henry non aveva nulla da perdere.

«Durante il primo anno in cui ero con la regina Margaret in Scozia, re Henry morì e gli succedette suo figlio, il nuovo re Henry. E come sapete, lui e re James non si accordarono mai su nulla fino al giorno in cui James morì a Flodden. Quindi non tornai mai indietro.

«Anche se la regina Margaret è pronta a mandarmi in Inghilterra per sposarmi, mi risulta che a suo fratello Henry non importi molto se torno o meno. Ha tutto quello che mio padre voleva per me e non ha molta fretta di separarsene. Danvers, invece, insegue la mia fortuna da sei anni. È persino venuto a Edimburgo due anni fa come inviato speciale per il suo re, ma in realtà era lì per me».

Si rivolse a Colin.

«Quell'inglese con la faccia da furetto al castello di Argyll. Era il braccio destro di Danvers quando è arrivato alla corte degli Stewart».

Celia si voltò verso Lord Hugh.

«Ma non ho mai scoperto perché re James si sia fatto in quattro per accogliermi. Non aveva nulla da guadagnarci».

Hugh le sorrise consapevolmente. «Fidati della mia parola, ragazza. James aveva una ragione per tutto. E sono sicuro che quando sarà il momento giusto, Edmund te lo dirà».

Si alzò e osservò ancora una volta lo spettacolo trascurato che lo circondava.

«Colin», tuonò, «è questo che chiami giardino? Hai bisogno della mano di una donna nella tua vita, ragazzo mio».

«Celia pensa che la mano di una donna debba stare sull'elsa di una spada», rispose Colin. «Riesci a immaginare i danni che farebbe?»

«Qualsiasi cosa faccia sarebbe un miglioramento, direi», rispose l'anziano Campbell, mettendole un braccio intorno alle spalle.

«Beh, sto cercando di assumerla come giardiniera a tempo pieno, ma stiamo definendo le condizioni».

«Le condizioni?» disse Hugh, ridendo. «Per Dio, dalle quello che vuole».

Colin si girò verso di lei. «Beh, cosa ne pensi?»

«Non ho idea di cosa stiate parlando... come al solito».

«Il giardino», risposero contemporaneamente i due Campbell.

«Se dici sul serio, mi piacerebbe iniziare a mettere in ordine questo giardino... finché saremo in grado di restare».

Lei guardò da un volto sorridente all'altro, ben sapendo che Lord Hugh stava combinando un matrimonio. Era il vero significato di Colin che non le era chiaro. Meglio non riconoscere i doppi sensi, pensò.

«Colin, dovrai inserirlo nelle condizioni», disse Hugh. «E come ulteriore incentivo, Celia, penso che potrei anche offrirti i miei servizi per il lavoro pesante».

«Vuol dire che si siederà su una di queste panchine e ti darà ordini», disse Colin sorridendo.

«Non ho sentito molte lamentele sugli ordini che ho impartito qui negli ultimi quaranta e passa anni».

«Certo che no. Chiunque si sia lamentato è stato messo in mare in una barca senza timone».

«Sì», lo rimproverò Hugh. «E avrei dovuto metterti al largo quando ne avevo ancora la possibilità».

«Se l'avessi fatto, nessuna donna bella come questa verrebbe da queste parti».

«Credi che sia venuta a Kildalton per vederti?» chiese, guardando negli occhi ridenti di Colin.

«Diglielo, Celia. Sei venuta a Kildalton per vedere me», disse Hugh, attirandola protettivamente verso di sé.

Ma la reazione di Colin fu rapida e sicura, strappandola dalla presa protettiva del padre.

«Una mattina in un giardino, e pensi di poter incantare la mia donna lontano da me».

Qualcosa in Celia reagì alle sue parole. Stava scherzando con suo padre, ma l'aveva chiamata «la sua donna». Questo non sembrava far parte dello scherzo. Alzò lo sguardo verso il guerriero più giovane che osservava ogni sua espressione.

«Non sei la mia donna?» chiese Colin, tirandola affettuosamente al suo fianco.

«Pensavo di essere la giardiniera», disse lei, cercando di alleggerire la piega improvvisamente seria della conversazione. Si rivolse a Lord Hugh. «Non avete appena detto che sono la giardiniera?»

«Da quello che ricordo, i due lavori sono sempre andati insieme», rispose Hugh sorridendo. «Ma credo sia giunto il momento di accogliere Ellen e Kit, così che voi due possiate definire i dettagli del 'lavoro'».

Senza dire altro, il capo dei Campbell si girò e si diresse verso la fontana in direzione della terrazza. Celia iniziò a fare un passo dopo di lui, ma Colin la fermò con una mano gentile.

«Aspetta un momento», sussurrò.

Ellen la guardò mentre Lord Hugh li raggiungeva. Celia le fece un cenno e mentre la giovane donna, con in braccio Kit, saliva sulla terrazza, poté vedere lei e il Lord chiacchierare amichevolmente.

Il sole di primavera stendeva una scintillante coltre di diamanti sul mare blu oltre le mura del giardino. Al riparo dal vento, Celia si sedette accanto a Colin e si crogiolò momentaneamente in un calore che non proveniva solo dalla sfera dorata. I suoi occhi scrutarono la sezione di aiuole che si trovava davanti a lei e all'improvviso furono colpiti da uno scorcio di colore sotto un manto di erba e foglie.

Lasciando il suo fianco per un momento, si spostò verso la panchina e si accovacciò, spazzando via le foglie e i detriti con la mano.

«Stai già iniziando il tuo lavoro come giardiniera?» chiese lui, avvicinandosi a lei e piegandosi su un ginocchio.

«Colin, guarda», esclamò, indicando i fiori bianchi a forma di stella che erano stati nascosti sotto. «La nuova stagione è davvero iniziata».

«Sì, hai portato la primavera più precoce che io ricordi», rispose lui.

«Scommetto che c'è un sacco di bellezza nascosta qui sotto», sospirò lei, alzandosi e agitando la mano verso le aiuole non curate.

«Tutta la bellezza qui fuori non è nascosta, Celia», disse lui, spostandosi dietro di lei e circondandola con le braccia. Con delicatezza la tirò a sé, seppellendo il viso nella massa di riccioli della sua testa.

Sentì il tremore di lei quando i contorni dei loro corpi si unirono nell'abbraccio.

«Come va la testa?» le chiese, stringendola a sé, soddisfacendo un bisogno che aveva sentito per tutta la mattina di stare a contatto fisico con lei.

«Bene... la mia testa va molto meglio». Le piaceva il modo in cui la stringeva, il modo in cui la racchiudeva tra le sue braccia.

«Non mi hai dato una risposta sul fatto di essere la mia donna», disse lui, sussurrandole all'orecchio mentre lei appoggiava la testa al suo petto.

«Conosci la risposta», rispose lei dolcemente. «Non sono mai stata di nessun altro».

Colin la abbracciò ferocemente a sé, sentendo il desiderio di lei accendersi nei suoi lombi. Una delle sue enormi mani si infilò nel mantello di lei e il ciondolo circolare sfiorò la sua mano.

«Cos'è questo?» chiese, estraendo il medaglione dal mantello e ispezionandolo. «È un gioiello leggendario degli Ottomani?»

«È solo un ricordo di mia madre», rispose lei, abbassando lo sguardo sul ricordo. «È l'unica cosa che ho di lei adesso».

«Gli unici zaffiri neri che abbia mai visto così grandi o così scuri», disse Colin a bassa voce, «sono i tuoi occhi».

Riportò il ciondolo sul petto di lei e la strinse a sé, toccando il suo seno sodo attraverso il tessuto del suo morbido vestito di lana. Il corpo di lei si inarcò verso l'esterno al suo tocco, sciogliendosi nel suo stretto abbraccio.

«Sono venuto in camera tua ieri sera», disse con affetto.

«Pensavo che l'avessi fatto, ma non sapevo se fosse reale o un sogno», rispose lei, accarezzando il dorso delle mani di lui mentre la stringeva.

«Eri così bella, sdraiata lì nel tuo sottile pigiama da notte», sussurrò lui, abbassando la testa e piantando delicati baci sulla pelle del suo collo.

«Mi hai osservata mentre dormivo?» chiese Celia con sorpresa.

«La luce del fuoco si rifletteva sulle bellissime curve del tuo corpo».

«Non avevo una coperta?» Si girò tra le sue braccia e lo affrontò, guardandolo negli affascinanti occhi grigi.

«La tua pelle liscia e avorio era troppo seducente perché potessi tenere le mani lontane». Lui la tirò contro di sé, le mani che si stringevano intorno alla sua vita e alla sua schiena.

«Mi hai toccata? Mentre dormivo?» chiese lei, mettendogli entrambe le mani sulle spalle, alla ricerca di qualche indizio che facesse pensare a una presa in giro.

«I lacci che tenevano la parte anteriore del pigiama si sono staccati così facilmente». Mentre una mano le stringeva la vita, l'altra si muoveva all'interno dell'apertura del mantello, esplorando, accarezzando la schiena, il fianco, il seno.

«Tu... hai slacciato la mia vestaglia da notte?» chiese lei, prendendogli la mano e tenendola ferma.

«Partendo dall'alto, ne è caduta uno».

«Non l'hai fatto». Questo era troppo.

«Poi il successivo».

«Hai chiesto ad Agnes di mettermi qualcosa nel vino?»

«Poi è caduto l'ultimo laccio... rivelando... rivelando...». Colin chiuse gli occhi come se ricordasse.

«Sì? Rivelando cosa?»

«Non potevo trattenermi. Ti ho presa tra le mie braccia».

«Ma ero svenuta».

«Ho tenuto il tuo corpo setoso contro di me».

«Non lo faresti. Non l'hai fatto». Celia era sicura che non l'avrebbe fatto. Beh, abbastanza sicura.

«Hai avvicinato le tue labbra alle mie», disse, abbassando leggermente le labbra verso le sue.

«Stavo dormendo».

«Hai sussurrato che ti volevi che ti prendessi».

«Non è vero! Me lo ricorderei», esclamò.

«Per violentarti». Le sue labbra erano a un soffio di distanza e minacciavano di divorarla da un momento all'altro.

«Non lo farei mai».

«Per portarti ad altezze di passione che non hai mai sperimentato prima».

«Non sarebbe stato difficile», disse lei scrollando le spalle, con un sorriso che cominciava a comparire sulle sue labbra.

«E l'ho fatto», concluse, il suo volto era fisso nel suo momento di estasi.

«È stato soddisfacente per voi, Milord?»

«Lo è stato fino a quando non mi sono svegliato», riferì con un tono disinvolto e completamente privo delle sensuali pretese dei momenti precedenti.

«Allora non sei mai stato in camera mia ieri sera», sfidò lei.

«Non c'ero?» le chiese lui, con un sorrisetto di scherno.

«Sei stato tu a sognare la notte scorsa», disse con fermezza.

«Davvero?» continuò seducente.

«Assolutamente sì».

«Allora come faccio a sapere quanti lacci ha la tua vestaglia?»

Celia abbassò lo sguardo, ancora in piedi nel suo stretto abbraccio, cercando di ricordare il numero di lacci. All'improvviso alzò lo sguardo, rosso cremisi, improvvisamente imbarazzata. Tre lacci.

La risata di Colin, però, mentre la liberava, cancellò i suoi dubbi.

«Sono venuto in camera tua ieri sera, ma ti sei addormentata su di me», le disse, facendole fare due passi verso una panchina e attirandola sulle sue ginocchia.

«Sei una bestia, Colin Campbell».

«E sei molto loquace nel sonno».

«Non lo sono», negò speranzosa. «Che cosa ho detto?»

«Davvero non ti ricordi?»

«Certo che me lo ricordo, tu mi stuzzichi, ma ricordamelo».

«Ti ricordi questo?» disse lui, afferrandole il mento con le dita e guidando le sue labbra rovesciate verso le proprie.

Il suo bacio iniziò con una lentezza che eccitò Celia con la sua promessa. Gli avvolse le braccia intorno al collo e lo tirò ancora più vicino a sé.

Lei aprì le labbra e ricevette la pressione della sua bocca mentre lui le accarezzava il labbro inferiore con la lingua, i denti e le labbra. Mosse leggermente la testa per assecondarlo, mentre la sua bocca le sfiorava la guancia e mordicchiava delicatamente la carne liscia sotto l'orecchio. Rabbrividì per la sensazione erotica che improvvisamente si scatenò nelle sue vene.

«Ti ricordi di avermi detto che mi ami?» sussurrò lui, e il petto di lei si sollevò quando il respiro di lui le accarezzò l'orecchio. Le baciò teneramente il livido sopra la tempia.

Celia gli prese il viso tra le mani e avvicinò le labbra alle sue.

Lui le succhiò il labbro per un attimo prima di penetrare in lei con la sua lingua assaggiante e pulsante. Lo sentì esplorare a fondo i recessi della sua bocca, le loro lingue si intrecciarono con crescente piacere sensuale. Lei si immerse nella sua bocca con la sua lingua, sentendone la consistenza e amando il suo sapore. Sentì le sue mani forti afferrarle le spalle e sollevarla da lui.

«Tu mi ami», ringhiò lui, soffermandosi a guardare intimamente nella profondità degli occhi di lei.

«Sì, Colin. Ti amo».

Voleva fondersi completamente con lui. Stare al riparo delle sue braccia. Essere amata da lui. Appoggiò la fronte sulle sue labbra piene.

«Guardami», esordì lui. Lei sollevò lo sguardo per cogliere la sua espressione seria. «Ti amo. Voglio sposarti. Voglio che tu mi sposi».

Celia rimase paralizzata dalle parole che non si sarebbe mai aspettata di sentire. Le emozioni le salirono dentro. Un brivido di gioia la avvolse mentre guardava il volto che era diventato un mondo intero per lei.

Lui l'amava. Per questo voleva unire le loro vite, un'unione di corpi, di anime, di futuri. Le lacrime le sgorgarono improvvisamente negli occhi, traboccando in rivoli di gioia che rotolavano incontrollati sul suo viso.

«Oh, Colin». Pianse, sorridendo tra le lacrime.

Le avvicinò il viso, baciando le tracce di sale e chiudendo le palpebre con le sue labbra morbide. La raccolse strettamente tra le braccia mentre Celia seppelliva il viso nell'incavo del suo collo.

«Prima che tu arrivassi qui, ero come quella riva al di là del muro», cominciò. «La mia vita era ruvida, non raffinata, ma solida, di supporto alla vita che c'era sopra. Quando sei arrivato tu, era come il mare scintillante che si infrange contro quelle pareti rocciose, sorprendente, eccitante, potente, ma in qualche modo ritmico, riflessivo e sicuro. La tua è una forza modellante, sicura, che definisce e allo stesso tempo nutre».

Sentiva la sua morbida struttura appoggiarsi comodamente contro di lui mentre ascoltava.

«Celia, amo tutto di te. Dal primo momento in cui ho posato gli occhi su di te, qualcosa si è impresso nel mio cuore, nella mia anima. Ricordo ancora quella visione nella stanza illuminata dalla luna, così selvaggia e mistica, così bella e così assolutamente impavida. Il modo in cui mi guardavi, il fuoco che brillava nei tuoi occhi».

Lei alzò lo sguardo su di lui, sorridendo, ricordando il modo sprezzante in cui lo aveva valutato mentre pensava che fosse come un enorme Adone dai capelli corvini mandato giù per lei.

«E io che pensavo che fossi pronto a farmi fuori la prima sera», disse lei, con la voce piena di risate. «Ammettilo. Lo eri».

«Avrei spento un angelo?»

«Non mi hai guardato come se fossi un angelo, Colin Campbell».

«Mi ha sorpreso vederti senza le tue ali e la tua aureola».

«Se hai intenzione di parlare con leggerezza di esseri celesti, allora faresti meglio a stare attento ai fulmini».

«Il cielo è di una bellissima tonalità di blu», disse, alzando lo sguardo verso l'azzurro segnato solo dalle poche macchie bianche che si intravedevano. «Ma se sei preoccupata per il tempo, possiamo andare in camera mia e finire questa discussione».

Celia fremette interiormente al pensiero, ma scosse la testa con un sorriso.

«Pensavo che avessi una giornata impegnativa».

«In effetti, la mia giornata si è fermata completamente nel momento in cui ho messo piede in questo giardino».

«Ti sto distraendo da quello che dovresti fare», disse lei, cercando di allontanarsi dal suo grembo.

«Vuoi scendere al villaggio con me?» le chiese, trattenendola per un attimo.

«Non sarei d'intralcio?»

«Probabilmente sì», disse con un sorriso. «Proprio dove ti voglio. E a proposito di volerti...»

«Sì?» rispose lei in modo distaccato, fingendo di non capire.

«Stasera», continuò lui in modo suggestivo.

«Stasera?» Lei arrossì.

«Stasera annunceremo le nostre intenzioni al clan durante la cena».

«Non a cena. Prima, io... devo...» Celia incespicò sulle parole che non riusciva a dire. C'era ancora Kit. Le parole di Dunbar riecheggiavano nella sua testa. E all'improvviso, i pensieri di tutte le cose che le mancavano si fecero strada in lei. Non poté fare a meno di chiedersi se lui le stesse chiedendo di sposarlo proprio per quello che aveva sentito. Per proteggerla dal macellaio Danvers. Sì, sapeva che lui la amava... ma il matrimonio? Stava solo cercando di fare ciò che pensava fosse meglio per lei?

«Ti ho aspettata a lungo», disse Colin con dolcezza. «Posso aspettare un altro giorno».

Si avvicinò a lui e gli baciò la bocca con una passione ardente che lui rispose con il suo stesso ardente desiderio. Le loro passioni si riaccesero nel calore del loro abbraccio e i sentimenti che provavano l'uno per l'altra si riversarono nella comunione del bacio.

Colin si allontanò bruscamente, con gli occhi fissi sui suoi.

«Vuoi aspettare la nostra prima notte di nozze?» sussurrò con un ringhio rauco. Doveva chiederglielo, finché aveva ancora la disciplina per onorare i suoi desideri. E non sapeva quanto ancora potesse sopportare questa piacevole tortura. Il matrimonio sarebbe stato oggi, se avesse voluto.

Lei alzò lo sguardo su di lui. Ogni parte del corpo le doleva per il bisogno del suo tocco. Si costrinse a cercare di riflettere, di essere ragionevole. Ma la sua mente e il suo corpo le dicevano solo una cosa. Celia scosse lentamente la testa.

«Quando?»

«Molto presto», sussurrò.

Colin chiuse gli occhi alle sue parole e li riaprì immediatamente.

«Sarà molto difficile perderti di vista, lo sai».

Colin non aveva intenzione di perdere di vista Celia, ma nemmeno Dunbar. Padre William si era preoccupato quando Celia, Ellen e Kit erano scomparsi durante la mattinata e l'apparente mancanza di preoccupazione di Edmund lo aveva reso ancora più nervoso. Quando finalmente era riapparsa nella Sala Sud accanto al gigante dai capelli neri, i sospetti del prete erano aumentati.

Così, quando Celia disse che sarebbe scesa in paese con il giovane guerriero, Padre William si era offerto di fare da accompagnatore.

«Chaperon?» sbottò incredula. «Padre, non dirai sul serio».

«Sì», ribatté il sacerdote. «Penso che...»

«È un'ottima idea», interruppe Colin, finendo la frase del prete.

Celia e Padre William guardarono entrambi increduli la figura che si stagliava sopra di loro.

«Ci darà la possibilità di conoscerci meglio». Colin scrollò le spalle, continuando a sorriderle leggermente. «E non vogliamo che qualcuno pensi che ci sia qualcosa di sconveniente tra di noi, vero?»

Celia arrossì suo malgrado e voltò rapidamente il viso verso Agnes, che stava correndo verso di loro attraverso il corridoio.

«Celia, mia cara», esordì la donna più anziana, avvicinandosi direttamente a lei e prendendo in mano le due mani di Celia. Guardò l'area in cui si trovavano le sue ferite. «La tua testa ha iniziato a pulsare?»

«No, Agnes. Oggi sto bene. Onestamente».

«Sei sicura di non essere un po' stordita?» aggiunse Colin in tono serio.

«Non ha mai avuto un giramento di testa in tutta la sua vita», sbottò il piccolo sacerdote.

«Ora, basta», lo rimproverò Agnes con disprezzo. «Non dovresti proprio esagerare oggi, bambina. Hai bisogno di riposare. Non vorrai perderti le emozioni che ci saranno più tardi».

«È vero», disse Colin, afferrando il gomito di Celia.

Lei si voltò, cercando di ignorare la sua osservazione, cercando di nascondere il colore del suo viso. Si sentiva già stordita, come aveva detto lui, per tutto quello che era appena successo e per quello che sarebbe successo in futuro. E le osservazioni di lui riuscirono a far sì che i suoi sentimenti interiori si riversassero con tutto il loro colore sul suo viso, un viso che cercava disperatamente di mantenere calmo e riservato.

«Quali emozioni, Agnes?»

«Perché, Colin non te l'ha detto? Gli uomini stanno lavorando proprio ora al porto per montare i nuovi cannoni sulle nostre navi. Hugh dice che li proveranno prima del tramonto».

«Mi piacerebbe vederlo», disse Celia. «E prometto che se inizierò a stancarmi, tornerò a riposare».

«Va bene, cara», acconsentì Agnes con un sorriso di preoccupazione materna prima di rivolgersi severamente a Colin. «Ma tu tieni d'occhio lei e fai un lavoro migliore di quello che hai fatto in quel disgustoso... posto... di Argyll».

Il sopracciglio alzato di Colin per l'ammonimento fu tutto ciò che ebbe il tempo di raccogliere.

«Sono contento che qualcuno da queste parti mostri buon senso», brontolò Padre William.

«Allora non la perderò di vista», affermò felice Colin.

Con un ultimo mezzo sorriso, Agnes si voltò verso la piccola folla di servitori che attendevano le sue indicazioni dalla porta della sala.

«È un errore insegnare alle ragazze qualcosa di più di quello che devono sapere per essere buone mogli e madri», pontificò Dunbar in risposta alla descrizione di Colin dei suoi piani per la scuola del villaggio.

Presa alla sprovvista, Celia guardò il prete con occhi spalancati, avendo sentito in diverse occasioni Padre William sostenere l'esatto contrario di ciò che stava dicendo. Sorridendo interiormente, capì cosa stava facendo e quali erano le sue motivazioni. Stava mettendo alla prova Colin e lei era il motivo.

Insieme, i tre si stavano avvicinando al villaggio e Orso stava tessendo un sentiero davanti a loro. Colin camminava a passo spedito, finché non iniziò a parlare dei cambiamenti nel villaggio e della scuola. Poi il suo passo rallentò mentre parlava e Celia e Padre William poterono camminare comodamente accanto a lui nel sole del pomeriggio.

«Un errore nell'educare le ragazze?» disse Colin, inizialmente perplesso dalle parole del prete. «Padre, siete un uomo istruito. Immagino che abbiate fatto un po' di ripetizioni a corte».

«Sì, ragazzo», rispose Dunbar. «Ho anche fatto da tutor ad Alexander, il figlio del re, prima che andasse a Rotterdam a studiare con Erasmo».

«E non avete mai fatto da tutor a nessuna ragazza della corte?» continuò Colin, dando una leggera stretta al braccio di Celia. Sapeva benissimo che il prete l'aveva istruita.

«Sì, qualche ragazza», rispose Dunbar con cautela.

«Allora cosa avete insegnato a queste ragazze?» disse Colin. «Cosa costituisce una buona educazione per quelle future 'mogli e madri'?»

«Questa è una discussione sciocca», disse il prete in modo pomposo... e vago. «Cose tradizionali».

Celia si voltò direttamente verso il prete, con il volto che mostrava il suo divertimento per i suoi commenti oltraggiosi.

«Oh, capisco», disse Colin. «Quelle ragazze sono venute da voi per imparare a gestire una casa».

«Certamente no. Erano bambine di qualità. Ho insegnato loro a leggere, in inglese e in francese. E ho insegnato loro la religione».

«Nient'altro, Padre?»

Celia pensò a tutte le cose che aveva imparato da Padre William: come essere cocciuta fino all'estremo, come bestemmiare in modo più creativo di quanto potessero fare i marinai di suo padre e come essere estremamente distaccata quando si trattava dei giovani e superficiali uomini di corte.

«Qualche altra cosa, suppongo», rispose il sacerdote. «Perché, cos'altro dovrebbe essere insegnato loro?»

«Niente latino o greco?» Chiese Colin.

Sì, ricordò Celia. Padre William l'aveva istruita in latino, greco e gaelico, oltre che in francese, finché non fu in grado di parlare, leggere e scrivere correntemente in tutte queste lingua.

«A cosa servono il latino o il greco alle ragazze?» chiese Dunbar con disagio. «I romanzi che le ragazze possono leggere, e che dovrebbero essere attentamente controllati, sono in francese. Ma troppa lettura può portare una giovane donna ad avere desideri pericolosi».

«Pericolosi? Suvvia, Padre, niente matematica? Né logica?» continuò Colin, non lasciando che il sacerdote si liberasse. «Niente filosofia degli antichi? Niente storia?»

Sì, anche tutti quelli. La lettura di Boezio aveva insegnato a Celia ad accettare che anche la più noiosa delle lezioni doveva avere uno scopo.

«A cosa servirebbe a una ragazza tutto questo?» sbottò Padre William. «Te lo dico io, ragazzo. La tradizione dice che queste materie possono rovinare la morale di una donna, facendole credere di essere intellettualmente capace quanto un uomo».

«Una donna non può essere intellettualmente capace quanto un uomo?» chiese Colin.

Celia lanciò al prete uno sguardo minaccioso.

«Forse», rispose Dunbar, ignorando il suo sguardo. «Ma cosa ci guadagnerà? C'è ancora il suo futuro da considerare».

«Futuro? Come?»

«Diventando indesiderabile come moglie. Nessun marito accetterebbe una moglie del genere».

L'aveva già sentito dire da Padre William. Ora voleva sentire la risposta di Colin.

«Non sono d'accordo. Credo che voi abbiate un'idea sbagliata di ciò che gli uomini hanno bisogno delle loro mogli».

«Davvero, ragazzo? Allora perché non mi correggi su questo».

Colin la guardò mentre sceglieva le parole.

«Gli uomini hanno bisogno che le loro mogli siano anime gemelle», disse con calma, senza mai spostare lo sguardo dal viso di Celia. «Hanno bisogno che condividano la loro vita e il loro letto. Che portino i loro sogni e i loro figli».

Questo giovane erede è certamente un seduttore, pensò Dunbar, notando lo scambio di sguardi teneri. E le cose che dice promettono bene.

«E perché una donna dovrebbe avere bisogno di un'istruzione per questo?»

«Per lo stesso motivo per cui un uomo ha bisogno di un'istruzione», rispose Colin, riportando l'attenzione sul chierico bisbetico. «Abbiamo tutti bisogno delle lingue che ci danno accesso a Socrate,

Platone, Orazio, Virgilio e persino Ovidio. Abbiamo tutti bisogno della storia, della logica e della matematica che ci danno un senso della nostra origine e della nostra identità. Questi sono gli elementi dell'educazione che producono la conoscenza del nostro valore umano, che producono il rispetto di sé».

I tre avevano raggiunto la riva del porto e Dunbar si mise davanti agli altri due, appoggiando la mano sul braccio di Colin. Doveva ammettere che Edmund aveva ragione su Colin Campbell. Si trattava di un uomo i cui valori non erano di ordine comune. Era un uomo la cui visione si estendeva oltre la fine del suo tavolo. Era un uomo la cui intelligenza sembrava corrispondere alla sua evidente forza. Se c'era un uomo degno di Celia, questo avrebbe potuto essere l'uomo giusto.

«Non ti sentiresti intimidito da questo?» insistette il prete. «Da una moglie che ha altrettanta intelligenza, apprendimento e disciplina di qualsiasi uomo?»

Colin ora capì chiaramente che i commenti provocatori di Padre William avevano portato a questo. Il guerriero guardò questo prete combattivo e capì perché Celia teneva così tanto a lui. Era chiaramente dedito a proteggerla.

«No», rispose, guardando fisso negli occhi blu acciaio del piccolo uomo. «È la donna che stavo aspettando».

Colin si abbassò e prese la mano di Celia nella sua, tenendola stretta contro il suo fianco.

«Allora suppongo che non ci sia bisogno di dirtelo, ragazzo», concluse Dunbar. «Donne del genere sono molto difficili da trovare».

«È vero», rispose, guardando la donna accanto a lui. «Non c'è bisogno che voi me lo diciate».

Padre William si abbassò e strinse le loro mani intrecciate nelle sue.

«Beh, Celia, questo viaggio non è ancora finito, ma di certo abbiamo fatto molta strada da quando abbiamo lasciato il castello di Linlithgow».

«Lady Celia», sussurrò Ellen attraverso la porta adiacente. «Posso entrare?»

«Certo», rispose Celia dalla finestra dove osservava le quattro navi

Campbell che navigavano lungo la costa nel tramonto luminoso. Colin le aveva detto che avrebbero sparato con i cannoni sulle scogliere scoscese a sud del castello. Poteva vedere gli abitanti del castello riuniti sul muro di cinta che si affacciava sul mare.

Il viso chiaro di Ellen era un po' più pallido, pensò, notando che quando la donna si fermò al centro della stanza, si stava torcendo le mani. Chiaramente, qualcosa la preoccupava.

«Cosa c'è?» chiese Celia con dolcezza, prendendo per mano la sua amica e conducendola alla finestra.

«Mi stavo chiedendo. Non sapevo...» Ellen fece una pausa, incespicando sulle parole. Imbarazzata, fissò con attenzione il suo grembo. «Milady, resteremo ancora a lungo a Kildalton?»

«Perché?» chiese rapidamente. «C'è qualcosa che non va?»

«No, Milady», rispose Ellen, alzando immediatamente lo sguardo. «Proprio il contrario».

Celia sorrise sul volto della giovane vedova quando capì il significato della sua costernazione.

«Ha qualcosa a che fare con Runt?» chiese dolcemente.

«Non voglio che voi pensiate che io venga meno al giuramento che ho fatto, Milady».

«Allora è per Runt», interruppe con un sorriso.

«Sì, Lady Celia», ammise Ellen, abbassando di nuovo gli occhi. «Da quando siamo arrivati qui, ha vegliato su di noi e abbiamo passato del tempo insieme. Poi è stato ferito».

«Ma ora va tutto bene», disse dolcemente. «Dobbiamo essere grati che si senta meglio, Ellen».

«Sì, Milady, ero così preoccupata per lui», disse lei. «Nessun uomo si è mai preso una ferita di spada per me come ha fatto lui. Si preoccupa davvero per me, Milady».

«Ti ha fatto conoscere le sue intenzioni?»

«Sì, me l'ha chiesto oggi pomeriggio». La gioia di questo pensiero le illuminò il viso.

«Qual è stata la tua risposta?» chiese dolcemente, prendendo le mani gelide di Ellen tra le sue.

«Gli ho detto che non potevo rispondergli», rispose lei, con la delusione che traspariva dai suoi occhi.

«Lo ami?»

La giovane donna rispose lentamente. «Sì, Milady. Non ho mai pensato che sarei stata in grado di amare di nuovo dopo la morte del mio bambino. Ma prendermi cura di Kit ogni giorno, sentire il bisogno che il piccolo ha di me. E poi, essere qui a Kildalton... l'oggetto delle attenzioni di Runt... Lady Celia, ho di nuovo una vita. È quasi come se avessi trovato una casa per la prima volta. Qui, in un luogo in cui non sono mai stata prima».

Celia si sporse in avanti dalla sedia e la abbracciò. Sapeva esattamente cosa stava provando Ellen.

«Ellen, te lo prometto. Se Runt è l'uomo che hai scelto, farò in modo che tu possa stare con lui. Non so cosa ci riservi il futuro. Non so quanto tempo resteremo. Ma farò in modo che tu non perda questa occasione di felicità».

Non aveva ancora finito di parlare quando Ellen iniziò a piangere. Le due donne si alzarono e si strinsero l'una all'altra e Celia sentì le sue stesse lacrime sgorgare e traboccare.

Celia era stata ansiosa, agitata, in attesa dei rumori del ritorno di Colin.

Era seduta davanti al camino nella quasi oscurità della sua stanza, ascoltando il crepitio delle braci morenti del suo fuoco e i suoni occasionali provenienti dalla Sala Sud. Nella stanza c'era un brivido di freddo che il fuoco non riusciva a dissipare. Infilando i piedi nudi sotto di sé, raccolse la veste bianca intorno a sé, perdendosi tra le braci ardenti del fuoco che si spegneva.

Dopo aver accompagnato Celia e Padre William dal villaggio, Colin era tornato alle navi nel porto per dirigere gli ultimi preparativi. Lord Hugh, Alec ed Edmund erano tutti a bordo delle navi quando queste navigarono lungo la costa e tutti, compreso Colin, erano ancora in acqua quando Celia, Ellen, Kit e Padre William raggiunsero Agnes nella Sala Sud.

Quando erano entrati, Celia aveva preso il bambino, dando la possibilità a Ellen di cenare con Runt, che stava facendo rapidi progressi nella sua guarigione. Non appena Ellen si era girata verso il tavolo dove era seduto insieme ad altre persone, Runt aveva subito liberato un posto accanto a lui per la bella ragazza dai capelli chiari.

Guardarli insieme confermò agli occhi di Celia tutto ciò che Ellen le aveva detto in precedenza.

Dopo che era tornata nella sua stanza, l'uomo di servizio era arrivato con un carico di legna e zolle per il fuoco e la sua familiare cordialità ricordò a Celia quanto fosse cambiata la sua posizione a Kildalton. In qualche modo, Agnes era riuscita a trasmettere alla famiglia la vera identità di Celia. Nessuno la trattava più come un'ospite. L'apertura degli abitanti del villaggio che avevano incrociato oggi la fece riflettere. Tutti l'avevano salutata con il suo vero nome e nessuno sembrava sorpreso di vederla al fianco di Colin.

Come Ellen, sentiva un'accettazione nei suoi confronti che la faceva sentire a casa. Non si trattava di semplice ospitalità. Era un vero e proprio senso di approvazione che sentiva da parte di tutti, soprattutto da parte di Lord Hugh e Agnes.

E tutto questo lo doveva a Colin. Non solo l'aveva salvata da un destino orribile al castello di Argyll, ma le aveva offerto tutte le cose che desiderava nella sua vita. E l'aveva accettata incondizionatamente, assicurandosi che tutti lo sapessero.

Ma lei cosa aveva dato in cambio?

Quando iniziò il boato delle armi, Celia fu riportata indietro nel tempo, quando aveva sentito quello stesso tuono lontano. Era quel periodo dell'infanzia in cui aveva riposto la sua fiducia nel padre. Quella fede, quella fiducia speciale, era stata forgiata dall'amore che padre e figlia avevano condiviso. Una fiducia che non era mai venuta meno fino al giorno della sua morte.

Ma quel pomeriggio, durante la conversazione con Lord Hugh, Celia era stata ferita dalla realtà sconosciuta della sua infanzia. C'era una parte di suo padre che non aveva mai conosciuto. Era una parte della sua vita che non aveva condiviso con lei.

Celia pensò a Edmund, che era stato accanto a lei per tutti questi anni, prendendosi cura di lei, vegliando su di lei, eppure sapendo sempre la verità su suo padre. Non le aveva mai permesso di sospettare nulla che potesse sminuire i suoi cari ricordi. Ma il ricordo dell'amore e della fiducia che aveva creduto illimitati era stato bruscamente attenuato dalle parole che aveva sentito. Suo padre non si era veramente fidato di lei.

Ma ripensandoci ora, Celia sapeva che suo padre semplicemente non poteva. Dopo tutto, lei era una semplice bambina. Aveva fatto quello che doveva fare e aveva fatto del suo meglio. Non poteva biasimarlo per questo. Ma sapeva che era giunto il momento di scoprire tutta la verità da Edmund.

Mentre le navi di Colin martellavano la costa, testando la portata e la precisione dei nuovi cannoni, Celia si rese conto che stava facendo a Colin quello che suo padre aveva fatto a lei, con l'eccezione che Colin non era un bambino e non avrebbe perdonato.

Celia sapeva dentro di sé cosa poteva dare in cambio, cosa *doveva* dare in cambio. Aveva così poco da dargli; aveva solo il suo cuore... e la sua fiducia. Gli aveva già dato il suo cuore. Ora era il momento di dargli la sua fiducia.

L'unica verità che ancora nascondeva a Colin doveva essere condivisa. Allora lui avrebbe saputo tutto di lei. Avrebbe fatto parte della sua vita e avrebbe condiviso il compito che gravava sulle spalle di lei.

Era giunto il momento. Doveva vederlo.

Tutti gli uomini tornarono dalle navi e dal porto molto dopo il tramonto. Nella Sala Sud, durante l'allegro pasto che seguì il successo della navigazione, Colin apprese dalla discussione con Agnes e Padre William che Celia si era ritirata molto prima. Agnes gli assicurò che stava bene, ma che la natura frenetica della giornata non aveva aiutato la sua guarigione. Aveva bisogno di riposare, ammonì Agnes.

Colin era in piedi ad asciugarsi davanti al fuoco scoppiettante della sua stanza. I servitori avevano appena finito di portare via la vasca d'acqua in cui aveva fatto il bagno e il guerriero si era avvolto il panno di lino per asciugarsi intorno ai fianchi. Accovacciato davanti al focolare, gettò distrattamente pezzi di erba e di legno nel fuoco, pensando invece al volto di Celia quando le aveva chiesto di sposarlo. Quanto gli piacevano i voli di espressione che le attraversavano il viso. Mai una donna lo aveva riempito di una miscela così cruda di passioni contrastanti. Voleva tenerla al sicuro tra le sue braccia, confortarla, calmarla, proteggerla, ma allo stesso tempo voleva prenderla, portarla alla febbre del desiderio, alla selvatichezza che sapeva esistere in lei. Voleva sentire il suo corpo liscio sotto il suo, sentire la danza ritmica dell'amore che si costruiva dentro di lei, che li avvolgeva entrambi e li portava allo zenit dell'estasi.

Sentì un'acuta sensazione di agitazione nei lombi al solo pensiero di lei. Sapeva che sarebbe stata una lunga notte.

La testa di Colin si girò di scatto quando il pannello a sinistra del camino si aprì.

Quando Celia aprì la porta del pannello, poté vedere dalla luce del fuoco che la stanza sembrava vuota. Guardando dall'altra parte della stanza l'enorme letto con le tende contro la parete di fondo, non riuscì a capire se lui si fosse ritirato.

Iniziò a chiamare il suo nome dolcemente quando entrò nella stanza, ma la parola le svanì sulle labbra quando lo vide.

La vista di lui in piedi accanto al fuoco cancellò ogni pensiero razionale nella sua testa. I suoi capelli neri e lucenti pendevano in disordine intorno ai suoi bei lineamenti cesellati. I muscoli sinuosi che avvolgevano le sue spalle larghe e il suo torace si increspavano alla luce del fuoco. La parte superiore del suo corpo si assottigliava fino ad arrivare a un addome piatto e duro, prima di scomparire nell'aderente lino bianco che terminava bruscamente in corrispondenza del gonfiore delle sue cosce massicce.

Era davvero magnifico.

Sentì più che altro l'involontaria boccata d'aria che le entrò nei polmoni. Il suono fu così forte nel silenzio che sembrò riempire la stanza. Improvvisamente non riuscì a pensare ad altro che a come sarebbero state quelle grandi braccia intorno a lei in questo momento.

Colin ci mise solo un attimo a riconoscere l'espressione di bisogno di lei che corrispondeva alla sua. La consapevolezza che lei era venuta nella sua camera da letto e che erano finalmente soli, cancellò ogni tentazione di esitazione. Fece qualche passo veloce e la avvolse nel suo abbraccio.

«Sei qui», sussurrò, stringendola con forza contro la sua pelle. Era come se volesse avere la certezza che lei non fosse un sogno, che fosse realmente in carne e ossa.

Il profumo leggero e fresco di lei accese in lui una passione così vertiginosa, così travolgente, che si sentì come un uomo intossicato. Chinando il viso su quello di lei, le loro labbra si incontrarono in una conflagrazione di desiderio. Le labbra di lei si separarono leggermente e lui penetrò nella sua bocca con la lingua, alla ricerca del sapore che avrebbe potuto in qualche modo alleviare l'insaziabile bisogno che aveva di conoscerla.

Celia si eccitò alla sensazione della sua forza intorno a lei. Le sue braccia si sforzarono di tirarlo più vicino. La fame di lui le attraversava il corpo, ogni sua azione. Le sue mani erano tutte su di lui. All'improvviso, le labbra di lui si staccarono dalle sue e lei sentì le mani di lui afferrarle i polsi e appoggiarli ai suoi fianchi.

«Ho sognato questo momento», sussurrò lui, mentre le sue mani scivolavano sotto le pieghe della vestaglia e Celia la sentiva cadere dalle spalle al pavimento.

Avrebbe voluto dirgli come si sentiva anche lei, a proposito dei suoi sogni, ma invece riuscì solo a chiudere gli occhi e a rabbrividire quando sentì le dita di lui allentare delicatamente la sua vestaglia da notte. Lui fece scivolare teneramente le mani sulla pelle della clavicola di lei e le prese il viso tra le mani per un bacio leggero e fugace.

Le sue mani scivolarono di nuovo lungo il davanti della camicia da notte fino al secondo nodo. Mentre scioglieva il nodo, Celia sentì che allargava leggermente la stoffa, mentre il dorso delle sue dita accarezzava le morbide curve tra i suoi seni.

Il terzo nodo era appena aperto quando sentì le sue labbra posarsi leggermente sulle sue. La sua voce bassa rimbombò mentre le prendeva il mento tra le mani.

«Guardami».

Aprì gli occhi e lo fissò nella distesa grigia dei suoi occhi. Erano così pieni di passione, così pieni di desiderio, così pieni di quello che sapeva essere amore per lei.

«Ora ci apparteniamo l'un l'altra», disse lui.

Fece scivolare le mani sotto il morbido colletto della camicia da notte. Sollevò leggermente la biancheria sulla pelle setosa delle sue spalle di lei e la stoffa bianca sparì.

Fece un passo indietro per apprezzare appieno la radiosa bellezza che si rivelava davanti a lui.

«Tu sei una dea», sussurrò in modo straziante.

Anche alla luce del fuoco, poteva vedere il calore florido che le colorava le guance. Il suo corpo sottile era così perfettamente formato, la sua pelle così liscia e così dorata nel bagliore riflettente. Gli occhi di lui si soffermarono sull'incredibile bellezza di quella donna che era completamente sua. Lei stava in piedi con le mani sui fianchi. Non fece alcun tentativo di nascondere il suo corpo a lui. Non tentò di nascondere il suo cuore.

«Colin», sussurrò. «Sono reale... e sono tua».

Il guerriero tornò da lei, la sollevò e la portò attraverso la stanza fino al suo letto. Dal momento in cui la toccò, una passione frenetica eclissò ogni ragione.

La posò delicatamente sui profondi cuscini del suo letto e si sdraiò accanto a lei. La sua bocca catturò la sua e il tocco morbido delle sue mani che si muovevano lentamente sul suo corpo la fece fremere di attesa. Alzò il viso e la guardò con affetto e tenerezza.

Il calore del suo petto contro la sua pelle la bruciava. Si avvicinò per spingere indietro il ciuffo di capelli che gli era caduto sul viso. La sua mano tracciò delicatamente la linea della mascella, la muscolatura della spalla e del braccio.

Colin rabbrividì involontariamente per la sensazione erotica che il suo tocco produceva in lui e la baciò di nuovo: le labbra, il mento, la punta della lingua che tracciava una linea lungo la gola fino alla valle tra i seni. La sentì ansimare quando la sua bocca circondò un seno, prendendo infine il capezzolo tra le labbra.

Lei si aggrappò alle lenzuola ai suoi lati mentre la mano di lui scivolava lungo il suo ventre fino all'attaccatura delle cosce. Il corpo di lei si inarcò contro la mano di lui quando le sue dita entrarono nella calda apertura, alimentando dolcemente il fuoco impetuoso dentro di lei. Sentì una scarica di calore bianco che si sprigionava dalle labbra di lui sul suo seno fino al tocco delle sue dita nella sua carne.

Colin ascoltò i morbidi mugolii di piacere che le sfuggivano dalle labbra. Si concentrò sul tono crescente di lei, sui brevi respiri ansimanti, nel tentativo di controllare la propria eccitazione crescente.

Con un movimento rapido, spazzò via l'asciugamano che lo

copriva e si sollevò sul corpo di lei. Le sue gambe si aprirono istintivamente per accoglierlo. La penetrò dolcemente finché la sua virilità pulsante non raggiunse la membrana della sua verginità. Si fermò e la guardò negli occhi velati di passione.

«Celia, stringimi», mormorò lui, facendo scivolare le mani sotto il suo sedere.

Sentì le mani di lei afferrargli la schiena e non poté più aspettare. Si spinse in profondità dentro di lei.

Bloccata sotto di lui, Celia gridò quando il dolore acuto del suo ingresso esplose nel suo corpo. Il peso di lui su di lei bloccò ogni movimento.

«Stai ferma, amore mio», disse a denti stretti, cercando di controllare l'irrefrenabile desiderio di ritirarsi e immergersi ancora e ancora nell'incredibile stretta. «Mi dispiace per il dolore. Aspetta, passerà».

Si sentiva fuori dalla realtà improvvisa del momento. Come se si trovasse accanto all'esperienza, non sentì alcun dolore, ma solo uno shock che sembrava cancellare la sensazione di strappo. Ma poi, nel suo corpo cominciarono ad agitarsi sensazioni di tipo diverso. Celia sentì come se una forza completamente diversa si stesse impossessando del suo essere. Un bisogno urgente di muoversi si stava insinuando in lei.

Anche Colin sentì un bisogno crescente dentro di sé. La baciò avidamente mentre i suoi fianchi iniziavano a muoversi ritmicamente contro di lui. La sua stretta era meravigliosamente angosciante mentre lei si sollevava su di lui, attirandolo sempre più in profondità fino a quando non lo aveva accolto tutto.

Onde di calore bianco e pulsante la stavano consumando. Non era nemmeno cosciente della danza selvaggia e impetuosa della pulsazione del suo corpo. Le sue unghie gli artigliavano la schiena, le spalle, mentre la sua bocca lo divorava.

Colin tremò per lo sforzo di trattenersi. Lentamente si ritrasse dalle profondità di lei, solo per sentirla sollevarsi e prenderlo dentro di sé. Si spinse dentro di lei ancora e ancora, i loro corpi dondolarono insieme, si sollevarono insieme fino a un crescendo frenetico di amore e liberazione.

Il loro orgasmo esplose con forza vulcanica e si aggrapparono l'uno all'altra, uniti in una sfera di cristallo di corpo e spirito.

Fissati, sembrarono passare un'eternità in quel momento, finché lui si ritrasse delicatamente da lei e rotolò su un fianco, portandola con sé.

Mentre i suoi respiri si placavano, lui le accarezzò il viso, sollevandole il mento e baciandola leggermente sulla fronte, sulle palpebre, sulle guance, sul mento e sulle labbra.

«Ti amo, Celia. Mi dispiace di averti ferita».

«Non dispiacerti», mormorò lei dolcemente, con gli occhi neri velati di passione. «Non mi hai fatto male».

«Non farà più così male», disse lui in cambio, accarezzandole i capelli morbidi, la spalla, la schiena. «Andrà meglio».

«Morirò se la situazione migliorerà», rispose lei, con una risata che attraversò l'aria profumata d'amore. Lo guardò di fronte a sé, toccandogli il petto, la spalla, la parte superiore del braccio, con il viso sempre più serio. «Spero che la prossima volta potrò soddisfarti come tu hai fatto con me».

Colin rise ad alta voce al pensiero che lei non lo soddisfacesse. Tirandola strettamente contro di sé, le schiacciò le labbra con un bacio bruciante.

«Soddisfare me?» ringhiò con un sorriso. «Mai prima d'ora ho provato quello che abbiamo condiviso stasera. Mi sono sentito come se fossi uscito da un tunnel buio per entrare in una luce che non avevo mai conosciuto. Hai scatenato in me una passione che non potevo controllare. Ti prego. Mio Dio, amore, mi hai soddisfatto... mi hai inebriato... mi hai reso schiavo».

Lo spinse sulla schiena e gli sorrise negli occhi grigi.

«Oh, Colin», disse emozionata. «Ti amo così tanto. Sono venuta qui stasera per parlare e... e basta uno sguardo per vederti lì, così bello... nudo». La mano di lei percorse i muscoli del suo petto, del suo stomaco duro, scendendo fino all'ombelico, ancora più in basso. «Voglio imparare tutto. E tutto di te».

Quando le sue dita raggiunsero la sua virilità, lo sentì fare un respiro affannoso. La sua bocca era su di lui ora, baciando le sue labbra, assaggiando il suo collo, il suo petto. Ripensando al piacere che lui le aveva dato, gli circondò i capezzoli con la lingua. Colin gemette quando la sua mano afferrò leggermente la sua eccitazione pulsante. All'improvviso, il viso di lei era sopra il suo, con gli occhi maliziosi e l'espressione impetuosa.

«Colin», iniziò lei. «Sono pronta a parlare adesso».

Il gigante prese i suoi riccioli ramati nei suoi due grandi pugni e la fece rotolare sulla schiena.

«Domani. Parleremo domani».

———

Quando le prime luci dell'alba si insinuarono attraverso la finestra di Colin, il guerriero si rotolò sullo spazio ancora caldo accanto a lui. Quando la sua coscienza emerse attraverso la nebbia grigia del sonno, si rese conto che Celia non era più lì.

Seduto di scatto, aprì le pesanti tende che bloccavano la vista del pannello. L'ingresso era chiuso e lei era sparita.

Per un attimo si chiese se la notte precedente fosse davvero accaduta. Se lei fosse venuta da lui. Se avessero condiviso l'incredibile passione che sembrava quasi un sogno nei suoi ricordi. Ma guardando le lenzuola, capì che lei aveva condiviso con lui un momento importante della sua vita.

Sdraiato sul letto, Colin sentì un dolore lancinante iniziare a crescere in lui. C'era un posto vuoto dentro di lui che sapeva essere intimamente connesso con il posto vuoto accanto a lui. Si sentiva quasi sciocco, come uno scolaretto pubalgico, sapendo che il desiderio che provava era per una donna nella stanza accanto. Sorrise nell'oscurità della tenda sopra il letto e chiuse gli occhi. Lei gli mancava.

———

Orso aspettava Celia quando lei scese le scale della Sala Grande, con la coda che scodinzolava ferocemente in un saluto mattutino ormai abituale. Prendendolo per le orecchie e baciandolo al centro della fronte squadrata, Celia si voltò verso la Sala Sud con un misto di sentimenti che si stavano combinando per colorarle le guance con un calore crescente. L'emozione di vedere Colin si univa a un po' di nervosismo; il desiderio di stare con coloro che sapeva le volevano bene si univa a un po' di timidezza al pensiero che potessero scorgere qualche cambiamento in lei.

Celia fu lieta di vedere il sole entrare dalle porte aperte della sala d'ingresso. Un'altra bella giornata.

Entrando nella Sala Sud, si fermò all'ingresso quando notò uno sconosciuto seduto con Lord Hugh, Colin, Edmund e Alec. Immediatamente Colin alzò lo sguardo per vederla e balzò in piedi. Attraversando la sala, si incontrarono al centro e quando lui le prese le mani, lei arrossì furiosamente, notando che tutti gli occhi della sala erano puntati su di loro.

«Sei sicuramente di buon umore stamattina», sussurrò lui, mentre si giravano verso il tavolo. «Notte difficile per il sonno?»

Celia non poté rispondere, il suo viso era rosso fuoco, ma scavò con forza le unghie nella carne del suo palmo. Lui reagì immediatamente, nascondendo una smorfia e stringendo saldamente la mano di lei nella sua.

«Farò il bravo», si arrese. «Inoltre, abbiamo una visita».

Scambiando uno sguardo con l'uomo che ora si trovava al suo posto al tavolo, Celia pensò che il suo viso avesse qualcosa di familiare, anche se era sicura di non averlo mai visto prima. I lineamenti belli e fanciulleschi erano segnati dalla cicatrice rosso vivo che gli attraversava la fronte da appena sopra l'occhio destro e che spariva tra i capelli castani. I suoi occhi sembrarono riconoscerlo quando lei si avvicinò e quel riconoscimento fu seguito da sorpresa e ammirazione.

«Lady Celia», disse Colin, prendendole il braccio in modo possessivo. «Vorrei presentarti il fratello di Alec, Ambrose Macpherson».

Celia passò lo sguardo dal volto sorridente di un fratello all'altro, capendo ora perché l'aspetto di Ambrose le era sembrato così familiare. Era solo una versione leggermente più bassa e sfregiata di Alec. Ma pur sapendo che i fratelli di Alec erano stati a corte, era sicura di non averli mai incontrati.

«Conosco Lady Muir», rispose Ambrose con tono cordiale.

«Davvero?» sbottò lei, perplessa dalla sua risposta. «Sono sicura che non ci siamo mai incontrati, Milord».

«Sì, Milady», continuò. «Ero tra la folla che vi seguiva durante i festeggiamenti della scorsa estate. Vi avevo già vista molte volte, ma non siete mai stata una di quelle che lanciavano occhiate in direzione di un ammiratore. Ma perdonate la mia sorpresa nel vedervi qui. A corte si diceva che la regina Margaret vi avesse mandata in Inghilterra».

231

«C'è stato un cambio di programma, Milord», rispose lei evasivamente.

Colin la condusse al suo posto a tavola e si sedette accanto a lei. Seduto, Ambrose si chinò in avanti per rivolgersi a lei.

«Milady, stavo giusto raccontando a questi bravi gentiluomini la notizia di una persona con cui avete avuto degli spiacevoli rapporti, credo».

«Avete conosciuto Danvers?» chiese Alec, allungando il collo per vedere il suo volto.

«Sì», disse a bassa voce. «Purtroppo è così».

«In effetti è così», disse Ambrose con ammirazione. «Sono stato testimone di un loro incontro».

Si rivolse a Lord Hugh. «Milord, se posso. Durante uno dei tornei del re a Stirling, due anni fa, credo, questo diavolo inglese Danvers è venuto alla nostra corte, presumibilmente in rappresentanza del nuovo re inglese durante i festeggiamenti».

La sua schiena si irrigidì a quelle parole. Conosceva fin troppo bene questa storia e non era del tutto contenta di risentirla qui e ora. Sarebbe stata felice di non sentire mai più il nome di Danvers. Sorrise con gratitudine a Colin che le prese la mano.

«Durante la gara», continuò Ambrose, «Danvers ha battuto il fratello minore del conte di Huntly».

«Sì», interruppe Lord Hugh. «Ricordo di averne sentito parlare. Invece di accettare la parola di resa del ragazzo disarmato, il cane inglese lo ha picchiato duramente con il manganello. È quasi morto per le ferite riportate, non è vero?»

«Infatti», aggiunse Edmund. «Ma si è ripreso ed è un combattente molto migliore ora che è cresciuto... e ha fatto esperienza».

«Dopo il pestaggio», proseguì Ambrose, «il porco Danvers ha strappato il guanto di maglia d'acciaio al guerriero sanguinante e svenuto e gli ha dato un calcio feroce e poco virile. Poi è montato in sella e ha raggiunto la tribuna dove la regina Margaret era seduta con il re e il suo seguito. È andato direttamente davanti alla regina e ha chiesto di poter consegnare il gettone alla sua 'Lady'».

Colin sentì Celia fremere di quella che sembrava essere rabbia mentre fissava direttamente il luogo davanti a lei.

«Gli spettatori erano tutti tranquilli, disgustati e vergognosi per la sua condotta sul campo e curiosi di sapere chi fosse la sua dama. Ricevuto un cenno dalla regina, Danvers è smontato ed è salito sulle poltrone, fermandosi davanti a Lady Muir e offrendo il guanto come pegno».

Ambrose interruppe il suo racconto per un attimo, giusto il tempo di bere dalla tazza vicino al suo piatto. La Sala Sud era in totale silenzio, mentre tutti aspettavano la sua prossima parola.

«Danvers è rimasto lì per quella che è sembrata un'eternità. L'attenzione della folla era concentrata su di loro. Poi Lady Muir si è alzata, gli ha tolto il guanto di mano e gli ha dato uno schiaffo in faccia così forte che il sangue gli è sceso lungo la guancia e gli è colato dal mento come la pioggia da un gargoyle. Gli ha sputato in faccia sbalordita e ha girato i tacchi, lasciando Danvers davanti a un re ridacchiante e a una folla che lo acclamava selvaggiamente».

Nella sala di Kildalton, tra gli astanti ammutoliti, scoppiò all'improvviso un grande applauso per la donna che sedeva con la faccia rossa accanto al loro giovane Lord. Prima che il rumore si placasse, Celia era circondata dai combattenti dei Campbell e dai membri della famiglia, che si congratulavano con lei come se l'evento fosse appena accaduto.

Celia alzò lo sguardo verso Colin, stupita dalla risposta spontanea della sua gente. Lo sguardo che lui le rivolse fu di intenso orgoglio e un senso di sollievo e gioia la pervase.

Poco dopo la sala iniziò a svuotarsi, con i combattenti ancora animati dalla storia raccontata da Ambrose. Diversi gruppi del consiglio del clan entrarono nella sala e, mentre i tavoli venivano sparecchiati, Celia e gli altri si misero in gruppo nello spazio aperto tra i tavoli.

«Colin», disse a bassa voce, prendendolo da parte. «Ti dispiace se stamattina mi alleno nel tuo giardino?»

«È il nostro giardino, ora», rispose a bassa voce.

«Potresti raggiungermi lì per qualche istante?» Lei voleva ancora parlargli. Aveva ancora bisogno di condividere con lui il suo ultimo segreto.

«Unirmi a te? Cosa avevi in mente per me, Lady Muir?» chiese lui in modo suggestivo.

«Smettila», rispose lei, arrossendo. «Davvero, hai una mentalità unica».

«E non ti è passato per la testa stamattina?» chiese lui, alzando un sopracciglio.

«Sì, invece», rispose Celia, fissandolo intensamente negli occhi.

Colin sentì una fitta di desiderio nei suoi lombi. In cuor suo sapeva che avrebbe potuto perdersi nel nero cristallino degli occhi di Celia. La voleva, ora e per sempre.

«Se non hai troppa fretta di uscire», esordì maliziosamente. «Credo che abbiamo qualche momento per... discutere dei progetti di giardinaggio... nella mia stanza».

Prima che lei potesse rispondere, Ambrose e Alec si avvicinarono a lei.

«Lady Celia», disse il giovane Macpherson. «Non sapete quanto sia felice di aver finalmente avuto l'opportunità di conoscervi. Come tutti i vostri ammiratori, sono stato molto addolorato quando ho saputo che avete lasciato la corte per l'Inghilterra...»

«Ehm!» lo interruppe Alec, nel tentativo di salvare la buona reputazione del fratello con i Campbell. «Non per sminuire la tua buona opinione di Lady Muir, Ambrose, ma sono sicuro di averti sentito proclamare la tua ammirazione per altre...»

«Ma nessuna come Lady Celia, Alec», protestò il fratello. «Ho sempre...»

Ambrose si fermò di colpo quando Colin si avvicinò a Celia e le prese la mano. Il cipiglio feroce che vide sul volto del guerriero parlava chiaro e il più giovane dei Macpherson capì che stava camminando su un terreno molto pericoloso.

»... Ho sempre... ritenuto Lady Muir la migliore marinaia con cui abbia mai perso».

Celia alzò lo sguardo verso il viso di Colin e quasi rise ad alta voce.

«Non è solo un'ottima marinaia», continuò Alec, cercando di guidare la conversazione. «È anche incredibilmente esperta di cure. Probabilmente potrebbe curare la lebbra. Ha curato la mia cinetosi».

«Non dirai sul serio?» chiese Ambrose incerto.

«Sì», confermò Colin. «Da quando Celia gli ha dato il rimedio, Alec è stato più spesso sulle mie barche che sulla terraferma».

«Se volete scusarmi, ho sentito parlare abbastanza delle mie buone azioni per un oggi, grazie».

Colin si diresse verso la porta insieme a lei.

«Ti raggiungerò dopo aver incontrato il consiglio del clan e

Ambrose», promise. «È chiaro che non posso lasciarti sola troppo a lungo con tutti questi nuovi rivali che si presentano».

«In tutto il mondo», rispose dolcemente, «tu non hai rivali».

Colin le strinse delicatamente la mano e lei si girò verso la porta.

La rugiada sulle piante scintillava come un gioiello alla luce del sole. Mentre Celia esplorava il giardino, osservando con più attenzione le piante troppo cresciute e l'incuria generale, pensò che si sarebbe potuto fare molto con un coltello da potatura affilato e un po' di duro lavoro. Era proprio quello di cui aveva bisogno.

Ellen e Kit rimasero con lei per un po' e Runt si unì a loro, facendo avanti e indietro tra l'aiutare Celia con le sterpaglie che stava ripulendo e il chiacchierare affettuosamente con Ellen.

Mentre Celia lavorava in un quadrante, notò che Runt stava ammucchiando le sterpaglie vicino a una specie di siepe che si trovava circa a metà del muro del giardino. Tirando indietro la siepe, vide una piccola porta di quercia, pesantemente sbarrata e ricoperta di muschio a causa del disuso.

«Pensavo che potremmo portare la spazzatura nel campo di addestramento da lì, Milady», disse lui, arrivando alle sue spalle.

«È una buona idea, Runt. Avrei dovuto immaginare che ci fosse un'altra entrata. Perché non sgomberiamo e portiamo via tutto adesso?»

«Dobbiamo chiedere a Lord Hugh prima di aprire la porta, Milady».

«Perché? Cosa c'è oltre la porta?» chiese lei.

«Il piccolo giardino intorno alla cripta di famiglia, Milady», rispose lui. «È lì che è sepolta la madre di Lord Colin».

Celia non aveva mai pensato fino ad ora all'ultima dimora di Lady Campbell. Pensando a lei ora, avrebbe voluto saperne di più su quella donna. Era chiaramente venerata ancora oggi, venticinque anni dopo la sua morte. E perché non dovrebbe esserlo? Pensò. Aveva creato una famiglia forte e amorevole. In Colin, Celia vedeva la forza e il coraggio di Hugh, ma anche la compassione, la comprensione, la fiducia e l'amore.

Il sole si stava alzando e Celia sentiva Kit che cominciava ad agitarsi. Tornando da Ellen, chiese a Runt se non gli dispiaceva accompagnarli nella sua stanza. Lui si illuminò visibilmente alla prospettiva.

«Sarò qui tra poco», disse con tono benevolo.

Più di un'ora dopo, Celia era ancora al lavoro. Il sole e lo sforzo l'avevano riscaldata notevolmente e si era rimboccata le maniche nel vano tentativo di tenere pulito il vestito. Le sue mani erano graffiate e sporche a causa dei rovi e del terreno freddo e umido. Il suo viso e il suo vestito non erano altro che il riflesso delle sue mani.

Ma il giardino era un posto diverso. Raddrizzandosi e stiracchiandosi la schiena, guardò con orgoglio l'enorme mucchio di sterpaglie che aveva potato dai rosai e dalle siepi. Anche le aiuole nel quadrante dove Ellen e Kit avevano giocato erano notevolmente più ordinate. Anche la piccola sezione di erbe che un tempo formava un intricato giardino di nodi stava iniziando a prendere forma. Ma c'era ancora molto da fare e lei era entusiasta di farlo.

Celia stava guardando l'albero di ciliegio vicino alla terrazza, ancora brillante nel suo manto primaverile di rosa e bianco, quando vide Colin uscire sulla terrazza. Sorrise con gioia e fece un passo verso di lui, ma il sorriso le si bloccò sulle labbra quando vide la rabbia che offuscava i suoi lineamenti.

Rimase a guardare mentre lui si avvicinava a lei. Tutte le paure, tutte le insicurezze che aveva superato da quando era arrivata a Kildalton, si rianimarono in un istante. Lo sguardo di lui le fece tornare la sensazione di vuoto e di tristezza con cui aveva convissuto per tanto tempo.

«Non me l'hai detto», ringhiò accusando. «Perché non me l'hai detto?»

«Colin, io...» esordì lei impotente.

Capitolo Dodici

CE L'HA DETTO SOLO per il malcontento. È il periodo della semina e ancora ci stiamo muovendo verso nord. I mugugni si fanno più forti e si mormora persino di un ammutinamento. Così ci dice il diavolo. Prendete il bambino, ci dice. Oppure prendete la donna. Lei ci porterà il bambino in cambio. E poi torneremo a casa. Per ordine del re, torneremo a casa.

Ma dirà qualsiasi cosa, il diavolo.

Ambrose aveva portato loro notizie. Non solo notizie sugli sforzi congiunti di Danvers e Argyll nelle Highlands, ma anche notizie su un bambino scomparso. Ambrose aveva raccontato che la regina non era riuscita a generare il principe ereditario, un fatto preoccupante visto che nessuno al di fuori della sua famiglia aveva visto il bambino per oltre due mesi. Ambrose raccontò che si diceva addirittura che la regina avesse mandato il principe da suo fratello in Inghilterra. Ma dall'Inghilterra non giungevano notizie che indicassero in qualche modo la presenza del principe.

Tutto ciò che si sapeva con certezza era che Huntly e gli altri nobili stavano negoziando una pace con il re inglese che avrebbe garantito la sicurezza e la sovranità del principe Stewart. Ma non si sapeva ancora dove si trovasse il piccolo principe.

Ma non appena Colin aveva sentito Ambrose parlare, aveva capito dove si trovava il bambino. Non era stato difficile ricostruire gli eventi.

«È il principe ereditario», raspò Colin a denti stretti. «Non è vero?»

Il suo volto era nero per la furia che imperversava appena sotto la superficie. Celia sentì una fitta al cuore mentre osservava i muscoli della sua mascella contrarsi in continuazione.

«Sì, Colin», disse lei con fermezza. «Lo è».

«Perché non me l'hai detto?» quasi gridò, prendendola per i polsi.

«Ho cercato di dirtelo», supplicò lei. La sua presa le faceva male, ma era decisa a non opporsi. Aveva intenzione di dirglielo. Lui aveva tutto il diritto di essere arrabbiato.

«Evidentemente non abbastanza», sputò, lasciandola e allontanandosi da lei. «Perché l'hai portato qui, comunque?»

«Non era quello che avevamo pianificato... in origine. Colin, lasciami...»

«Allora come ho fatto a far parte del tuo piano?» la interruppe, voltandosi verso di lei, con la rabbia che copriva a malapena il dolore nei suoi occhi.

«Non c'è mai stato alcun 'piano' quando si trattava di te», disse con voce tranquilla. Il suo sguardo la ferì.

«Ti aspetti che io ci creda dopo tutte le bugie?» rispose con disprezzo nella voce. «Dal momento in cui sei arrivata qui, hai nascosto delle cose. Tutto ciò che ti riguarda è stato un mistero o una bugia».

«Devi credere a ciò che il tuo cuore ti dice di credere», disse lei, sapendo che il suo dolore e la sua incredulità erano evidenti sul suo volto.

«Parli del mio cuore», rispose furioso. «Tu mi hai usato. Hai usato la mia famiglia e la mia gente per i tuoi scopi mercenari».

Ecco a cosa si riduce, pensò. Mercenaria. Tale padre, tale figlia. Questo era ciò che lui pensava di lei. Di suo padre.

«Non l'ho mai fatto», rispose lei, con la voce ferma. «Ma ti assicuro che non rischierò di usarti di nuovo».

Celia passò davanti al Lord furioso, ma fu fermata e sferzata dalla sua presa feroce sul braccio.

«Non andrai da nessuna parte finché non saprò chi ti paga per i tuoi... servizi», sogghignò.

La violenza delle sue parole la stordì e il volto di Celia impiegò un attimo per registrare l'impatto della sua insinuazione. Poi la rabbia le colorò il volto e si fece strada in lei. La sua mano libera scattò e lo schiaffeggiò con forza sul viso.

«Maiale!» sputò lei, con le lacrime che le scendevano dagli occhi. «E io che pensavo che tu fossi diverso. Non sono in vendita e non sono una mercenaria. E non ho rapito il principe per ottenere un riscatto».

Celia strappò il braccio dalla sua presa e si avviò verso la terrazza. Prima che raggiungesse i gradini, però, lui la superò e la fece girare di fronte a sé.

Questa volta, però, il suo coltello balenò minaccioso nello spazio tra loro e Colin le liberò rapidamente il braccio. Poi, fingendo di ignorare l'arma, la guardò direttamente in faccia con le lacrime.

«Se non sei una mercenaria, allora chi c'è dietro a tutto questo?» chiese, sentendosi improvvisamente insicuro di ciò che aveva fatto, di ciò che aveva detto. Ma lei non si era fidata di lui. Perché? A che gioco stava giocando?

«Chi c'è dietro tutto questo? Il conte di Huntly e tutti i tuoi dannati nobili che sono rimasti fedeli alla Corona di Scozia», sbottò. Il suo corpo tremava di rabbia.

Fu il turno di Colin di rimanere sbalordito. Guardandolo, voleva correre, allontanarsi dai suoi freddi occhi grigi. Ma il suo corpo non si muoveva dal posto. Sapeva che se fosse scappata ora, sarebbe stata la fine. Non ci sarebbe stato altro tempo per spiegare. L'odio, il dolore, avrebbero sostituito tutto il resto. Non poteva permettere che accadesse. Lei lo amava.

«Vuoi dire che Huntly ti ha fatto rapire il principe a sua madre, la regina?» L'entità dell'azione era difficile da comprendere. Si trattava di tradimento? O era patriottismo?

«Non abbiamo rapito Kit. Lo abbiamo salvato. La regina Margaret aveva intenzione di mandarlo in Inghilterra per una 'corretta educazione' nelle mani di suo fratello, il re Henry».

Si fermò per un attimo, guardando il volto che incombeva su di lei. Non era lo stesso volto arrabbiato che aveva affrontato solo pochi istanti prima. Non oppose resistenza quando lui si abbassò e le tolse delicatamente il coltello dalla mano. Il suo corpo tremava ancora per la rabbia e il dolore che la stavano attraversando.

«Sai cosa significa... un'istruzione adeguata?» continuò. «Sarebbe stato imprigionato per tutta la vita. Per quanto lunga possa essere. E io sono stata mandata ad accompagnarlo. Kit in prigione. Io a Danvers».

Celia guardava dritto davanti a sé, con un forte senso di perdita che le tormentava l'anima. Dentro di sé, piangeva. Le parole di Colin le risuonavano nelle orecchie. Lo aveva tradito. Lui non l'avrebbe perdonata.

Due gabbiani volteggiavano al sole oltre le mura, tuffandosi l'uno contro l'altro in una danza di cerchi aerei.

Anche Colin era immerso nell'infelicità. Perché era stato così sciocco? Perché doveva pensare al peggio? Dopo aver sentito parlare di tutti i suoi ammiratori, della sua fama, della sua indipendenza come donna, un'insicurezza si era insinuata, guidando i suoi pensieri e le sue emozioni. Quando aveva appreso la notizia da Ambrose, aveva dato un giudizio affrettato. Aveva cercato un motivo per cui questa bellissima donna avesse scelto lui invece di tutti gli altri. E poi, stupidamente, le parole di Ambrose gli avevano fatto venire in mente quel motivo. Sì, lei aveva solo cercato la sua protezione, il suo nome, fino a quando i suoi scopi non fossero stati raggiunti.

Ma quanto si era sbagliato. Era disposta a giocarsi tutto, la sua vita, la sua felicità, il suo future, per garantire il futuro della corona, per garantire il futuro della Scozia. Era disposta a morire per salvare la vita di un bambino che gli uomini volevano distruggere.

Allungò la mano e la prese nella sua. Lei non gli oppose resistenza.

«Celia», esordì dolcemente. «Perché non ti sei fidata di me?»

«Mi sono fidato di te dal primo giorno in cui ti ho incontrato. Ma non potevo rivelarti la verità. Ho fatto un giuramento, ma sapevo che Kit era al sicuro qui. Non ho mai pensato che ci avrebbero trovato. Non ho mai voluto che a Runt o ad altri venisse fatto del male».

«Non potevi sapere che le spie di Danvers erano ovunque. E Runt guarirà. Ma non credi che avrei dovuto sapere che il principe ereditario di Scozia era qui a casa mia? Sotto la mia protezione?»

«Non importa», rispose lei, guardandolo negli occhi grigi e preoccupati di lui. «Ti conosco meglio di quanto pensi. Se Kit fosse stato l'ultimogenito del più umile contadino della Scozia, lo avresti protetto come un re... come se fosse tuo».

Colin le sorrise e la strinse forte tra le braccia.

«Tu mi conosci», disse, stringendola ancora di più a sé.

«Sì, Colin Campbell», rispose lei. «E ora conosco anche un altro lato di te».

«Non smettiamo mai di crescere, amore», disse pensieroso. «Non smettiamo mai di imparare».

«Sei stato crudele con me», sussurrò lei, appoggiando il viso al suo petto.

«Non ti sei mai confidata con me», ribatté lui dolorosamente, sapendo che le sue parole l'avevano davvero ferita.

«È vero, e mi ha distrutta dentro, sapendo che lo avresti visto come un tradimento nei tuoi confronti», rispose lei, con gli occhi che le lacrimavano di nuovo al pensiero di tutto questo.

«Non è stato un tradimento», disse lui, difendendola dalle sue stesse accuse. «Avevi giurato di proteggere il principe ereditario. Ma ero così insicuro di te. Sulla tua indipendenza, persino sulle attenzioni di Ambrose».

«Non è colpa tua», rispose lei, guardandolo in faccia. «Sono io che ho creato questa insicurezza non confidandomi con te».

«No», rispose brevemente, scuotendo la testa in risposta. Abbassò lo sguardo sulla donna tra le sue braccia. «Nonostante tutti i vantaggi che ho avuto nella mia vita, ho ancora molto da imparare. Forse a causa di questi vantaggi. Mi arrabbio quando le cose non vanno come penso che dovrebbero».

«Vuoi dire che sei viziato?» Celia lo stuzzicò, sorridendogli timidamente.

«Sì, amore mio», ammise lentamente. «E non condivido molto bene».

«Ma io credevo che i Campbell fossero i più accomodanti tra i Lord scozzesi», disse lei, spostando le mani dal petto di lui e cingendogli la vita con esse.

«Sono molto possessivo nei confronti di ciò che è mio», ringhiò affettuosamente.

«Davvero?» chiese con finta incredulità.

«Sì, Celia. Tu sei una cosa che non condividerò», disse seriamente. «Né ora né mai».

«Mi vuoi ancora?» chiese lei, con gli occhi che brillavano al sole di mezzogiorno.

«Non ho mai smesso di desiderarti», rispose. «Ti amo».

«Colin, ti amo...» iniziò lei, ma non finì perché lui le bloccò la bocca con un bacio.

Si strinsero l'uno all'altra, ciascuno di loro apprezzando l'improvvisa consapevolezza che il loro amore li aveva portati oltre un abisso che aveva minacciato di inghiottire la loro felicità.

Appoggiando il mento sulla testa di lei, lo sguardo di Colin si soffermò finalmente sul giardino davanti a lui. Non aveva nemmeno notato i cambiamenti che Celia aveva apportato in una sola mattina.

Allontanando la testa per commentare l'enorme mucchio di spazzole, si accorse che i suoi capelli erano impigliati nella spazzola. Sorrise mentre faceva un passo indietro, esaminando il suo stato di disordine.

Il suo viso era una macchia di sporco, sudore e lacrime. Prendendole le mani e allargandole per guardare il vestito, vide che i graffi e la sporcizia erano la prova del duro lavoro che aveva fatto in giardino.

«Ti sei data da fare stamattina», disse ridacchiando.

«Ti piace?» chiese lei, voltandosi. «È solo un inizio».

«È bellissimo», disse, senza quasi guardare il terreno. I suoi occhi stavano valutando questa donna, la cui bellezza non era affatto diminuita dagli effetti del suo lavoro. Il suo viso aveva l'espressione aperta di chi è in pace con sé stesso. Colin percepì che stava vedendo la Celia che, per la prima volta, era libera dal pesante segreto delle sue preoccupazioni. Era radiosa.

Guardandosi intorno, si rese conto che non stava nemmeno guardando il suo lavoro. Girandosi verso di lui, mise le mani sui fianchi e lo guardò con affetto.

«Non stai nemmeno guardando», lo rimproverò.

«Oh, sì. È così», rispose. «E sto vedendo proprio quello che voglio vedere».

Il suo volto divenne contemplativo per un momento. Poi, prendendolo per mano, lo condusse su una panchina appena spianata sotto i fiori del ciliegio.

«Voglio che tu mi veda esattamente come sono», disse lei, tenendogli la mano in grembo. «E voglio che tu sappia tutto quello che so».

Celia fece un respiro profondo, ripensando agli ultimi due anni e chiedendosi da dove cominciare. Sapeva che c'erano così tante cose che lui voleva sapere di lei. C'erano così tante cose che doveva raccontare.

Lui si sedette pazientemente, sicuro del nuovo livello che il loro rapporto aveva raggiunto.

«La mia vita a corte è stata una vita solitaria», disse Celia. «Prima dell'incidente di cui ha parlato Ambrose, ero un membro della famiglia della regina Margaret, ma solo di nome. Il mio rapporto con la regina non è mai stato esattamente amichevole. Non faceva mistero del fatto che non mi volesse accanto a sé. Mi ripeteva spesso che avrei dovuto sposarmi in Inghilterra con l'uomo scelto da suo padre... proprio come lei doveva sposarsi in Scozia con l'uomo che suo padre aveva scelto per lei. Per Margaret i matrimoni sono combinati e l'amore è un'illusione romantica.

«Facevo parte del suo seguito, ma la regina sembrava impotente nelle questioni che mi riguardavano, come se fossi sotto la protezione del re stesso. La sua evidente antipatia nei miei confronti mi rendeva un'estranea alle altre donne. Nemmeno una delle dame della regina si preoccupava di conoscermi. Ma questo, in un certo senso, era una benedizione perché potevo passare il tempo a studiare con Padre William o, sotto mentite spoglie, ad allenarmi con i soldati di Edmund. Ma era un tempo preso in prestito e lo sapevo. Ogni giorno mi sentivo come se il futuro mi stesse crollando addosso.

«E poi, due anni fa, il re ha organizzato il torneo a cui Danvers ha partecipato. Pensavo che fosse arrivato il momento di andare in Inghilterra con lui. Dio solo sa quanto ho cercato di rassegnarmi al mio destino. Ma quando ho visto come si è comportato, in modo così becero, così crudele, così privo di cavalleria o persino di comune decenza, tutta la repulsione che avevo per lui si è riversata su di me. L'ho colpito lì, non per attirare l'attenzione su di me, ma piuttosto per sfogare il mio odio, la mia furia e il mio disgusto per lui.

«Per qualche motivo, però, a Danvers non è stato permesso di portarmi fuori dalla Scozia dopo il torneo e se né è andato subito dopo.

«Ma dopo questo episodio, la mia vita a corte è cambiata. La gente ha iniziato ad accorgersi di me e non mi aveva mai notata prima. Mi parlavano persone che non mi avevano mai rivolto la parola prima. È così che ho conosciuto il conte di Huntly. Dopo il torneo, si è preoccupato di farmi accettare a corte. Mi sono resa conto di aver trovato un mecenate».

«Stava cercando di organizzare un matrimonio per te nella sua stessa famiglia?» chiese Colin, curioso di conoscere i motivi che avevano spinto Huntly ad aiutare questo prezioso gioiello.

«No, tutti sapevano che io ero come promessa a Danvers. E a parte questo, non avevo nulla da portare alla sua famiglia».

«Celia», rispose lui, prendendole entrambe le mani tra le sue. «Tutte le ricchezze del mondo non possono superare ciò che hai dentro di te».

«Non tutti mi apprezzano come so che fai tu».

«Ti sbagli su questo, amore mio», sorrise. «Ma ho interrotto la tua storia».

«L'influenza di Huntly mi ha fatta sentire come se avessi trovato un paese da chiamare mio. Ho iniziato a capire che la storia della Scozia e la mia erano collegate. Vedevo la lotta contro l'oppressione inglese come la mia stessa lotta. Erano entrambe lotte per l'indipendenza. In quel periodo ho imparato a conoscere il mio patrimonio, la storia della Scozia e gli Stewart. Ho capito che l'obiettivo degli Stewart era quello di rendere la Scozia un paese unico, in cui tutti avessero la possibilità di costruirsi una vita buona e sana, una vita di propria scelta».

«Quello che dici è vero», aggiunse. «Il padre, il nonno e il bisnonno di James hanno avuto tutti questo sogno. E gli Highlander li hanno combattuti tutti. Ma sotto questo James, le isole occidentali e le Highlands sono state finalmente conquistate. Era un re forte e, con pochissime eccezioni, i capi delle Highlands gli erano devoti».

«Ma come sai», continuò. «Tutto è cambiato quando il re è caduto a Flodden. Alla fine dell'estate scorsa Edimburgo era stata colpita dalla peste, così la corte si era trasferita nel palazzo di Linlithgow. La regina si era opposta alla decisione del re di muoversi contro il fratello, così, prima che lui tornasse a radunare le sue forze a Edimburgo, la regina ha lasciato Kit e ha portato solo la sua cerchia di amici al castello di Stirling. Il conte di Huntly è stato lasciato a capo delle forze a Linlithgow e anche io ed Edmund siamo stati lasciati lì.

«Finché vivrò, non dimenticherò mai i giorni che hanno seguito la notizia di Flodden. I pochi uomini che tornavano indietro davano la notizia dei morti... dei loro amici e vicini e padri e fratelli. E poi sono cominciati le grida e i lamenti delle donne, dei vecchi e dei bambini. Mio Dio, Colin, era orribile. La vista delle vedove che vagavano, miserabili, con i loro bambini aggrappati ai loro vestiti, i loro bambini che piangevano tra le loro braccia».

Fece una pausa mentre l'orrore del ricordo si ripeteva nella sua mente.

Anche Colin ricordava l'ottobre passato. Re James lo aveva inviato a unirsi a suo cugino, il duca di Albany, nella lotta contro gli invasori inglesi in Francia. All'inizio aveva sentito parlare di una vittoria schiacciante degli scozzesi sugli inglesi. Ma poi, tre giorni dopo, gli era giunta la notizia della devastante perdita del re, della maggior parte della nobiltà scozzese e di migliaia e migliaia di giovani guerrieri scozzesi, tutti distrutti in un unico, sanguinoso pomeriggio.

Il senso di colpa e l'angoscia di Colin lo avevano lacerato allora, come lo stavano lacerando adesso. Il suo sguardo non vedeva le mura del giardino e l'orizzonte acquatico. Se solo fosse stato lì. Se solo avesse potuto...

«Abbiamo ricevuto notizie da Argyll», continuò, attirando di nuovo l'attenzione di Colin. «Era uno dei pochi conti sopravvissuti al massacro e stava tornando ai suoi possedimenti nelle Highlands. Ha detto che il re era stato ferito e trasportato verso Edimburgo.

«Ma nessuno sapeva con certezza cosa fosse successo al re. Infatti, a corte continuavano ad arrivare storie secondo le quali il re era stato visto allontanarsi a cavallo dal campo intriso di sangue, o che era stato catturato ed era in viaggio verso Londra. Nessuno lo sapeva.

«Huntly ci ha messo solo due giorni per preparare le sue forze a muoversi verso sud-est. Sapeva di dover fortificare il castello di Edimburgo nel caso in cui gli inglesi avessero dato seguito alla loro carneficina con un'invasione della Scozia. E se la vita del re fosse stata in pericolo, voleva essergli vicino. Quando Huntly ha raggiunto Edimburgo, la città era già stata bruciata, ma gli inglesi si erano ritirati al suo avvicinarsi.

«Ma la notte prima che il suo esercito lasciasse il Palazzo di Linlithgow, è arrivato un distaccamento della regina con un messaggio che esprimeva le sue preoccupazioni per la sicurezza e chiedeva che il principe ereditario fosse mandato a ovest, a Stirling. Huntly ha chiamato Edmund e gli ha detto che la regina aveva ordinato che anch'io accompagnassi la guardia armata a Stirling domattina.

«Ma non aveva senso. La regina non mi ha mai voluta vicino a sé. E non c'era motivo di preoccuparsi improvvisamente della mia sicurezza. Insospettito, Edmund è andato dal capitano della guardia, un uomo che beveva e che era in debito con Edmund per avergli salvato la pelle diverse volte. Edmund ha scoperto che gli ordini verbali del capitano erano di portare la «donna Muir« e il principe non a Stirling ma solo fino a Falkirk, dove sarebbero stati accolti da un'altra scorta.

«Edmund sapeva esattamente cosa significava, e lo sapeva anche Huntly. La regina stava consegnando il proprio figlio agli inglesi. Più tardi ho saputo che era Lord Danvers che aspettava di tendere un'imboscata alla scorta a Falkirk.

«Huntly doveva agire in fretta. Non poteva sfidare la regina pubblicamente e doveva marciare verso sud-est per difendere Edimburgo. Ha preso una decisione e ha chiesto a Edmund di convocare me e Padre William.

«Dovevamo prendere il principe e andare a Caithness Hall nelle Lowlands occidentali per il momento. Edmund sapeva che Lady Caithness e il suo bambino erano in Inghilterra da mesi e avevamo ricevuto la notizia che Lord Caithness era tra i morti. Così Huntly ha deciso che avremmo aspettato lì a Caithness fino all'arrivo di Argyll con una forza per proteggerci. Finché non fosse stato sicuro tornare. Dovevamo fingere che Kit fosse mio. Con tanti nobili morti a Flodden, una vedova con un bambino sarebbe stata, purtroppo, una vista comune.

«Padre William è stato colui che ha portato Ellen da noi. Abbiamo preso il principe e siamo fuggiti verso ovest, facendo un ampio giro intorno a Falkirk e al castello di Stirling. Le nostre prime settimane a Caithness Hall sono state tranquille e ho trascorso così tanto tempo con Kit che ho iniziato a considerarlo mio.

«Ma presto abbiamo sentito le storie dei sanguinosi massacri di Danvers. So che ha iniziato la sua furia dopo che nessuno si è presentato a Falkirk. Abbiamo anche ricevuto la notizia da Huntly che il re era morto e che la regina non aveva reso pubblica la scomparsa del principe. Sembrava che stesse prendendo tempo. Forse stava manovrando per il potere, forse aveva qualche altra ragione. O forse sperava che Danvers trovasse il bambino. Non lo so. Ma il messaggio di Huntly diceva chiaramente che nessuno sapeva dove fossimo, ad eccezione dello zio di Kit, il conte di Argyll. Se avevamo bisogno di qualcosa, dovevamo mandare un messaggio a lui».

«Argyll ha ingannato un sacco di gente», osservò Colin, con un tono di voce tagliente che tradiva la violenza che stava provando. «Deve aver fatto sapere a Danvers che eri a Caithness Hall».

«Sì», rispose lei. «Ma all'epoca pensavamo solo che facesse parte della missione distruttiva di Danvers».

«Quindi, quando sei fuggita da Caithness, avevi intenzione di andare ad Argyll?»

«Sì, l'unica cosa che ci ha impedito di andare direttamente al castello invernale di Argyll è stata la notizia che si trovava nelle Highlands settentrionali per un raduno dei capi clan. Quando Kit si è ammalato durante il viaggio, è stato Edmund a suggerirci di venire a Kildalton, mandando Padre William all'abbazia vicino alla tenuta di Argyll. Doveva informarci del ritorno del conte».

«Credo di conoscere il resto», disse Colin, mettendole un braccio intorno alle spalle e tirandola contro di sé.

«Non tutto», rispose lei, sedendosi dritta. «Mentre eravamo al castello di Argyll, ho sentito da una serva che si vantava che lui aveva intenzione di sposarmi con la forza. Per soldi, ha detto, il che non ha alcun senso».

«Beh, era un piano destinato a fallire», rispose con fermezza. «Sei mia, Celia».

Alzò lo sguardo sul suo viso. I suoi occhi mostravano molto del suo carattere, della sua sicurezza, delle sue emozioni. Guardò il giardino, l'edera che ricopriva il muro della Sala Sud. Guardò quella copertura verde che probabilmente era stata piantata da un solo paio di mani in un giorno forse molto simile a questo.

«Colin, quello che è successo ieri sera è stato incredibilmente meraviglioso».

«Sì», la interruppe. «Avremo una vita intera di notti come questa, tesoro mio».

«Ti prego», disse lei, sconcertata per quello che voleva e non voleva dire. «Non sei legato a me da nulla di quello che è successo ieri sera. Sono venuta in camera tua. Tu non... non vorrei...»

Colin le sollevò delicatamente il mento finché non la guardò negli occhi. Con tenerezza, posò le labbra sulle sue. Sfiorando solo un sussurro, le sue parole trasmisero la profondità del sentimento che provava per lei.

«Ti amo, Celia», disse dolcemente, accarezzandole il viso con le dita. «È questo che mi lega a te».

Lei gli prese la mano e lo guardò fisso.

«Non ho nulla da portare in questo matrimonio. Non ho soldi, non ho un nome, non ho una formazione da moglie».

«Hai tutto ciò di cui ho bisogno», rispose lui, rispondendo al suo sguardo. «Sei tutto ciò che ho sempre desiderato».

«Ma... ma... sai che non posso sposarti», disse, distogliendo lo sguardo da lui, cercando di concentrarsi sulla realtà, sul pericolo che ancora minacciava Kit, che ancora li attendeva tutti.

«So che *puoi*», rispose lui, prendendole di nuovo il mento e riportando il suo sguardo sul suo. «So che lo vuoi quanto me».

«Oh, Colin», sbottò frustrata, balzando in piedi. Facendo un paio di passi, si mise di spalle a lui, con le braccia strette intorno alla sua metà. «Non ha nulla a che fare con quello che voglio. Ho ancora... ho ancora una missione da compiere. Ho Kit e non riesco a pensare a... non so cosa succederà».

Si spostò dietro di lei e le avvolse le braccia. Tirandola strettamente contro di sé, strofinò la guancia contro i suoi capelli di seta. Girandola, le prese entrambe le mani tra le sue.

«È anche il mio re», esordì. «Quando il principe è stato consacrato alla nascita, ho prestato giuramento di fedeltà per servirlo e proteggerlo. I nostri giuramenti ci rendono alleati, ma il nostro amore ci rende invincibili. La tua missione è di tenerlo al sicuro finché Huntly non avrà assicurato la sua vita e il suo trono. Siamo destinati a stare insieme. E come ogni altra cosa che affronteremo nella nostra vita, supereremo ogni ostacolo e porteremo a termine questa missione insieme».

«Ma c'è ancora Danvers», disse con frustrazione. «Ormai sa dove siamo. Io lo conosco. Potrebbe rinunciare alla ricerca di Kit per ordine di Henry, ma non rinuncerà mai a me. Mi odia. Ho ferito il suo orgoglio. Non si fermerà finché non mi troverà».

Colin fece una pausa, soppesando attentamente la sua risposta. Non le avrebbe permesso di fuggire per il resto della sua vita dal male che la perseguitava. Non avrebbe mai più dovuto scappare.

«Allora lasceremo che ti trovi... qui», disse con fermezza. «Voglio che venga. È ora che paghi per i crimini che ha commesso in questa terra. È ora che io e lui ci incontriamo».

«È malvagio», rispose rapidamente. Questa era l'ultima cosa che voleva, far ricadere l'ira di Danvers su queste persone innocenti e su Colin. «Non combatte lealmente. Usa l'inganno. Usa le spie».

«Fidati di me», disse rassicurante. «Saremo pronti ad affrontarlo. Kildalton è la fortezza più forte delle Isole Occidentali. Sapremo quando sarà a un giorno di marcia o a un giorno di navigazione e gli permetteremo di mettere la sua testa nel cappio».

Un barlume di speranza illuminò la sua anima, ma solo per un momento. I pericoli erano ancora così spaventosi. Ma sapeva che ciò che Colin aveva detto era vero. L'unico modo per fermare Danvers era affrontarlo... e ucciderlo.

«Celia, non possiamo sapere con certezza cosa ci riserverà il futuro. Possiamo solo prepararci al meglio. Possiamo solo vivere oggi».

Lei annuì. «Lo so. Ma quando sarà il momento, devi ricordare che è anche la mia battaglia».

«Sì, me ne ricorderò». Guardò l'esile struttura della donna davanti a lui. Solo quando Danvers sarebbe morto ai suoi piedi, Colin l'avrebbe lasciata avvicinare al suo nemico. Le sorrise di nuovo.

«Sei un bugiardo, Colin Campbell». Lei ricambiò il sorriso. «Ma un bugiardo vincente».

«Allora mi sposerai?» chiese.

«Sì», sussurrò lei, spostandosi tra le sue braccia avvolgenti e inclinando il viso contro il suo petto.

«Insieme, amore mio», ringhiò dolcemente, «niente potrà fermarci».

«Insieme, amore mio», rispose lei, sollevando le labbra leggermente divaricate verso le sue.

E con un gesto senza età come l'amore che li legava, l'unione delle loro labbra suggellò il patto. Ognuno sentendo il calore dell'altro, rimasero uniti. Due corpi, due menti, due cuori... un solo futuro.

Quel pomeriggio la notizia del loro matrimonio si abbatté sulla famiglia con la forza di un'onda anomala. La felicità e l'eccitazione per l'annuncio furono superate solo dal disordine che derivò dall'insistenza di Colin affinché la cerimonia si tenesse il lunedì di Pasqua. Agnes ed Ellen piansero, mentre Alec cercava scherzosamente di far ragionare Celia. Lord Hugh si limitò a soffocarla con un abbraccio così stretto da incrinarle le costole. Celia e Colin risero entrambi della minaccia di Padre William di continuare a fare da chaperon nei giorni a venire. Ma la persona più importante di tutte doveva ancora essere informata. Edmund era sceso in paese con il fratello di Alec e Celia e Colin attendevano il ritorno dello zio.

La reazione di Edmund fu estrema per un uomo della sua riservatezza. I suoi occhi annebbiati e le sue mani tremanti tradirono la pura gioia che stava provando interiormente. Le sue congratulazioni furono effusive e calorose quando lo fecero accomodare nella Sala Sud.

«Celia», disse seriamente dopo i primi momenti di eccitazione. «Tuo padre sarebbe stato felice di questa unione».

Si fermò un attimo per riflettere sulle sue prossime parole.

«Ci sono alcune cose di cui dobbiamo discutere. Cose che riguardano tuo padre. E sulla sua eredità per te».

«Vi lascio, allora», disse Colin, scusandosi. Sapeva che Edmund era stato come un padre per Celia. Si meritavano un po' di tempo da soli.

Celia però non lo lasciò andare. Si strinse forte al suo braccio.

«Edmund, vorrei che Colin fosse presente», disse dolcemente, aspettando un cenno di Edmund prima di continuare. «Lord Hugh mi ha già raccontato molte cose su mio padre. So cosa ha fatto e cosa era».

«Allora sai che era un grande uomo», rispose Edmund.

«Tutto quello che so è che era un pirata, un mercante e un padre amorevole».

«Allora devi anche sapere che ci sono state molte persone bisognose che hanno beneficiato della forza e della disponibilità di tuo padre», continuò il cavaliere. «Ha mantenuto l'ordine sulle coste occidentali dell'Inghilterra e del Galles. Gli abitanti dei villaggi costieri, amanti della pace, hanno potuto vivere e prosperare per la prima volta dopo generazioni, senza più temere le incursioni di spagnoli e francesi.

«Ma non ha aiutato solo i suoi connazionali. Ovunque nel mondo ci abbia portato la sua attività commerciale, ha lasciato il segno. John

Muir trasportava abitualmente cibo e acqua in isole e zone colpite dalla carestia, dall'Irlanda alla costa occidentale dell'Africa. Tuttavia, non traeva alcun profitto da queste missioni di buona volontà. Spendeva sempre i suoi soldi».

Edmund guardò Colin. «Per molti versi, tuo padre e quello di Celia avevano molto in comune». Colin annuì in segno di assenso.

«Così come l'interesse di Lord Hugh si concentrava su Colin, quello di John si concentrava su di te», continuò Edmund. «Una grande differenza è che il padre di Colin aveva Kildalton e la Scozia. John Muir era per molti versi un uomo senza patria. Per lui questo era un punto di forza liberatorio sotto molti punti di vista. Prendeva le sue decisioni senza i vincoli dei re egoisti. Ma questo gli dava anche la preoccupazione di sapere dove potevi essere cresciuta in modo sicuro. Per questo motivo ti ha sempre tenuta con sé... dopo la morte di tua madre.

«Tuo padre sapeva che dopo la sua morte tutti i suoi beni... e tu... sarebbero stati probabilmente a disposizione di re Henry. Così ha nascosto il più possibile una fortuna per te. È tutto nascosto al sicuro in un'abbazia in Irlanda. Quel tesoro supera di gran lunga il valore della flotta di navi che Henry ha confiscato per uso personale, le navi che Danvers brama ancora. Tuttavia, non voleva che tu lo sapessi finché non fossi arrivata a un punto della tua vita in cui potevi controllare il tuo destino. Quando si trattava del tuo futuro, aveva paura di tutti: del re Henry, della sua stessa famiglia e di tutti i cacciatori di dote che avrebbero potuto cercare la tua mano. Sul letto di morte mi ha chiesto di proteggerti al meglio e di cercare di portarti in Scozia. Aveva più fiducia nel senso di giustizia di James che in quello di Henry.

«Così, quando Henry ti ha portata nella sua rete di corte inglese, sono andato da James e gli ho detto la verità. Aveva sentito le voci sul tesoro di John Muir. James era un brav'uomo, ma anche uno scaltro uomo d'affari. Voleva che quella ricchezza rimanesse in Scozia piuttosto che in Inghilterra, così ha fatto in modo di accoglierti. Non aveva intenzione di rimandarti indietro e quando il vecchio re Henry è morto, James ha semplicemente ignorato l'accordo che aveva fatto su di te. Ma non voleva fare quello che aveva fatto Henry, cercando di costringerti a sposare uno dei suoi favoriti. Sapeva che alla fine avresti trovato un compagno per te».

Edmund guardò le mani intrecciate dei due giovani.

«E aveva ragione, è così».

La cena fu molto più esuberante del solito per la settimana prima di Pasqua, ma l'eccitazione era innegabile. Sembrava che l'intero clan dei Campbell fosse uscito allo scoperto per fare gli auguri al loro giovane Lord e per lanciare sguardi di approvazione alla sposa. Colin rimase lontano da Celia per gran parte della serata, accettando i consueti consigli comici e le punzecchiature riservate agli sposi. Al centro di un cerchio di donne del clan, Agnes aveva mostrato Celia come se fosse sua figlia. Quando avevano dei momenti liberi, lei e Celia si confrontavano per pianificare il matrimonio. Con meno di una settimana per organizzare un banchetto che avrebbe potuto essere preparato da mesi, il turbinio di attività sarebbe stato vertiginoso.

Celia si stava quasi addormentando quando sentì la porta del pannello aprirsi. Aprendo gli occhi, guardò il guerriero attraversare la stanza fino al suo letto. Era così felice di vederlo, perché non aveva nemmeno avuto la possibilità di dargli la buonanotte nella sala affollata di sotto. Prima di portarle un dito alle labbra, però, Colin prese in braccio la sua sorridente promessa sposa e si avviò verso il pannello aperto. Lei si accoccolò con la testa contro la sua spalla.

«Se non stai attento», sussurrò. «Mi abituerò a essere trasportata in questo modo».

«È un'antica usanza delle Highlands quella di portare in braccio la sposa oltre la soglia», rispose sornione.

Raggiunto il muro, il gigante muscoloso si girò per farsi strada, ma la ristrettezza dell'apertura gli impedì di passare senza problemi. Imprecando per accompagnare le risatine di lei, spinse e urtò ai lati dell'ingresso.

«Ahi!» gridò Celia, ridacchiando mentre esagerava l'effetto di un graffio contro la porta.

«Silenzio», ringhiò. «Supereremo questa soglia anche se dovessi abbattere quel dannato muro».

«Usanza o meno», lo rimproverò lei, imitando comicamente il suo ringhio. «Hai bisogno di strapparmi le braccia per farlo?»

Con un ultimo sforzo, riuscì a farli passare attraverso la porta e a farli entrare nel corridoio. Tirando il pannello chiuso con uno sforzo imbarazzante, si girò verso la luce che proveniva dal pannello aperto nella sua stanza.

Vedendo il corridoio stretto tra le due pareti del camino, Celia guardò con incredulità lo sguardo di diabolica determinazione nei suoi occhi.

«Colin, non farlo», esclamò lei, ridendo di gusto mentre il guerriero si lanciava nel passaggio, incastrandoli saldamente tra le pareti.

«Oh, beh», sospirò con un'espressione spenta. «Un'altra usanza mandata all'inferno».

Qualche tempo dopo, una Celia soddisfatta, anche se leggermente ammaccata, giaceva tra le braccia di Colin nel suo letto. La sua pelle setosa era liscia contro il corpo caldo di lui e i suoi occhi erano socchiusi in un atteggiamento di soddisfatta tranquillità. Le sue dita accarezzavano inconsciamente i contorni sinuosi del suo petto.

«Celia?» disse dolcemente.

«Sì?» rispose lei, appoggiandosi al suo petto con un gomito.

I suoi capelli neri erano in disordine sul cuscino e il suo viso era rilassato. I suoi occhi grigi la scrutavano amorevolmente nella penombra, mentre lui allungava la mano per giocare con le ciocche scure che pendevano sul suo viso.

«Padre William ha detto stasera che vuole parlare con noi due domani».

«Di cosa?» mormorò lei, chinandosi e baciando la sua pelle. Appoggiando l'orecchio al suo petto, poté sentire il grande cuore che batteva. Facendo scorrere la mano sulla pelle tesa del suo ventre, sorrise, ascoltando il battito accelerato. Colin prese fiato prima di continuare.

«Credo che voglia fare un piccolo discorso prenuziale sui nostri... doveri di marito e moglie. Non che lo ritenga necessario, ma sarà Padre William o l'arcivescovo».

«L'arcivescovo?» chiese esitante.

«Sì, amore mio. Dovrebbe arrivare il lunedì di Pasqua. E credimi, il suo discorso sarà un po' più severo di quello di Dunbar».

«Non pensi che Padre William sospetti qualcosa?» chiese rapidamente, alzando la testa per guardarlo in faccia.

«Sì, non c'è dubbio», rispose stuzzicante. «Sospetti? Sicuramente. Approva? Hmm... glielo chiederò domani».

«Non lo farai!» esplose lei. «Faresti meglio a non parlarne».

Il guerriero rise e la sollevò di peso, facendola rotolare sulla schiena. Appoggiando la testa sul suo petto, ascoltò il battito del suo cuore mentre la sua mano percorreva il velluto fremente del suo addome. Sollevando la testa, la guardò sorridente negli occhi.

«Il voltagabbana non è solo fair play. È anche divertente», ringhiò. «Non credi?»

Celia gli prese il viso tra le mani e sollevò le labbra sulle sue. Il bacio lungo e lento fu tanto stuzzicante quanto soddisfacente. Appoggiando la testa sul cuscino, Colin le lisciò i riccioli dalla fronte, accarezzandole il lato del viso e la linea del mento. E per tutto il tempo, i suoi occhi parlarono il linguaggio dell'amore.

«Mi vuoi ancora?» sussurrò a bassa voce. «Ora che sei una donna ricca?»

«Sì, Colin Campbell», disse teneramente. «Il mio amore è per la vita. La nostra ricchezza, il nostro potere e la nostra posizione non hanno nulla a che fare con il mio amore per te».

«Spero che tu sappia che mi sono innamorato della donna che sei. Prima ancora di avere idea di *chi* fossi, sapevo di volerti sposare. Sapevo di voler passare il resto della mia vita con te».

«Lo so», sussurrò. «Niente al di fuori di noi potrà mai cambiarlo».

Colin sigillò le sue labbra con un bacio. Un bacio affamato, alla ricerca, divorante, che fu accolto con un fervore pari al suo e, una volta accesa, la loro passione continuò a crescere, salendo e salendo fino a un momento di estasi incontrollabile. Lasciandoli avvinghiati l'uno all'altra, senza fiato e immersi nelle calde onde dell'amore beato.

Capitolo Tredici

QUALE RE ci ha mandato qui? Sono così stanco di queste Highlands. Non c'è niente per noi qui. Questi scozzesi non sembrano sentire la miseria che gli infliggiamo. Li usiamo persino come spie.

Ma credo che non rivedrò mai più l'Inghilterra. Stanotte cavalcherò verso ovest con la mia compagnia e un furfante dagli occhi sfuggenti del clan dei voltagabbana Gregor. Probabilmente morirò a ovest, alla ricerca della donna che dicono sia lì.

«Dio ha creato il sesso».

Sotto il ciliegio in fiore, il vecchio sacerdote camminava avanti e indietro davanti alla coppia di sposi.

«Il mio compito oggi è quello di consigliarvi sulla posizione della Chiesa in merito all'argomento», continuò. «Anche se, in base ai miei studi, sembra che Cristo stesso abbia avuto poco da dire su... beh, forse la mia opinione non è particolarmente rilevante in questo momento».

Padre William fece una pausa. Non avrebbe mai pensato di sentirsi pronunciare questo sermone a Celia e al suo futuro marito. Tutte queste sciocche interferenze nella risposta naturale di un uomo e di una donna l'uno all'altra. Ridicolo.

Ah, beh, pensò.

«L'unico scopo per cui Dio ha creato... il sesso... è per la continuazione del Suo popolo sulla terra».

«Allora perché, Padre William», lo interruppe Colin, «permette ai pagani e agli infedeli di fare figli?»

«Colin, mi piaci», brontolò felice Dunbar. Alla fine, potrebbe andare tutto bene. «Ma se continui su questa strada, avremo dei problemi. Non voglio che tu cerchi di allontanarmi dall'argomento con cavilli teologici. Ma... beh, per rispondere alla tua domanda, è per tenere occupati i missionari. Ora, dov'ero rimasto?»

«Sesso, Padre», disse Colin con fare gentile, ricevendo una stretta di mano da Celia, che si sedette accanto a lui sulla panchina di erba sotto il ciliegio.

«Sì», continuò il sacerdote, riprendendo il filo del discorso. «San Paolo aveva molto da dire sull'argomento. Direi anche troppo per il vecchio scapolo che era. Ma a prescindere da questo, ho messo insieme un piccolo elenco per te su quando, dove e come dovresti sentirti libero di goderti... ehm, partecipare... ehm, all'atto».

«Una lista, Padre?» chiese incredula, osservando il rotolo di carta piuttosto lungo che il suo consigliere spirituale stava srotolando davanti a loro. Era certa che Padre William li stesse in qualche modo prendendo in giro, ma le dimensioni della pergamena erano certamente formidabili.

«Celia, mi sorprendi!» la rimproverò, reprimendo un sorriso. «Eccoti qui, non sei ancora sposata e già metti in discussione la mia autorità su questi argomenti».

«Scusami, Padre William. Tu sei un'autorità in materia di sesso?» chiese Colin in modo innocente. Celia cercò di nascondere la sua risata dietro un finto colpo di tosse.

«Sì, certo! Ho letto volumi sull'argomento», esplose Padre William, puntando il dito contro i due. «Non state prendendo la questione abbastanza sul serio».

«Scusa, Padre», disse lei, fissando il suo grembo nel tentativo di controllare la sua allegria.

«Sì, Padre», aggiunse Colin. «Non ti interromperò più. Per favore, continua».

«Beh, meglio così», brontolò il prete, lisciando il suo foglio e preparandosi a leggere. Questa parte sarebbe piaciuta molto a loro. «Ora, dopo essere stati sposati per tre giorni... e senza aver fatto sesso prima di allora… ci sono una serie di condizioni che devono essere soddisfatte, ogni volta, prima… beh… prima che l'atto abbia luogo».

Padre William si fermò a guardare i due giovani seduti mano nella mano davanti a lui. Almeno per il momento aveva la loro attenzione.

«Ora», continuò. «Sotto pena di peccato, non potete fare sesso in nessun giorno di festa. Non potete fare sesso in nessun giorno di digiuno. Non potete fare sesso durante la settimana di Pentecoste. Né durante l'Avvento. E certamente non vi sognerete di fare sesso in nessun momento della Quaresima».

Si fermò per riprendere fiato e per rivolgere alla coppia dagli occhi spalancati lo sguardo più severo che potesse avere al momento. Interessante il colore che Celia può assumere, pensò Dunbar, reprimendo un sorriso.

«Naturalmente è un peccato anche fare sesso durante la settimana di Pasqua, cosa che spero terrete presente la prossima settimana», proseguì. «E non farete sesso il mercoledì, né il venerdì, né il sabato o la domenica».

«Che giorno è oggi?» sussurrò Colin sottovoce a Celia, attirandosi uno sguardo minaccioso da parte del prete.

«Inoltre, non potete fare sesso in qualsiasi momento durante le ore diurne. Non potete fare sesso se non siete completamente vestiti. E, per l'amor del cielo, cercate di ricordare che non potete fare sesso in chiesa. E vi ho già detto che lo scopo del sesso è avere un figlio?»

«Sì», risposero all'unisono Celia e Colin.

«Molto bene». Padre William annuì. «Entrambi dovete desiderare di avere un figlio al momento dell'atto. *Non* pensate ad altro».

Si fermò e si mise di fronte ai due con le mani sui fianchi e la pergamena arrotolata in un pugno.

«Una volta soddisfatte tutte queste condizioni, potrete procedere, ma…» disse, mettendo in scena il suo sguardo più minaccioso, «niente baci lascivi. Niente carezze di *alcun* tipo».

Celia cercò scherzosamente di staccare la mano dalla presa di Colin, ma il guerriero la strinse con forza.

«E niente… sesso orale. Niente posizioni strane. L'ordine naturale deve essere rispettato, lo sapete. Siamo molto chiari su questo punto. Maschi sopra. E puoi eseguire l'atto solo una volta. E, per l'amor di Dio, lavarsi dopo».

«Ma soprattutto, figli miei», concluse con enfasi, *«non* godetevelo!»

Le guide penitenziali da cui aveva tratto questo elenco erano state un affare serio in passato. Ma i tempi stavano cambiando e il prete mondano vedeva grandi cambiamenti in vista. E sarebbe stato bello, pensò. Dopo tutto, alcune di queste regole dovevano essere spolverate. L'ordine naturale!

«Bene, lasciatoci alle spalle questo», continuò Padre William, la sua voce si fece più dolce, «voglio che crediate che, nonostante tutto quello che vi ho appena detto, so che siete entrambi persone riflessive e intelligenti, educate alle vie della ragione e del mondo. Ciò che avete trovato l'uno nell'altra va custodito, nutrito e trasmesso alle generazioni che seguiranno. Avete scoperto, e continuerete a scoprire, il vostro modo unico di esprimere l'amore reciproco e questo è di per sé un'espressione dell'amore di Dio. Celia, Colin, non permettete a nessuno di dirvi il contrario».

Ben presto cominciarono ad arrivare visitatori a Kildalton dalle zone limitrofe. La notizia del matrimonio si diffuse rapidamente e i genitori di Alec Macpherson arrivarono il mercoledì con tutta la famiglia, portando il loro banchetto di Pasqua. Con grande sgomento di Colin, Agnes lasciò le sue stanze agli ospiti e si trasferì da Celia. Con tutte le attenzioni e le attività, i due innamorati non riuscirono a trovare nemmeno un momento di solitudine fino alla tanto attesa caccia di Pasqua di Lord Hugh; la fortuna fece sì che il cavallo di Celia lanciasse uno zoccolo.

Dopo le offerte esageratamente cortesi di Alec di riaccompagnare Celia a Kildalton, Colin fece salire la sua sposa in sella davanti a lui e partì, lasciandosi alle spalle l'animata festa. Tuttavia, non poterono concedersi altro che qualche bacio rubato, a causa dei gruppi di festaioli che incrociarono a intervalli durante il loro ritorno al castello.

Più tardi, quando i cacciatori festanti tornarono, vennero a sapere con dovizia di particolari che i falchi si erano comportati in modo straordinario.

La sera stessa la festa di Pasqua fu celebrata con la consueta baldoria, ma tutti sapevano che l'esultanza del giorno era solo un precursore della settimana di gala che sarebbe seguita.

La discussione a cena si concentrò naturalmente sul matrimonio del giorno successivo. Mentre Agnes e Celia si occupavano degli ultimi dettagli, Padre William si affannava a prendere da parte i vari membri della festa per spiegare loro quali sarebbero state le loro parti nel corteo che si sarebbe svolto durante la cena nuziale.

«Bene, mia cara, credo che siamo pronti per domani», disse Agnes, chiudendo la porta dopo le sarte che avevano appena completato gli ultimi ritocchi all'abito da sposa.

Celia indossò la vestaglia e lanciò un'occhiata all'abito appeso alla porta di Ellen. In tutta la stanza, la sposa poteva vedere gli accessori e la biancheria intima che sembravano infiniti.

«Ti sei data davvero tanto da fare», disse sorridendo.

«Sciocchezze, bambina». Agnes scrollò le spalle. Si avvicinò e si sedette accanto a Celia sul letto. «Hai recuperato quel certo... oggetto... dal fabbro del villaggio?»

«Sì», rispose lei, con gli occhi che brillavano. «Ti piacerebbe vederlo?»

«Certo». La donna più anziana osservò Celia che si alzava dal letto e correva verso la cassapanca vicino alle finestre.

Un bussare alla porta le impedì di aprire lo scrigno e lei volse un occhio curioso verso il suono.

«È Colin», rispose alla domanda di Agnes.

«Aspetta, canaglia», chiamò, sorridendo a Celia e facendole cenno di sedersi accanto al fuoco. Rapidamente, raccolse il vestito e lo portò nella stanza di Ellen. Tornando in un attimo, attraversò la stanza e aprì la porta.

Il guerriero entrò, spostandosi appena dentro la porta. I suoi occhi si posarono immediatamente sulla sua sposa. Mio Dio, era una visione di bellezza. Gli era mancata così tanto. Negli ultimi quattro giorni non avevano quasi mai avuto un momento da soli. Nelle ultime quattro notti Colin si era coricato nel suo letto vuoto, a un passo da lei, pensando a lei e desiderandola. E ora, il suo sorriso luminoso, così caldo e invitante, stuzzicava e faceva battere il cuore di Colin. Se d'ora in poi la vita sarebbe stata così, non avrebbe mai lasciato Kildalton. Forse non avrebbe mai lasciato la loro stanza.

Quando lui entrò, Celia si alzò, fece un passo verso di lui e poi, ricordandosi della presenza di Agnes, si fermò. Avrebbe voluto correre da lui, gettargli le braccia al collo e stringersi nel suo abbraccio. Se avesse saputo che i preparativi per il matrimonio e l'arrivo degli ospiti li avrebbero tenuti così lontani, sarebbe scappata con lui.

«Ciao, Colin», disse Celia timidamente.

«Che cosa vuoi, mascalzone?» Agnes lo stuzzicò dolcemente.

«Se non ti dispiace», disse, senza mai staccare gli occhi dalla bellezza davanti al fuoco. «Vorrei rimanere qualche momento da solo con Celia».

«Colin Campbell», lo rimproverò. «Se pensi che ti lascerò da solo con una giovane donna indifesa, ti sbagli di grosso. Vedo il modo in cui la guardi».

«Ti prometto che mi comporterò bene», rispose sorridendo. «Se vuoi, lascio la porta aperta».

«Molto bene», concesse lei. «Darò un'occhiata a Ellen e Kit. Ma niente scherzi».

Lanciandogli un'occhiata di avvertimento, Agnes si girò e fece l'occhiolino a Celia, prima di attraversare la stanza e chiudersi la porta di Ellen alle spalle. Non appena scomparve, Celia si precipitò tra le sue braccia.

Si strinsero l'un l'altra in una stretta così forte, così calda, che Celia pensò di potersi modellare su di lui, come se fossero due morbide statuine di cera. Anche Colin non riusciva ad assorbire abbastanza di lei. Le sue mani si infilavano tra i morbidi capelli ramati, sfioravano le spalle e la schiena di Celia. La sua dolce fragranza di gelsomino riempiva i suoi sensi con una sensazione di stordimento. E ora, come se non si fossero baciati per anni, si divoravano a vicenda, incapaci di saziare la fame che li attanagliava.

«Mi sei mancata così tanto», le disse all'orecchio. «Se il mio amore per te aumenta ancora, potrei perdere la testa».

«Ho pensato a te in ogni momento in cui siamo stati lontani», sussurrò Celia in risposta. «Anche quando ti ho perso di vista per un attimo, mi sono sforzata di intravederti».

«Beh, ora siamo insieme», rispose Colin, la sua bocca si chiuse sulla sua, guidando e alimentando il loro bisogno.

«Agnes mi ha detto che ti ho chiamato nel sonno», disse facendo le fusa, ritraendosi e appoggiando la fronte sulle sue labbra roventi.

«Allora hai fatto lo stesso sogno che ho fatto io», rispose lui, facendo scorrere le mani sulla curva soda del suo sedere.

«Colin», gridò dolcemente, con uno sguardo malinconico negli occhi. «Quanto tempo dobbiamo davvero aspettare prima di... prima di...?»

«Circa cinque minuti dopo la cerimonia di domani», ringhiò. «È il tempo che ci vorrà per uscire dalla chiesa. Padre William ha detto che non possiamo fare l'amore in chiesa, credo».

«Sei un diavolo», mormorò lei, con le mani che gli accarezzavano la schiena. «Non ignoreremo il consiglio di Padre William».

«Ignorarlo? Assolutamente no, amore mio», rispose lui, facendo scorrere le labbra sulla pelle setosa sotto l'orecchio. «Pensa a tutte le cose che ci perderemmo».

«Come cosa?» sussurrò innocentemente.

Nella sua mente Colin ripercorse solo alcune delle cose che avrebbero vissuto insieme e sentì una sensazione calda e penetrante emanare dai suoi lombi. Si staccò da lei con un respiro profondo e un tentativo supremo di dominare la sua autodisciplina che si stava rapidamente sgretolando.

«Non farmi iniziare ora, tesoro mio», brontolò dolcemente. «Sto facendo già abbastanza fatica a trattenermi. Domani, amore».

Prese la mano di Celia e la condusse alle due sedie accanto al fuoco. Facendola sedere su una di esse, si tolse una borsa dalla spalla e la pose sul pavimento accanto alla sedia.

«Come al solito, mi hai completamente distratto dal motivo per cui sono venuto qui».

«Mi dispiace», rispose lei, sorridendo timidamente.

«Non dispiacerti», rispose. «Non vedo l'ora di essere distratto da te per tutta la vita».

Prendendo di nuovo la sua mano, la fissò amorevolmente nel nero splendente dei suoi occhi.

«Ho qualcosa per te», disse dolcemente.

Senza dire altro, si abbassò e aprì la borsa ai suoi piedi. Da essa estrasse un piccolo fagotto di velluto blu, legato con due nastri di seta bianca. Guardandola teneramente in viso, le pose il regalo tra le mani.

«Colin, non c'è nulla che tu debba darmi. Mi hai già dato tutto».

«Aprilo, amore mio».

Celia tirò con attenzione i fiocchi che fissavano l'involucro di velluto e aprì le morbide pieghe della stoffa.

All'interno di esso si trovava un luccicante cerchietto d'oro.

Sollevando il prezioso dono, Celia guardò con stupore la coroncina del clan Campbell. Splendidamente lavorata per assomigliare a un intreccio di corde d'oro, la coroncina era impreziosita da un'alternanza di smeraldi e rubini... i colori dei Campbell.

«Colin», sussultò. «È magnifica! Non posso...»

«Questa è solo una parte di tutto ciò che è tuo ora. Tu sei Lady Campbell».

Celia gli gettò le braccia al collo e lui la tirò in grembo. Prendendo la coroncina dalla sua mano, iniziò a posarla delicatamente sulla sua testa, ma lei lo fermò con la mano alzata.

«Domani, amore mio», sussurrò. «Non posso indossarlo fino a domani».

«Perché no?» esclamò.

«Agnes mi ha detto che porta molto sfortuna che lo sposo veda la sposa indossare qualsiasi parte del suo abito da sposa prima della cerimonia nuziale».

«Sicuramente si sta divertendo», disse lo sposo ridendo. «Non l'ho mai vista così euforica».

«Certo che è entusiasta», sussurrò Celia, posando dolcemente un dito sulle sue labbra. «Sei un figlio per lei, l'unico figlio che potrà mai avere. Ma aspetta qui un momento».

Riprendendo la coroncina, Celia si staccò dal suo grembo e attraversò la stanza fino al grande scrigno. Tornando al fuoco, portò con sé solo un morbido pacchetto di pelle d'agnello. Colin la riaccolse in grembo con una risata.

«Oh, non dovrei avere regali per te, ma tu ne hai per *me?*» ringhiò affettuosamente.

«Spero che questo ti piaccia», disse lei, offrendogli il pacchetto.

Colin tirò la linguetta di cuoio e aprì il lembo di pelle. Allungando la mano, tirò fuori un lungo pugnale custodito in un fodero d'ebano bordato d'oro. L'impugnatura era in ebano e l'elsa in acciaio era modellata come un rotolo incastonato da una catena d'oro. Alle estremità dell'elsa brillavano due zaffiri che si abbinavano al singolo zaffiro più grande incastonato nel tallone dell'arma.

Colin guardò dal regalo al collo di lei e cercò il ciondolo che indossava. Non c'era e sapeva di averlo in mano.

«Celia, quel ciondolo era l'unico ricordo che avevi di tua madre», disse in un sussurro stentato.

«E penserò a lei ogni volta che lo avrai con te», rispose lei, con gli occhi annebbiati.

«Lo porterò sempre con me, amore mio», disse rauco. «Niente mi costringerà a separarmene».

«Gliel'ho fatto scrivere», disse.

Colin estrasse il pugnale dal fodero e ispezionò le due C intrecciate che erano state incise sulla lama appena sopra l'elsa. I suoi occhi mostrarono l'emozione che traboccava nel suo cuore e la strinse a sé in un abbraccio che trasmetteva i sentimenti che a stento osava affidare alla sua gola stretta.

«Anche noi siamo intrecciati, tesoro mio, come un cardo e una rosa», sussurrò Colin in modo straziante. «Io sono quel cardo e tu la rosa. Anche noi siamo intrecciati, ed è l'abbraccio dell'amore... indivisibile, invincibile, eterno».

Celia combatté il folle desiderio di piangere di gioia.

«Ti amo, Colin», sussurrò.

Capitolo Quattordici

L'ALBA scozzese si aprì con la fresca luminosità blu della primavera e la mattina fu piena di preparativi per la giornata.

Ma poco prima di mezzogiorno, Celia salì su un magnifico cavallo baio, i cui finimenti brillavano d'argento e d'oro. Cavalcando tra Edmund e Agnes, la sposa iniziò il breve viaggio verso la chiesa del villaggio al Marketcross, vicino al porto. I suoi due compagni erano vestiti con gli abiti più eleganti e Edmund indossava il medaglione d'oro dei Cavalieri di Sant'Andrea.

Sebbene né Agnes né Edmund si fossero mai sposati, né avessero mai avuto un figlio proprio, entrambi guardavano la giovane donna tra loro con l'orgoglio dei genitori naturali. Agnes si era commossa fino alle lacrime quando Celia le aveva chiesto di accompagnarla in chiesa e ora credeva più che mai che il destino avesse fatto incontrare i due innamorati. Celia aveva trovato una nicchia nel cuore di Agnes che solo Colin aveva occupato in precedenza. Anche Edmund si illuminò felicemente, pensando agli anni e ai chilometri che li avevano portati in questo luogo, alla realizzazione di sogni tanto cari.

Emmet e cinque dei guerrieri principali di Colin, tutti addobbati con i colori di Campbell, li raggiunsero all'interno dei cancelli del castello, con un centinaio di combattenti a cavallo che li attendevano come scorta appena fuori. Le trombe suonarono all'uscita del castello e una brigata di zampognari guidò rumorosamente il corteo verso la città.

Questo doveva essere un matrimonio per tutti e l'intero villaggio brulicava di gente del clan e delle tenute dei Campbell. Non appena la sposa entrò nel villaggio, si levò un grande grido e i bambini ridenti corsero accanto al seguito. Ovunque Celia guardasse, le case e i portoni appena dipinti scintillavano di verdi, rossi e blu brillanti. Stendardi e tartan, bandiere e arazzi pendevano da ogni finestra. E la gente stessa, vestita con i suoi migliori abiti da festa, si riuniva lungo le strade del villaggio per fare il tifo per la nuova Lady e per unirsi alla crescente processione verso la chiesa. Festa e ospitalità erano le parole d'ordine della giornata.

Quando Celia raggiunse il Marketcross pieno, poté vedere che anche le barche del porto erano state addobbate per l'occasione. Nella piazza stessa del villaggio, zampognari e menestrelli si unirono al coro di musicisti che aveva guidato la sua cavalcata e l'aria si riempì di suoni eufonici di musica gioiosa. Dal campanile della chiesa e dalle navi nel porto, il suono delle campane completò l'accoglienza sinfonica.

La folla si separò per il drappello di cavalli da guerra decorati in modo sfarzoso e Celia fu portata davanti alla piattaforma di pietra rialzata al centro della croce del mercato. Lì, un Lord Hugh dagli occhi appannati, l'intero consiglio del clan e una delegazione di capi del villaggio rimasero in piedi ad apprezzare sorridenti lo spettacolo che avevano davanti.

Quando Lord Hugh alzò le due mani, le campane cessarono di suonare e sulla folla calò un silenzio improvviso e totale. Celia si voltò verso Agnes che, con un sorriso rassicurante, si avvicinò e le strinse la mano.

«Sir Edmund Bruce», tuonò il capo dei Campbell con una voce che tutti potevano sentire. «Consegni questa sposa, Lady Celia Muir, liberamente e senza riserve, per essere unita a Colin Campbell, erede della signoria delle terre dei Campbell e delle Isole Occidentali?»

«Lord Hugh Campbell», proclamò Edmund in cambio. «Con il pieno consenso della Lady stessa, te la consegno come sposa di Lord Colin Campbell!»

Immediatamente si scatenò una cacofonia di applausi e musica da parte della folla intorno a Celia, che fu aiutata a scendere da cavallo e presentata da Lord Hugh a tutta la classe dirigente lì riunita. Dopo aver espletato le formalità, Agnes, Edmund e il resto dei dignitari entrarono rapidamente in chiesa. Poi, con grande sfarzo e un saluto alla folla, Hugh condusse Celia attraverso la piazza fino alla chiesa.

Colin si trovava tra padre William e l'arcivescovo vicino all'altare della chiesa gremita. Mentre gli ultimi invitati al matrimonio entravano, la luce del sole primaverile filtrava attraverso le vetrate e luccicava sulle figure di santi e angeli scolpite nella pietra. Alec, in piedi accanto alla sua famiglia nella parte anteriore dell'assemblea, fece un cenno al suo amico. Era stato una costante spina nel fianco di Colin per tutta la mattina, «aiutando« lo sposo con battute, cattivi consigli e persino offrendosi di sostituire l'erede dei Campbell... se Colin avesse avuto dei ripensamenti.

Un silenzio calò sulla congregazione quando iniziò il suono grandioso e cortese di una cornamusa solitaria. Gli occhi di Colin si tinsero nella luce brillante della porta aperta per dare una prima occhiata alla sua sposa, e non dovette aspettare a lungo.

Lord Hugh e Celia entrarono in chiesa e Colin si bloccò, consapevole del tamburellare del suo cuore nel petto.

I riccioli ramati di Celia pendevano sciolti sotto la coroncina dei Campbell. I suoi occhi neri lampeggiarono quando si concentrarono su di lui e il suo abito bianco, ornato da fili d'oro, scintillò mentre varcava la soglia al braccio di Lord Hugh. Colin sentì il calore di mille soli scorrergli sul viso mentre guardava la bellezza incantevole che avanzava verso di lui.

Camminando verso l'altare, Celia non vide altro che Colin. Magnifico, affascinante, bello e molto di più.

Riccamente vestito con il suo kilt più bello, con un mantello di velluto nero che pendeva allentato su una spalla e con i colori dei Campbell sul suo ampio petto, era in tutto e per tutto il Lord delle Highlands. Ma l'occhio di Celia fu catturato dal pugnale con il manico d'ebano che pendeva vistosamente dalla fascia di velluto che gli cingeva la vita e dallo sguardo amorevole che era puntato su di lei.

Lord Hugh, vestito in modo simile al figlio, con l'aggiunta della catena d'oro del titolo nobiliare, consegnò la mano ferma di Celia in quella del figlio e, raggiante e orgoglioso, prese posto accanto ad Agnes ed Edmund. In effetti, il ragazzo aveva fatto bene, pensò. Aveva visto sguardi quasi di stupore mentre camminavano verso l'altare. Celia aveva il portamento di una regina e la bellezza di un angelo, ma il cuore di una santa. E Hugh poteva percepire che anche gli altri lo sapevano. Constance sarebbe stata molto orgogliosa della scelta di suo figlio.

L'arcivescovo, un ecclesiastico dal volto severo e spensierato, era in piedi con Padre William e ascoltava Celia e Colin mentre si scambiavano i loro voti d'amore e fedeltà, davanti a Dio e alla loro comunità. Ciò che il Signore ha unito, nessuno lo separi.

Uno dopo l'altro, i principali membri del clan Campbell si avvicinarono all'altare e alla coppia di sposi. Uno dopo l'altro, i cavalieri e i combattenti Campbell si inginocchiarono davanti alla loro nuova Lady e le promisero la loro vita e il loro servizio. La solennità delle loro promesse, che si aggiungeva al momento emotivamente carico dell'evento nuziale, sconvolse Celia... anima e corpo. Lottava contro le lacrime mentre Emmet e Runt si mettevano le mani sul cuore e pronunciavano i loro giuramenti.

Quando Colin e Celia uscirono dalla chiesa, le loro orecchie furono accolte ancora una volta dal suono melodioso delle campane e delle cornamuse. Fuori, la folla di benefattori si accalcava contro i gradini della chiesa. La coppia di sposi si fermò in cima e la folla si calmò immediatamente.

«Brava gente del clan Campbell», proclamò Colin a gran voce, stringendo con forza la mano di Celia. «Vi presento... Lady Campbell».

Le urla tumultuose e gli applausi che seguirono travolsero Celia e le lacrime le rigarono le guance quando Colin la prese in braccio e la baciò davanti a tutto il villaggio. Dalle navi nel porto, i cannoni spararono un continuo saluto per la gioia della folla e Celia si sentì come se stesse camminando su una nuvola mentre iniziavano la processione di ritorno attraverso i festeggiamenti del villaggio fino al castello che incombeva benevolo sopra di loro.

―――――

La cena di nozze nella Sala Grande fu un banchetto sontuoso accompagnato da ballerini, musicisti e menestrelli. Colin e Celia erano inseparabili, nonostante tutti gli sforzi per includerli nell'intrattenimento in corso. Colin le teneva stretta la mano e lanciava occhiate minacciose a chiunque si avvicinasse per baciare la sposa con un atteggiamento diverso da quello più rispettoso. E fu particolarmente minaccioso quando Alec Macpherson si impossessò momentaneamente della sua mano.

«Celia», disse Alec in tono confidenziale, ignorando la presenza minacciosa di Colin. «Ho appena avuto un'interessante conversazione con l'arcivescovo a proposito degli annullamenti».

«Macpherson...» ringhiò Colin sopra le risate di Celia.

«Tutti! Venite nella Sala Sud», disse Dunbar. «Abbiamo un piccolo intrattenimento per voi».

Il prete guardò Alec e Colin, che tenevano ciascuno una mano di Celia, e scosse la testa con aria interrogativa. «Lord e Lady Campbell? Voi e Lord Alec vorreste unirvi a noi?»

Senza cercare di nascondere l'azione, Colin staccò la mano di Alec da quella di Celia e si mise tra i due mentre si avviavano verso l'ingresso della Sala Sud.

Tutti passarono attraverso le doppie porte e presero posto lungo il muro sotto le finestre, mentre Runt scomparve dall'ingresso e tornò in un attimo, facendo un cenno a Padre William. Tutto era pronto.

«Lord Colin, se foste così gentile da recitare la parte dell'Innamorato», chiese il sacerdote poeta, indicando un posto a metà del corridoio. Colin rimase indeciso per un lungo momento, tra l'ovvio divertimento degli spettatori.

«E se potessi prendere in prestito la tua bella sposa, solo per un breve periodo, per recitare la parte della Lady Amata», continuò Dunbar.

Runt le prese il braccio e Colin lo fermò con uno sguardo. «Se le succede qualcosa...» avvertì il guerriero.

«Ha un lieto fine, Milord». Runt sorrise debolmente. «Non le toglierò gli occhi di dosso».

Con un grugnito di rassegnazione, Colin le lasciò la mano e Runt la condusse fuori dal corridoio.

«Lord Hugh, Lady Agnes, Lord Alec», continuò Padre William. «Se volete gentilmente accompagnare la squisita Lady Celia... o meglio, la Lady Amata... alla vostra posizione prestabilita».

Quando Celia passò davanti a Colin, il suo sorriso fu sufficiente a riscaldare l'intera sala e tutti i presenti lo sentirono, ma nessuno più dello sposo. Si ritrovò a desiderare che questo giorno fosse finito e che tutti gli ospiti se ne fossero andati o fossero stati messi al sicuro, soprattutto Alec. Mentre i suoi occhi seguivano la bellezza... l'Amata... attraverso l'ingresso, Colin si ritrovò a desiderare...

«Signore, signori, gentiluomini delle terre dei Campbell», chiamò Dunbar dal suo posto al centro della sala, attirando l'attenzione degli ospiti. «Questa sera, grazie alla gentile generosità di Lord Hugh Campbell, per celebrare l'unione di due persone care, vi presentiamo un masque, un corteo, una rappresentazione teatrale».

Padre William fece una pausa ad effetto, poi allargò le braccia come un mago che evocava un nuovo mondo, un mondo di immaginazione. Gli ospiti erano così silenziosi che l'unico suono era il crepitio dei fuochi nei grandi focolari. Poi la musica di lira, oboe e trombe fluttuò armoniosamente nell'aria.

«Proprio quando la stella del giorno cominciò a brillare», iniziò il poeta, prendendo la mano di Colin e conducendolo in un piccolo cerchio, per poi terminare dove aveva iniziato. «L'Innamorato si alzò e vicino a un cespuglio di rose si sedette per riposare, perché non aveva dormito per molti giorni e molte notti.

«Quando spuntò la candela d'oro dell'alba, con raggi di luce chiari e cristallini. E prima che Febo si fosse alzato e avesse gettato il suo mantello di porpora, l'allodola, il menestrello del cielo, chiamò con gioia il mattino.

«Poi, come angeli, gli uccelli cantavano nelle verdi pergole e i campi erano una coperta di colori. Smaltato di rugiada, il prato brillava di rosso e di bianco con i fiori di maggio così luminosi e nuovi. Il sole splendeva sui giovani boccioli di rosa, le gocce di rugiada bruciavano come scintille di rubino. E gli uccelli saltellavano tra i rami nella gloria della primavera».

Dunbar fece qualche passo verso l'ingresso e si voltò di nuovo verso gli ospiti estasiati.

«Accanto al luogo in cui giaceva l'Innamorato», annunciò, facendo un gesto con la mano verso l'ingresso della sala. «Un lago azzurro e scintillante bagnava le verdi rive del prato».

«Lì, all'improvviso», esclamò Dunbar con voce drammatica, «l'Innamorato vide, come in un sogno fantastico, una vela bianca come un fiore su uno spruzzo verde, e una nave d'oro sfrecciò veloce come un falco verso la riva».

Con grande sorpresa di tutti gli ospiti, quella che sembrava essere una piccola barca dorata planò a metà strada verso le doppie porte aperte dell'ingresso della sala, con una vela bianca che svolazzava sopra.

«E agli occhi stupiti dell'Innamorato, cento belle fanciulle in abiti di un bianco purissimo, con i capelli scintillanti e mossi da fili d'oro, scesero allegramente dalla nave e, come gigli danzanti, si agitarono nel verde del prato. Omero e Cicerone, con le loro lingue dolci, non potevano descrivere la bellezza di questo paradiso».

Due servitori misero rapidamente una tavola sul parapetto basso della barca e si misero a dare una mano mentre una dozzina di ragazze e giovani donne del villaggio scendevano dalla nave e uscivano nella sala, tra gli applausi degli spettatori sorpresi.

«E poi entrò Cupido, il re, con la regina dell'amore Venere al braccio», continuò il poeta, riportando l'attenzione del pubblico sulla nave, dove Lord Hugh e Agnes camminavano maestosi lungo la tavola e verso tre sedie che erano state posizionate in fondo alla sala. «E con la compagnia arrivò anche il cavaliere lussurioso Duty che portava con sé la magnifica Targe d'oro degli dèi».

Con grande sfarzo, Alec, in qualità di Duty, scese dalla barca e si mise al suo posto dietro la terza sedia tra il «Re Cupido« e la «Regina Venere». Al braccio portava un brillante scudo rotondo, il Targe d'oro, che teneva in alto tra i mormorii di approvazione della folla.

«E poi l'Innamorato avvistò la Lady che, con la sua ancella Bella, entrò nel prato per rendere omaggio alla sorgente».

Colin quasi non sentì le forti acclamazioni quando Celia entrò nella sala. Come una regina gloriosa, brillava con una maestosità che gli fece letteralmente mancare il respiro. Era come una divinità inviata dall'alto. I suoi occhi non lo lasciarono mai, mentre lei e una ragazza del villaggio si dirigevano verso il luogo in cui li attendevano Ugo e Agnese. La giovane fanciulla, come Bellezza, sedeva pudicamente davanti alla sua Lady.

«Mentre queste belle signore ballavano e giocavano, l'Innamorato si nascose tra le foglie verdi, contento di osservare l'allegria... e la Lady.

«Ma poi Venere stessa vide lo spettatore e chiamò il suo gruppo per arrestare l'Innamorato».

Quando Agnes si alzò e indicò Colin, le fanciulle formarono una fila per attaccarlo.

«Ma poi il guerriero Duty, in armatura di piastre e cotta, con scudo d'oro, venne in aiuto dell'Innamorato e difese il nobile cavaliere», continuò Dunbar, e Alec attraversò la stanza con lo scudo dorato in mano.

«La giovinezza, la verde innocenza e l'obbedienza sono state perseguite nella pressa. Seguirono Educazione, Pazienza e Fermezza. Una nuvola di frecce cadde come una pioggia di grandine».

Quando il guerriero raggiunse Colin, tenne sollevato lo scudo, respingendo le frecce invisibili che le fanciulle attaccanti lanciavano in pantomima contro l'Innamorato. Le dame vestite di bianco circondavano l'Innamorato e Duty, il suo difensore. Più e più volte finsero di avanzare e poi di indietreggiare come se fossero respinte nei loro sforzi.

«Ahimè, i loro sforzi furono respinti. La Targe d'oro non permise a nessuno di trovare il proprio bersaglio. Si ritirarono da Venere e dal re».

Come danzatrici esperte che rispondevano alla musica, le donne del villaggio volarono sul pavimento verso Venere e le altre. La cameriera del villaggio, nei panni della Bella, si alzò in piedi al cenno di Agnes.

«Poi Venere la regina chiamò la dama Bellezza per guidare le sue truppe ancora una volta nella mischia».

Attraversando la strada verso il Duty e l'Innamorato alla testa della sua legione, Bellezza alzò il pugno in aria, come se ci tenesse dentro qualcosa, e su parola del poeta sacerdote, finse di lanciarlo ad Alec.

«Allora la Bella gettò una polvere negli occhi di Duty ed egli barcollò senza vedere come un ubriaco. Ahimè, quando fu cieco, si presero gioco di lui e lo portarono via».

Con un grido di allegria, alcune signore fecero girare il «cieco« Duty e lo condussero via giocosamente.

«E la Bella prese l'indifeso Innamorato come suo prigioniero», proseguì Dunbar mentre la ragazza portava Colin direttamente da Celia, che ora si trovava tra Lord Hugh e Agnes.

«Lei lo condusse dalla sua Amata, dove egli impegnò la sua vita e il suo amore al suo servizio».

Un grande applauso si levò quando Colin prese per mano l'arrossita Celia e la baciò sonoramente davanti a tutta l'assemblea.

Padre William si avvicinò alla coppia e sussurrò loro una parola. Poi, guidando Lord Hugh e Agnes e l'intero gruppo di artisti, la coppia di sposi sfilò mano nella mano davanti agli ospiti e si fermò al centro della sala.

Quando si fermarono davanti all'assemblea, Runt ed Ellen entrarono con Kit e consegnarono il bambino a Celia, che a sua volta lo consegnò sorridente a Colin. Colin tenne con cura il bambino in alto per farlo vedere a tutti e poi lo restituì a Celia. La folla applaudì felicemente.

Invitando al silenzio con una mano alzata, Dunbar si rivolse nuovamente al pubblico, dirigendo la loro attenzione su Edmund, che stava marciando solennemente attraverso la sala tra gli artisti e gli ospiti.

«E poi... E poi... Ecco! All'improvviso, Eolo il Vento entrò e diffuse la sua benedizione aerea. E l'Innamorato e l'Amata e tutta quella felice legione fuggirono ancora una volta verso la nave». Celia e Colin guidarono gli altri attraverso il pavimento fino alla nave all'ingresso, dove tutti scomparvero rapidamente dalla vista. La tavola fu rimossa e la nave iniziò a indietreggiare verso l'ingresso. «In un batter d'occhio, la nave partì e volarono oltre il diluvio. I cannoni ruggirono in segno di gioia... finché sembrò che i cieli si fossero aperti».

Quando Dunbar concluse le sue ultime parole, tutti i cannoni di Kildalton presero vita in un fragoroso coro di tributo.

Tra gli applausi sfrenati degli ospiti, gli artisti rientrarono nella sala, con Lord Hugh e Agnes in testa.

Alec, l'ultimo a entrare, si fermò sulla porta. E con un ampio sorriso sul volto, alzò la mano.

«Lord Campbell e Lady Campbell ora si ritireranno per la notte!» gridò ai festaioli.

Una volta che l'assemblea fu tornata nella Sala Sud, Alec strinse di cuore la mano di Colin e baciò Celia sulla fronte, spingendo i due verso la scalinata.

Mano nella mano, gli sposi corsero fino in cima alle scale. Una volta lì, Colin si abbassò e prese in braccio Celia, arrossendo, e la portò fino alla sua stanza. Quando raggiunsero la porta chiusa, lei gli prese il mento con una mano e lo guardò dritto negli occhi.

«I miei lividi sono a malapena guariti dall'ultima volta che abbiamo lavorato su questa tradizione», disse con freddezza, i suoi sforzi per nascondere il sorriso si rivelarono inadeguati. «Non mi sembra che nei nostri voti ci sia scritto di dover fare da ariete».

Con un sorriso ironico, Colin aprì con un calcio la pesante porta di quercia e la portò direttamente nella stanza.

Andando verso il letto, la depositò delicatamente sul bordo e la baciò lentamente, con la bocca che indugiava sulla sua con una promessa tangibile di ciò che sarebbe accaduto.

«Non andare da nessuna parte», disse con un sorriso, attraversando la stanza fino alla porta e sbarrandola.

La stanza era addobbata in uno stile che si addiceva a una coppia reale. Ovunque Celia guardasse nella stanza illuminata dalle candele, c'erano segni della premura e del gusto di Agnes. Su ogni tavolo c'erano vasi in gres con narcisi, tulipani e piante verdi. Una moltitudine di piatti contenevano ogni tipo di cibo immaginabile, preparato con cura e presentato con un tocco artistico. Bottiglie di birra e di vini francesi erano disposte in mezzo a una scintillante collezione di calici di cristallo, mentre un piccolo fuoco scoppiettava accogliente sul focolare di pietra.

«Colin», disse lei, osservando la quantità di cibo presente nella stanza. «Qui abbiamo abbastanza cibo per una settimana».

«È questo il piano, amore mio», rispose con un sorriso mentre si spostava di nuovo verso il letto. «È consuetudine che la sposa rimanga nell'appartamento fino al quarto giorno. Non vogliamo che tu muoia di fame».

«Cosa intendi con «tu«?» chiese Celia. «Dove andrai?»

«Beh, di solito lo sposo partecipa ai festeggiamenti previsti per la settimana successiva, mentre la sposa si riposa». Fece una pausa. «Ma ho pensato di cambiare le cose».

«Vuoi dire», disse sorridendo, «che ti riposerai con me?»

«Ho pensato che potremmo riposare un po'... giocare un po'...

giocare un po'... forse giocare ancora un po'». Mentre pronunciava queste parole, si mise di fronte a Celia e le tolse la corona, appoggiandola su un tavolino accanto al letto. Poi, prendendole entrambi gli avambracci tra le mani, la sollevò a sé. Passando le mani tra le sue ciocche ramate, le tirò indietro la testa e fissò il suo bellissimo viso, i suoi occhi innamorati.

Celia sentì la sua forza mentre la tirava su dal letto. E poi, le labbra di lui erano su quelle di lei. All'improvviso, voleva seppellirsi in lui, perdersi, annegare in lui. Il suo corpo si inarcava mentre si spingeva contro di lui, con i seni che le facevano male all'interno degli stretti abiti da sposa, che le facevano male mentre spingeva contro il suo petto duro, che le faceva male il suo tocco.

Mentre le loro bocche si accarezzavano alla ricerca, le sue mani percorsero il corpetto stretto dell'abito, trovando la strada verso la schiena, verso i mille e uno bottoni che imprigionavano il corpo che lui desiderava sentire.

Sapeva che la pazienza del marito guerriero si stava esaurendo mentre armeggiava con i primi bottoni. Si guardava alle spalle e borbottava strane imprecazioni quando Celia estrasse il suo nuovo pugnale dal fodero che portava in vita.

«Colin?» disse, allontanandosi da lui e tenendo l'arma in mano.

«Sì». Annuì con un sorriso, prendendola e tirandola a sé.

Il suono sibilante dei bottoni di perla che venivano rasati dal materiale spesso era uno dei più liberatori che Celia avesse mai provato. Allungando la mano verso l'alto, slacciò il fermaglio d'oro che teneva il mantello nero sulla spalla di lui. Con un solo movimento, si liberò della cinghia di cuoio e della sciarpa di plaid che attraversava la camicia bianca.

Un senso di urgenza si stava creando tra loro, mentre sentivano il bisogno crescente di togliersi i vestiti a vicenda. Mentre lei iniziava a far scivolare l'abito dalle spalle, lui si avvicinò per posare il pugnale sul tavolo con la coroncina.

«Non disarmarti troppo in fretta, amore mio», disse enigmaticamente.

Colin si voltò e vide la sua sposa chiusa in un corsetto che rivelava più di quanto nascondesse. La pelle d'avorio del collo e delle spalle, i gonfiori dei seni legati, le braccia lunghe e lisce che si protendevano verso di lui. La prese tra le braccia e la baciò profondamente, con desiderio e passione.

«Colin?» sussurrò senza fiato all'orecchio di lui. «Mi aiuteresti ad uscirne?»

La girò e, con un solo passaggio, tagliò l'incrocio di lacci che chiudevano l'indumento in modo così stretto. Celia scosse il corsetto a terra e uscì dalla moltitudine di sottovesti. Quando si girò, lei era vestita solo con un cambio di seta e lui indossava solo il suo kilt, con la camicia bianca gettata via con noncuranza.

Celia fu attratta dal suo abbraccio come la rugiada del mattino era attratta dal sole.

Le ore che seguirono furono piene di scoperte e di passione. Le sembrò che un momento soddisfacente si susseguisse all'altro. Come se un desiderio soddisfatto ne evocasse un altro. Alla fine, crogiolandosi nel caldo bagliore del loro amore, si sdraiarono avvolti l'uno nelle braccia dell'altra, osservando i colori fuori dalla finestra che si schiarivano con l'avvicinarsi dell'alba.

«Quel vecchio pazzo indaffarato del sole ci scruterà in un attimo», sorrise Colin, coprendole le spalle.

«Colin», respirò lei, accoccolata nel calore del suo abbraccio. «Credo di sapere perché le spose hanno quattro giorni di riposo».

«Davvero?» rispose stuzzicante. «Vuoi quattro giorni di riposo?»

Celia si accoccolò ancora più vicino a lui. «No. Sto avendo tutto il riposo di cui ho bisogno in questo momento, grazie».

Capitolo Quindici

QUEI QUATTRO GIORNI furono i più felici della vita di Celia.

Tutti rispettarono il tempo trascorso insieme dagli sposi e i due amanti lo sfruttarono al massimo. Tra un'ora e l'altra di sesso tranquillo, durante il quale Celia imparò molto su ciò che un uomo e una donna possono essere l'uno per l'altra, trascorsero del tempo con Kit, dando anche a Ellen e Runt del tempo da condividere. Colin apprezzava sinceramente le attenzioni del bambino e le buffonate che Kit sembrava riservare solo a lui. Una volta, mentre li guardava giocare insieme, Celia ebbe gli occhi lucidi, pensando che presto sarebbe arrivato il giorno in cui avrebbe dovuto separarsi dal bambino.

Quando Colin notò l'emozione sul suo volto, accennò con noncuranza al fatto che Padre William aveva stabilito molto chiaramente che fare figli era una priorità assoluta per gli amanti. La suggestiva inclinazione delle sue sopracciglia fece arrossire Celia, che desiderò ardentemente il rapido ritorno di Ellen.

Il giorno dopo il matrimonio, dopo il pranzo, Colin portò Celia in giardino. Con suo grande stupore e gioia, il giardino era stato trasformato. Sembrava che un esercito di giardinieri fosse stato al lavoro e ammise che alcuni membri del personale del castello erano stati impiegati nella pulizia.

I muri erano stati ripuliti da vecchi rampicanti morti ed era stata applicata una nuova mano di vernice bianca. Tutte le aiuole e i sentieri erano stati svuotati dai detriti. Anche la fontana era stata pulita e Celia immerse le dita nell'acqua fredda e limpida che scorreva al suo interno. Le panchine in erba erano state tutte tagliate e grandi vasi di terra erano stati posizionati in diversi punti, in attesa che Celia scegliesse le piante da piantare. Nuovi tralicci avevano sostituito quelli vecchi e le rose rampicanti erano state potate e sistemate su di essi.

«È tutto pronto per te, amore mio», sussurrò Colin, guardandola da sopra la spalla e avvolgendola con le braccia. «È tutto tuo e puoi farne ciò che vuoi. Non potevo vederti ancora graffiata, per rimediare a venticinque anni di negligenza».

«Oh, Colin», disse lei, sopraffatta dall'emozione. «Spero di poter rendere questo giardino un luogo felice come lo era quando tua madre era viva».

«L'hai già fatto», disse. «Hai riportato mio padre qui fuori. Ha persino fatto aprire la porta del cortile della cappella». Indicò la stretta porta nel muro.

«Possiamo entrare, Colin?» chiese. «Non voglio intromettermi nei tuoi ricordi, è solo che...»

«Lei ti avrebbe amata», la interruppe. «E questo castello è la tua nuova casa ora, proprio come lo era la sua nuova casa. Stiamo già creando i nostri ricordi».

Prendendola per mano, aprì la porta e la condusse attraverso il muro nel cortile della cappella. Fresca, verde e recintata, la piccola area era delimitata da due sentieri che si incrociavano. Alla sua sinistra, Celia vide l'ingresso alla piccola cappella del castello. Alla sua destra, vide una cripta. Camminando fianco a fianco lungo il sentiero, entrarono nella cripta e lei vide la scultura reclinata di una giovane donna. Accanto al luogo di riposo della moglie, Lord Hugh aveva preparato il suo, anche se nessuna scultura adornava la lastra di marmo che lo attendeva.

Celia si inginocchiò rispettosamente accanto alla tomba e, dopo aver sussurrato una preghiera sommessa, si alzò e si rivolse a Colin, che aspettava pensieroso dietro di lei.

«Grazie», disse lei.

Lui sorrise amorevolmente, annuì e i due tornarono in giardino.

Lì, nell'ambiente amichevole del loro piccolo paradiso, si sedettero sotto uno dei ciliegi e parlarono. I fiori bianchi e rosati dei ciliegi stavano cominciando a cadere e loro ridevano dei petali simili a neve che fluttuavano tra i loro capelli.

Celia gli raccontò di uno dei suoi viaggi con il padre. Della festa dei ciliegi in fiore a cui aveva assistito in Oriente. Colin le raccontò di aver mangiato così tante ciliegie un giorno, quando aveva circa sei anni, che per il resto dell'estate non era riuscito nemmeno a guardare una ciliegia. Gli era venuto il voltastomaco, ma non aveva voluto dire ad Agnes o a Hugh quello che aveva fatto per paura di ammettere di essere andato in giardino.

Parlarono del futuro e Celia parlò della sua eredità come se appartenesse a entrambi. Di volerla usare come Colin stava usando le risorse dei Campbell... per il bene delle persone che dipendevano da loro.

Il sole era caldo nella privacy protetta del giardino. Nascosti da tutti, camminavano e lei parlava di erbe e fiori e del piacere che avrebbero avuto nel vederli crescere. Fermandosi nell'angolo più protetto, Colin si sedette su una panchina dietro un recinto di grate. Tirandola in grembo, le parlò ridendo di altri piaceri che il giardino avrebbe potuto produrre.

Sollevò il mento di Celia e sfiorò le sue labbra.

«Pensi che Padre William considererebbe «innaturale« fare l'amore seduti sulle mie ginocchia?»

Lei mosse leggermente il corpo, consapevole dell'eccitazione sotto il kilt di Colin. Il vestito bianco che indossava non era così spesso da ostacolare le sensazioni che stava provando.

«Se me lo fai vedere», rispose timidamente. «Dopo potremo prendere una decisione migliore».

Questo fu tutto l'incoraggiamento di cui Colin aveva bisogno e la sua bocca prese possesso della sua. Poi, come una grande onda, la loro passione li travolse fino a un altro livello di desiderio. Fece alzare Celia davanti a sé, le sue ginocchia la sostenevano mentre le passava le mani sul corpo.

Lei percepì i lacci del suo vestito tirarsi e cadere. Sentì la bocca calda di Colin che le lasciava una scia di baci dal collo al seno e un gemito le si formò in fondo alla gola quando lui prese un capezzolo tra le sue labbra succhianti. La sua mano accarezzò l'altro seno, le sue dita stuzzicarono il capezzolo fino a farlo erigere e attirarono la sua bocca su di esso. La sua lingua sfiorò per un attimo la durezza del capezzolo prima di tracciare la morbida curva carnosa sotto il seno. Sentì il vestito scivolare giù dalle spalle e oltrepassare i fianchi. Rimase nuda nel suo abbraccio, esaltata dalla sensazione del sole sulla schiena... e dalle labbra di lui sul suo corpo.

Allungando la mano sulla sua schiena, Celia tirò la camicia che copriva il suo enorme busto. Voleva sentire la sua pelle contro la sua. Il desiderio si trasformò presto in bisogno quando la magia della lingua di Colin si posò sul suo centro fremente. Un'ondata quasi frenetica la travolse e Colin alzò la testa, togliendosi la camicia.

Srotolando il kilt, attirò Celia delicatamente sulle sue gambe dure come la roccia. Sostenendo il suo peso, la accarezzò con le labbra, portandola sulla corona della sua eccitazione. Lei ansimò quando si abbassò contro di essa e Colin gemette di piacere. Poi, pulsando dolcemente, lo accolse dentro di sé, profondamente, pienamente, completamente.

Lui le tenne i fianchi mentre dondolavano e Celia gli afferrò la schiena, le spalle, i capelli. Insieme si muovevano, due corpi come uno solo, dando senza pensare di dare, condividendo senza pensare di condividere, ma amando con ogni fibra della loro esistenza. Mentre i loro corpi si muovevano nella misura palpitante della danza d'amore, lei si ritrovò a sollevarsi, togliendosi di dosso i vincoli di dieci milioni di anni.

Era consapevole, eppure non lo era, del ritmo crescente che la trasportava, la sollevava, la spingeva in un'altra dimensione. Una dimensione in cui il tempo e lo spazio erano un'unica, luminosa, martellante distesa... informe, indefinibile, eterna.

E Colin era lì con lei, innalzandosi con lei, una parte di lei. Insieme raggiunsero quella liberazione epocale, quel brivido di estasi, e Celia si abbandonò a quella luce avvolgente, a quella sensazione illuminante di essere accesa, in alto, viva.

Un giorno dopo l'altro, Celia e Colin erano quasi inseparabili. Invece di rimanere in camera sua, come prevedeva la tradizione, Celia usciva con lui ogni giorno. La famiglia Macpherson e la maggior parte degli invitati che si erano recati a Kildalton per il matrimonio, partirono per tornare a casa. Alec promise di tornare quando a Kildalton avrebbero ricevuto notizie dal conte di Huntly. Aggiunse, con uno sguardo un po' malinconico a Celia e Colin insieme, che improvvisamente la vita da scapolo non era più così attraente come un tempo.

Ma anche se il castello si stava svuotando, i festeggiamenti continuavano senza un attimo di esitazione e gli abitanti della città erano felici quando il giovane Lord e la sua nuova dama si univano ai festeggiamenti. Felice dell'opportunità di stare vicino alle donne e agli uomini che ora erano suoi parenti, Celia si ritrovò presto ad essere inclusa tra loro.

Un pomeriggio, trascorse ridendo e cantando con i bambini del villaggio, imparando le canzoni e i passi di danza locali. La mattina successiva, insegnò agli stessi bambini nuovi modi per catturare i granchi e le aragoste che vivevano tra le insenature rocciose. Prima di rendersene conto, aveva attirato un pubblico di adulti che volevano partecipare all'attività.

Un'altra mattina grigia trovò Celia e Colin seduti insieme vicino al Marketcross, ad ascoltare il cantastorie del villaggio che recitava storie di eroi celtici di un tempo e a bere dalla ciotola di birra che veniva fatta girare. Quello stesso giorno li vide portare beni di prima necessità ai rifugiati che si stavano sistemando in casette frettolosamente costruite nelle terre dei Campbell. Vederli le fece tornare in mente la minacciosa realtà che Danvers rappresentava ancora quando era in libertà in Scozia.

Ma Colin alleviò le sue preoccupazioni e le sue paure con la sua tranquilla sicurezza. Mostrandole la forza e la stabilità della vita del clan Campbell, la convinse che la prosperità del loro popolo sarebbe stata un giorno la prosperità di tutti gli scozzesi. Gli invasori sarebbero stati respinti e gli assassini sarebbero stati distrutti.

In quei giorni gloriosi, gli sposi cavalcavano insieme sulle scogliere rocciose che si affacciano sul mare, con il mastino nero Orso che li affiancava. Insieme, camminavano mano nella mano lungo la spiaggia che costeggia il porto. Mentre ridevano e parlavano, spesso esprimevano gli stessi pensieri contemporaneamente, come due vecchi soci con molti anni di esperienza in comune. A volte, la loro conoscenza del mondo sembrava completarsi alla perfezione e le idee dell'uno si fondevano con quelle dell'altra in scambi produttivi riguardanti la Scozia e le terre dei Campbell.

La sera prima della partenza dell'arcivescovo, Padre William si precipitò al fianco di Celia mentre lei entrava nella Sala Sud al braccio di Colin. I suoi occhi lampeggiavano di eccitazione mentre prendeva la mano libera di Celia. Quando il guerriero vide il sacerdote, fece un cenno di saluto amichevole.

«Vedo che voi due avete qualcosa da discutere», disse Colin, lanciando uno sguardo sorridente al prete e staccandosi dalla sposa.

«Sì, ragazzo», rispose Dunbar euforico. «Ci vorrà solo un attimo».

Trascinandola praticamente nella Sala Grande, il sacerdote si sedette con Celia su una delle sedie di legno accanto al grande camino.

«Beh, ragazza, il re non è stato in grado di farlo, ma il mio buon amico Lord Hugh e il tuo bravo marito certamente sì», esordì, sfregando le mani in segno di grande allegria. Celia pensò per un attimo che Padre William stesse per alzarsi e ballare un reel delle Highlands.

«Di cosa stai parlando?» chiese, sorridendo per l'eccitazione dell'amico.

«Ce l'hanno fatta, Celia», disse lui, afferrandole la mano. «Sai quel giovane prete che hanno qui? L'arcivescovo lo sta prendendo al suo servizio. E *mi* hanno offerto il ministero qui sull'isola».

Padre William fece una pausa, aspettando che la notizia venisse registrata sul suo volto. «Sarò il sacerdote qui e insegnerò ai bambini nella nuova scuola», quasi gridò con gioia. «Finalmente, finalmente, finalmente! Avrò il mio gregge, Celia, e un vero lavoro da fare».

Celia rise ad alta voce quando il suo vecchio amico saltò in piedi e si mise a saltellare per un attimo, prima di fermarsi bruscamente e tornare al suo fianco.

«Aspetta un attimo», disse con tono accusatorio. «Tu sapevi tutto questo, vero? Non mentire al tuo confessore, ora, ragazza. Ci sei tu dietro a tutto questo, vero?»

«No, padre», disse lei ridendo. «È stata opera di Colin».

Celia era stata presente durante la discussione con l'arcivescovo, ma questa sistemazione era stata completamente un'idea di Colin. Sapeva che tutto questo faceva parte del suo desiderio di farla sentire a casa e di essere circondata dalle persone che le erano care. Sorrise, sapendo che Colin avrebbe costruito una nuova ala del castello per Edmund se avesse pensato di convincere anche lui a rimanere.

«Ma probabilmente è stata una tua idea, ne sono certo», disse, stringendole affettuosamente la mano. «Sei un'ottima giovane donna, Celia Muir... o meglio, Lady Campbell. E io ti ho fatto incontrare un bravo ragazzo».

Per quanto riguardava la sua posizione iniziale sulla sua relazione con Colin, pensò con un sorriso, Padre William stava certamente sviluppando una memoria selettiva.

La mattina seguente, dopo aver insistito affinché portasse con sé il mantello, Colin accompagnò Celia a visitare il labirinto di passaggi segreti che si snodavano nel castello. Mentre le mostrava i segreti dei portali nascosti, Celia capì presto sia il modello di costruzione che la chiave per spostarsi tra una sezione di passaggi e l'altra. Fu una visita affascinante che si concluse nelle caverne a livello del mare.

«Che ne diresti di andare a fare un giro in barca?» chiese Colin, agitando la sua torcia verso le numerose imbarcazioni appoggiate sul molo di pietra inclinato. Avevano navigato diverse volte con le imbarcazioni più grandi del porto, ma questa era la prima volta che conosceva queste barche più piccole, così simili a quelle che aveva navigato ai tempi della corte, dopo che le era stata restituita la libertà grazie al patrocinio del conte di Huntly.

Colin mise la torcia in un'applique su un grande pilastro di pietra, mentre Celia slegò una delle barche e fece un inutile tentativo di spingerla giù per il pendio.

Arrivando da dietro e non dandole la possibilità di opporsi, la sollevò senza dire una parola e la mise nella barca. Poi, con facilità, spinse la barca lungo il pendio di pietra e vi saltò dentro. Le venne in mente, con orgoglio, che per mettere in acqua queste barche erano generalmente necessari tre uomini forti. Colin ci era riuscito a malapena flettendo un muscolo.

Mentre si dirigeva verso la poppa, superando l'albero e la vela che si estendevano per gran parte della lunghezza della barca, Celia diede un'occhiata all'ambiente sotterraneo che li circondava. Alla luce lampeggiante delle torce, sembrò che sulle pareti rocciose ci fossero dei segni di alta marea.

«Quanto tempo abbiamo per navigare?» chiese.

«L'ingresso della grotta diventa inaccessibile circa un'ora prima dell'alta marea», le disse. «A quel punto le scogliere sono a picco sul mare. Non si direbbe nemmeno che c'è una grotta qui. Ma anche se si cerca di entrare con la bassa marea, superare le strettoie è insidioso».

«Posso provare?» chiese, con gli occhi che brillavano per la sfida.

Colin guardò l'apertura bassa e tornò a guardare Celia. Aveva sentito parlare da molte persone delle sue notevoli capacità in acqua e ne aveva viste alcune durante l'ultima settimana di navigazione insieme. Ma le correnti incrociate e il vento che ti colpiva all'apertura della grotta richiedevano pratica per essere padroneggiati. Beh, non c'era momento migliore di questo per iniziare, pensò tra sé e sé. L'acqua non era poi così fredda.

«Sì», rispose. «Ma prima lascia che ti dica quali sono le difficoltà».

Celia annuì, prendendo il timone e ascoltando pazientemente. Mentre Colin remava, spingendoli verso la bassa apertura, elencò una lista di possibili problemi che lei avrebbe potuto incontrare, illustrandoli con una divertente storia dei suoi naufragi e delle sue piccole disavventure.

Lui la guardò mentre governava con attenzione, a suo agio al timone della barca. Il suo bel viso era concentrato sul suo compito mentre scivolavano attraverso la grotta. Poi, inspiegabilmente, scoppiò in un ampio sorriso.

«Faresti meglio ad abbassarti, Lord Campbell». Lei rise e Colin lo fece, evitando per un pelo di sbattere la testa sulla pietra sporgente dell'ingresso della caverna. Anche Celia si chinò rapidamente quando una mareggiata sollevò la barca per farla uscire in mare aperto ed entrambi risero di cuore.

Mentre scivolavano dolcemente attraverso il centro dell'apertura, Colin si sedette a prua, ridacchiando tra sé e sé per aver sottovalutato le sue capacità.

Una volta superata l'apertura rocciosa, Colin si avvicinò all'albero e con incredibile velocità attaccò le cime. Celia si spostò leggermente in avanti e iniziò a tirare su la vela quando l'albero fu sostenuto e suo marito la raggiunse con un bacio, prendendo la cima e rimandandola alla barra.

«L'hai sicuramente gestita con facilità», disse con ammirazione nella voce. «Ora so perché Ambrose è rimasto così impressionato dalla tua navigazione».

«Sai che Ambrose stava solo giocando a fare il gentiluomo di corte».

«Me lo immagino. Devi averli lasciati molto indietro». Colin si illuminò con orgoglio, guardandola arrossire per l'imbarazzo di fronte alle sue lodi.

«Ho sempre amato l'acqua», disse, cambiando argomento. Non era mai stata molto a suo agio nel gestire i complimenti. «Sono sempre stata più a mio agio in mare che altrove».

«So cosa vuoi dire», disse, fermandosi a guardare affettuosamente la sua sposa. «Qui diciamo che il mare è nostra madre. Forse per noi due è ancora più vero che per la maggior parte della gente».

Sfrecciarono lungo la base delle scogliere rocciose e Celia poté vedere la linea arancione della marea lasciata dalle alghe dai colori vivaci. Lungo le scogliere, gli uccelli marini ruotavano in grandi cerchi o rimanevano sospesi in aria, come se fossero sospesi da fili invisibili nella volta celeste del cielo.

Mentre si allontanavano dalla costa, Celia sentì l'ondata di sensazioni ed emozioni che aveva sempre provato sull'acqua. Quella sensazione di essere in controllo della forza del mare e allo stesso tempo sotto il suo controllo. Di essere libera e sola in un singolo momento, eppure parte di qualcos'altro, qualcosa di più grande, profondo, inclusivo ed eterno.

E guardò in avanti l'uomo che amava. Erano soli ora. La loro vela era l'unica in vista. La loro privacy era completa e condivisa. Questo mare e questo cielo erano loro e solo loro.

La barca era comoda e veloce e Celia amava la sensazione della barra nella sua mano mentre sfrecciavano sull'acqua aperta. I capelli le sferzavano e le fredde gocce d'acqua salata le pungevano il viso felice. Ma guardando il suo magnifico guerriero dai capelli corvini che regolava le cime secondo le sue indicazioni, sentì un'emozione che non aveva mai provato durante la navigazione. E quando Colin tornò a poppa per sedersi accanto a lei, avvolgendole le braccia intorno alla vita, sentì le pulsazioni aumentare. Quando le sue mani iniziarono a esplorare e la sua bocca a premere caldamente sul suo collo, sentì che la sua concentrazione iniziava a calare.

«Hai bisogno di aiuto qui dietro?» sussurrò, la sua mano le accarezzava la vita, i seni, la pelle del collo.

«Colin», lo ammonì debolmente, senza tentare di fermare la mano di lui che vagava verso il fianco, l'esterno della gamba e l'interno della coscia. «Sto cercando di navigare».

«E ci stai riuscendo benissimo», rispose lui, con il suo respiro caldo sull'orecchio di lei.

«E cercando di mantenere la rotta con il vento», sospirò lei, mentre la mano di lui tirava su la stoffa del vestito che cadeva sul ponte.

«Sì», respirò lui, succhiandole il lobo dell'orecchio mentre le sue dita raggiungevano teneramente l'attaccatura delle sue cosce, sentendola, accarezzandola.

«Solo un momento, Colin Campbell», ansimò lei, con un brivido di eccitazione che le attraversò tutto il corpo.

Si protese in avanti, avvolse due cime sul timone per mantenere la rotta e poi rivolse tutta la sua attenzione all'uomo che amava.

Come un fulmine da una balestra, la barca si diresse verso la scogliera rocciosa. Seguendo con attenzione i tempi di avvicinamento, Celia catturò un'onda che si stava gonfiando mentre rotolava verso la riva. Colin si fermò momentaneamente sull'albero maestro, chiedendosi come avrebbe controllato la velocità e la direzione della barca. Beh, pensò, è troppo tardi per preoccuparsene ora.

«Ora, Colin», gridò, e il gigante lasciò cadere le vele e sollevò l'albero dal suo gradino, calandolo facilmente nella pancia della barca.

Non ce la faremo, pensò, stringendo le mani sul trincarino della barca. Questo rullo ci porterà contro la parete laterale dell'apertura. Non ce la faremo...

Ma i suoi pensieri furono interrotti dal leggero cambio di angolazione del timone da parte di Celia. Colin sentì la barca abbassarsi leggermente e all'improvviso l'onda li stava trasportando direttamente verso l'imboccatura della grotta. Guardandola con cruda ammirazione, la vide ricambiare il suo sguardo con un sorriso affettuoso prima di tornare a concentrarsi sul suo compito. Sua moglie era incredibile.

In un batter d'occhio, le scogliere erano su di loro. Senza alcun cambiamento di velocità, l'imbarcazione scivolò nella caverna come un pugnale nel suo fodero, sfiorando il breve tratto d'acqua prima di risalire dolcemente la leggera pendenza fino all'ormeggio tra altre due imbarcazioni.

«Sei davvero incredibile», disse calorosamente Colin, sedendosi momentaneamente per apprezzare l'impressionante economia e padronanza dell'esibizione.

«La fortuna del principiante». Lei rise, arrossendo per le sue parole. «Ma è stato divertente».

«Non intendo solo come hai governato questa nave», disse, guardando le guance scarlatte della sua sposa sorridente.

All'improvviso, dai passaggi che scendevano dalle cucine, Runt corse verso di loro, con la torcia in mano.

«Milord», ansimò. «John, il cugino di Lord Alec, è arrivato con un messaggio dei Macpherson. È con Lord Hugh. Credo sia un problema».

«Bene», disse Colin con tono grave mentre scendevano dalla barca. «Sapevamo che prima o poi sarebbero arrivati».

Rivolgendosi a Runt, ordinò: «Tu vai avanti. Trova lo zio di Celia ed Emmet, poi falli andare tutti in biblioteca. Celia e io vi raggiungeremo lì».

Mentre Runt correva via, sentì un fuoco gelido alla base della spina dorsale che si diffuse in lei come l'inizio di una pestilenza. Si voltò verso Colin, incerta su cosa dire, ma le parole non erano necessarie quando lui la avvolse tra le sue braccia.

«Vieni, amore mio», ringhiò lui, prendendole la mano. «Abbiamo un problema di parassiti di cui dobbiamo occuparci».

———

Quando entrarono nella biblioteca, Lord Hugh ed Edmund erano già seduti a un grande tavolo rotondo davanti alle imposte aperte di una piccola finestra. Il messaggero, un giovane cavaliere, camminava inquieto per la stanza. Gli uomini si alzarono immediatamente quando videro Celia e Lord Hugh si fece avanti per salutarla. Emmet si affrettò ad attraversare la porta mentre il gruppo si sistemava intorno al tavolo.

«Bene, John», disse Colin con preoccupazione. «Che notizie hai per noi?»

Mentre Celia ascoltava il giovane combattente ripetere il messaggio di Alec, Lord Hugh mise la sua mano a forma di zampa sulla sua sul tavolo.

I profughi stavano fuggendo verso nord in tutta la Scozia, alcuni addirittura raggiungendo Benmore Castle, la fortezza dei Macpherson nelle Highlands. John disse loro che una grande forza di soldati inglesi sotto Danvers e di rinnegati scozzesi sotto Argyll stava devastando le terre di Argyll a sud dei possedimenti dei Macpherson.

E si stavano chiaramente dirigendo a nord. Il messaggio di Alec trasmetteva la fiducia che i Macpherson sarebbero stati in grado di fermare l'ulteriore avanzata degli invasori nell'entroterra, ma voleva che i Campbell fossero avvertiti nel caso in cui i predoni si fossero diretti a ovest verso la campagna costiera e le terre dei Campbell.

Quando John ebbe finito, Colin si alzò e si avvicinò a un grande armadio vicino alla parete. Aprendo la parte anteriore, rivelò una serie di buche piene di pergamene. Ne scelse una, la riportò al tavolo e la srotolò davanti a Celia e agli altri.

Osservando i colori, i simboli e le linee sulla pergamena, Celia ricordò le ambite mappe di suo padre. Una volta, la loro nave aveva gettato l'ancora nel grigio porto di un'antica e fiorente città marittima danese, che ora era diventata fumante e desolata in seguito all'invasione svedese. Era stata al fianco di suo padre mentre lui le spiegava che il cerchio rosso sulla mappa rappresentava la città in rovina davanti a loro. Celia ricordò il suo sguardo truce e il modo in cui l'aveva presa in braccio quando lei aveva chiesto seriamente perché non c'era fumo sulla mappa.

Celia sentiva l'odore di quel fumo sgradevole. Sentiva che le pungeva gli occhi e le impediva di respirare. Non c'era fumo nemmeno su questa mappa. Né c'era alcuna indicazione della morte e della sofferenza che un uomo poteva infliggere a un altro. Non c'era traccia dell'agonia che si prova quando si perde una persona che si ama, una persona da cui si dipende per la forza, per il sostentamento.

Non c'era una coltre di fumo grigio che avvolgeva gli uomini, le donne e i bambini che si grattavano le loro misere vite nelle terre a est del Castello di Kildalton. Ma Celia sapeva che quel fumo era lì. E sentì la fredda morsa del fumo sul suo cuore dolorante.

«Dobbiamo rinforzarli», disse Colin. «Come minimo».

«Sì, ragazzo», concordò Hugh con fervore. «Lo dobbiamo ai Macpherson. Ma anche se non lo facessimo, sarebbe un crimine permettere al macellaio e al traditore di attraversare indisturbati le Highlands. Dobbiamo fermarli».

Colin mise la mano sulla spalla di Celia e indicò il castello di Kildalton. Spostando il dito verso nord-est, indicò il Castello di Benmore. A sud della tenuta dei Macpherson, Celia poteva vedere i Monti Grampiani che si estendevano verso est. Tra le montagne e le terre dei Campbell lungo la costa occidentale, Colin mise il dito indice.

«Qui è dove Alec pensa che si trovino Danvers e Argyll», disse. «Se non rinforziamo i Macpherson e il castello di Benmore cade, allora non c'è nulla che impedisca agli invasori di eliminare i clan uno per uno a nord o di dirigersi direttamente a ovest verso il castello di Kildalton».

«Perché non l'hanno già fatto?» chiese. «Marciare verso ovest, voglio dire?»

«Perché non vogliono i Macpherson alle loro spalle», aggiunse Edmund.

«Sì», concordò Lord Hugh. «Ma se riescono a colpire i Macpherson, allora tutte le Isole Occidentali sono molto più vulnerabili».

«Ma è Kildalton e tutto ciò che abbiamo qui che Danvers e Argyll vogliono», aggiunse Colin.

Si chinò in avanti sul tavolo e scrutò i volti attenti intorno a lui. «Ecco cosa faremo. Io ed Emmet porteremo una forza da Oban in barca, risalendo il Loch Linnhe fino al fiume Spean, e marceremo via terra per unirci alle forze di Alec a Benmore Castle. In questo modo potremo impedire a Danvers e Argyll di spingersi più a nord o a ovest».

«Sì», aggiunse Edmund. «Gli inglesi dovranno viaggiare verso sud o verso est attraverso i passi dei monti Grampiani per evitare una battaglia importante».

«Non c'è niente che mi renderebbe più felice che inviare una forza a sud per tagliare quei passi di montagna», disse Colin pensieroso, guardando la mappa. «Con i Macpherson a nord e i caccia Campbell a ovest e a sud, potremmo chiudere la ritirata dei raider e impegnarli dove si trovano».

Celia guardò Colin mentre soppesava nella sua mente i possibili esiti di un'azione del genere.

«Ma non possiamo», decise dopo una pausa. «I rischi sono troppo grandi. Dobbiamo proteggere il castello di Kildalton e una forza abbastanza grande da intrappolare i macellai lascerebbe il castello e le terre occidentali troppo vulnerabili».

«Potrebbe esserci qualcos'altro», disse Celia a bassa voce. «Forse stanno cercando di attirarci fuori».

«Questo è molto vero», considerò Colin, guardandola con attenzione. «Anche se non credo che cercheranno di attaccare Kildalton dal mare, anche con un numero inferiore di difensori qui».

«Forse non vogliono affatto combattere contro di noi a Kildalton», suggerì Emmet.

«Lo imputeremo alla loro codardia piuttosto che alla saggezza», rispose Lord Hugh. «Argyll è capace di tradire quando pensa che tu non stia guardando, ma non ha il coraggio di affrontarti faccia a faccia».

Lord Hugh le strinse la mano esangue, ma il cuore di Celia le batteva nel petto. Il pensiero che Colin andasse ad affrontare quei vili e disperati predoni la terrorizzava. Voleva gridare contro il piano, ma sapeva di non poterlo fare. Il piano di Colin era valido e la sua amicizia con Alec inviolata. Con un supremo autocontrollo, cercò di combattere l'opprimente paura che le si era conficcata in gola come una grande pietra, che le intasava i polmoni come una spessa cenere grigia.

Guardandolo e cercando di nascondere la preoccupazione che provava, Celia vide che la determinazione sul suo volto si attenuava in uno sguardo di rassicurazione quando lui ricambiò il suo sguardo.

«Allora è deciso», disse Colin. «Riporteremo tutti i combattenti dal castello di Argyll, tranne una manciata. E dopodomani, Emmet e io porteremo un corpo di uomini nell'entroterra».

Si guardò intorno e osservò i presenti al tavolo.

«E Celia, Edmund e tutti noi», brontolò Hugh, con uno sguardo di tenerezza verso la sua nuova figlia, «faremo la guardia ai nostri cari qui a Kildalton».

Il giorno successivo era grigio e minaccioso. Mentre Celia sedeva con Colin in giardino, il vento freddo e umido la raggelò fino alle ossa, nonostante il pesante mantello e il braccio del guerriero intorno a lei.

I fiori di ciliegio giacevano tutti intonacati al suolo a causa della pioggia della notte, e il verde scuro delle giovani foglie dell'albero era un misero sostituto contro la corteccia nera e lucida dei rami bagnati.

«Quando il re partì per combattere contro gli inglesi», disse la donna, con voce calma e controllata. «Il popolo scozzese si schierò per le strade, esultando e celebrando una vittoria prima ancora che la battaglia fosse combattuta. Gli uomini marciavano, belli e affascinanti nelle loro armature, con le lunghe lance che brillavano al sole».

Si fermò quando ricordò la visione e una lacrima le scese sulla guancia.

«Le donne piangevano mentre esultavano. Ricordo di aver pensato che dovevano essere così orgogliose, anche al pensiero che i loro uomini erano in pericolo. Ricordo di aver pensato che potevo vedere le loro emozioni, ma non potevo sentire quello che provavano. Tutto ciò che potevo provare era la speranza che tutti sarebbero tornati con il loro onore e le loro vite. Ma non avrei mai immaginato che Flodden avrebbe significato la fine del mondo come lo conosceva il popolo scozzese. Come lo conoscevano quelle donne».

«Nessuno poteva sapere cosa avrebbe significato», concordò Colin, stringendola a sé. «Nessuno poteva sapere che il numero di morti sarebbe stato così alto».

«Colin, quelle morti hanno causato una miseria che non dovrebbe mai più ripetersi. Ho visto quelle donne. Le ho sentite urlare in agonia. Vagavano per le strade, con gli occhi ciechi per l'angoscia, i volti dello stesso colore morto dei cadaveri che un tempo chiamavano marito, fratello, padre».

«Non stiamo andando alla nostra Flodden», disse a bassa voce. «Non è la stessa cosa. Quello che è successo in quei campi bagnati lo scorso autunno non accadrà qui».

Colin guardò la nebbia che si stendeva come un sudario sulle scogliere oltre le mura.

«Dobbiamo usare ciò che abbiamo imparato», disse con fermezza. «Per tutta la vita, James ha lottato per una Scozia unita. Ha usato il suo fascino, la sua astuzia e la sua forza per raggiungere questo obiettivo. Una Scozia unita è ciò in cui anche io e te crediamo, ma non commetteremo gli stessi errori che ha commesso lui.

«Quando è iniziata la battaglia, James ha rinunciato al suo ruolo di comandante delle forze sotto il suo controllo. È stato il suo errore fatale. Senza la sua guida come re, come simbolo di forza e autorità, l'esercito si è diviso nelle fazioni che lo componevano. Come la Scozia stessa, senza un potere centrale che la tenesse unita, si sono separati... clan per clan, villaggio per villaggio, uomo per uomo. E quando i traditori come Argyll e gli altri avrebbero dovuto affrontare gli inglesi, sono rimasti a guardare il re cadere. James è morto a Flodden perché ha combattuto come un comune soldato piuttosto che come un leader, un comandante, un re.

«Ma James non ha mai avuto la donna che ho ora. Ho combattuto queste battaglie molte volte in passato, ma non ho mai avuto così tanto per cui lottare. Sono il comandante di questi uomini e un leader del popolo di queste terre. Dipendono da me per vivere e per portare loro prosperità. Non morirò da soldato sulle colline intorno a Benmore Castle. Tornerò da te, la donna che amo».

Capitolo Sedici

Il CASTELLO di Kildalton era un luogo solenne nei primi giorni successivi alla partenza dei combattenti.

Celia, Lord Hugh e gli altri aspettavano con ansia notizie su Colin e i suoi uomini, ma quando arrivavano, tramite un messaggero giornaliero, non c'era mai nulla di importante. Sebbene un cavaliere veloce potesse raggiungere la tenuta dei Macpherson in pochi giorni, le truppe dei Campbell avanzavano lentamente e con cautela verso Benmore Castle. Gli unici segni del nemico erano i continui flussi di rifugiati che zoppicavano sulle colline settentrionali.

Alla fine, arrivò il messaggio che Colin aveva raggiunto il castello di Benmore, solo per trovarlo sotto assedio da una combinazione di truppe inglesi che combattevano insieme ai guerrieri del clan Gregor e del clan Macleod.

L'indignazione per il tradimento degli Highlander fu espressa con forza e apertamente da Lord Hugh. Torquil Macleod era in lizza per il potere, proprio come Argyll. I Gregor lo facevano solo per i soldi.

La preoccupazione più grande di Hugh, tuttavia, una preoccupazione che cercò di nascondere a Celia, riguardava il numero di persone che Colin avrebbe potuto affrontare. Il messaggio non forniva alcuna informazione al riguardo.

Quel pomeriggio Celia camminò con Orso nel cortile del castello, pensando sempre a Colin e temendo per lui. Negli ultimi giorni non pensava ad altro che a lui. Nelle lunghe ore notturne, non aveva fatto altro che sognarlo. Si era ritrovata a pregare come non aveva mai pregato prima. Camminando sul ponte levatoio aperto della fortezza, si era ritrovata a pregare ora. Pregando per il suo successo. Pregando per il suo ritorno sano e salvo.

Ma le sue meditazioni furono interrotte quando, dalle porte del castello, un bambino le si avvicinò con esitazione. Lo riconobbe subito come il nipote di Eustace, la donna che aveva salvato Celia dai parenti del clan Gregor di suo marito.

«Milady», borbottò il ragazzo nervosamente. «Mia zia... mia zia è stata ferita. Mi hanno mandato a chiedere il vostro aiuto. Per portarla qui».

«Cosa è successo?» chiese Celia, accovacciandosi davanti a lui e scrutandolo in viso. «È gravemente ferita?»

«Non posso dirlo, Milady», rispose. «Mi hanno solo detto di venire a prendervi».

Senza un'altra parola, il ragazzo si staccò e corse fuori dalle grandi porte del castello.

«Le prendo il cavallo, Milady», disse Runt da dietro, spaventando Celia con la sua presenza.

«Posso rispondere io. Grazie», disse rapidamente.

«Forse non è una buona idea uscire da sola, Milady».

«Sto andando ai cottage fuori dal villaggio», disse rassicurante. «Tornerò tra un'ora».

«Non so se Lord Hugh vorrà...»

«Inoltre, sono sempre armata», disse, accarezzando un pugnale inguainato che portava all'interno della cintura. «Ma se ti fa sentire meglio, porterò anche una spada corta».

«Lasciatemi venire con voi, Milady», suggerì.

«Runt, preferirei davvero che tu controllassi Ellen e Kit per me».

«Sì, Milady», rispose allegramente. «Se è questo il vostro desiderio, ci andrò subito».

Pochi istanti dopo, stava cavalcando verso il villaggio. Da quando Eustace era arrivata a Kildalton, Celia era andata a trovarla diverse volte ed era felice di vederla sistemarsi a casa della sorella minore. La sorella era vedova e si manteneva lavorando presso la fabbrica di tessuti del villaggio. Celia sapeva che Eustace sperava di fare lo stesso.

Ma mentre cavalcava verso il cottage, qualcosa nel volto del ragazzo la preoccupava. C'era un accenno di qualcosa, forse paura, nei suoi occhi.

Il cottage si trovava su una collinetta che dominava una tranquilla insenatura lontana dal villaggio. Quando Celia chiamò la porta, l'asse di legno oscillò verso l'interno. Entrando nella semioscurità, i suoi occhi si soffermarono un attimo a mettere a fuoco chi si trovava all'interno. Dall'altra parte della stanza, sotto una finestra chiusa, il ragazzo sedeva rannicchiato con la madre, i cui occhi mostravano apertamente il terrore. Sul pavimento accanto a loro giaceva un mucchietto malconcio che Celia riconobbe come Eustace.

Con un grido, entrò nella stanza, improvvisamente consapevole delle forme che la circondavano dagli angoli bui. Quando la porta si chiuse sbattendo, si voltò e guardò il brutto volto del marito di Eustace.

Saltando indietro verso il gruppo spaventato, Celia estrasse la spada corta e affrontò con attenzione i cinque teppisti che si stavano avvicinando.

«Avevi promesso di lasciare andare la mia mamma», singhiozzò il ragazzo dietro di lei.

«Chiudi il becco», sogghignò il marito di Eustace. «Pensavate che avremmo lasciato vivere qualcuno di voi per raccontare quello che avete visto?»

«Laddie», ordinò Celia. «Apri la persiana dietro di te e tu e tua madre uscite... *ora*».

Il ragazzo si mise in azione e, mentre la luce inondava la stanza dalla persiana aperta, gli assalitori fecero un passo avanti, per poi indietreggiare di fronte all'arco di fendenti della spada di Celia.

Il brutto ghigno si trasformò in preoccupazione sul volto del capo quando madre e figlio si arrampicarono attraverso la finestra. «Prendetela, prima che tornino con i rinforzi», gridò, lanciandosi verso Celia.

Con un breve colpo, Celia conficcò la punta della spada nell'incavo alla base della gola. Prima che il marito di Eustace cadesse a terra, però, Celia si girò di scatto e colpì un altro aggressore sotto l'orecchio.

Ma questo sarebbe stato il suo ultimo atto di autodifesa, prima che il colpo secco da destra le facesse esplodere in testa una pioggia di gialli e rossi. E poi, tutto divenne scuro.

Celia sapeva di essere in una barca prima che i suoi sensi si schiarissero del tutto. Le pulsazioni nella sua testa furono aggravate da un forte rumore di ruggito che gradualmente si trasformò nel suono di tre voci che discutevano. Ascoltando, iniziò lentamente a ricostruire quello che era successo.

«Sei sicuro che questo sia Loch Etive?» ringhiò una voce in inglese.

«No, non ne sono sicuro», rispose un altro con lo stesso accento inglese. «La puttana ha ucciso quel ladro di Gregor e lui era l'unico a conoscere la strada, per certo».

«Quello sporco scozzese sicuramente si diverte a picchiare la sua donna», si intromise una terza voce inglese, la cui voce tradiva un atteggiamento di disgusto.

«Avremmo dovuto ucciderla comunque. Vivrà per raccontare un paio di storie», rispose il primo.

«Siamo qui per fare un lavoro», rispose il terzo con disgusto. «Anche se alcuni di noi lo hanno dimenticato, non siamo qui per uccidere donne e bambini».

Gli altri due risero con la risata disumana dei mostri che erano.

«Che cosa *hai* fatto negli ultimi sei mesi?» sputò il secondo soldato.

«Non mi dispiacerebbe mettere le mani su questa bella Lady», disse il primo uomo con fare lascivo.

Celia sentì il rumore di una spada sguainata.

«Se la tocchi con un dito, Lord Danvers ti farà impalare e lasciare in pasto ai corvi», avvertì il terzo soldato. «È l'ostaggio che useremo per prendere il re bambino».

Gli altri due risero di nuovo. «Da dove prendi le tue informazioni, Sergente Alto e Potente?».

«Non siamo ancora agli ordini di re Henry?» sbottò.

Mentre gli altri due imprecavano sottovoce, Celia lanciò un'occhiata al terzo soldato. Era bello sapere che almeno i soldati inglesi non erano tutti come Danvers e gli altri due. Con quest'uomo a bordo, aveva almeno una possibilità di sopravvivere al viaggio.

«Questo è Loch Etive o no?» chiese di nuovo la prima voce con rabbia.

«Lo sapremo al tramonto... se il vento regge», ringhiò il secondo uomo in risposta, mentre i tre cadevano nel silenzio.

Celia sapeva che Loch Etive era un lungo cuneo d'acqua che serpeggiava sulla terraferma nella zona a sud di Benmore Castle. Se questi maiali la stavano portando in quell'area, allora i predoni avevano ovviamente diviso le loro forze. Alcuni stavano attaccando Benmore e gli altri, sotto Danvers a quanto pareva, stavano aspettando a sud.

Sdraiata nel ventre della barca, Celia si accorse che una delle costole dell'imbarcazione premeva sulla sua spalla. Cercò di muoversi leggermente per non attirare l'attenzione dei soldati. Rendendosi conto di avere le mani legate davanti a sé, Celia tastò con attenzione la stoffa del vestito sotto il mantello. Il suo pugnale era ancora nel fodero. Non avevano pensato di verificare se avesse con sé un'altra arma.

Sembrava che fosse passata un'eternità prima che la barca sbattesse a terra. Il sole era tramontato da un'ora abbondante e Celia era sorpresa che i soldati continuassero a navigare al buio. Ma l'oscurità serviva a coprire i suoi movimenti e lei era stata in grado di spostare la sua posizione di tanto in tanto, sentendo anche il bernoccolo e il sangue secco sul viso.

Perché questi zoticoni si accaniscono sempre sulla mia testa dolorante? Pensò tra sé e sé. Beh, quando Colin li avrà in pugno, preferiranno l'impalamento di Danvers.

Quando raggiunsero la costa sassosa, Celia capì perché erano riusciti a navigare nell'ultima ora. La luce ardente di un falò in cima a una collina vicina e le torce che la truppa di soldati in attesa teneva in mano dovevano essere un bel faro per i suoi rapitori, pensò. Non c'era più motivo di fingere di essere svenuta e si tirò in piedi prima che mani ruvide la trascinassero fuori dalla barca e attraverso la spiaggia verso un cavallo in attesa.

Dopo qualche ora di dura cavalcata, iniziò a piovere sulla decina di soldati che la stavano portando all'accampamento di Danvers. Celia era quasi esausta e le sembrava che la testa stesse per spaccarsi in due, ma era determinata a rimanere forte agli occhi dei soldati e ad essere pronta per la sua occasione.

Quando raggiunsero un fiume impetuoso e trovarono il ponte di legno spazzato via dalle acque gonfie, il capo, tra una serie di maledizioni, chiese alla truppa di fermarsi per la notte. Avrebbero dovuto aspettare la luce del giorno per trovare un altro passaggio.

Celia si rannicchiò sotto il suo mantello sotto un albero, con i soldati appostati intorno a lei. Aveva deciso di rimanere sveglia per tutta la notte, ma i suoi occhi si chiusero pochi istanti dopo essere smontata. Si svegliò quando spuntò l'alba, grigia e tenebrosa, solo per trovare i soldati che si stavano radunando per la cavalcata del giorno.

Pochi istanti dopo, mentre Celia veniva spinta a cavallo, si chiese se a questo punto Colin avrebbe potuto essere informato del suo rapimento. Ma lui avrebbe saputo dove era stata portata?

Lord Danvers e il conte di Argyll erano ingobbiti davanti alla mappa nella tenda di Danvers. La pioggia aveva battuto per quasi tutta la mattina, ma stava appena smettendo di cadere quando il messaggero gocciolante che si trovava all'ingresso si infilò nell'accampamento fangoso.

«Si direbbe che Macleod non sia riuscito a conquistare nemmeno una fortezza», sogghignò Danvers. I due alleati avevano appena ricevuto la notizia che le forze di Macleod e Gregor erano state annientate il giorno precedente. Si diceva che Torquil Macleod era stato catturato ed era rinchiuso nelle segrete del castello di Benmore.

«Non sai come sono i Campbell e i Macpherson quando combattono insieme», rispose Argyll, allontanandosi nervosamente dal tavolo.

«Combattevano solo contro altri scozzesi, e per di più vigliacchi voltagabbana», sputò Danvers, la cui insinuazione punse Argyll. «Ho scavato e bruciato la mia strada attraverso questo vostro misero paese e non c'è scozzese vivo che possa fermarmi».

«Allora perché stai cercando un modo per ritirarti attraverso i Grampiani?» borbottò Argyll teso.

«Una volta che avrò la mia... sposa... potrete marcire tutti all'inferno in questo fetido trespolo che chiamate Highlands».

«Non puoi prenderla e andartene», rispose Argyll, con la voce che si alzava per la sorpresa dell'intenzione di Danvers. «Non puoi tirarti indietro dal nostro accordo. Henry vuole che il Principe Ereditario sia nelle nostre mani e anch'io lo voglio».

L'inglese si avvicinò con arroganza a una cassa e ne estrasse una pergamena, lanciandola con noncuranza ad Argyll. «Se riesci a leggere questo messaggio che ho ricevuto poco fa, sembra che il tuo conte di Huntly sia giunto a un accordo con re Henry. Quel moccioso mezzo-sangue sarà re di Scozia, dopotutto. E tu, mio caro Argyll, non avrai nulla».

«Bastardo», impallidì Argyll leggendo il documento. «Questo documento è vecchio di settimane. Tu lo sapevi e non hai detto nulla. Questo dice che devi tornare in Inghilterra. Hai ucciso e saccheggiato, non in nome del tuo re, ma solo per soddisfare i tuoi contorti desideri».

«Faresti meglio a stare attento a come ti rivolgi a me, scozzese». Danvers rise, la malvagità della sua voce che si leggeva sul suo volto. «Perché sono l'unico che ti tiene in vita. Quindi assicurati di continuare a essermi utile».

Lo scalpitio degli zoccoli all'esterno si infranse nel conflitto interno quando una dozzina di soldati e il loro prigioniero si riversarono nella tenda del comandante.

Quando Celia entrò nella tenda, Danvers e Argyll si stavano fissando attraverso il tavolo al centro. Per la quinta volta da quando eravamo scesi all'esterno, un soldato cercò di prendere il braccio di Celia. E per la quinta volta lei si liberò della presa del braccio. Le mani erano intorpidite e i polsi sanguinavano a causa delle corde che le legavano le mani davanti a lei, ma si mantenne eretta.

Guardando dal volto esangue di Argyll al brutto ghigno di Danvers, Celia capì che erano arrivati nel bel mezzo di una discussione, una discussione che il comandante inglese stava chiaramente vincendo.

Danvers girò il suo corpo massiccio verso di lei e la vista della sua figura insanguinata e bagnata dalla pioggia gli fece brillare gli occhi.

«Lady Muir», disse con un sorriso malizioso. «Sei stata gentile a venire finalmente da me... dal tuo legittimo marito».

Le tese la mano come se si aspettasse che lei andasse da lui. Alla sua mancata risposta, sentì il soldato spingerla da dietro. Ma lei si mosse solo di mezzo passo, guardando in modo fisso e significativo negli occhi di maiale del macellaio. Quello sguardo era uno sguardo di puro odio, il risultato di tutti i lunghi anni di dolore, intimidazione e sofferenza, non solo di Celia, ma anche degli uomini, delle donne e dei bambini innocenti della Scozia che avevano subito il flagello della sua barbara crudeltà.

E Danvers lo vide. Si aspettava paura, ma nei suoi occhi non ce n'era. Ma si sarebbe divertito a vedere la paura sostituire tutte le altre emozioni in Celia Muir. Finalmente era alla sua mercé. Finalmente avrebbe sentito la sferzata della sua suprema padronanza su di lei. Prima che lui avesse finito con lei, lei sarebbe strisciata verso di lui in ginocchio.

«Verrai da me... *ora*», gridò, con il volto arrossato dalla rabbia.

Celia rimase in piedi con freddezza davanti a lui. Sapeva cosa doveva fare.

Voltandosi da Danvers, attraversò la tenda per raggiungere Argyll. L'espressione scioccata del conte si trasformò rapidamente in uno sguardo di soddisfazione quando lei si fermò davanti a lui.

«Sono così felice che siate qui, Milord», disse con calma, la sua voce era l'incarnazione della sincerità e del controllo. «Erano mesi che non vedevo l'ora di incontrarvi. Come sapete, mi è stato affidato il compito di consegnare vostro nipote alla vostra sicurezza. Ma l'ignobile attività della feccia di questa stanza si è messa tra noi».

Argyll quasi rideva ad alta voce per l'audacia di questa donna. Non c'era da stupirsi che Huntly le avesse affidato il futuro della Scozia. Non c'era da stupirsi che così tanti uomini la desiderassero. Non c'era da stupirsi che Danvers volesse schiacciarla.

Guardando la carne cruda dei suoi polsi, Argyll estrasse il pugnale dalla sua cintura. Celia alzò le mani esponendogli le corde ai suoi polsi che la tenevano prigioniera e fu subito liberata.

«Anche per me è un piacere conoscervi finalmente, Lady... Campbell», disse Argyll mentre i due si scambiavano uno sguardo complice.

«*Non è* Lady Campbell», urlò Danvers, sbattendo il pugno sul tavolo. «Non sarà mai Lady *di Niente*, perché è mia».

«Non sono tua», sbottò lei, con gli occhi ardenti mentre si girava verso di lui. «Non lo sono ora. Non lo sono mai stata. E non lo sarò mai».

«Il tuo re ha ordinato il posto che ti spetta», sputò Danvers. «E tu dovrai attenerti a ciò».

«Quel re è morto», rispose lei. «Ma Henry non è mai stato il mio re».

«Traditrice meticcia», sogghignò lui. «Credi che, per essere andata a letto con uno zotico delle Highlands, ora hai un Paese che ti reclama? Una casa che ti accetterà? Tu non hai nulla. Non *sei* niente!»

«Quello che ho non lo capirai mai», rispose Celia sdegnata. «Quello che sono... non sarà mai tuo. Sono scozzese, orgogliosa e libera. Ho un re che combatto per proteggere. Ho una casa che onoro e che servirò. Ho un marito e una famiglia che amo. Queste sono cose che tu non potrai mai avere né conoscere».

«Marito», disse scherzando. «Dov'è tuo marito adesso? Dove sarà quando mi implorerai pietà? Mi implorerà di ucciderti piuttosto che accettare ancora una volta quello che ho in serbo per te».

«Molto prima che io ti implori, Colin Campbell ti strapperà il cuore», giurò lei.

Danvers rise, ma c'era qualcosa di vuoto e Celia sapeva che qualcosa nelle sue parole aveva colpito nel segno.

Un cavallo si fermò al galoppo fuori dalla tenda e un soldato entrò con il cavaliere trafelato.

«Milord», gridò il cavaliere, aspettando il permesso di rivolgersi al suo comandante.

«*Parla*!» urlò Danvers con rabbia.

«Milord, stanno arrivando», ansimò. «Mancano poche ore. Una forza da ovest e Campbell e Macpherson da nord».

«Quanti sono?» chiese Danvers.

«Non possiamo dirlo. Sono sparsi sulle colline, si muovono costantemente e setacciano la campagna».

Danvers gridò ai suoi subordinati all'esterno.

«Rompete subito il campo», ordinò. «Attraverseremo il passo di montagna verso sud».

«Non possiamo andare a sud ora», sbottò Argyll, avvicinandosi al tavolo. «Non possiamo superare Campbell. La nostra unica possibilità è fare un accordo con lui mentre abbiamo sua moglie».

«E rinunciare a ciò che ho aspettato così a lungo?» replicò Danvers. «Non ci sarà nessun accordo. Me ne vado con le mie truppe e la porto con me».

«Non è tua», rispose Argyll. «È una donna di grande valore. Non sarà mai un oggetto per i tuoi sadici piaceri. Non ordinerò ai miei uomini di andare a sud e terrò Lady Campbell qui. Puoi scappare fino in Inghilterra... o all'inferno, se preferisci».

Mentre tornava verso Celia, la sua ampia e robusta struttura bloccò momentaneamente la vista di Danvers. Ma fu sufficiente perché Danvers lo seguisse da dietro. Argyll sorrise e le fece un occhiolino mentre si avvicinava a lei, ma poi la sua espressione cambiò bruscamente. La lama della spada del suo avversario si infilò tra le costole della sua schiena e si fece strada tra gli organi vitali prima di sporgere dal petto.

Mentre Argyll sprofondava a terra nell'agonia dei suoi ultimi istanti, Danvers appoggiò il piede contro la schiena insanguinata e ritirò la spada. L'espressione di sete di sangue era sul suo volto mentre guardava Celia sopra il corpo che si contorceva.

«Questo è quello che succede a chi mi sfida», sogghignò lui, i suoi occhi libidinosi che si posavano sul corpo di lei. «E ora ti prenderò come voglio».

Celia fece un passo indietro, scrutando rapidamente i dintorni per valutare la situazione. Non è molto promettente, pensò. Due soldati si trovavano all'ingresso e osservavano lo spettacolo. Danvers se ne stava in disparte, godendosi il suo momento di potere omicida e di intimidazione, aspettando che l'impatto totale dell'impotenza di Celia si abbattesse su di lei. A giudicare dalle grida e dai movimenti all'esterno, l'accampamento era già in piena attività. La sua mano si avvicinò al pugnale nascosto nella cintura del vestito.

Avrebbe potuto uccidere Danvers, ma non sarebbe riuscita a sfuggire alle due guardie. Giurò in silenzio: «Mi rivolgerò questo coltello contro di me prima di farmi toccare da questo porco».

All'improvviso, nell'accampamento scoppiò la bolgia. Il rumore degli zoccoli e il frastuono delle voci attirarono l'attenzione di Danvers all'ingresso della tenda.

«Cosa sta succedendo là fuori?» gridò alle guardie. Prima che entrambe potessero muoversi, però, entrò uno dei capitani.

«Milord, sono qui», raspò rauco, con il volto cinereo per la prospettiva di essere il portatore della notizia.

«Chi c'è qui?» urlò Danvers, tornando verso il suo subordinato, con la spada gocciolante ancora in mano.

«Un esercito di scozzesi, mio signore. A sud», rispose, con gli occhi fissi sul corpo steso a terra.

«No, sciocco», sibilò Danvers, afferrando la gola del capitano. «Vengono da nord. *Noi* andiamo a sud!»

«Lo so, Milord», esclamò il capitano. «Ma l'avanguardia delle nostre truppe ha incontrato una forza sotto lo stendardo del conte di Huntly a non più di due miglia a sud. Ci hanno tagliato la strada, Milord».

Danvers si avvicinò alla mappa sul tavolo, ma prima che potesse guardarla, nell'accampamento si udì un rumore di combattimento. Un altro soldato corse trafelato nella tenda.

«Milord, gli scozzesi stanno attaccando da nord», gridò. «E c'è un altro esercito che sta arrivando dalle colline da ovest. Sono nell'accampamento, Milord. Stanno combattendo nell'accampamento!»

Non appena Celia vide Danvers muoversi verso il capitano, indietreggiò fino all'angolo della tenda. Ignorando l'improvviso furore che ne derivò, estrasse il suo pugnale e tagliò rapidamente una fessura nella spessa parete di stoffa.

Mentre scivolava attraverso l'apertura, sentì Danvers che la inseguiva.

«Prendetela», urlò il gigante macellaio, con una furia feroce. «La voglio!»

Senza voltarsi, Celia corse verso il ruggito della battaglia, fatto di grida, cavalli e scontri d'acciaio. Doveva essere Colin che veniva da nord. Ma chi avrebbe potuto seguirla da ovest? Edmund, pensò, veniva da Kildalton.

Ma non c'era molto tempo per pensare. Danvers e i suoi uomini erano all'inseguimento. Mentre aggirava un boschetto di alberi per raggiungere un gruppo di capanne di terra e bastoni, intravide Danvers e gli altri che si avvicinavano sempre di più dietro di lei.

In una radura collinare oltre le capanne, Celia vide una battaglia in corso. Centinaia di uomini si stavano lanciando l'uno contro l'altro in un combattimento ravvicinato e sanguinoso. Mentre correva lungo una piccola collinetta tra due capanne, un ruggito improvviso arrivò da dietro. Una mano le afferrò i capelli e la fece perdere l'equilibrio.

Mentre cadeva di lato, riuscì a girarsi e a sferrare un fendente al volto del suo aggressore. Quando si liberò, vide Danvers che si stringeva la guancia mentre il sangue gli scorreva tra le dita. Si affrontarono senza fiatare. Il ghigno maligno di Danvers si fissò sulla sua preda. Gridò agli altri dietro di lui.

«Unitevi al combattimento», abbaiò, senza mai staccare gli occhi da Celia. «Sarò lì tra un attimo».

Il rumore dei combattimenti si stava allontanando. Mentre i soldati si allontanavano, lui le parlò direttamente. «Vedo che non avremo una lunga... luna di miele», disse con sguardo malevolo. «Ma almeno avrò il piacere di sventrarti qui e ora».

«Allora hai fatto un errore a mandare via i tuoi aiutanti», disse lei provocatoriamente, mettendo tutto il coraggio possibile nella sua voce mentre si toglieva il pesante mantello e lo teneva nella mano tesa.

«Ah!» fu la risposta sorpresa e ammirata di Danvers che fece un passo verso di lei. «Ancora la giovane donna impavida e altezzosa. Sempre Celia Muir!»

Celia lo vide alzare la spada e si preparò a saltare, a schivare o a rotolare e a colpire con il pugnale, se ci fosse riuscita. Se fosse stata ancora viva.

All'improvviso, gli occhi del diavolo alzarono lo sguardo e Celia vide l'irritazione trasformarsi in riconoscimento e poi in paura.

«Ora è Celia Campbell, vile porco», ringhiò la voce dietro di lei. «Puoi rivolgerti a lei come Lady Campbell, una volta prima di morire».

Celia dovette trattenersi dal voltarsi e affrontare Colin. Era venuto per lei. Era qui.

Non osò distogliere lo sguardo da Danvers. Sapeva che sarebbe stato un errore, un errore fatale, permettergli di colpire anche solo per un istante.

All'improvviso si mosse, affondando verso di lei, con la spada alzata e la mano tesa.

Ma Celia era troppo veloce per lui. Saltando all'indietro con l'agilità di un gatto, fu accanto a Colin in un lampo. Il suo eroe si spostò in avanti per affrontare il folle in corsa, facendole da scudo con il braccio e poi con il corpo.

Il tintinnio dell'acciaio risuonò nell'accampamento avvolto dalla nebbia. I due uomini brandirono le loro pesanti spade l'uno contro l'altro con uguale ferocia e le scintille volarono dalle loro armi mentre colpivano più e più volte con pura forza e determinazione mortale. Osservandoli, Celia vide lo sguardo selvaggio di Danvers, così diverso dalla fredda furia dello sguardo di Colin.

Lentamente Colin iniziò a spingere l'inglese verso la collina e i colpi di Danvers iniziarono ad arrivare sempre più velocemente. Il demone si stava scagliando contro l'Highlander in modo frenetico. Celia sapeva che il suo nemico stava perdendo il controllo.

Spingendo il suo corpo verso Colin, però, riuscì a ottenere una momentanea tregua e respirò pesantemente mentre i due giganti si stringevano. Poi, con un poderoso slancio, Colin mandò il suo avversario a schiantarsi contro il fianco di una capanna, ma perse la spada nella feroce esplosività dell'azione.

Senza mai distogliere lo sguardo dalla sagoma scura del suo nemico, Colin estrasse il pugnale e si tuffò dietro di lui nella struttura torbida e angusta. Celia raccolse la spada dall'erba alta accanto al capanno e corse intorno alla capanna in tempo per vedere i due grandi uomini lottare corpo a corpo nell'interno oscuro della casupola.

Guardò con sudore freddo il combattimento tra Colin e Danvers: i due guerrieri non si trattenevano in questa lotta all'ultimo sangue.

E all'improvviso si fermarono. Celia osservò Danvers che indietreggiava lentamente verso l'ingresso della capanna. Alzò la spada per abbatterlo, con una furia che non aveva mai provato prima, quando il braccio di Danvers si sollevò per stabilizzarsi sul palo accanto all'ingresso. Poi, con un mezzo giro, il Flagello di Scozia cadde a terra senza vita, con il manico d'ebano del pugnale di Colin che sporgeva dalla base della gola. Gli zaffiri neri incastonati nell'elsa lampeggiarono a silenziosa testimonianza che la giustizia era stata finalmente, finalmente, fatta.

Colin si avvicinò all'apertura della capanna e guardò la sua amata. Lei si precipitò da lui e lacrime di sollievo le bagnarono le guance. I due amanti si abbracciarono e lui le unse la fronte con un bacio. Sentendo le sue labbra premute contro la sua pelle, Celia sentì una grande catena scivolare via, la catena dell'oppressione e dell'intimidazione che si era portata dietro senza volerlo dal momento della morte di suo padre in Inghilterra. E mentre entrambi si voltavano a guardare il corpo del pazzo, le venne in mente un discorso che Edmund le aveva insegnato una volta. «Finché cento di noi rimarranno in vita, non saremo mai soggetti agli inglesi; perché non è per le ricchezze, né per gli onori, né per la gloria che combattiamo, ma solo per la libertà!»

In piedi, nella nebbia grigia sulla collina bagnata dalla pioggia, Celia strinse le braccia all'uomo che amava. E guardando negli occhi di Danvers, che non vedeva, capì di aver trovato la sua libertà. Finalmente era libera dal male che giaceva nel fango ai suoi piedi. Finalmente, dopo tanto tempo, dopo tanto, Celia era completamente e veramente libera... di amare... di vivere.

Capitolo Diciassette

FINALMENTE LA SEMINA primaverile è terminata. Mentre guardo i bambini che portano la mucca verso il capanno, li sento cantare. Vicino alla casetta, mia moglie è in piedi con le mani sui fianchi e so che anche lei li sente cantare. Gira la testa e mi sorride dall'altra parte del campo appena trasformato.
Questa è una stagione di grandi promesse.

Il sole di giugno splendeva sull'enorme folla che si era riunita per celebrare l'incoronazione di Kit a re James V di Scozia. Dignitari stranieri, arcivescovi di Roma, capi di clan, borghesi e contadini si sono avvicendati nella grande festa che si era abbattuta su quella che un tempo era stata la fiorente città che circondava il castello di Edimburgo. Ovunque erano visibili i segni della ricostruzione e l'incoronazione rafforzava questo senso di rinnovamento. Una volta entrati, gli invitati ammirarono la Sala Grande addobbata con le bandiere di tutti i clan scozzesi.

Resa reggente dall'accordo stipulato tra suo fratello Henry VIII e i nobili scozzesi guidati da Huntly, la regina Margaret, vestita con un abito di stoffa inglese color oro, si sedette accanto al neonato Kit, che era appoggiato su dei cuscini sull'antico trono dei re scozzesi. Il conte di Huntly era vicino con altri due conti, ognuno dei quali teneva un cuscino di velluto. Una corona, uno scettro e una spada erano appoggiati sui cuscini e la fila dell'élite scozzese si estendeva fino alla Sala Esterna e oltre.

Afferrando il braccio di Colin mentre si dirigevano verso la scalinata, Celia combatté le lacrime che le salivano agli occhi. Per quasi otto mesi Kit era stato suo, da amare e accudire. Ora era il re di Scozia e finalmente al sicuro.

La regina Margaret e Celia si erano riappacificate nelle settimane successive alla sconfitta di Lord Danvers. Avevano parlato del bambino e dei modi in cui ciascuna aveva cercato di preservare la sicurezza del principe ereditario nei giorni successivi a Flodden. Per Margaret, la corte inglese era sempre stata la sua casa e il luogo più sicuro che conoscesse. Per questo aveva fatto in modo che Kit fosse portato lì.

Ma dopo la scomparsa del principe, la regina aveva sentito parlare delle orribili attività dell'uomo a cui aveva cercato di consegnare suo figlio. Solo allora si rese conto della portata dell'errore che aveva quasi commesso. In seguito, Margaret aveva fatto pressioni per una rapida conclusione delle trattative che garantissero la sicurezza di suo figlio e la sua gratitudine nei confronti di Celia era evidente nelle sue parole quando si incontrarono.

Colin pose la sua mano su quella di lei, accarezzandola dolcemente mentre si avvicinavano al palco. Quando raggiunsero la tribuna, il conte di Angus guardò la coppia e li presentò.

«Lord e Lady Campbell... il conte di Argyll».

In riconoscimento del successo di Colin nella difesa della Scozia contro il barbaro invasore e dell'eroica protezione di Celia nei confronti del principe ereditario, i nobili di Scozia, con il pieno sostegno della regina Margaret, avevano nominato Lord e Lady Campbell Pari del Regno, conferendo loro la contea di Argyll.

Mentre Colin recitava il suo giuramento di fedeltà al nuovo re, Kit alzò le braccia verso i due inginocchiati davanti a lui. Con una risata la regina si alzò e prese in braccio il bambino, mettendolo tra le braccia di Celia. Celia pianse, non riuscendo più a trattenere le emozioni che stavano traboccando dentro di lei, e Colin raccolse i due tra le sue braccia, sussurrando le sue parole d'amore. Dopo l'abbraccio momentaneo, rimise il sorridente Kit tra le braccia della madre.

«Ci si aspetta che rimaniate vicini a noi», sussurrò la regina a bassa voce.

Passando davanti ai cenni di approvazione del resto della nobiltà scozzese, Celia pensò con un sorriso a quanto sarebbe stato bello vedere il giovane re crescere sano e forte.

«Come ti senti?» chiese Colin a bassa voce.

«Sto bene, amore mio», rispose lei, guardandolo negli occhi innamorati. La sua mano le accarezzò delicatamente il girovita. «Pensi che nostro figlio sarà un bravo bambino come lo è Kit?»

«Figlio o figlia». Colin sorrise. «Con te come madre, il nostro sarà il più intelligente, il più bello e il miglior bambino del mondo».

«Non pensi che sarà un piccolo terrore?» disse ridendo.

«Se avrà la fortuna di essere come sua madre», scherzò, «conquisterà il mondo».

Celia pensò a quanto sarebbe stato pieno il prossimo Natale con la nascita del loro primo figlio. Il pensiero di avere un bambino era davvero spaventoso, ma l'eccitazione di Agnes e Lord Hugh alla notizia le assicurò che avrebbe avuto più aiuto di quanto potesse immaginare.

In effetti, tutti si rallegrarono della loro felicità. Padre William, che si era sistemato comodamente con il suo gregge da accudire e i suoi alunni a cui insegnare, disse con stizza che aveva imparato dai suoi errori. Si sarebbe impegnato al massimo per far sì che il bambino diventasse migliore dei suoi irrispettosi genitori. Anche se Edmund stava tornando a casa per iniziare una ristrutturazione delle antiche proprietà dei Bruce, stava andando con la promessa di tornare nelle Isole Occidentali prima di Natale. Anche Ellen e Runt avevano trovato la felicità coniugale e, prima che Colin e Celia partissero per l'incoronazione, Ellen aveva accennato felicemente al fatto che il figlio di Celia avrebbe potuto avere un amico con cui crescere.

Tutti ne furono felici. Celia lanciò uno sguardo affettuoso al viso robusto che la guardava con tanto calore e affetto.

«Sono pronta a tornare a casa», sussurrò lei, abbracciando il braccio di lui. «Non voglio perdermi nemmeno un momento di questa estate a Kildalton».

«Sì», rispose lui. «Possiamo viaggiare domani. Hai avuto abbastanza emozioni oggi».

«Le rose saranno in piena fioritura quando torneremo», disse allegramente.

«E quel giardino sarà il luogo perfetto per trascorrere l'estate», rispose Colin.

«Certo! Per una parte della giornata», esclamò. «E c'è così tanto da fare prima dell'arrivo del bambino. La gente nelle terre di Argyll ha bisogno di molto. E quei poveri sfortunati che non hanno una casa dove tornare. Dobbiamo aiutarli a ricostruire».

«Celia, non ti esaurirai quest'estate», ringhiò lui, con uno sguardo minaccioso smentito dallo scintillio dei suoi occhi. «Ti riposerai e resterai forte mentre il nostro bambino crescerà dentro di te».

«Certo», disse lei, fingendo di ignorarlo. «E dobbiamo costruire scuole nei villaggi più grandi in modo che tutti i bambini abbiano la possibilità di...»

«Beh, è proprio tipico», disse una voce familiare alle loro spalle. «Il culmine di tutto ciò a cui voi due avete lavorato, a modo vostro, dall'autunno scorso, e tutto ciò di cui avete da parlare è il lavoro che dovete fare».

«Alec», lo rimproverò Celia, sorridendo. «La vita non è solo una grande festa, lo sai».

«Sì», aggiunse il marito facendole l'occhiolino. «Un paio di vittorie decisive, qualche acro di terra in più aggiunto al patrimonio di famiglia e Alec pensa di poter riposare sugli allori per il resto della sua vita».

In realtà, le imprese militari di Alec e Colin avevano fatto guadagnare loro fama e rango. E ad ogni incontro, l'erede dei Macpherson si divertiva a diventare l'oggetto delle attenzioni di tutte le donne scozzesi non sposate presenti.

«Ora, se voi due... o meglio, voi tre... avete intenzione di coalizzarvi contro di me...» Alec sorrise, il suo volto divenne sobrio per un momento. «In verità, però, dopo che ve ne siete andati ieri sera, ho avuto un momento di serietà pensando a voi e a tutte le cose meravigliose che il matrimonio potrebbe riservare».

«Davvero?» esclamò Celia. «Sono sorpresa. E c'era una donna in particolare coinvolta in tutti questi meravigliosi pensieri?»

«In effetti, non c'era», rispose Alec con serietà, con il volto che si trasformò di nuovo in un ampio sorriso. «Non c'è da stupirsi che sia riuscito a superarlo così in fretta!»

«È meglio che non provi nemmeno a combinare un matrimonio con Alec». Colin rise. «Non ha il buon senso di alcuni suoi amici... o la fortuna».

«Sai», disse Alec, il suo tono divenne umoristicamente polemico. «Avevo intenzione di parlarle del fatto che ho visto Celia per primo».

«Sì, l'hai vista. Sulla lama del suo coltello».

«Ora, ragazzi», intervenne lei con un sorriso. «Credo che ci siano delle leggi che vietano di combattere nel giorno dell'incoronazione».

«Sì», rispose Colin. «È un'attività richiesta nel tardo pomeriggio».

«A seconda della velocità e della quantità di questa buona birra di Edimburgo che una persona può consumare», aggiunse Alec mentre tutti ridevano.

«Beh, non berrò birra fino a Natale», dichiarò Celia con un deciso cenno del capo.

«Non pensi che un po' di birra faccia male al mio figlioccio, vero?» chiese Alec.

«In Oriente si dice che il nascituro non deve assumere bevande alcoliche», lo informò. «E tu, più di tutti, l'uomo che ora riesce a digerire la vela, dovresti apprezzare le loro conoscenze mediche».

«Sì», concordò Alec con serietà. «In effetti, potrei rinunciarvi io stesso fino all'arrivo del bambino».

Vedendo gli sguardi di scherno dei suoi due amici, fece un bel sorriso.

«Beh, forse fino alla cena, comunque».

Fuori dalle mura del castello, Celia e Colin camminavano sotto il sole, in mezzo ai festeggiamenti, nell'atmosfera carnevalesca che si era impossessata di Edimburgo. Mentre si snodavano dal castello lungo High Street fino all'Abbazia di Holyrood, ammirarono i nuovi edifici, così vivacemente dipinti e decorati per la grande occasione. La strada principale e le vie che la separavano erano animate da giocolieri, menestrelli, clown e ballerini. L'aria era piena di musica e di risate, di grida e di applausi.

La vita, infatti, stava ricominciando e, con il braccio legato a quello di Colin, Celia camminava tra la sua gente con la gioia nel cuore.

Epilogo

Nel 1566 Maria, regina di Scozia, figlia di James V, diede alla luce un altro James. Nel 1603 James VI di Scozia successe alla figlia di Henry VIII, Elizabeth, ultimo dei monarchi Tudor, e divenne re d'Inghilterra e di Scozia, unendo così il dominio britannico sotto la bandiera dei re Stewart.

Grazie per aver dedicato del tempo alla lettura de *Il Cardo e la Rosa*. Se ti è piaciuto, ti invitiamo a dirlo ai tuoi amici o a pubblicare una breve recensione. Il passaparola è il miglior amico di un autore... ed è molto apprezzato.

E cerca la storia di Alec Macpherson in *Angelo di Skye*, il seguito di questo romanzo e l'inizio della saga del clan Macpherson!

Alec Macpherson ha servito Re James con la sua spada. Ora darebbe la sua stessa anima per proteggere Fiona Drummond dal passato che la perseguita e dall'intrigo che potrebbe cambiare il futuro della Scozia.

E non perdetevi la romantica storia dei genitori di Alec Macpherson. Può un nuovo amore sopravvivere a inondazioni, animali selvatici e intrighi di corte? Scopritelo in *Un Matrimonio Estivo Scozzese*.

Nota dell'autore

Vogliamo riportarti a un momento e a un luogo molto memorabili della nostra vita.

Inverno 1994, Pennsylvania orientale

La neve continuava a cadere; il ghiaccio ricopriva ogni cosa.

I nostri sentimenti sembravano rievocare gli anni dell'infanzia e dell'adolescenza, quei momenti in cui ci chiedevamo cosa volessimo fare da grandi!

Da sempre, entrambi volevamo diventare scrittori!

Sei anni prima di quell'inverno, Jim aveva abbandonato una carriera di successo come manager in un cantiere navale. Voleva inseguire il suo sogno di tornare a scuola e conseguire un dottorato in letteratura britannica del XVI secolo. L'aveva fatto! Io, invece, ero rimasta legata a una carriera di ingegnere e poi di manager. Come donna che avanzava con successo in una professione prevalentemente maschile, avevo molto in gioco. Allo stesso tempo, essendo una narratrice nel cuore, vedevo la scrittura come la mia vera vocazione, come un sogno che non mi sarebbe mai stato permesso di perseguire.

Ma questo fu l'inverno più nevoso dei nostri tredici anni di matrimonio. Il ghiaccio era ovunque e anche il terreno più solido era diventato scivoloso e insidioso.

Un'altra tempesta di ghiaccio. Un altro giorno di riposo. E

Nota dell'autore

sedemmo fianco a fianco alla tastiera di un computer. Giorno dopo giorno.

Il Cardo e la Rosa è stato il primo romanzo completo che abbiamo scritto insieme. Crediamo nel duro lavoro. Ammiriamo il talento. Ma la fortuna è stata dalla nostra parte in questo caso. Prima ancora di finire questo romanzo, avevamo un agente. Nell'autunno dello stesso anno, avevamo un contratto per più libri con un importante editore.

Ed è qui che sono iniziati i nostri problemi... o le nostre storie... le decine di personaggi che non siamo riusciti a lasciar andare e che hanno trovato la loro storia.

Il prossimo romanzo, *Angelo di Skye*, è la storia di Alec Macpherson e della misteriosa Fiona. Da non perdere.

Se sei interessato a seguire il clan Macpherson, dai un'occhiata all'elenco completo delle serie qui sotto:

Un Matrimonio Estivo Scozzese: il prequel di tutti i racconti della serie Macpherson. Alexander Macpherson, il patriarca della famiglia, trova il suo partner in Elizabeth Hay.

Il Cardo e la Rosa - Mentre il fumo della battaglia di Flodden è ancora presente, vengono presentati Colin Campbell e Celia Muir, una guerriera che ha in mano il destino della Scozia. Questa storia è stata inserita nella lista dei "migliori romanzi storici di tutti i tempi". *Il Cardo e la Rosa* presenta Alec Macpherson, figlio maggiore di Alexander ed Elizabeth.

Angelo di Skye - Alec Macpherson ha servito Re James con la sua spada. Ora darebbe la sua stessa anima per proteggere Fiona Drummond dal passato che la perseguita e dall'intrigo che potrebbe cambiare il futuro della Scozia.

Cuore D'Oro - Il fratello minore di Alec, Ambrose, secondogenito della famiglia Macpherson, prova un ardente desiderio per Elizabeth Boleyn, la squisita figlia naturale di un diplomatico inglese. Ma anche l'odiato re inglese la desidera e non si fermerà davanti a nulla per averla. Ambrose è stato introdotto in *Angelo di Skye*.

La Bellezza della Nebbia - John, il più giovane dei fratelli Macpherson, è stato incaricato di riportare a casa la promessa sposa del suo giovane re, ma il suo destino cambia quando salva la misteriosa Maria, alla deriva in mare.

I Destinati - Malcolm MacLeod, pupillo di Alec Macpherson in *Angelo di Skye,* e Jaime Macpherson, figlia di Mary Boleyn (*Cuore D'Oro),* devono trovare la strada per tornare in Scozia dalle prigioni del re dei Tudor.

Fiamma - Gavin Kerr, introdotto in *Cuore D'Oro*, scopre che il castello che gli è stato assegnato nasconde più di quanto si aspetti, il "fantasma" della precedente proprietaria, Joanna MacInnes, che infesta le torri bruciate e i passaggi segreti.

Tess e l'Highlander (Finalista al RITA© Award)--Colin Macpherson, il figlio minore di Alec e Fiona (*Angelo di Skye*), si ritrova su un'isola remota al largo della Scozia, dove trova una giovane donna solitaria, Tess Lindsay.

La Trilogia del Tesoro delle Highlands:

La Sognatrice - Quando il suo defunto padre viene bollato come traditore del re, Catherine Percy trova rifugio in Scozia. Ma un caso di scambio di identità la mette in una posizione compromettente con John Stewart, il Conte di Athol (*Fiamma*).

L'incantatrice - la timida Laura Percy (la seconda sorella Percy) si rifugia nelle Highlands, ma quando viene rapita da William Ross, il temibile Laird di Blackfearn, tutti i suoi piani ben fatti vengono stravolti.

La Donna in Fiamme - Adrianne Percy (la più giovane delle sorelle Percy) è nascosta nelle isole occidentali, al sicuro dai nemici della sua famiglia, finché le sue sorelle non mandano Wyntoun MacLean a riportarla nelle Highlands. Colin Campbell e Celia Muir (*Il Cardo e la Rosa*) fanno la loro comparsa in questo emozionante finale di trilogia.

La Trilogia delle Reliquie Scozzesi:

Il Problema con gli Highlanders - Alexander e James Macpherson, i due figli maggiori di Alec e Fiona (*Angelo di Skye*), trovano più problemi di quanto pensassero. Alexander rivuole indietro la sua sposa fuggitiva, ma un segreto mortale del passato di Kenna Mackay è venuto a galla e un cattivo senza cuore si sta avvicinando.

Domare l'Highlander (Finalista al RITA© Award)--Innes Munro ha la capacità di leggere il passato di una persona semplicemente toccandola. Conall Sinclair, il Conte di Caithness, porta con sé delle cicatrici dovute ai rapitori inglesi. Entrambi sono riluttanti a lasciarsi avvicinare dall'altro, ma nessuno dei due può negare la loro crescente attrazione.

Tempesta nelle Highlands: Miranda MacDonnell naufraga sulla mitica Isola dei Morti insieme al famigerato corsaro Falco Nero. Alexander Macpherson e Kenna Mackay (*Il Problema con gli Highlanders*) svolgono un ruolo importante e Gillie the Fairie-Borne (*La Donna in Fiamme*) appare nel romanzo alla ricerca della sua famiglia perduta.

Amore e Caos - Un'esilarante rivisitazione medievale di *Arsenico e Vecchi Merletti*, in parte ambientata nelle Western Isles, con l'apparizione di Alec e Fiona (*Angelo di Skye*).

Se ti è piaciuto *Il Cardo e la Rosa,* ti preghiamo di lasciare una recensione. Assicurati di iscriverti per ricevere notizie e aggiornamenti e seguici su BookBub.

Pace e salute!

Sull'autore

Gli autori bestseller di *USA Today* Nikoo e Jim McGoldrick hanno realizzato oltre cinquanta romanzi dal ritmo incalzante e ricchi di conflitti, oltre a due opere di saggistica, sotto gli pseudonimi di May McGoldrick, Jan Coffey e Nik James.

Questi popolari e prolifici autori scrivono romanzi storici, suspense, gialli, western storici e romanzi per giovani adulti. Sono quattro volte finalisti del Rita Award e vincitori di numerosi premi per la loro scrittura, tra cui il Daphne DuMaurier Award for Excellence, il Will Rogers Medallion, il *Romantic Times Magazine* Reviewers' Choice Award, tre NJRW Golden Leaf Award, due Holt Medallion e il Connecticut Press Club Award for Best Fiction. Le loro opere sono incluse nella collezione della Popular Culture Library del National Museum of Scotland.

Also by May McGoldrick, Jan Coffey & Nik James

NOVELS BY MAY McGOLDRICK

16th Century Highlander Novels

A Midsummer Wedding *(novella)*

The Thistle and the Rose

Macpherson Brothers Trilogy

Angel of Skye (Book 1)

Heart of Gold (Book 2)

Beauty of the Mist (Book 3)

Macpherson Trilogy (Box Set)

The Intended

Flame

Tess and the Highlander

Highland Treasure Trilogy

The Dreamer (Book 1)

The Enchantress (Book 2)

The Firebrand (Book 3)

Highland Treasure Trilogy Box Set

Scottish Relic Trilogy

Much Ado About Highlanders (Book 1)

Taming the Highlander (Book 2)

Tempest in the Highlands (Book 3)

Scottish Relic Trilogy Box Set

Love and Mayhem

18th Century Novels

Secret Vows
The Promise (Pennington Family)
The Rebel
Secret Vows Box Set

Scottish Dream Trilogy (Pennington Family)
Borrowed Dreams (Book 1)
Captured Dreams (Book 2)
Dreams of Destiny (Book 3)
Scottish Dream Trilogy Box Set

Regency and 19th Century Novels

Pennington Regency-Era Series
Romancing the Scot
It Happened in the Highlands
Sweet Home Highland Christmas *(novella)*
Sleepless in Scotland
Dearest Millie *(novella)*
How to Ditch a Duke *(novella)*
A Prince in the Pantry *(novella)*
Regency Novella Collection

Royal Highlander Series
Highland Crown
Highland Jewel
Highland Sword

Ghost of the Thames

Contemporary Romance & Fantasy

Jane Austen CANNOT Marry

Erase Me

Tropical Kiss

Aquarian

Thanksgiving in Connecticut

Made in Heaven

NONFICTION

Marriage of Minds: Collaborative Writing

Step Write Up: Writing Exercises for 21st Century

NOVELS BY JAN COFFEY

Romantic Suspense & Mystery

Trust Me Once

Twice Burned

Triple Threat

Fourth Victim

Five in a Row

Silent Waters

Cross Wired

The Janus Effect

The Puppet Master

Blind Eye

Road Kill

Mercy (novella)

When the Mirror Cracks

Omid's Shadow

Erase Me

NOVELS BY NIK JAMES

Caleb Marlowe Westerns

High Country Justice

Bullets and Silver

The Winter Road

Silver Trail Christmas